W0209301

BASTEI LÜBBE

Aus dieser Taschenbuchreihe sind folgende Romane erhältlich. Fragen Sie Ihren Buch- oder Zeitschriftenhändler

22 001 David Shear
Der Tod und sein Bruder

22 002 Barry N. Malzberg
Auf einer Welt jahrtausendweit . . .

22 003 Ted Thomas u. Kate Wilhelm
Das Jahr des schweren Wassers

22 004 A. E. van Vogt
Das Gedankenfenster

22 005 Larry Niven/Jerry Pournelle
Das zweite Inferno

22 006 Philip K. Dick/Roger Zelazny
Der Gott des Zorns

22 007 Kate Wilhelm
Das Killer-Ding

22 008 Robert Asprin
Der Weltkrieg-Konzern

22 009 Barry M. Malzberg
Ein schwarzer Tag im Universum

22 010 Gene Wolfe
Unternehmen Ares

22 011 D. G. Compton
Die Zeit-Moleküle

22 012 Philip K. Dick
Kleiner Mond für Psychopathen

22 013 Jörg Weigand (Hrsg.)
Quasar Eins
Science Fiction Stories aus Deutschland

22 014 Marion Zimmer Bradley
Die Matriarchen von Isis

22 015 Chelsea Quinn Yarbro
Der vierte apokalyptische Reiter

22 016 Brian W. Aldiss
Die Achtzig-Minuten-Stunde

22 017 Barry M. Malzberg
Mein Freund Lucas

Philip K. Dick

Das Orakel vom Berge

Science Fiction-Roman

BASTEI
LÜBBE

BASTEI-LÜBBE-TASCHENBUCH
Science Fiction Bestseller
Band 22 021

© Copyright 1962 by Philip K. Dick
All rights reserved
Deutsche Lizenzausgabe 1980
Bastei-Verlag Gustav H. Lübbe, Bergisch Gladbach
Originaltiel: The Man in the High Castle
Ins Deutsche übertragen von Heinz Nagel
Umschlaggestaltung: Bastei-Grafik (W)
Druck und Verarbeitung:
Mohndruck Graphische Betriebe GmbH, Gütersloh
Printed in Western Germany
ISBN 3-404-22021-7

Der Preis dieses Bandes versteht sich einschließlich der gesetzlichen Mehrwertsteuer.

An Ernst Juenger
für »Auf den Marmorklippen«

Philip K. Dick, 1928 in Chicago geboren, hat seine erste Science-Fiction-Story 1949 veröffentlicht. Der vorliegende Roman wurde mit dem »Hugo«, einem der begehrtesten Preise der Science-Fiction-Literatur, ausgezeichnet.

I

Eine Woche lang hatte Mr. R. Childan besorgt nach der Post Ausschau gehalten. Aber die wertvolle Sendung aus den Rocky Mountain Staaten war nicht eingetroffen. Als er am Freitag morgen seinen Laden aufschloß und auf dem Boden neben dem Postschlitz nur Briefe liegen sah, dachte er, da wird mein Kunde aber böse sein.

Er holte sich eine Tasse Instant-Tee aus dem Fünf-Cent-Automaten an der Wand, nahm einen Besen und begann sauberzumachen. Bald war die Straßenseite der ›American Artistic Handcrafts‹ für den Tag bereit, blitzsauber, die Registrierkasse voll Kleingeld, in der Vase frische Dotterblumen und das Radio eingeschaltet, so daß leise Hintergrundmusik erklang. Draußen eilten Geschäftsleute über den Bürgersteig zu ihren Büros an der Montgomerystreet. In der Ferne fuhr ein Kabelwagen vorbei; Childan hielt in seiner Arbeit inne, um das vertraute Bild voll Vergnügen zu genießen. Frauen in ihren langen farbenfrohen Seidenkleidern . . . auch ihnen blickte er nach. Dann klingelte das Telefon. Er drehte sich um, um den Hörer abzunehmen.

»Ja«, sagte eine vertraute Stimme, als er sich gemeldet hatte. Childans Herz sank. »Hier spricht Mr. Tagomi. Ist mein Rekrutierungsplakat aus dem Bürgerkrieg schon eingetroffen, Sir? Bitte erinnern Sie sich; Sie haben es mir schon für letzte Woche versprochen.« Die pedantische scharfe Stimme, kaum noch höflich, kaum ihrer guten Manieren bewußt. »Habe ich Ihnen nicht eine Anzahlung gegeben, Mr. Childan? Es soll ein Geschenk sein, wissen Sie. Ich habe Ihnen das doch erklärt. Ein wirchtiger Geschäftsfreund.«

»Intensive Nachforschungen«, begann Childan, »ich habe sie auf eigene Kosten angestellt, Mr. Tagomi. Wie Sie wissen, kommt das versprochene Paket ja von außerhalb und ist deshalb –«

Aber Tagomi ließ ihn nicht weiterreden. »Dann ist es also nicht eingetroffen.«

»Nein, Mr. Tagomi.«

Eine eisige Pause.

»Ich kann nicht mehr warten«, sagte Tagomi.

»Nein, Sir.« Childan blickte bedrückt durch das Ladenfenster auf den warmen, hellen Tag und die Bürogebäude von San Francisco hinaus.

»Dann ein Ersatz. Was schlagen Sie vor, Mr. Chil*dan*?« Tagomi sprach den Namen bewußt falsch aus; eine Beleidigung innerhalb des Verhaltenscodes, über die Childan sich unwillkürlich ärgerte. Eine Frage des Gesichts. Robert Childans Hoffnungen, Ängste und Qualen erdrückten ihn, ließen seine Zunge erstarren. Er stammelte. Seine Hand, die das Telefon hielt, fühlte sich klebrig an. Sein Laden roch nach den Butterblumen; die Musik spielte weiter, aber ihm war, als stürze er in irgendein fernes Meer.

»Nun . . .« brachte er schließlich hervor. »Ein Butterfaß. Ein Speiseeisbereiter, cirka 1900.« Sein Geist wollte einfach nicht denken. Wenn man es vergißt; wenn man sich selbst etwas vormacht. Er war achtunddreißig Jahre alt und konnte sich noch an die Tage vor dem Krieg erinnern, jene anderen Zeiten. Franklin D. Roosevelt und die Weltausstellung; jene frühere bessere Welt. »Könnte ich Ihnen verschiedene wünschenswerte Gegenstände in Ihr Büro bringen?« murmelte er.

Eine Verabredung für zwei Uhr wurde getroffen. Ich muß den Laden schließen, dachte er, als er den Hörer auflegte. Geht nicht anders. Solche Kunden muß man bei Laune halten; das Geschäft hängt davon ab.

Und dann merkte er, daß jemand – ein junges Paar – den Laden betreten hatte. Ein junger Mann und ein Mädchen, gutaussehend, gut gekleidet. Ideal. Er beruhigte sich und trat vor, lächelte. Sie beugten sich gerade über ein Museumsstück, hatten einen hübschen Aschenbecher aufgehoben. Verheiratet, vermutete er. Draußen in der neuen exklusiven Wohngegend oberhalb von Belmont.

»Hallo«, sagte er und fühlte sich gleich besser. Sie lächelten, ohne irgendein Gefühl von Überlegenheit, nur freundlich. Seine Auslagen – und er hatte wirklich die besten an der ganzen Küste – hatten sie beeindruckt; das sah er und freute sich, und sie begriffen.

»Wirklich ausgezeichnete Stücke, Sir«, sagte der junge Mann.

Childan verbeugte sich spontan.

Ihre Augen leuchteten warm. Man konnte ihnen das Vergnügen ansehen, das sie bei der Betrachtung seiner Kunstgegenstände mit ihm teilten. Sie waren ihm dankbar, daß er solche Dinge für sie bereithielt, Dinge, die sie sehen, aufheben, in der Hand halten konnten, selbst wenn sie sie nicht kauften. Ja, dachte er, sie wissen, in was für einer Art von Laden sie sind; das ist nicht billiger Kram für Touristen, Ringe oder Postkarten mit einem Bild von der Brücke. Besonders die Augen des Mädchens, groß, dunkel. Wie leicht ich mich in ein solches Mädchen verlieben könnte, dachte Childan. Wie tragisch mein Leben dann wäre, als wäre es nicht ohnehin schon schlimm genug. Das modische schwarze Haar, die lackierten Nägel, die durchbohrten Ohren für die langen Bronzeohrringe.

»Ihre Ohrringe«, murmelte er. »Hier gekauft?«

»Nein«, sagte sie. »Zu Hause.«

Childan nickte. Keine zeitgenössische amerikanische Kunst; in einem Laden wie dem seinen konnte man nur die Vergangenheit zeigen. »Sind Sie lange hier?« fragte er. »In unserem San Francisco?«

»Ich bin auf unbestimmte Zeit nach hierher versetzt«, sagte der Mann. »Bei der Untersuchungskommission für die Planung des Lebensstandards Unglücklicher Regionen.« Stolz leuchtete in seinem Gesicht. Nicht Militär. Keiner von den kaugummikauenden primitiven Rekruten mit ihren gierigen Bauerngesichtern, die die Marketstreet auf und ab schlenderten und die billigen Läden anstarrten, die Sexfilme, die Schießbuden, die billigen Nachtclubs . . . die Jazzkneipen, die heute den größten Teil von San Francisco erfüllten, baufällige Hütten aus Blech und Brettern, die selbst schon vor der letzten Bombe zwischen den Ruinen entstanden waren. Nein – dieser Mann gehörte der Elite an. Kultiviert, gebildet, vielleicht in höherem Maße als Mr. Tagomi, der immerhin ein hoher Beamter bei der Handelsmission an der Pazifikküste war. Tagomi war ein alter Mann. Sein ganzes Verhalten war in den Tagen des Kriegskabinetts geprägt worden.

»Hatten Sie traditionelle amerikanische Kunstgegenstände als Geschenk gesucht?« fragte Childan. »Oder wollen Sie vielleicht eine neue Wohnung für die Zeit Ihres Aufenthaltes hier ausstatten? Im letzteren Fall . . .« Sein Herz schlug unwillkürlich schneller.

»Richtig vermutet«, sagte das Mädchen. »Wir bemühen uns um unsere Einrichtung. Wir sind noch etwas unentschlossen. Glauben Sie, daß Sie uns informieren könnten?«

»Ich könnte es einrichten, zu Ihrer Wohnung zu kommen, ja«, sagte Childan. »Ich würde ein paar Musterkoffer mitbringen. Sie können dann in aller Ruhe aussuchen. Das ist nämlich unsere Spezialität.« Er senkte die Augen, um seine Hoffnung zu verbergen. Hier waren Tausende von Dollar zu holen. »Ich bekomme einen New-England-Tisch herein, Ahorn, alles mit Holzteilen gefertigt, keine Nägel. Ungeheuer schön und wertvoll. Und einen Spiegel aus der Zeit des Krieges von 1812. Und dann Eingeborenenkunst: zwei Teppiche aus Ziegenwolle, handgefärbt mit Pflanzenfarben.«

»Ich persönlich«, sagte der Mann, »ziehe die Kunst der Städte vor.«

»Ja«, sagte Childan eifrig. »Hören Sie, Sir. Ich habe da ein Wandgemälde aus der Zeit der WPA Post, ein Original, auf Brettern, in vier Teilen. Horace Greely ist darauf abgebildet. Ein Sammlerstück von unschätzbarem Wert.«

»Ah«, sagte der Mann, und seine dunklen Augen blitzten.

»Und ein Grammophonkabinett aus dem Jahre 1920, umgebaut in eine Hausbar.«

»Ah.«

»Und, Sir, hören Sie zu: *ein gerahmtes signiertes Bild von Jean Harlow*.«

Der Mann starrte ihn mit großen runden Augen an.

»Wollen wir eine Verabredung treffen?« fragte Childan und hatte damit instinktiv den richtigen psychologischen Augenblick ausgewählt. Er holte Notizbuch und Feder aus der Innentasche. »Ich werde mir Ihren Namen und Ihre Adresse notieren, Sir und Lady.«

Nachher, als die beiden seinen Laden verließen, stand Childan da, die Hände hinter dem Rücken und blickte auf die Straße hinaus. Freude. Wenn alle Geschäftstage so wären . . . Aber das hier war mehr als Geschäft, mehr als der Erfolg seines Ladens. Es war eine Gelgenheit, auf gesellschaftlicher Ebene mit einem jungen japanischen Paar bekannt zu werden, auf der Basis, daß sie ihn als Mann akzeptierten und nicht nur als *Yank* oder bestenfalls als Händler, der Kunstgegenstände verkauft. Ja, diese neuen jungen Leute, diese Leute aus der heranwachsenden Generation, die sich nicht an die Tage vor dem Krieg oder gar an den Krieg selbst erinnerten – sie waren die Hoffnung der Welt. Rangunterschiede hatten für sie keine Bedeutung.

Es wird anders werden, dachte Childan. Eines Tages. Und dann wird es nicht mehr Regierte und Regierende geben, sondern einfach nur Menschen. Und dennoch zitterte er vor Angst und malte sich aus, wie er an ihre Tür klopfen würde. Er blickte noch einmal in sein Notizbuch. Die Kasouras. Man würde ihn einlassen, ihm zweifellos Tee anbieten. Würde er sich richtig verhalten? Würde er in jedem Augenblick das Richtige tun, das Richtige sagen? Oder würde er sich selbst Schande machen, wie ein Tier, durch irgendeinen dummen Fauxpas?

Das Mädchen hieß Betty. So viel Verständnis in ihrem Gesicht, dachte er. Die sanften, freundlichen Augen. Zweifellos hatte sie selbst in der kurzen Zeit in seinem Laden seine Hoffnungen und seine Ängste erkannt und durchschaut.

Seine Hoffnungen – er fühlte sich plötzlich benommen. Was für Ambitionen, die beinahe an Wahnsinn, wenn nicht an Selbstmord grenzten, hatte er denn? Aber es gab Beziehungen zwischen Japanern und *Yanks*, obwohl es sich normalerweise um Beziehungen zwischen einem japanischen Mann und einer Yankfrau handelte. Dies . . . er schauderte bei der Idee. Und sie war verheiratet. Er zwang sich, an etwas anderes zu denken und fing an, seine Morgenpost zu öffnen.

Seine Hände zitterten immer noch. Und dann erinnerte er sich an die Zwei-Uhr-Verabredung mit Mr. Tagomi, und seine Hände hörten auf zu zittern, und aus seiner Nervosität wurde Entschlossenheit. Ich muß mir etwas Akzeptables einfallen lassen, sagte er sich. Wo? Wie? Was? Ein Telefonanruf. Vielleicht ein voll aufgearbeiteter 1929-er Ford mit Stoffdach (schwarz). Damit könnte er ihn auf ewige Zeiten als Kunden bewahren. Oder vielleicht ein in Kisten verpacktes dreimotoriges Flugzeug, in einer Scheune in Alabama entdeckt, etc. Damit würde Mr. Tagomis Ruf in Kennerkreisen unendlich steigen, er würde der berühmteste Sammler am ganzen Pazifik sein, die Heimatinseln nicht ausgeschlossen.

Um sich zu inspirieren, zündete sich Mr. Childan eine Marihuanazigarette an, Marke ›Land des Lächelns‹

*

In seinem Zimmer auf der Hayesstreet lang Frank Frink im Bett und überlegte, wie er aufstehen sollte. Die Sonne fiel durch die Vorhänge auf den Haufen Kleider, der zu Boden gefallen war. Seine Brille auch. Ob er auf sie treten würde? Er würde versuchen, das Badezimmer auf einem anderen Weg zu erreichen, dachte er. Kriechen oder sich wälzen. Sein Kopf tat weh, aber er fühlte sich nicht niedergeschlagen. Man darf nie zurückblikken, dachte er. Die Zeit? Die Uhr stand auf der Kommode. Elf Uhr dreißig! Ach du liebe Zeit! Aber er blieb liegen.

Die haben mich rausgeschmissen, dachte er.

Gestern hatte er in der Fabrik einen Fehler gemacht. Er hatte Mr. Wyndam-Matson falsch angeredet, Mr. Wyndam-Matson mit seinem flachen Gesicht und der Sokratesnase und dem Diamantring und dem goldenen Reißverschluß an der Hose. Mit anderen Worten, eine Macht. Ein Thron. Franks Gedanken wanderten benommen dahin.

Ja, dachte er, und jetzt setzen die mich auf die schwarze Liste. Mit dem, was ich kann, ist nichts anzufangen – ich bin den Job los. Fünfzehn Jahre Erfahrung. Futsch.

Und jetzt würde er vor der Arbeitskommission erscheinen

müssen, damit man seine Arbeitskategorie neu festlegte. Er hatte nie in Erfahrung bringen können, welche Verbindung Wyndam-Matson zu den *Pinocs* hatte – der weißen Marionettenregierung in Sacramento – also hatte er auch keine Ahnung, welchen Einfluß sein ehemaliger Arbeitgeber auf die richtigen Behörden, die Japaner, hatte. Die AK wurde von den *Pinocs* geleitet. Vier oder fünf plumpe weiße Gesichter vom Typ Wyndam-Matsons würden ihm gegenübersitzen. Und wenn er dort keine Zusage bekam, würde er sich zu einer der Import-Export-Handelsmissionen begeben, die von Tokio aus operierten und die in ganz Kalifornien, Oregon, Washington und dem Teil von Nevada operierten, der zu den Pazifischen Staaten von Amerika gehörte. Und wenn er es dort auch nicht schaffte . . .

Er lag im Bett und starrte zu dem alten Beleuchtungskörper an der Decke hoch. Er könnte zum Beispiel in die Rocky Mountain Staaten gehen. Aber die standen in loser Verbindung mit den PSA und würden ihn vielleicht ausliefern. Und der Süden? Ihm schauderte. Puh. Nein, das nicht. Als weißer Mann würde er eine sehr viel bessere Position haben als in den PSA. Aber . . . nein, mit einem solchen Land wollte er nichts zu tun haben.

Und was noch schlimmer war, der Süden hatte einen Wust von Verbindungen, wirtschaftlichen, ideologischen und Gottweiß-was sonst noch für welchen mit dem Reich. Und Frank Frink war ein Jude.

Ursprünglich hatte er Frank Fink geheißen. Er war an der Ostküste in New York zur Welt gekommen und 1941 von der Armee der Vereinigten Staaten von Amerika eingezogen worden, unmittelbar nach dem Zusammenbruch Rußlands. Nachdem die Japaner Hawaii eingenommen hatten, hatte man ihn zur Westküste geschickt. Und als der Krieg zu Ende war, saß er immer noch dort auf der japanischen Seite der Demarkationslinie. Und da war er auch heute noch, fünfzehn Jahre danach.

1947, am Kapitulationstag, war er sozusagen zum Berserker geworden. Er haßte die Japs zutiefst und hatte ihnen Rache geschworen. Und so hatte er seine Dienstwaffen drei Meter unter der Erde vergraben, in einem Keller, gut geölt und verpackt, für jenen Tag, an dem er und seine Freunde sich erheben würden. Aber die Zeit heilte alle Wunden, eine Tatsache, die er nicht mitüberlegt hatte. Wenn er jetzt an seine ursprüngliche Idee dachte, das große Blutbad, die Säuberung der *Pinocs* und ihrer Herren und Meister, so war ihm, als blättere er in einem jener alten abgewetzten Jahrbücher aus seiner Jugend. Frank »Goldfisch« Fink wird das Studium der Paläontologie ergreifen und gelobt, Norma Prout zu heiraten. Norma Prout war die Klassenschönheit, und er hatte wirklich gelobt, sie zu heiraten. Das lag alles so verdammt weit zurück, so weit wie die Songs von Fred Allen im Radio oder die alten W. C. Fields Filme. Seit 1945 hatte er wahrscheinlich mit sechshunderttausend Japanern geredet oder sie gesehen, und der Wunsch, ihnen Gewalt zuzufügen, hatte sich einfach nach den ersten paar Monaten nicht mehr gezeigt. Er hatte nichts mehr zu sagen.

Das heißt, nein. Es gab einen, einen Mr. Omuro, der in der Innenstadt von San Francisco eine Anzahl von Mietshäusern gekauft hatte und der eine Zeitlang Franks Wohnungsbesitzer gewesen war. Das war ein übler Bursche, dachte er. Ein Blutsauger, der nie Reparaturen hatte machen lassen, der immer wieder kleinere Zimmer abgeteilt hatte, die Mieten angehoben . . .

Omuro hatte die Armen ausgebeutet, insbesondere die nahezu verzweifelten arbeitslosen ehemaligen Soldaten in den Depressionsjahren, Anfang der Fünfziger. Aber dann hatte eine der japanischen Handelsmissionen dafür gesorgt, daß Omuro wegen seiner Profitgier geköpft wurde. Und heutzutage war eine solche Verletzung der harten, strengen, aber auch gerechten japanischen Zivilgesetzte einfach undenkbar. Man konnte den japanischen Besatzungsbeamten wirklich nicht nachsagen, daß sie bestechlich waren.

Frank atmete unwillkürlich auf. Selbst Wyndam-Matson würde von diesen Handelsmissionen einfach weggewischt werden wie eine lästige Fliege. Komisch, dachte er, ich habe wirklich Vertrauen zu diesem Zeug von wegen Pazifische Allianz und Gemeinsamer Wohlstand. Eigenartig. Wenn man an die früheren Tage zurückdachte . . . damals war es ihm so offensichtlich verlogen vorgekommen. Leere Propaganda. Aber jetzt . . .

Er stand auf und schlurfte ins Bad.

Während er sich wusch und rasierte, hörte er die Mittagsnachrichten im Radio.

»Wir wollen diese Leistung keineswegs gering schätzen«, sagte das Radio, als er für einen Augenblick das heiße Wasser abdrehte.

Nein, das wollen wir nicht, dachte Frank verbittert. Er wußte, was gemeint war. Ja, irgendwie war etwas Erheiterndes daran, an diesem Bild der sturen, mürrischen Deutschen, die jetzt auf dem Mars herumliefen, auf dem roten Sand, den noch keines Menschen Fuß betreten hatte.

Während er sich die Wangen einseifte, begann Frank halblaut vor sich hinzusingen. *Ja, Herr Kreisleiter. Eignet sich dieser Ort für das Konzentrationslager? Das Wetter ist so schön. Heiß, und doch so schön . . .*

Und das Radio tönte: »Und unsere Zivisilation der gemeinsamen Wohlstandsspäre muß jetzt innehalten und überlegen, ob wir auf unserer Suche nach Ausgeglichenheit in unseren gegenseitigen Verpflichtungen und Verantwortungen, verbunden mit Belohnung . . .« Der typische Jargon der herrschenden Hierarchie, dachte Frank. ». . . nicht die zukünftige Arena verkannt haben, in der die Geschicke der Menschheit sich erfüllen werden, seien es nun nordische, japanische oder negroide . . .« Und so ging das endlos weiter.

Ja, aber es war richtig. Der Pazifik hatte nichts zur Kolonisierung der Planeten beigetragen. Er hatte sich um Südamerika gekümmert – besser gesagt, sich dort festgerannt. Während die Deutschen nicht abließen, riesige Robotersysteme durch das Weltall zu jagen, brannten die Japs immer noch die Dschungel im Innern Brasiliens nieder, bauten achtstöckige Backsteingebäude für ehemalige Kopfjäger. Und bis die Japs ihr erstes Raumschiff vom Boden hatten, würden die Deutschen das ganze Sonnensystem fest in der Hand halten. In den alten Geschichtsbüchern konnte man lesen, wie die Deutschen untätig zugesehen hatten, während der Rest Europas Kolonialreiche aufgebaut hatte. Aber diesmal hatten sie gelernt.

Und dann dachte er an Afrika und das Naziexperiment dort. Und das Blut stockte ihm in den Adern . . .

Jene riesige leere Ruine.

Und das Radio sagte: » . . . und wir müssen voll Stolz über die Betonung nachdenken, die wir auf die fundamentalen psychischen Bedürfnisse der Menschen gelegt haben, gleich, welche Position sie einnehmen, ihre rituellen Wünsche, die . . .«

Frank schaltete ab. Dann, etwas ruhiger geworden, schaltete er es wieder ein.

Du großer Gott auf dem Nachttopf, dachte er. Afrika. Die Gespenster toter Stämme. Ausgelöscht, um ein Land von – was eigentlich? wer wußte es? zu schaffen. Vielleicht wußten es nicht einmal die Meisterarchitekten in Berlin. Legionen von Automaten, die bauten und sich mühten. Bauten? Die niederrissen. Monstren aus einem Museum der Paläonotologie damit beschäftigten, Tassen und Becher aus den Schädeln der Feinde zu machen. Und nützliche Utensilien aus den Beinknochen von Männern. Sehr sparsam, nicht nur daran zu denken, die Leute aufzuessen, die man nicht mochte, sondern sie aus ihren eigenen Schädeln zu essen. Die ersten Techniker! Prähistorische Menschen in sterilen weißen Laborkitteln in irgendeinem Universitätslabor in Berlin mit Experimenten beschäftigt, um festzustellen, wie man die Schädel, die Haut, die Ohren, das Fett anderer Menschen am besten ausnutzen konnte. Ja, Herr Doktor. Eine neue Verwendungsmöglichkeit für die große Zehe; sehen Sie doch, man kann das Gelenk für den Mechanismus eines Feuerzeuges gebrauchen. Wenn jetzt nur noch Herr Krupp es in Großserie herstellen kann.

Es erschreckte ihn; förmlich übel wurde ihm bei dem Gedanken: Jene uralten gigantischen Kanibalen, die jetzt wieder blühten und gediehen, aufs Neue die Welt regierten. Eine Million Jahre haben wir dazu gebraucht, um ihnen zu entkommen, dachte Frank, und jetzt sind sie wieder da. Und nicht nur als Feind . . . nein, als Meister. ». . . können wir nur bedauern . . .«, sagte das Radio. Die Stimme der kleinen gelben Männer aus Tokio. Großer Gott, dachte Frank, und wir haben sie Affen genannt, diese zivilisierten, säbelbeinigen Burschen, die niemals dazu fähig waren, Gaskammern zu errichten ». . . und wir haben auch in der Vergangenheit schon oft diese schreckliche Verschwendung von Menschen bedauert, die von fanatischem Streben verursacht wird und einen Großteil der Menschheit außerhalb der gesetzlichen Gemeinschaft stellt.« Ja, vom Gesetz hielten sie viel, diese Japaner . . .»Ich möchte zum Abschluß einen christlichen Heiligen zitieren, der allen vertraut ist: ›Was nützt es dem Menschen, wenn er die ganze Welt gewänne und litte dabei Schaden an seiner Seele.‹ Das Radio verstummte. Frank, der gerade seinen Schlips knotete, hielt ebenfalls inne. Das war die morgendliche Minute der Besinnung.

Ich muß meinen Pakt mit ihnen hier machen, erkannte er. Schwarze Liste oder nicht; es wäre der Tod für mich, wenn ich das japanisch besetzte Territorium verließe und im Süden oder in Europa auftauchte – irgendwo im Reich.

Ich muß mich mit dem alten Wyndam-Matson einigen.

Auf seinem Bett sitzend, eine Tasse lauwarmen Tees neben sich, holte Frank sein *I Ching.* Er nahm die neunundvierzig Schafgarbenhalme aus dem Lederköcher. Und dann dachte er nach, bis er seine Gedanken unter Kontrolle und seine Fragen zurechtgelegt hatte.

Und dann sagte er laut: »Auf welche Weise sollte ich Wyndam-Matson ansprechen, um eine vernünftige Einigung mit ihm zu erreichen?« Er schrieb die Frage auf die Tafel und wechselte dann die Halme von Hand zu Hand, bis er die erste Zeile, den Anfang, hatte. Eine acht. Die Hälfte der vierundsechzig Hexagramme hob sich bereits weg. Er teilte die Halme und arbeitete an der zweiten Zeile. Geschickt, wie er war, brauchte er nicht lange, bis er alle sechs Zeilen hatte; das Hexagramm lag vor ihm, und er brauchte gar nicht in die Karte zu sehen, um es zu identifizieren. Er erkannte es sofort als Hexagramm fünfzehn. *Ch'ien.* Bescheidenheit. Ah. Die Niederen werden erhoben werden, die Hohen heruntergebracht, mächtige Familien gedemütigt; er brauchte gar nicht im Text nachzulesen – er wußte es auswendig. Ein gutes Omen. Das Orakel war günstig.

Und dennoch war er etwas enttäuscht. *Natürlich* sollte er bescheiden sein. Schließlich hatte er keine Macht über den alten W-M. Er konnte ihn nicht zwingen, ihn wieder aufzunehmen. Er konnte sich bloß die Ansicht von Hexagramm fünfzehn aneignen; das war der Augenblick, in dem man bitten, hoffen, gläubig erwarten mußte. Zu gegebener Zeit würde der Himmel dafür sorgen, daß er seinen alten Job wiederbekam. Vielleicht sogar einen besseren.

Gut denn. Nächste Frage. Er richtete sich auf und sagte: »Werde ich Juliana je wiedersehen?«

Das war seine Frau. Oder besser gesagt, seine ehemalige Frau. Juliana hatte sich vor einem Jahr von ihm scheiden lassen. Er hatte sie seit Monaten nicht mehr gesehen, wußte nicht einmal, wo sie lebte. Anscheinend hatte sie San Francisco verlassen. Vielleicht sogar die PSA. Entweder hatten ihre gemeinsamen Freunde nichts mehr von ihr gehört oder sie sagten es ihm nicht.

Geschäftig manipulierte er die Halme. Wie oft schon hatte er das Orakel nach Juliana gefragt? Hier kam das Hexagramm, ein Ergebnis passiven Zufalls, so, wie eben die Halme fielen. Reiner Zufall und doch tief in jenem Augenblick verwurzelt, in dem er lebte, in dem sein Leben mit allen anderen Leben und allen anderen Partikeln im Universum verbunden war. Das Hexagramm lieferte in seinem Muster gebrochener und ungebrochener Linien ein Bild der Situation. Er, Juliana, die Fabrik an der Goughstreet, die beherrschenden Handelsmissionen, die Erforschung der Planeten, die Millionen von Leichen in Afrika, die man jetzt gar nicht mehr Leichen, sondern nur noch Ansammlungen von Chemikalien nennen konnte, die Hoffnungen der Tausende rings um ihn in San Francisco, die Wahnsinnigen in Berlin mit ihren ausdruckslosen Gesichtern und ihren verrückten Plänen – alle standen in diesem Augenblick miteinander in Verbindung, in jenem Augenblick, in dem er die Halme warf, um die genaue Weisheit auszuwählen, die in einem Buch ihren Anfang genommen hatte, dessen erste Zeilen im dreißigsten Jahrhundert vor der Geburt Christi geschrieben worden waren. Ein Buch, das die Weisen Chinas über eine Periode von fünftausend Jahren geschaffen hatten, an dem sie immer wieder gefeilt hatten, das sie perfektioniert hatten, eine allem anderen überlegene Kosmologie – und Wissenschaft –, die kodifiziert worden war, ehe Eruropa auch nur gelernt hatte, die Null zu gebrauchen.

Das Hexagramm. Sein Herz sank. Vierundvierzig. *Kou.* Zusammentreffen. Sein ernüchterndes Urteil. Die Jungfrau ist *mächtig. Man sollte eine solche Jungrau nicht heiraten.* Wieder hatte er im Zusammenhang mit Juliana diesen Spruch bekommen. *Oh weh,* dachte er und lehnte sich zurück. Sie paßte also nicht zu mir; das weiß ich. Das hab' ich nicht gefragt. Warum muß mich das Orakel immer daran erinnern? Ein Mißgeschick für mich, sie kennengelernt zu haben, sie geliebt zu haben – sie zu lieben.

Juliana – die schönste Frau, die er je geheiratet hatte. Kohlschwarze Augenbrauen, rabenschwarzes Haar: Spuren von spanischem Blut. Ihr gummiartiger geräuschloser Gang; sie hatte immer Turnschuhe getragen, die noch von der Schule übriggeblieben waren. Genaugenommen hatten all ihre Kleider immer etwas heruntergekommen gewirkt und den Eindruck vermittelt, alt und oft gewaschen zu sein. Er und sie waren so lange pleite gewesen, daß sie trotz ihres Aussehens einen Baumwollpullover hatte tragen müssen, eine Tuchjacke mit einem Reißverschluß, einen braunen Tweedrock und Socken. Und sie hatte ihn und ihre Kleider gehaßt, weil, so hatte sie es ausgedrückt, sie damit immer aussah wie eine Frau, die Tennis spielte oder – was noch schlimmer war – eine, die im Wald Pilze sammelte.

Aber was ihn von Anfang an am meisten zu ihr hingezogen hatte, war ihr seltsamer Ausdruck; Juliana hatte die Angewohnheit, Fremde völlig grundlos mit einem undurchdringlichen Mona-Lisa-Lächeln zu begrüßen, so daß sie nicht wußten, ob sie Hallo sagen sollten oder nicht. Und sie war so attraktiv, daß sie es meist taten, worauf Juliana einfach weiterschwebte.

Zuerst hatte er geglaubt, sie sähe einfach schlecht, aber schließlich war ihm klar geworden, daß dieses Lächeln nur Ausdruck einer ansonsten gut verborgenen Dummheit war. Und dennoch – selbst am Ende, als sie sich die meiste Zeit gestritten hatten, sah er in ihr nie etwas anderes als eine direkte und wunderbare Erfindung Gottes, die aus Gründen, die er nie erfahren würde, ihm geschenkt worden war. Und aus diesem Grunde – das Ganze hatte einen beinahe religiösen Charakter – konnte er einfach nicht darüber hinwegkommen, sie verloren zu haben.

Im Augenblick schien sie ihm so nahe . . . Als besäße er sie immer noch. Dieser Geist um ihn, dieses Wesen mit seinem stets suchenden Gesichtsausdruck, das durch sein Zimmer huschte und etwas suchte, etwas, das nur Juliana kannte. Und das immer wieder in sein Bewußtsein eindrang, wenn er nach dem Orakel griff.

Auf seinem Bett sitzend, von einsamer Unordnung umgeben und sich darauf vorbereitend, hinauszugehen und seinen Tag zu beginnen, dachte Frank Fink darüber nach, wer sonst noch in dieser riesigen komplizierten Stadt San Francisco in eben diesem Augenblick das Orakel befragte. Ob sie wohl alle den gleichen trübsinnigen Rat wie er bekamen? War der Tenor des Augenblicks ihnen ebenso abhold wie ihm?

II

Mr. Nobusuke Tagomi befragte das Göttliche Fünfte Buch der konfuzianischen Weisheit, das taoistische Orakel, das seit Jahrhunderten das *I Ching* oder das *Buch der Wandlungen* genannt wurde. Gegen Mittag hatte er begonnen, über die Verabredung mit Mr. Childan nachzudenken, die in zwei Stunden fällig war.

Seine Bürosuite im zwanzigsten Stockwerk des Nippon Times Gebäude an der Taylorstreet blickte über die Bucht hinaus. Durch die Glaswand konnte er den Schiffen zusehen, die unter der Golden-Gate-Bridge hindurchzogen. Im Augenblick war gerade unmittelbar hinter Alcatraz ein Frachter zu sehen. Aber das interessierte Mr. Tagomi nicht. Er ging zur Wand, löste die Schnur und zog den Bambusvorhang herunter. Das große Büro wurde dunkler. Jetzt brauchte er die Augen nicht mehr zusammenzukneifen. So konnte er klarer denken. Es stand nicht in seiner Macht, so entschied er, seinem Geschäftspartner Freude zu bereiten. Gleichgültig, was Mr. Childan auch brachte, sein Geschäftsfreund würde nicht beeindruckt sein. Damit muß man sich abfinden, hatte er sich selbst gesagt. Aber immerhin können wir dafür sorgen, daß er sich nicht ärgert.

Wir können das vermeiden, indem wir davon absehen, ihm ein unansehnliches Geschenk zu machen. Der Geschäftsfreund würde in Kürze auf dem Flughafen von San Francisco mit der neuen deutschen Rakete eintreffen, der Messerschmitt 9-E. Mr. Tagomi war nie in einem solchen Schiff gereist; wenn er Mr. Baynes sah, würde er so tun müssen, als sei er nicht beeindruckt, gleichgültig, wie groß die Rakete auch war. Und das mußte er jetzt üben. Er stand vor dem Spiegel an der Wand und arbeitete an einem Gesichtsausdruck, der gleichzeitig Gefaßtheit, einen Anflug von Langeweile und Selbstbewußtsein zeigte. Er beobachtete scharf. Ja, sie sind natürlich sehr laut, Mr. Baynes. Man kann nicht lesen. Aber dann dauert der Flug von Stockholm nach San Francisco auch nur fünfundvierzig Minuten. Und dann vielleicht ein Wort über deutsche Unglücksfälle? Sie haben es ja wahrscheinlich im Radio gehört. Dieser Absturz in Madagaskar. Ich muß sagen, die alten Propellerflugzeuge hatten schon etwas für sich. Wichtig, sich nicht auf ein politisches Thema einzulassen. Er kannte Mr. Baynes Ansichten über die Ereignisse des Tages nicht. Und doch konnten sich solche Themen ergeben. Mr. Baynes war als Schwede natürlich neutral. Und doch flog er mit der Lufthansa und nicht der SAS. Eigenartig . . . Mr. Baynes, ich habe gehört, Herr Bormann sei krank.

Dieses Jahr soll angeblich ein neuer Reichskanzler gewählt werden? Nur ein Gerücht? Nun ja, hier am Pazifik hört man nicht viel über das Reich.

In der Mappe auf seinem Schreibtisch lag ein Ausschnitt aus

der *New York Times*, der sich mit einer Rede befaßte, die Mr. Baynes kürzlich gehalten hatte. Mr. Tagomi studierte den Artikel jetzt kritisch, beugte sich etwas vor, weil die Korrektion seiner Kontaktlinsen nicht ganz ausreichte. Die Rede befaßte sich mit der Notwendigkeit, erneut – zum achtundneunzigsten Mal – nach Wasservorkommen auf dem Mond zu suchen. »Unser nächster Nachbar im All und bis jetzt völlig nutzlos, wenn man von den militärischen Zwecken absieht.« Also an militärischen Dingen allein nicht interessiert, notierte Mr. Tagomi im Geiste.

Dann beugte er sich vor und drückte den Knopf der Sprechanalge. »Miss Ephreikian, bringen Sie bitte Ihr Tonbandgerät.«

Die Bürotür öffnete sich und Miß Ephreikian, heute mit blauer Blume im Haar, erschien.

»Veilchen«, meinte Mr. Tagomi. Früher einmal hatte er von Berufs wegen Blumen gezüchtet, zu Hause in Hokkaido.

Miß Ephreikian, ein hochgewachsenes braunhaariges armenisches Mädchen, verbeugte sich.

»Sind Sie bereit?« fragte Mr. Tagomi.

»Ja, Mr. Tagomi.« Miß Ephreikian setzte sich und stellte das kleine batteriebetriebene Diktiergerät neben sich.

Mr. Tagomi begann. »Ich habe das Orakel gefragt ›wird das Zusammentreffen zwischen mir und Mr. Childan nützlich sein?‹ und leider das ominöse Hexagramm ›das Übergewicht des Großen‹ bekommen Zu viel Gewicht in der Mitte; unausgeglichen. Vom Tao weg.« Das Tonbandgerät summte.

Mr. Tagomi hielt inne und dachte nach. Miß Ephreikian sah ihn erwartungsvoll an.

Dann verstummte das Summen.

»Mr. Ramsey soll einen Augenblick hereinkommen, bitte«, sagte Mr. Tagomi.

»Ja, Mr. Tagomi.« Sie stand auf, stellte das Gerät weg, und ihre Absätze klapperten zur Türe hinaus.

Mr. Ramsey kam mit einer dicken Mappe mit Frachtbriefen herein. Jung, lächelnd trat er auf Mr. Tagomi zu. Er trug die Kordelkrawatte des Mittleren Westens, ein großkariertes Hemd und enge, gürtellose Bluejeans, wie sie im Augenblick von modebewußten jungen Leuten bevorzugt wurden. »Howdy, Mr. Tagomi«, sagte er. »Mächtig schöner Tag heute, Sir.«

Mr. Tagomi verbeugte sich

Und Mr. Ramsey zuckte zusammen und verbeugte sich ebenfalls.

»Ich habe das Orakel befragt«, sagte Mr. Tagomi, als Miß Ephreikian sich wieder zu ihrem Tonbandgerät setzte. »Es ist Ihnen bekannt, daß Mr. Baynes, der, wie Sie wissen, in Kürze persönlich hier erscheinen wird, hinsichtlich der sogenannten östlichen Kultur Anhänger der nordischen Ideologie ist. Ich könnte mir die Mühe machen, ihn mit authentischen Werken chinesischer Malerei oder der Keramik unserer eigenen Tokugawaperiode zu beeindrucken . . . Aber es ist nicht unsere Aufgabe, ihn zu ändern.«

»Ich verstehe«, sagte Mr. Ramsey und sein kaukasisches Gesicht verzog sich in mühsamer Konzentration.

»Deshalb werden wir uns seinen Vorurteilen anpassen und ihm stattdessen ein amerikanisches Artefakt von unschätzbarem Wert übergeben.«

»Ja.«

»Sie haben amerikanische Vorfahren. Obwohl Sie sich die Mühe gemacht haben, Ihre Hautfarbe dunkler zu machen.« Er sah Mr. Ramsey scharf an.

»Sonnenbräune mit Hilfe einer Höhensonne erzielt«, murmelte Mr. Ramsey. »Ich tue das lediglich, um Vitamin D aufzubauen.«

Aber sein Ausdruck der Erniedrigung verriet ihn. »Ich kann Ihnen versichern, daß ich noch in meinen Vorfahren –« Mr. Ramsey konnte den Satz nicht zu Ende sprechen. »Ich habe noch nicht alle Bindungen an die ethnischen Wurzeln abgeschnitten.«

Aber Mr. Tagomi hörte gar nicht mehr hin. Er hatte sich bereits wieder Miß Ephreikian zugewandt. »Wir wollen weitermachen.« Das Tonbandgerät fing wieder zu summen an. »Ich habe dann das Orakel erneut befragt und Hexagramm Ta Kuo, achtundzwanzig, bekommen und damit die ungünstige Zeile neun an der fünften Stelle. Sie lautet:

Eine verdorrte Pappel trägt Blüten.
Eine ältere Frau nimmt sich einen Mann.
Keine Schuld. Kein Lob.

Das deutet klar darauf hin, daß Mr. Childan uns um zwei nichts Wertvolles anzubieten hat.« Mr. Tagomi hielt inne. »Wir wollen ganz offen sein. Ich kann mich nicht auf mein persönliches Urteil hinsichtlich amerikanischer Kunstgegenstände verlassen. Aus diesem Grunde –«, er überlegte sich die richtige Formulierung.

»Aus diesem Grunde brauche ich Sie, Mr. Ramsey, sozusagen als Eingeborenen. Ich habe das Orakel weiter befragt. Ich kann Ihnen, Mr. Ramsey, aus politischen Gründen die Frage nicht bekanntgeben.« ›Mit anderen Worten‹ drückte sein Ton aus, ›Sie und die anderen *Pinocs* haben kein Recht, die wichtigen Dinge zu erfahren, mit denen wir uns befassen.‹ Der Hinweis möge genügen, daß ich eine sehr provozierende Antwort erhielt. Ich habe längere Zeit darüber nachgedacht.«

Mr. Ramsey und Miß Ephreikian sahen ihn gespannt an. »Es handelt sich natürlich um Mr. Baynes«, sagte Mr. Tagomi.

Beide nickten.

»Meine Frage bezüglich Mr. Baynes führte durch das okkulte Wirken des Tao zum Hexagramm Sheng, sechsundvierzig. Ein gutes Urteil. Zeile sechs am Anfang und neun an zweiter Stelle.« Seine Frage hatte gelautet, werde ich erfolgreich mit Mr. Baynes verhandeln? Und die neun an zweiter Stelle hatte ihm das versprochen. Sie lautete:

Wenn man ehrlich ist,
nützt es, selbst eine kleine Gabe zu bringen.
Keine Schande.

Offensichtlich würde Mr. Baynes also mit jedem Geschenk zufrieden sein, das die Handelsmission ihm mittels der guten Dienste des Mr. Tagomi überreichte. Aber indem Mr. Tagomi die Frage stellte, gab es da gleichzeitig eine viel tiefgründigere Frage, derer er sich kaum bewußt war. Wie so oft, hatte das Orakel jene viel fundamentalere Frage geahnt und in seiner Antwort auf die andere es auch auf sich genommen, eine Antwort zu jener unterschwelligen Frage zu geben.

»Wie wir wissen«, sagte Mr. Tagomi, »bringt Mr. Baynes uns einen detaillierten Bericht über neue Kunststoffspritzverfahren, die in Schweden entwickelt wurden. Sollte es uns gelingen, einen Vertrag mit seiner Firma zu schließen, könnten wir zweifellos viele im Augenblick sehr seltene Metalle durch Plastikprodukte ersetzen.«

Der Pazifik hatte jahrelang versucht, im Bereich der synthetischen Werkstoffe Unterstützung vom Reich zu bekommen. Aber die großen deutschen Chemiekartelle, insbesondere IG-Farben, hatten ihre Patente gehütet, hatten sogar ein Weltmonopol in Plastikprodukten geschaffen, insbesondere in der Entwicklung der Polyester. Damit hatte das Reich den Vorsprung gegenüber dem Pazifik bewahrt und war ihm in der Technik wenigstens zehn Jahre voraus. Die interplanetarischen Raketen, die die Festung Europa verließen, bestanden vorwiegend aus hitzeunempfindlichen Plastikwerkstoffen von sehr leichtem Gewicht, so daß sie selbst größere Meteoreinschläge überstanden. Mr. Tagomi erinnerte sich an die letzte Autoausstellung, bei der er ein völlig aus synthetischen Stoffen bestehendes Automobil gesehen hatte, den D.S.S. – ›Der Schnelle Spuk‹ der in der Währung der PSA etwa sechshundert Dollar kostete.

Aber die Frage, die ihn viel mehr beschäftigte und die er nie den *Pinocs* verraten würde, die sich in den Büros der Handelsmission herumtrieben, befaßte sich mit einem Aspekt des Mr. Baynes, den das ursprüngliche Chiffretelegramm von Tokio angesprochen hatte. Zunächst waren Chiffretelegramme etwas Besonderes und befaßten sich üblicherweise mit Fragen der Sicherheit, nicht mit geschäftlichen Dingen. Und darüber hinaus löste sich die Chiffre in eine Metapher, benutzte also poetische Anspielungen, eine Art der Verschlüsselung, die man gebrauchte, um die Abhörstationen des Reiches zu verblüffen – jene Stationen, die durchaus imstande waren, jeden beliebigen Code, ganz gleich wie kompliziert, zu entziffern. Also dachten die Behörden in Tokio ganz eindeutig an das

Reich, nicht an scheinbar illoyale Cliquen auf den Heimatinseln. Der Schlüsselsatz »Entrahmte Milch in seiner Diät« bezog sich auf *Pinafore,* auf jenes gespenstische Lied, das die Doktrin ausbreitete. ». . . Die Dinge sind selten das, was sie scheinen. Entrahmte Milch verkleidet sich als Sahne.« Und das *I Ching* hatte, als Mr. Tagomi es konsultiert hatte, seine Einsicht bestätigt. Sein Kommentar lautete:

> Man unterstellt hier einen starken Mann. Zwar paßt er sich seiner Umgebung nicht an, insoweit, als er zu brüsk ist und zu wenig auf Formen achtet. Aber er ist aufrechten Charakters, er reagiert . . .

Die daraus zu gewinnende Einsicht war einfach die, daß Mr. Baynes nicht war, was er zu sein vorgab, was er schien; sein Besuch in San Francisco diente also nicht der Unterzeichnung eines Vertrages über Spritzformen. Mr. Baynes war in Wahrheit ein Spion.

Aber was für ein Spion, für wen oder was, konnte Mr. Tagomi sich nicht vorstellen.

Um ein Uhr vierzig an diesem Nachmittag sperrte Robert Childan höchst unwillig die Tür seines Ladens ab. Er schleppte seine schweren Musterkoffer zur Straße, winkte ein Pedotaxi herbei und sagte dem *Chink*, er solle ihn zum Nippon Times Gebäude bringen.

Der Chink, hager, schwitzend, vornübergebeugt, hauchte unterwürfig und begann, Mr. Childans Koffer einzuladen. Dann half er Mr. Childan, selbst auf dem mit Teppich ausgeschlagenen Sitz Platz zu nehmen, schaltete die Uhr ein, stieg in den Sattel und strampelte zwischen den Autos und Bussen über die Montgomerystreet.

Childan hatte den ganzen Tag damit verbracht, etwas für Mr. Tagomi zu finden. Bitterkeit und Angst quälten ihn, als er auf die vorbeiziehenden Gebäude blickte. Und dennoch, gleichzeitig – Triumph. Er hatte das Richtige gefunden. Mr. Tagomi würde zufrieden sein, und sein Klient, wer immer auch es war – würde ein hohes Maß an Freude empfinden. Ich stelle meine Kunden immer zufrieden, dachte Childan. Alle.

Wie durch ein Wunder war es ihm gelungen, eine beinahe

neuwertige Kopie von Band 1, Nr. 1 der *Tip-Top-Comics* zu beschaffen. Das Heft stammte aus den Dreißigern, eines der ersten Comichefte, ein unbezahlbares Wertstück, für das mancher Sammler seine rechte Hand gegeben hätte. Natürlich hatte er auch andere Stücke, die er vorher zeigen würde. Er würde sich langsam auf das Bilderheft hinarbeiten, das wohlgeschützt in einem ledernen Etui, in einer Hülle aus Seidenpapier im größten Koffer ruhte.

Das Radio des Pedotaxi plärrte volkstümliche Melodien und wetteiferte mit den Radios der anderen Taxis, Autos und Busse. Childan hörte den Lärm überhaupt nicht; er war daran gewöhnt. Er registrierte auch die riesigen Neonschriften nicht, deren permanente Leuchtschriften die Fassade praktisch eines jeden Gebäudes verdeckten. Schließlich hatte er seine eigene Neonschrift; des Nachts flackerte sie mit all den anderen in der Stadt beständig auf und ab. Wie sollte man auch sonst für sich werben? Schließlich mußte man realistisch sein.

Genaugenommen schläferte der Verkehrslärm in sogar ein, überdeckte seine inneren Sorgen. Und es war angenehm, von einem anderen menschlichen Wesen über die Straße gezogen zu werden, das Muskelspiel des Chink in der Form regelmäßiger Schwingungen zu spüren; eine Art Entspannungsmaschine, überlegte Childan. Gezogen zu werden statt selbst ziehen zu müssen. Und – wenn auch nur für einen Augenblick – selbst eine höhere Position als der andere einzunehmen.

Voll Schuldgefühl rüttelte er sich wach. Er mußte zu viel planen, jetzt war nicht die Zeit für einen Mittagsschlummer. War er auch absolut passend angezogen, um das Nippon Times Gebäude zu betreten? Wahrscheinlich würde er in dem Schnellift ohnmächtig werden. Aber er hatte Tabletten gegen Übelkeit mitgenommen, ein deutsches Produkt. Die verschiedenen Anredeformen . . . er kannte sie. Wen man höflich behandeln mußte und wen grob. Dem Pförtner, dem Liftboy, der Empfangsdame gegenüber mußte man brüsk sein, gegenüber jeder Hilfsperson. Und vor jedem Japaner hieß es natürlich, sich verbeugen, selbst wenn das Hunderte von Verbeugungen bedeutet. Aber die *Pinocs* . . . ein nebelhafter Bereich. Eine

Verbeugung, ja, aber ansonsten mußte man geradewegs durch sie hindurchsehen, so, als gäbe es sie nicht. War damit jede Situation klar? Was zum Beispiel, wenn er irgendeinen Ausländer sah, der zu Besuch da war? In den Handelsmissionen konnte man oft Deutsche sehen und manchmal auch Neutrale.

Und dann bestand noch die Möglichkeit, daß er einen Sklaven sah. Deutsche Schiffe oder Schiffe aus dem Süden legten im Hafen von San Francisco an, und gelegentlich ließ man die Schwarzen auf kurze Zeit heraus. Immer in Gruppen von zwei, höchstens drei. Und nach Einbruch der Nacht durften sie sich nicht auf der Straße sehen lassen; selbst nach pafzifischen Gesetzen mußten sie sich an den Zapfenstreich halten. Aber dann wurden in den Docks auch Sklaven ausgeladen, und diese lebten dann dauernd an Land, in Hütten, an der Reede, unmittelbar über dem Wasser. In den Büros der Handelsmission würden keine sein, aber wenn gerade welche ausgeladen wurden – sollte er zum Beispiel seine Taschen selbst zu Mr. Tagomis Büro tragen? Natürlich nicht. Er würde einen Sklaven finden müssen, selbst wenn er eine Stunde warten mußte, selbst wenn das bedeutete, daß er zu spät zu seiner Verabredung kam. Nein, wenn ein Sklave sah, daß er seine Koffer selbst trug, würde er auf alle Zeiten seinen Rang verlieren. Dabei, dachte Childan, würde es mir in gewissem Sinne sogar Spaß machen, am hellichten Tag meine eigenen Koffer ins Nippon Times Gebäude zu tragen. Was für eine große Geste. Eigentlich auch nicht gegen das Gesetz; man würde mich nicht ins Gefängnis schicken. Und ich würde meine echten Gefühle zeigen, aber . . .

Ich könnte es tun, dachte er, wenn da nicht diese verdammten schwarzen Sklaven herumlungerten; ich könnte es sogar ertragen, daß jene, die über mir stehen, mich sehen, ihren Zorn ertragen – schließlich demütigen sie mich jeden Tag. Aber daß jene unter mir mich sehen, daß ich ihre Verachtung ertragen muß . . . wie dieser Chink zum Beispiel, der vor mir in seine Pedale tritt. Wenn ich kein Pedotaxi genommen hätte, wenn er gesehen hätte, wie ich *zu Fuß* zu einer geschäftlichen Verabredung gehe . . .

Schuld an dieser Situation hatten die Deutschen. Ihre ewige Tendenz, mehr in den Mund zu nehmen, als sie verdauen konnten. Schließlich hatten sie gerade mit Mühe den Krieg gewonnen, und da hatten sie auch schon anfangen müssen, das Sonnensystem zu erobern, während sie zu Hause Gesetze erließen . . . nun, die Idee zumindest war gut. Schließlich hatten sie mit den Juden und Zigeunern und den Bibelforschern Erfolg gehabt. Und die Slawen waren in das Herzland ihrer Rassen, mitten in Asien zurückgedrängt worden. Ganz aus Europa heraus, zu jedermanns Erleichterung. Und heute ritten sie wieder Yaks und jagten mit Pfeil und Bogen. Und diese großartigen bunten Magazine, die in München gedruckt wurden und ihren Weg in jede Bibliothek und jeden Kiosk fanden . . . man konnte die ganzseitigen Farbbilder selbst sehen: die blonden, blauäugigen arischen Siedler, die jetzt in der größten Getreidekammer der Welt, der Ukraine, den Boden bearbeiteten. Diese Burschen sahen tatsächlich glücklich und zufrieden aus. Und ihre Bauernhöfe und ihre Hütten waren sauber. Man sah keine Bilder mehr von betrunkenen stumpfsinnigen Polen, die vor ihren baufälligen Hütten hockten und auf dem Dorfmarkt armselige Zwiebeln kauften.

Aber Afrika. Dort war die Begeisterung einfach mit ihnen durchgegangen. Und selbst das mußte man bewundern, obwohl etwas mehr Bedacht, etwas mehr Geduld vielleicht besser für sie gewesen wäre, wenigstens so lange Geduld vielleicht, bis das Projekt Bauernland abgeschlossen war. *Dort* hatten die Nazis wahres Genie gezeigt; der Künstler in ihnen war in voller Größe zum Vorschein gekommen. Das Mittelmeer abgeschlossen, trockengelegt, mit Hilfe von Atomkraft zu nutzbarem Ackerland gemacht – welcher Wagemut! Wie das doch die Neider zum Schweigen gebracht hatte, wie zum Beispiel ein paar spöttische Händler an der Montgomerystreet. Und Afrika wäre ja auch beinahe ein Erfolg gewesen . . . aber in einem Projekt dieser Art war das Wort *beinahe* eben nicht genug. Rosenbergs wohlbekanntes Pamphlet, das er 1958 veröffentlicht hatte. Damals war das Wort zum erstenmal aufgetaucht. *Was die Endlösung des Afrikaproblems angeht, haben wir unser Ziel beinahe erreicht. Unglücklicherweise müssen wir!*

Immerhin, es hatte zweihundert Jahre gedauert, die amerikanischen Ureinwohner zu beseitigen. Deutschland hatte es in Afrika in fünfzehn Jahren beinahe geschafft. Kritik war also eigentlich nicht angebracht. Nein, man durfte auch von den Deutschen keine Wunder erwarten. Schließlich verfügten sie nicht über Zauberei, sondern nur über Wissenschaft und Technik und jenes sagenhafte Talent für harte Arbeit. Und wenn sie eine Aufgabe anpackten, machten sie es *richtig*.

Und außerdem hatten die Flüge zum Mars das Interesse der Welt für die Schwierigkeiten in Afrika abgelehnt. Er hatte es neulich einem Geschäftskollegen beim Mittagessen erklärt: die Nazis haben etwas, was uns fehlt – inneren Adel. Die Japaner sind da ganz anders. Schließlich kenne ich sie ganz gut, ich hab' doch den ganzen Tag welche im Laden. Aber es sind einfach Orientalen. Gelbe. Wir Weißen müssen uns vor ihnen ducken, weil sie die Macht haben. Aber wir blicken auf Deutschland; wir sehen, was geschaffen werden kann, wenn Weiße die Oberhand haben, und das ist etwas völlig anderes.

»Wir nähern uns dem Nippon Times Gebäude, Sir«, sagte der Chink, und sein Atem ging wegen der steilen Straße schwer. Jetzt wurde er langsamer. Childan versuchte, sich Mr. Tagomis Klienten vorzustellen. Zweifellos war der Mann ungewöhnlich wichtig; das hatte er aus Mr. Tagomis Stimme entnehmen können. Childan mußte unwillkürlich an einen seiner eigenen sehr wichtigen Klienten, oder besser gesagt Kunden, denken. Einen Mann, der sehr viel dazu beigetragen hatte, für Childan einen Ruf unter den Persönlichkeiten von hohem Rang im Gebiet der Bucht aufzubauen.

Vor vier Jahren war Childan alles andere als der bedeutende Händler gewesen, der er heute war; damals hatte er einen kleinen, schlecht beleuchteten Buchladen an der Gearystreet betrieben und in erster Linie antiquarische Stücke verkauft. In den umliegenden Läden wurden gebrauchte Möbel verkauft oder Wäsche zur Reinigung angenommen. Nicht gerade eine vornehme Umgebung. Und des nachts gehörten Raubüberfälle und manchmal sogar Mord zur Tagesordnung, trotz aller Mühe der Polizei von San Francisco und selbst der Kampetai, ihrem japanischen Vorbild. Und in dieses Stadtviertel war eines Tages ein älterer Japaner, ein ehemaliger Soldat, Major Ito Humo, gekommen. Hochgewachsen, schlank, weißhaarig, aufrechte Haltung, hatte Major Humo Childan zum ersten Mal einen Hinweis gegeben, was man aus seinem Laden machen konnte.

»Ich bin Sammler«, hatte Major Humo erklärt. Er hatte einen ganzen Nachmittag damit verbracht, die Berge von alten Magazinen im Laden zu durchsuchen. Mit seiner sanften Stimme hatte er etwas erklärt, was Childan zuerst gar nicht begreifen konnte: für viele wohlhabende kultivierte Japaner waren die historischen Gegenstände der amerikanischen Zivilisation von nahezu dem gleichen Interesse wie die Antiquitäten formellerer Art. *Warum* dem so war, wußte der Major selbst nicht; er selbst sammelte mit besonderer Hingabe alte Magazine, die sich mit US-Messingknöpfen befaßten, ebenso wie diese Knöpfe selbst. Es war etwas Ähnliches wie das Sammeln von Münzen oder Briefmarken; es gab also keine vernünftige Erklärung dafür. Und wohlhabende Sammler zahlten hohe Preise.

»Ich will Ihnen ein Beispiel dafür geben«, hatte der Major gesagt. »Wissen Sie, was man unter ›Schrecken des Krieges‹ Karten versteht?« Er hatte Childan aufmerksam angesehen.

Childan hatte fieberhaft nachgedacht und sich schließlich erinnert. Als er noch ein Kind war, hatte man diese Karten in Kaufummipäckchen finden können. Es hatte eine ganze Serie gegeben und auf jeder Karte war ein anderer ›Schrecken‹ dargestellt

»Ein lieber Freund von mir«, war der Major fortgefahren, »sammelt ›Schrecken des Krieges‹ Es fehlt ihm nur noch eine Karte. *Die Versenkung der Panay.* Er hat für diese Karte eine beachtliche Summe geboten.«

Und eines Tages war der Freund mit Humo in Childans Laden erschienen. Auch er war pensionierter Offizier der Kaiserlichen Armee.

»Flaschendeckel!« hatte Childan ausgerufen.

Und die Japaner hatten ihn verständnislos angestarrt.

»Wir sammelten als Kinder die Deckel von Milchflaschen.

Die runden Deckel mit dem Namen der Molkerei. Es muß tausende von Molkereien in den Vereinigten Staaten gegeben haben. Und jede hatte ihren eigenen Deckel.«

Die Augen des Offiziers hatten aufgeleuchtet. »Besitzen Sie Ihre Sammlung noch, Sir?«

Das war natürlich nicht der Fall. Aber . . . wahrscheinlich war es immer noch möglich, die alten, lang vergessenen Deckel aus der Zeit vor dem Kriege zu finden, als Milch noch in Glasflaschen geliefert wurde, statt in Kartons, die man wegwirft.

Und so hatte er sich Schritt für Schritt sein Geschäft aufgebaut. Andere hatten ähnliche Läden eröffnet und damit die zunehmende Begeisterung der Japaner für Americana ausgenützt . . . Aber Childan hatte immer seinen Vorsprung bewahrt.

»Ich bekomme einen Dollar, Sir«, sagte der Chink und riß ihn damit aus seiner Versunkenheit. Er hatte die Koffer ausgeladen und wartete.

Childan zahlte geistesabwesend. Ja, es war durchaus möglich, daß Mr. Tagomis Klient Major Humo ähnelte; wenigstens, dachte Childan mit einem leisen Lächeln, von meinem Gesichtspunkt aus betrachtet. Er hatte mit so vielen Japanern zu tun gehabt . . . aber es fiel ihm immer noch schwer, sie zu unterscheiden. Da gab es die kurzen Untersetzten, die wie Ringer gebaut waren, und dann die, die wie Apotheker aussahen. Und die braunen Baum-Stauch-Blumen-Gärtner . . . Er hatte seine eigenen Kategorien. Und die jüngeren, die auf ihn überhaupt nicht wie Japaner wirkten. Mr. Tagomis Klient war vermutlich würdig, ein Geschäftsmann. Er würde eine Fillipino-Zigarre rauchen.

Und dann, als er neben seinen Koffern vor dem Nippon Times Gebäude stand, dachte Childan plötzlich voll Schrecken: und wenn sein Klient gar kein Japaner ist! Alles in seinen Koffern war darauf aufgebaut, auf Japaner abgestimmt, ihren Geschmack –.

Aber der Mann mußte Japaner sein. Ein Rekrutierungsplakat aus dem Bürgerkrieg war Mr. Tagomis ursprüngliche Bestellung gewesen; zweifellos konnte sich nur ein Japaner für solchen Kram interessieren. Das war typisch für ihre Vorliebe für das Triviale, für ihre legalistische Faszination, die sie für Dokumente, Proklamationen, Inserate empfanden. Er erinnerte sich an einen Kunden, der seine ganze Mußezeit damit verbracht hatte, Zeitungsanzeigen für amerikanische Patentmedizinen um das Jahr 1900 zu sammeln. Es gab andere Probleme, die es zu lösen galt. Unmittelbare Probleme. Durch die hohen Türen des Nippon Times Gebäudes eilten Männer und Frauen, alle wohlgekleidet; ihre Stimmen drangen an Childans Ohr, und er setzte sich in Bewegung. Ein Blick nach oben auf das hochragende Gebäude, das höchste von ganz San Francisco. Eine Wand von Büros, Fenstern, die fabelhafte Konstruktion japanischer Architekten – und die Gärten mit zwergenhaften immergrünen Gewächsen, die sie umgaben, Felsen, die Karesansui-Landschaft, Sand, der einen eingetrockneten Strom imitierte, der sich an Wurzeln vorbeiwand, zwischen einfachen, unregelmäßigen, flachen Steinen . . .

Er sah einen Schwarzen, der Gepäck getragen hatte und jetzt frei war. Childan rief sofort: »Träger!«

Der Schwarze kam grinsend auf ihn zugetrottet.

»Ins zwanzigste Stockwerk«, sagte Childan mit seiner unfreundlichsten Stimme. »Suite B. Sofort.« Er deutete auf die Koffer und ging auf die Tür des Gebäudes zu. Natürlich sah er sich nicht um.

Unmittelbar darauf wurde er in einen der Schnellifte gedrängt; rings um ihn standen hauptsächlich Japaner, und ihre sauberen Gesichter glänzten im grellen Licht der Kabine. Und dann das Klicken der Stockwerke, die Übelkeit erregende Bewegung des Lifts. Er schloß die Augen, stemmte die Füße gegen den Boden, schickte ein Stoßgebet zum Himmel, daß die Reise schnell zum Ende kommen möge. Der Schwarze hatte die Koffer mit einem Dienstbotenafuzug nach oben befördert. Es wäre undenkbar gewesen, ihm hier Zutritt zu gewähren. Genaugenommen – Childan schlug die Augen auf und sah sich kurz um – er war einer der wenigen Weißen in dem Lift.

Und als die Liftkabine ihn im zwanzigsten Stockwerk entließ, verbeugte Childan sich in Gedanken bereits und bereitete sich auf das Zusammentreffen in Mr. Tagomis Büro vor.

III

Als die Sonne unterging, sah Juliana Frink den Lichtpunkt am Himmel einen feurigen Bogen beschreiben und im Westen verschwinden. Eines dieser Nazi-Raketenschiffe, sagte sie sich. Unterwegs zur Küste. Voll Bonzen. Und hier drunten ich. Sie winkte, obwohl das Raketenschiff natürlich schon lange verschwunden war.

Schatten drängten von den Rockies herein. Blaue Berggipfel, die die Nacht einhüllte. Ein Flug langsamer Vögel, Zugvögel, flatterte parallel zu den Bergen dahin. Die Lichter einer Tankstelle. Häuser. Scheinwerfer von Autos.

Seit Monaten lebte sie jetzt in Canyon City, Colorado. Sie war Judolehrerin. Ihr Arbeitstag war zu Ende, und sie schickte sich an zu duschen. Sie war müde. Alle Duschen waren von Kunden besetzt, also mußte sie draußen in der Kälte warten, konnte den Duft der Bergluft und die Stille genießen. Alles, was sie jetzt hörte, war das schwache Murmeln von dem Frikadellenstand unten an der Straße. Zwei mächtige Diesellastzüge parkten dort. Man sah ihre Fahrer im Zwielicht aussteigen und ihre Lederjacken anziehen, ehe sie den Imbißstand betraten.

Ist Diesel nicht aus einem Kabinenfenster gesprungen? dachte sie. Hat er nicht auf einer Seereise Selbstmord begangen? Vielleicht sollte ich das auch tun. Aber hier gab es keine See. Aber einen Weg gibt es immer. Eine Nadel, die man sich in die Brust steckt, zum Beispiel – und dann Lebewohl, Frink. Das Mädchen, das keinen Angreifer fürchten muß, das immer aufrecht geht. Oder der Tod durch die Auspuffgase eines Wagens in einer Straßenstadt.

Das habe ich von den Japanern gelernt, dachte sie. Ein gleichgültiges Verhältnis zum Tod und Judo, mit dem man Geld verdient. Gelernt, wie man tötet, gelernt, wie man stirbt.

Yang und Yin. Aber das liegt jetzt hinter mir; das ist protestantisches Land.

Es war gut, die Naziraketen am Himmel vorbeiziehen zu sehen, vorbeiziehen, ohne anzuhalten, kein Interesse für Canyon City Colorado zu zeigen, kein Interesse auch für Utah oder Wyoming oder den östlichen Teil von Nevada, kein Interesse für irgendeinen der offenen, freien Wüsten- oder Weidenstaaten. Wir haben keinen Wert, sagte sie sich. Wir können unser armseliges Leben allein leben. Wenn wir wollen.

Eine der Türen zu den Duschkabinen öffnete sich. Ein undeutlicher Umriß, die breite Miss Davis, mit dem Duschen fertig, angezogen, die Handtasche unter dem Arm. »Oh, haben Sie gewartet, Mrs. Frink? Tut mir leid.«

»Schon gut«, meinte Juliana.

»Wissen Sie, Mrs. Frink, Judo hat mich so viel gelehrt. Mehr als Zen. Das wollte ich Ihnen sagen.«

Juliana nickte bloß. Aber Miß Davis war nicht abzuschütteln. »Haben die Ihnen sehr wehgetan?«

»Wer?«

»Die Japs. Ehe Sie gelernt haben, sich selbst zu verteidigen.«

»Es war schrecklich«, sagte Juliana. »Sie sind nie an der Küste gewesen. Dort, wo die sind.«

»Ich habe Colorado nie verlassen«, sagte Miß Davis. Ihre Stimme klang furchtsam und unsicher.

»Es könnte hier auch geschehen«, sagte Juliana. »Die könnten beschließen, dieses Land hier ebenfalls zu besetzen.«

»Aber jetzt doch nicht mehr.«

»Sie wissen nie, worauf die plötzlich kommen«, sagte Juliana. »Die halten ihre wahren Gedanken verborgen.«

»Was – wozu haben die Sie gezwungen?« Miß Davis preßte die Handtasche mit beiden Händen an sich und trat in der Dunkelheit näher an Juliana heran.

»Alles«, sagte Juliana.

»Oh Gott. Da würde ich mich wehren.«

Juliana entschuldigte sich und ging in die leere Duschkabine. Jemand anderer kam mit einem Handtuch über den Arm darauf zu.

Nachher saß sie in einer Nische in Chraley's Hamburger Shop und überflog gleichgültig die Speisekarte. Die Musikbox spielte, Hillbillymusik, Stahlgitarre und hingebungsvoll gestöhnte Worte . . . und das ganze Lokal stank nach heißem Fett. Die LKW-Fahrer an der Theke, die Kellnerin, der große irische Koch in seiner weißen Jacke, der gerade die Registrierkasse bediente.

Als Charley sie sah, kam er näher, um sie selbst zu bedienen. Grinsend fragte er: »Miß, wollen Sie jetzt Tee?«

»Kaffee«, sagte Juliana und ertrug das, was der Koch für Humor hielt, mit Geduld.

»Ah so«, sagte Charley und nickte.

»Und ein Steaksandwich mit Soße.«

»Nicht haben Rattennnestersuppe? Oder vielleicht Ziegenhirn in Olivenöl?« Ein paar von den LKW-Fahrern drehten sich auf ihren Hockern herum und grinsten. Juliana wußte, daß sie gut aussah, insbesondere seit sie aktiv Judo betrieb.

Das hängt alles von den Schultermuskeln ab, dachte sie, als sie dem Blick begegnete. Bei Tänzerinnen ist das genauso. Das hat gar nichts mit Größe zu tun. Schickt eure Frauen in den Judokurs, dann bringen wir es ihnen bei.

»Laßt die in Ruhe«, warnte der Koch die Fahrer und blinzelte ihnen zu. »Die legte jeden von euch auf den Rücken.«

Und sie fragte den jüngeren Fahrer: »Wo kommen Sie denn her?«

»Missouri«, sagten beide Männer.

»Kommen Sie aus den Vereinigten Staaten?« fragte sie.

»Ich schon«, sagte der Ältere. »Philadelphia. Hab' drei Kinder dort. Das älteste ist elf.«

»Hören Sie«, sagte Juliana. »Ist es – ist es leicht, dort einen guten Job zu bekommen?«

Der jüngere Fahrer meinte: »Sicher, wenn Sie die richtige Hautfarbe haben.« Er hatte ein dunkles, brütendes Gesicht mit lockigem schwarzen Haar. Sein Ausdruck war jetzt bitter.

»Das ist ein Itaker«, sagte der Ältere.

»Nun«, meinte Juliana, »hat denn nicht Italien den Krieg gewonnen?« Sie lächelte dem jungen Mann zu, aber er erwiderte ihr Lächeln nicht, sondern seine finsteren Augen glühten noch dunkler, und dann wandte er sich ab.

Tut mir leid, dachte sie. Aber sie sagte nichts. Ich kann auch nichts dafür, daß Sie etwas dunklere Haut haben. Dann dachte sie an Frank. Ob er wohl schon tot ist? Nein, dachte sie. Irgendwie mag er die Japs. Vielleicht identifiziert er sich mit ihnen, weil sie häßlich sind. Sie hatte Frank immer wieder gesagt, daß er häßlich sei. Große Poren. Große Nase. Ihre eigene Haut war zart. Ob er ohne mich gestorben ist? Fink hieß er ursprünglich. Und Finken sind Vögel. Und es heißt, daß Vögel sterben.

»Fahren Sie heute zurück?« fragte sie den jungen Italiener.

»Morgen.«

»Wenn es Ihnen in den USA nicht gefällt, warum kommen Sie dann nicht rüber?« sagte sie. »Ich wohn' jetzt schon 'ne ganze Weile in den Rockies, und es ist nicht so schlimm hier. Ich hab' vorher an der Küste gewohnt, in San Francisco. Die haben dort die gleiche Geschichte mit der Hautfarbe.«

Der junge Italiener richtete sich kurz aus seiner vornübergeneigten Haltung auf und sah sie an. »Lady, ist schon schlimm genug, einen Tag oder eine Nacht in einer solchen Stadt zu verbringen. Hier leben? Herrgott – wenn ich einen anderen Job kriegen könnte und nicht auf der Straße wäre und in solchen Bumslokalen essen müßte –«, dann merkte er, daß der Koch zuhörte und verstummte.

»Joe, du bist ein Snob«, sagte der Ältere.

»Sie könnten ja in Denver leben«, sagte Juliana. »Dort ist es hübscher.« Ich kenne euch Ostamerikaner, dachte sie. Bei euch muß immer alles großartig sein. Ihr träumt die ganze Zeit. Das hier ist Provinz für euch, die Rockies. Seit vor dem Krieg ist hier nichts mehr passiert. Alte Leute in Pension, Bauern, die Dummen, die Langsamen, die Armen . . . und all die klugen Jungs sind nach Osten, nach New York gezogen, sind legal oder illegal über die Grenze gegangen. Denn dort ist das Geld, dachte sie, die große Industrie. Die Expansion. Die deutschen Investitionen haben eine Menge erreicht . . . hat nicht lange gedauert, bis sie die USA wieder aufgebaut hatten.

Und der Koch sagte mit heiserer, ärgerlicher Stimme: »Kumpel, ich mag die Juden nicht besonders, aber ich hab' mir angesehen, wie die neunundvierzig aus den USA geflohen sind. Ich pfeif' auf eure USA. Mag sein, daß dort 'ne Menge gebaut wird und viel Geld 'rumliegt, aber das ist bloß, weil sie es von den Juden gestohlen haben, als sie sie aus New York 'rausgejagt haben. Dieses gottverdammte Nazi-Nürnbergergesetz. Ich hab' als Kind in Boston gelebt und hab' wirklich für die Juden nichts übrig, aber ich hätt' nie gedacht, daß in den USA dieses Nazirassengesetz durchkommt, selbst wenn wir den Krieg verloren haben. Ich bin überrascht, daß ihr nicht beim Militär der USA seid, um irgendeine kleine südamerikanische Republik zu überfallen als Vorhut für die Deutschen, damit sie die Japaner wieder ein Stück weiter zurücktreiben können.«

Beide Fahrer waren aufgestanden. Ihre Gesichter waren verzerrt. Der Ältere nahm eine Ketchupflasche von der Theke und hielt sie wie eine Keule in der Hand. Und der Koch griff, ohne sich umzusehen, hinter sich, bis er eine Fleischgabel in der Hand hielt.

Und Juliana sagte: »Denver bekommt jetzt eine hitzegeschützte Landebahn, damit die Lufthansaraketen dort landen können.«

Keiner der drei Männer rührte sich oder sagte ein Wort. Die anderen Kunden saßen stumm da.

Schließlich meinte der Koch: »Eine ist vor 'ner Stunde hier drübergeflogen.«

»Aber nicht nach Denver«, sagte Juliana. »Die flog zur Küste.«

Die beiden Fahrer setzten sich langsam wieder hin, und der ältere von ihnen murmelte: »Ich vergess' das immer wieder; hier draußen sind die 'n bißchen feige.«

Und der Koch sagte: »Die Japs haben keine Juden umgebracht. Im Krieg nicht und nachher auch nicht. Und Gaskammern haben die Japs auch nicht gebaut.«

»Schade, daß sie es nicht getan haben«, sagte der ältere Fernfahrer. Und dann griff er nach seiner Tasse und fing wieder zu essen an.

Feige, dachte Juliana. Ja, wahrscheinlich stimmt das. Wir mögen die Japse hier draußen.

»Wo wohnen Sie denn?« fragte Juliana den jüngeren Fernfahrer. »Heut' nacht, meine ich.«

»Weiß nicht«, brummte der. »Bin grad erst aus meinem Wagen gestiegen. Ich mag diesen Staat nicht. Vielleicht schlaf' ich im Wagen.«

»Das Honey Bee Motel ist nicht schlecht«, meinte der Koch.

»Okay«, meinte der Mann. »Vielleicht bleibe ich dort. Falls es denen nichts ausmacht, daß ich Italiener bin.« Er hatte einen ausgeprägten Akzent, obwohl er sich bemühte, ihn zu verbergen.

Juliana sah ihn an und dachte, ich bin genauso. Ich hätte es an der Westküste nicht ausgehalten. Und hier werde ich es nach einiger Zeit auch nicht mehr aushalten. Früher wäre ich in den wilden Westen gezogen, aber den gibt's heute nicht mehr. Heut' ist die Grenze nicht mehr der Westen, sondern die anderen Planeten.

Und dann dachte sie: wir beide könnten ja mit einer Rakete zu den Kolonien fliegen. Aber die Deutschen würden uns nicht mitnehmen – ihn wegen seiner Haut und mich wegen meiner schwarzen Haare. Diese blassen, dürren nordischen SS-Schwulen in den Trainingsburgen in Bayern. Dieser Bursche – Joe heißt er – hat nicht einmal den richtigen Gesichtsausdruck; er müßte so aussehen, als glaubte er an nichts und hätte doch den absoluten Glauben. Ja, so sind die. Das sind keine Idealisten wie Joe und ich, das sind Zyniker mit absolutem Glauben. Eine Art Hirndefekt wie eine Lobotomie – wie es diese deutschen Psychiater anstellte von Psychotherapie bei den armen Teufeln machen.

Ihre Schwierigkeit liegt im Sex, entschied sie; in den dreißiger Jahren haben die irgend etwas Schmutziges damit gemacht, und es ist noch schlimmer geworden. Hitler hat damit angefangen mit seiner – was war sie eigentlich? Seine Schwester? Tante? Nichte? Und seine Familie war ohnehin schon ein Produkt von Inzucht; seine Mutter und sein Vater waren Vettern. Sie alle begehen Inzest, das geht zurück auf die Ursünde des

Begehrens nach der eigenen Mutter. Deshalb haben diese Eliteschwulen von der SS auch diese blonde babyhafte Unschuld; sie sparen sich alle für Mama auf. Oder füreinander.

Und wer ist Mama für sie? fragte sie sich. Der Führer? Herr Bormann, der, wie es heißt, im Sterben liegt? Oder – der Kranke.

Der alte Adolf, von dem es hieß, daß er in einem Sanatorium lebt, irgendwo, dem Tode entgegensicht. Syphilis aus den Tagen seiner Armut in Wien . . . langer schwarzer Mantel, schmutzige Unterwäsche, Absteigen.

Offenbar war das wie die Rache Gottes aus irgendeinem alten Stummfilm. Dieser schreckliche Mann, den irgendein innerer Schmutz niedergeschlagen hat, die historische Pestilenz, die Strafe für die Bosheit der Menschen.

Das Schreckliche war nur, daß das heutige deutsche Reich ein Produkt dieses Hirns war. Zuerst eine politische Partei, dann eine Nation und dann die halbe Welt. Und die Nazis selbst hatten die Diagnose gestellt: dieser Quacksalber, dieser Kräuterdoktor, den Hitler gehabt hatte, dieser Doktor Morell, der Hitler mit einer Patentmedizin behandelt hatte, ursprünglich war er Spezialist für Unterleibskrankheiten gewesen. Die ganze Welt wußte es, und doch war alles das, was der Führer plapperte, immer noch geheiligt, die Heilige Schrift. Und diese Ansichten hatten jetzt eine ganze Zivlilisation verseucht und zogen wie böse Sporen von der Erde hinaus zu den fernen Planeten, breiteten die böse Krankheit immer weiter aus.

Das ist der Lohn für Inzest: Wahnsinn, Blindheit und Tod.

Brrr. Sie schüttelte sich.

»Charley?« rief sie den Koch. »Ist mein Essen bald fertig?« Sie kam sich völlig alleine vor. Schließlich stand sie auf, ging zur Theke hinüber und setzte sich neben die Registrierkasse.

Niemand bemerkte sie, nur der junge italienische Fernfahrer. Seine dunklen Augen blickten sie starr an. Joe hieß er. Joe, und was noch? fragte sie sich.

Jetzt, da sie näher bei ihm saß, erkannte sie, daß er gar nicht so jung war, wie sie angenommen hatte. Schwer zu sagen; er wirkte so intensiv und fuhr sich dauernd mit der Hand durchs

Haar, kämmte es mit gebogenen starren Fingern. An diesem Mann ist irgend etwas Besonderes, dachte sie. Er atmet – den Tod. Irgendwie störte es sie und zog sie dennoch an. Jetzt neigte der ältere Fernfahrer den Kopf und flüsterte ihm etwas zu. Dann musterten sie sie beide. Diesmal mit einem Blick, der mehr war als das gewöhnliche männliche Interesse.

»Miß«, sagte der Ältere. Beide Männer wirkten jetzt angespannt. »Wissen Sie, was das ist?« Er zeigte ihr eine flache weiße Schachtel, nicht besonders groß.

»Ja«, sagte Juliana. »Nylonstrümpfe, Kunstfaser. Hergestellt von dem großen Kartell in New York, IG-Farben. Sehr rar und teuer.«

»Das muß man den Deutschen lassen; ein Monopol ist keine schlechte Idee.« Der ältere Fernfahrer gab die Schachtel seinem Begleiter, der sie mit dem Ellbogen über die Theke zu ihr hinüberschob.

»Haben Sie einen Wagen?« fragte der junge Italiener.

Charley kam mit ihrem Teller aus der Küche.

»Sie könnten mich dort hinbringen.« Die wilden, starken Augen studierten sie immer noch, und sie wurde immer nervöser, spürte aber gleichzeitig den Bann, der von diesem Blick ausging. –Dieses Motel, wo ich heute Nacht bleiben soll. So ist es doch, oder?«

»Ja«, sagte sie. »Ich hab' einen Wagen. Einen alten Studebaker.«

Der Koch sah zuerst sie und dann den jungen Fernfahrer an und stellte den Teller vor ihr hin auf die Theke.

*

Die Lautsprecherstimme sagte: »Achtung, meine Damen und Herren.«

Mr. Baynes zuckte zusammen und schlug die Augen auf. Durch das Fenster zu seiner Rechten konnte er weit unter sich das Braun und Grün von Land sehen. Und dann Blau. Der Pazifik. Die Rakete hatte den Landeanflug begonnen.

Zuerst auf deutsch, dann auf japanisch und schließlich auf

englisch erklärte der Lautsprecher, daß man nicht rauchen und die Sitzgurte anlegen solle. Die Landung, so hieß es, würde acht Minuten dauern.

Und dann setzten plötzlich die Retroraketen ein, so plötzlich und so laut, daß eine Anzahl von Passagieren zusammenzuckte. Mr. Baynes lächelte, und auf dem Außensitz, auf der anderen Seite des Mittelgangs, lächelte ein junger Mann mit kurzgeschorenem blonden Haar ebenfalls.

»Sie fürchten, daß –«, begann der junge Mann, aber Baynes sagte gleich in englischer Sprache:

»Tut mir leid, ich spreche nicht deutsch.«

Der junge Deutsche starrte ihn fragend an, worauf Baynes in gebrochenem Deutsch seine Erklärung wiederholte.

»Nicht deutsch?« fragte der junge Deutsche in ebenso gebrochenem Englisch.

»Ich bin Schwede«, sagte Baynes.

»Sie sind doch in Tempelhof an Bord gegangen.«

»Ja, ich war geschäftlich in Deutschland. Ich reise geschäftlich in viele Länder.«

Der junge Deutsche konnte sich einfach nicht vorstellen, daß jemand in dieser mordernen Welt, jemand, der internationale Geschäftsverbindungen hatte und der in der modernsten Lufthansarakete reiste – sich leisten konnte zu reisen – nicht deutsch sprechen konnte oder wollte.

»In welcher Branche sind Sie denn tätig, mein Herr?« fragte er Baynes.

»Plastik, Polyester, Kunstharze. Ersatz – Industrieanwendung. Verstehen Sie? Keine Konsumgüter.«

»Schweden hat eine *Plastik*industrie?«

Unglauben.

»Ja, eine sehr gute. Wenn Sie mir Ihren Namen geben, lasse ich Ihnen eine Firmenbroschüre schicken.« Mr. Baynes holte einen Notizblock heraus.

»Schon gut. Das wäre bei mir Verschwendung. Ich bin Künstler. Nicht Geschäftsmann. Entschuldigen Sie bitte. Wahrscheinlich haben Sie meine Arbeiten auf dem Kontinent gesehen. Alex Lotze.« Er wartete.

»Tut mir leid, aber ich interessiere mich nicht für moderne Kunst«, sagte Mr. Baynes. »Ich mag die alten Vorkriegskubisten und Abstrakten. Ich möchte, daß ein Bild etwas bedeutet und nicht nur die Wiedergabe eines Idealzustandes ist.« Er wandte sich ab.

»Aber das ist doch die Aufgabe der Kunst«, sagte Lotze. »Sie soll die Herrschaft des geistigen Aspektes des Menschen über seinen sinnlichen Aspekt fördern. Ihre abstrakte Kunst repräsentierte eine Periode geistiger Dekadenz, eine Periode geistigen Chaos' infolge der Auflösung der Gesellschaft, der alten Plutokratie. Die jüdischen und kapitalistischen Millionäre, jener internationale Clan, der die dekadente Kunst unterstützte. Diese Zeiten sind vorbei; die Kunst muß sich weiterentwickeln – sie kann nicht stillstehen.«

Baynes nickte und sah zum Fenster hinaus.

»Sind Sie schon einmal am Pazifik gewesen?« fragte Lotze.

»Schon einige Male.«

»Ich noch nicht. In San Francisco findet eine Ausstellung meiner Werke statt. Dr. Goebbels' Büro hat sie im Verein mit den japanischen Behörden arrangiert. Kulturaustausch zur Förderung von Verständnis zwischen dem Reich und Japan. Wir müssen die Spannungen zwischen dem Osten und dem Westen abbauen. Meinen Sie nicht auch? Es muß bessere Verbindungen zwischen uns geben, und die Kunst kann diese Verbindungen fördern.«

Baynes nickte. Unter ihnen, jenseits des Feuerrings der Rakete, konnte man jetzt die Stadt San Francisco und die Bucht sehen.

»Wo ißt man denn in San Francisco?« fragte Lotze. »Ich habe ein Zimmer im Palace Hotel reserviert, aber soweit ich gehört habe, findet man insbesondere im internationalen Viertel, in Chinatown zum Beispiel gutes Essen.«

»Stimmt«, nickte Baynes.

»Sind die Preise in San Francisco hoch? Ich muß hier aus meiner eigenen Tasche leben. Das Ministerium ist sehr sparsam.« Lotze lachte.

»Das kommt auf den Wechselkurs an, den Sie bekommen.

Ich nehme an, Sie haben Wechsel auf die Reichsbank. Ich schlage vor, Sie gehen zur Bank von Tokio an der Samsonstreet und tauschen dort um.«

»Vielen Dank«, sagte Lotze. »Ich hätte es im Hotel gemacht.«

Die Rakete war beinahe gelandet. Baynes konnte bereits den Flugplatz selbst sehen, die Hangars, die Parkplätze, die Autobahn aus der Stadt, die Häuser . . . ein schöner Anblick, dachte er. Berge und Wasser und ein paar Nebelfetzen, die durch das Golden Gate hereintreiben.

»Was ist das für ein riesiges Gebäude dort unten?« fragte Lotze. »Es ist nur halb fertig, an einem Ende offen. Ein Raumhafen? Ich dachte immer, diese Nipponesen haben keine Raumfahrzeuge.«

Baynes lächelte. »Das ist das ›Goldener Mohn Stadion‹ Der Baseballplatz.«

Lotze lachte. »Ja, die sind ja auf Baseball ganz wild. Unglaublich. Ein solch mächtiges Gebäude nur für ein Vergnügen, für einen Sport, der nichts anderes als Zeitverschwendung ist.«

Baynes unterbrach ihn. »Es ist fertig. Das ist seine endgültige Form. Auf einer Seite offen. Eine neue Architektur. Sie sind sehr stolz darauf.«

»Sieht aus, als hätte ein Jude es gebaut«, sagte Lotze nach einem Blick nach unten.

Baynes sah den Mann eine Weile an. Einen Augenblick spürte er förmlich das Ungleichgewicht, das Psychotische im Geist des Deutschen. War das, was Lotze gesagt hatte, tatsächlich sein Ernst, war das wirklich eine spontane Bermerkung?

»Hoffentlich sehen wir uns wieder in San Francisco«, sagte Lotze, als die Rakete aufsetzte. »Ohne einen Landsmann, mit dem ich mich unterhalten kann, wird es mir hier langweilig sein.«

»Ich bin nicht Ihr Landsmann«, sagte Baynes.

»Ja stimmt, aber rassisch betrachtet stehen Sie mir nahe. Genau betrachtet, ist da überhaupt kein Unterschied.« Lotze begann, die Sitzgurte zu öffnen. Bin ich rassisch mit diesem Mann verwandt? fragte sich Baynes. Dann müßte ich auch diesen psychotischen Zug haben. Wir leben in einer psychotischen Welt. Die Verrückten sind an der Macht. Wie lange wissen wir das schon? Und wie viele von uns wissen es? Lotze weiß es nicht. Vielleicht ist man gar nicht verrückt, wenn man weiß, daß man verrückt ist.

Oder wirst du endlich vernünftig? Vielleicht ist es eine Art Aufwachen. Wahrscheinlich wissen das nur einige wenige. Isolierte Einzelgänger. Aber die breiten Massen . . . Was denken sie eigentlich? All die Hunderttausende in dieser Stadt. Können sie sich eigentlich vorstellen, daß sie in einer gesunden Welt leben? Oder ahnen sie es, erkennen sie bruchstückhaft die Wahrheit . . .?

Aber was bedeutet es überhaupt, dieses Wort? *Verrückt?* Was meine ich damit? Ich fühle es, sehe es, aber was ist es? Es ist etwas, das sie tun, etwas, das sie sind, dachte er. Etwas unterhalb ihres Bewußtseins. Ihr mangelndes Wissen über andere. Das fehlende Bewußtsein dafür, was sie anderen antun, die Zerstörung, die sie verursacht haben und noch verursachen. Nein, dachte er, das ist es nicht. Ich weiß nicht; ich spüre es, fühle es intuitiv. Aber – sie sind ohne Zweck und Ziel grausam . . . ist es das? Nein. Sind es ihre Pläne? Ja, ihre Pläne. Ihre Erroberung der Planeten. Etwas Hektisches, Verrücktes, wie es die Eroberung Afrikas war und vorher die Eruopas und Asiens.

Ihre Betrachtung der Welt; sie ist kosmisch. Sie sehen nicht einen Mann hier und ein Kind dort, sondern eine Abstraktion: Rasse, Land, *Volk, Blut, Ehre*. Nicht ehrenhafte Männer, sondern Ehre an sich. Ehre, die Abstraktion ist für sie real, das Wirkliche ist ihnen unsichtbar. Es ist ihr Sinn, mit dem sie Raum und Zeit erkennen. Sie blicken durch das, was hier und jetzt ist, in das endlose tiefe Schwarz dahinter, welches sich nicht verändert. Und das ist für das Leben fatal. Denn am Ende wird kein Leben mehr sein; einmal gab es nur die Staubpartikel im All, die heißen Wasserstoffgase, sonst nichts, und das wird wieder sein. Dies ist nur ein kurzes *Intervall,* ein Augenblick. Der kosmische Prozeß rast weiter, drückt das Leben zurück in den Granit und das Metan; das Rad dreht sich für das ganze

Leben. Alles ist nur von kurzer Dauer, ist temporär. Und sie – diese Wahnsinnigen – reagieren auf den Granit, den Staub, das Sehen des Leblosen; sie wollen der Natur helfen.

Und ich weiß auch warum, dachte er. Sie wollen Subjekt, nicht Objekt der Geschichte sein. Sie identifizieren sich mit der Macht Gottes und glauben, selbst Gott zu sein. Darin liegt ihr grundlegender Wahnsinn. Für sie ist das nicht Hybris, nicht stolz, ihr Ego ist bis an seine Grenzen angeschwollen – für sie ist das, was angebetet wird und der, der anbetet, ineinander verschmolzen. Der Mensch hat nicht Gott aufgezehrt; Gott hat den Menschen aufgezehrt.

Was sie nicht begreifen, ist die *Hilflosigkeit* des Menschen. Ich bin schwach, klein, für das Universum ohne Wichtigkeit. Es bemerkt mich überhaupt nicht, ich lebe ungesehen. Aber warum soll das schlecht sein? Ist es so nicht besser? Wen die Götter sehen, vernichten sie. Sei klein . . . und du wirst der Eifersucht der Großen entkommen.

Als Baynes seinen eigenen Sitzgurt löste, sagte er: »Mr. Lotze, ich habe das noch niemandem gesagt. Ich bin Jude. Verstehen Sie?«

Lotze starrte ihn an.

»Sie hätten das nie erfahren«, sagte Baynes. »Weil ich, physisch betrachtet, nicht wie ein Jude aussehe. Ich habe meine Nase ändern lassen, meine großen Poren verkleinern lassen, meine Haut ist klinisch aufgehellt worden und meine Schädelform verändert. Kurz gesagt, physisch kann man mich nicht entdecken. Ich habe mich oft in den höchsten Kreisen der Nazigesellschaft bewegt. Niemand wird mich je entdecken. Und –«, er war aufgestanden und stand jetzt dicht hinter Lotze, redete ganz leise, so daß nur Lotze es hören konnte. »Und es gibt noch mehr von uns. Hören Sie? Wir sind nicht gestorben. Wir existieren immer noch. Wir leben ungesehen weiter.«

Nach einem Augenblick stammelte Lotze: »Der Sicherheitsdienst –«

»Der SD kann meine Akten überprüfen«, sagte Baynes. »Sie können mich melden. Aber ich habe Verbindungen zu höchsten Stellen. Einige davon arisch, andere Juden in höchsten

Positionen in Berlin. Man wird Ihrem Bericht nicht glauben. Und dann werde ich Sie melden. Ich werde durch meine Verbindungen dafür sorgen, daß Sie in Schutzhaft kommen.« Er lächelte, nickte und ging zum Ausgang.

Nachher gingen sie über das kalte windige Feld. Plötzlich fand Baynes sich wieder neben Lotze. »Offengestanden«, sagte Baynes, »Ihr Gesicht gefällt mir nicht, Mr. Lotze. Also werde ich Sie, glaube ich, in jedem Fall melden.« Er beschleunigte seine Schritte und ließ Lotze hinter sich zurück.

Hinter den Türen warteten eine Menge Leute. Verwandte, Freunde der Passagiere. Einige von ihnen winkten, musterten Gesichter. Ein untersetzter Japaner in mittleren Jahren in einem Mantel von englischem Schnitt, spitzen Oxfordschuhen und Melone stand etwas vor ihnen neben einem anderen, jüngeren Japaner. Am Mantelaufschlag trug er die Plakette der Pazifischen Handelsmission der Kaiserlichen Regierung. Das ist Mr. Tagomi, dachte Baynes. Er holt mich persönlich ab.

Der Japaner trat vor und rief: »Herr Baynes – guten Abend.« Er neigte zögernd den Kopf.

»Guten Abend, Mr. Tagomi«, sagte Baynes und streckte ihm die Hand hin. Der jüngere Japaner verbeugte sich ebenfalls. Er strahlte.

»Etwas kalt, Sir, hier im Freien«, sagte Mr. Tagomi. »Wir fliegen mit dem Helikopter der Mission in die Innenstadt zurück. Einverstanden? Oder wollen Sie sich die Hände waschen und so weiter?« Er musterte Mr. Baynes etwas ängstlich.

»Wir können gleich starten«, sagte Baynes. »Ich möchte ins Hotel. Aber mein Gepäck –«

»Mr. Kotomichi wird sich darum kümmern«, sagte Mr. Tagomi. »Er kommt dann nach. Wissen Sie, auf diesem Flughafen dauert es beinahe eine Stunde, bis man sein Gepäck bekommt. Länger als die Reise selbst.«

Mr. Kotomichi lächelte freundlich und nichtssagend.

»Na schön«, nickte Baynes.

Und Mr. Tagomi sagte: »Sir, ich habe Ihnen ein Geschenk anzubieten.«

»Wie bitte?« fragte Baynes.

»Um Sie in günstige Stimmung zu versetzen.« Mr. Tagomi griff in die Manteltasche und holte eine kleine Schachtel heraus. »Aus den schönsten Kunstgegenständen Amerikas ausgewählt.« Er streckte ihm die Schachtel hin.

»Nun«, meinte Baynes. »Vielen Dank.« Er nahm die Schachtel.

»Verschiedene Beamte haben den ganzen Nachmittag Alternativen geprüft«, sagte Mr. Tagomi. »Das ist ganz besonders authentisch für die sterbende alte Kultur der Verinigten Staaten, ein seltenes Artefakt, das noch den Glanz vergangener Zeiten trägt.«

Mr. Baynes öffnete die Schachtel. Auf einem schwarzen Samtkissen lag eine Mickymaus-Armbanduhr.

Wollte Mr. Tagomi sich über ihn lustig machen? Er hob den Blick, sah Mr. Tagomis angespanntes, besorgtes Gesicht. Nein, das war kein Scherz. »Vielen Dank«, sagte Baynes. »Das ist wirklich unglaublich.«

»Es gibt heute auf der ganzen Welt nur noch wenige – vielleicht zehn – authentische Mickymausuhren aus dem Jahre 1938«, sagte Mr. Tagomi, studierte ihn, sog seine Reaktion förmlich auf. »Kein mir bekannter Sammler besitzt eine, Sir.«

Sie betraten das Flughafengebäude und gingen gemeinsam die Rampe hinauf.

Hinter ihnen sagte Mr. Katomichi: *»Harusame ni nuretsutsu yane ne temari kana . . .«*

»Was ist das?« sagte Mr. Baynes zu Mr. Tagomi.

»Altes Gedicht«, sagte Mr. Tagomi. »Mittlere Tokugawa-Periode.«

Mr. Kotomichi sagte: *»Während die Frühlingsregen fallen, benetzen sie auf dem Dach den Stoffball eines Kindes.«*

IV

Frank sah seinem ehemaligen Arbeitgeber zu, wie er den Korridor herunterwatschelte und in die Werkhalle der W–M Corporation trat. Er dachte dabei, das Eigenartige an Wyndam-

Matson ist, daß er gar nicht wie ein Mann aussieht, der eine Fabrik besitzt, dachte Frank Frink und blickte seinem ehemaligen Chef nach. Eher wie ein Tramp, der Rotweinbruder, dem man ein Bad gegeben hat, neue Kleider, eine Vitaminspritze und fünf Dollar, um ein neues Leben aufzubauen. Der Alte machte den Eindruck, als sähe er in jedem Fremden einen möglichen Feind, der stärker war als er selbst. Irgendwie kriegen mich die, schien jede Faser an ihm zu sagen.

Und doch war der alte W-M ein durchaus mächtiger Mann. Er besaß kontrollierende Anteile bei einer ganzen Anzahl von Unternehmungen, Immobilien, Mietshäuser. Und die W-M-Corporation.

Frink ging hinter dem Alten her und stieß die große Blechtür zur Werkstätte auf. Das Poltern von Maschinen, die er so lange jeden Tag gehört hatte – der Anblick von Männern an den Maschinen, der vertraute Geruch, der Staub, die Bewegung. Da ging der Alte. Frink beschleunigte seine Schritte.

»Heh, Mr. W-M!« rief er.

Der Alte war jetzt neben dem Vorarbeiter, Ed McCarthy, stehengeblieben. Beide blickten auf, als Frink auf sie zutrat.

Wyndam-Matson leckte nervös die Lippen und sagte: »Tut mir leid, Frink, ich kann Sie wirklich nicht wieder nehmen. Ich habe bereits jemanden für Sie eingestellt, weil ich dachte, Sie kommen nicht wieder. Nach dem, was Sie gesagt haben.« Seine kleinen runden Augen huschten unruhig herum.

»Ich wollte bloß meine Werkzeuge holen«, sagte Frink. Befriedigt stellte er fest, daß wenigstens seine Stimme fest, ja hart klang.

»Schön, dann wollen wir mal sehen«, brummte W-M und wandte sich dann McCarthy zu. »Das können Sie ja erledigen, Ed. Ich hab etwas anderes zu tun.« Er sah auf seine Taschenuhr. »Hören Sie, Ed, über diese Rechnung da sprechen wir nachher. Ich muß jetzt weg.« Er kopfte Ed auf die Schulter und trottete, ohne sich umzusehen, davon.

Ed McCarthy und Frink standen nebeneinander.

»Du bist da, um dir deinen Job zurückzuholen«, sagte McCarthy nach einer Weile.

»Ja«, nickte Frink.

»Ich war stolz auf das, was du gestern gesagt hast.«

»Ich auch«, meinte Frink. »Aber – Herrgott, ich kann doch sonst nirgends arbeiten.« Er kam sich verlassen und ohne Hoffnung vor. »Das weißt du doch auch.«

»Das weiß ich nicht«, sagte McCarthy. »Du kannst mit dieser Flexmaschine genausogut umgehen wie jeder andere an der ganzen Küste. Ich hab' doch selbst gesehen, wie du in fünf Minuten ein Stück fertiggemacht hast – inklusive polieren. Bloß nicht geschweißt –«

»Ich hab' nie behauptet, daß ich schweißen kann«, sagte Frink.

»Hast du je daran gedacht, dich selbständig zu machen?«

Frink riß überrascht die Augen auf. »In welcher Branche denn?«

»Schmuck.«

»Ach Unsinn!«

»Sonderanfertigungen, Originale, keine Serienproduktion.« McCarthy winkte ihn in eine Ecke. »Für etwa zweitausend Eier könntest du in einem Keller oder in einer Garage einen Laden aufmachen. Ich hab' mal Ohrringe entworfen. Erinnerst du dich – wirklich modern, zeitgenössisch.« Er nahm ein Blatt Papier und begann, mit zusammengekniffenen Lippen zu skizzieren.

Frink sah über seine Schulter. Da enstand der Entwurf zu einem Armband, abstrakt, mit fließenden Linien. »Gibt es einen Markt dafür?« Er hatte immer nur die traditionellen – ja sogar die antiken Stücke aus der Vergangenheit gesehen. »Niemand will zeitgenössische amerikanische Kunst; so etwas gibt es eigentlich überhaupt nicht, seit dem Krieg nicht mehr.«

»Dann mußt du dir eben einen Markt schaffen«, sagte McCarthy und schnitt eine Grimasse.

»Du meinst . . . selber verkaufen?«

»Trag' die Sachen doch in die Läden. Wie zum Beispiel den – wie heißt er gleich? Auf der Montgomerystreet, du weißt schon, welchen Laden ich meine.«

»American Artistic Handcrafts?« sagte Frink. Er ging nie in

teure Läden wie den. Das taten nur wenige Amerikaner; die Japaner hatten das Geld, in solchen Läden einzukaufen.

»Weißt du, was solche Händler verkaufen?« fragte McCarthy. »Und ein Vermögen dabei verdienen? Diese verdammten silbernen Gürtelschnallen aus New Mexiko, wie sie die Indianer machen. Richtiger Touristenkram. Aber die sagen, es sei eingeborene Kunst.«

Frink sah McCarthy ein paar Augenblicke an. »Ich weiß, was die sonst noch verkaufen«, sagte er schließlich. »Und du auch.«

»Ja«, nickte McCarthy.

Sie wußten es beide – schließlich hatten sie lange damit zu tun gehabt.

Offziell bestand das Geschäft der W-M-Corporation darin, schmiedeeiserne Treppengeländer, Kaminverkleidungen, Gartentore und dergleichen für neue Wohngebäude serienmäßig nach Standardentwürfen herzustellen. Eine Eisengießerei also. Aber daneben gab es da noch eine andere Aktivität, aus der die wirklichen Profite kamen.

Mittels einer komplizierten Vielzahl von Werkzeugen, Materialien und Maschinen lieferte die W-M-Corporation einen ständigen Fluß von Fälschungen amerikanischer Gegenstände aus der Vorkriegszeit. Diese Fälschungen wurden vorsichtig, aber geschickt in den Großhandel mit Kunstgewerbegegenständen eingeschleust, wo sie sich zu den echten Gegenständen gesellten, die im ganzen Kontinent gesammelt wurden. Ebenso wie im Briefmarken- und im Münzgeschäft konnte neimand den Prozentsatz von Fälschungen, die im Umlauf waren, wirklich abschätzen. Und niemand – insbesondere die Händler und Sammler – wollte das überhaupt.

Als Frink gekündigt hatte, lag auf seiner Werkbank ein halb fertiggestellter Coltrevolver aus der Zeit der Besiedelung des Westens; er hatte die Fußformen selbst hergestellt, den Guß durchgeführt und die Stücke dann von Hand geglättet. Es gab einen unbegrenzten Markt für Kleinwaffen aus dem amerikanischen Bürgerkrieg und der darauf folgenden Besiedelungsperiode. Die W-M-Corporation konnte alles verkaufen, was Frink herstellte. Das war seine Spezialität.

Er ging langsam an seine Werkbank und hob den noch ungeglätteten Ladestock des Revolvers auf. Noch drei Tage, und die Waffe wäre fertig gewesen. Ja, dachte er, wirklich gute Arbeit. Ein Fachmann hätte den Unterschied feststellen können ... aber die japnischen Sammler waren eben keine Fachleute, hatten überhaupt keine Maßstäbe, an denen sie Vergleiche ziehen konnten.

Soweit er wußte, war es ihnen überhaupt nie in den Sinn gekommen, sich zu fragen, ob die sogenannten historischen Kunstgegenstände, die in den Läden an der Westküste verkauft wurden, echt waren. Vielleicht würden sie das eines Tages tun ... Und dann würde die Seifenblase platzen und der Markt zusammenbrechen, selbst für die echten Stücke. Das war wie ein Greshams Gesetz: die Falsifikate würden den Wert der echten Stücke unterminieren. Und das war ohne Zweifel auch der Grund, weshalb niemand Nachforschungen anstellte; schließlich war jedermann glücklich und zufrieden. Die Manufakturen hier und dort in den verschiedenen Städten, die die Stücke herstellten und lieferten, machten ihre Profite. Die Großhändler gaben sie weiter, und die Händler stellten die Stücke aus und warben für sie. Die Sammler blätterten ihr Geld hin und trugen ihre Käufe zufrieden und glücklich nach Hause, um bei ihren Kollegen, Freunden und Freundinnen Eindruck zu machen.

Es war wie beim Notgeld aus der Nachkriegszeit – gut und echt, solange es nicht in Zweifel gezogen wurde. Niemand erlitt einen Schaden – bis der Tag der Abrechnung kam. Und dann würde jedermann und in gleicher Weise ruiniert sein. Aber unterdessen sprach niemand darüber, selbst die Männer nicht, die sich ihren Lebensunterhalt damit verdienten, die Fälschungen herzustellen; sie verschlossen ihre eigene Vorstellung vor dem, was sie machen, konzentrierten ihre Aufmerksamkeit auf die bloßen technischen Probleme.

»Wann hast du denn zum letzten Mal versucht, selbst Entwürfe zu machen?« fragte McCarthy.

Frink zuckte die Achseln. »Jahre. Ich kann verdammt genau kopieren, aber –«

»Weißt du, was ich glaube? Ich glaube, du hast dir diese Nazivorstellung angeeignet, daß Juden nicht zu schöpferischer Arbeit fähig sind, daß sie nur imitieren und verkaufen können. Schmarotzer.« Er starrte Frink an.

»Kann sein«, meinte Frink.

»Versuch's doch. Irgendein origineller Entwurf wird dir doch gelingen. Oder arbeite direkt mit dem Metall. Einfach spielerisch, so wie ein Kind.«

»Nein«, sagte Frink.

»Du hast kein Selbstvertrauen«, meinte McCarthy. »Du hast den Glauben an dich selbst verloren, stimmt's? Schade. Ich weiß nämlich, daß du es schaffen würdest.« Er ging weg.

Schade, dachte Frink. Aber trotzdem, er hat recht. Und ich kann mich nicht dazu zwingen, Selbstvertrauen zu haben, wenn es einfach nicht da ist.

Dieser McCarthy, dachte er, wirklich ein verdammt guter Vorarbeiter. Er versteht sich darauf, einen Menschen anzutreiben, ihn dazu zu bringen, das Beste zu leisten, ob er es nun wollte oder nicht, Spitzenleistungen zu erbringen. Ein natürliches Führertalent; fast hätte er mich selbst inspiriert, wenigstens einen Augenblick lang. Aber – McCarthy war weitergegangen, sein Versuch fehlgeschlagen.

Schade, daß ich mein Orakel nicht da habe, dachte Frink. Ich könnte es befragen, könnte mich der fünftausend Jahre Weisheit bedienen, die dahinterstecken. Und dann fiel ihm ein, daß im Empfangsraum der W-M-Corporation eine Kopie des *I Ching* lag. Also eilte er über den Korridor, durch die Büros in die Halle.

Er setzte sich auf einen der Besuchersessel und schrieb seine Frage auf die Rückseite eines Briefumschlags. »Sollte ich versuchen, mich selbständig zu machen, wie man es mir gerade vorgeschlagen hat?« Und dann begann er, die Münzen zu werfen.

Die unterste Zeile war eine sieben und die zweite auch, und dann die dritte. *Ch'ien* dachte er. Das klang gut; *Ch'ien* stand für Kreativität. Dann Zeile vier, eine acht. Yin. Und Zeile fünf, ebenfalls eine acht, eine Yinzeile. Großer Gott, dachte er erregt.

Noch eine Yinzeile und ich habe das Hexagramm elf, *T'ai*, Frieden. Sehr günstiges Urteil. Oder – seine Hände zitterten als er die Münzen zum Wurf vorbereitete. Eine Yangzeiele. Folglich Hexagramm sechsundzwanzig. *Ta Cha'u*, die zähmende Macht des Großen. Beide haben ein günstiges Urteil. Er warf die drei Münzen. Yin. Eine Sechs. Frieden.

Er klappte das Buch auf und las:

> FRIEDEN. Das Kleine flieht,
> das Große nähert sich. Glück. Erfolg.

Also sollte ich Ed McCarthy's Vorschlag aufgreifen. Ein Geschäft eröffnen. Und jetzt die Sechs oben, meine einzige Zeile, die sich bewegt. Er schlug die Seite um. Wie lautete der Text? Er konnte sich nicht erinnern; aber wahrscheinlich günstig. Seine Augen fanden die Zeile, überflogen sie.

> Die Mauern fallen in den Graben.
> Schicke kein Heer.
> Verkünde deine Befehle in deiner eigenen Stadt.
> Beständigkeit bringt Erniedrigung.

»Großer Gott im Himmel!« rief er erschrocken aus. Und der Kommentar:

> Der in der Mitte des Hexagramms angegebene Wandel hat angefangen, stattzufinden. Die Mauern der Stadt sinken in den Graben zurück, aus dem man sie errichtet hat. Die Stunde des Verderbens ist nahe . . .

Es war ohne Zweifel eine der negativsten Zeilen im ganzen Buch, das doch mehr als dreitausend Zeilen enthielt. Und doch war das Urteil des Hexagramms gut.

Was sollte er nun tun?

Und wie kam es, daß die beiden Sprüche so verschieden waren? Das war ihm bisher nie passiert: Glück und Verderben in der Prophezeiung des Orakels gemischt; dabei konnte es doch nicht das eine oder das andere sein. Man kann nicht gleichzeitig Glück und Verderben erleben.

Oder . . . doch? Das Schmuckgeschäft wird mir Glück bringen; darauf bezieht sich der Spruch. Aber diese Zeile, diese gottverdammte Zeile, sie bezieht sich auf etwas Tieferes, irgendeine zukünftige Katastrophe, die vielleicht nicht einmal mit dem Schmukgeschäft in Verbindung steht. Irgendein böses Geschick, das *auf jeden Fall* mir bevorsteht . . .

Krieg! dachte er. Der dritte Weltkrieg! Zwei Milliarden verdammte Menschen tot, eine Zivilisation ausgelöscht. Wasserstoffbomben, die wie Hagel niedergehen.

Gewalt! dachte er. Was geht hier vor? Habe ich einen Fehler gemacht? Oder – vielleicht wir alle. Diese Physiker sind schuld daran oder diese Synchronitätstheorie, nach der jedes Partikel mit jedem anderen in Verbindung steht; man kann keinen Furz lassen, ohne das Gleichgewicht des Universums zu verändern. Ich schlage ein Buch auf und bekomme einen Bericht über künftige Ereignisse, die selbst der Herrgott im Himmel am liebsten zu den Akten legen und vergessen würde. Und wer bin ich denn? Jedenfalls der falsche, das kann ich sagen.

Ich sollte meine Werkzeuge holen, meinen Laden eröffnen und mit meinem kleinen Geschäft anfangen, auch wenn das Orakel noch so schlimm ist. Und arbeiten, bis zum Ende tätig sein und so gut leben, wie ich kann, so aktiv wie möglich, bis die Mauer in den Graben fällt, für uns alle, die ganze Menschheit. Das ist es doch, was das Orakel mir sagt. Am Ende wird das Schicksal uns am Kragen kriegen, aber inzwischen hab' ich meinen Job; ich muß meinen Verstand einsetzen, meine Hände.

Das Urteil war für mich allein, für meine Arbeit. Aber die Zeile; die war für uns alle.

Ich bin zu klein, dachte er. Ich kann nur lesen, was geschrieben steht, nach oben blicken und dann den Kopf senken und weitertrotten, wo ich aufgehört habe, so als hätte ich es nicht gesehen. Das Orakel erwartet nicht von mir, daß ich die Straße hinauf und hinunterrenne und es den Leuten zurufe.

Kann es überhaupt *jemand* verändern? fragte er sich. Wir alle vereint . . . oder eine große Figur . . . oder jemand an strategischer Stelle, der sich zufälligerweise gerade am richtigen

Punkt befindet. Glück. Zufall. Und unser aller Leben, unsere Welt, hängen davon ab.

Er klappte das Buch zu und ging in die Werkstätte zurück. Als er McCarthy sah, winkte er ihn zu sich heran.

»Je mehr ich darüber nachdenke, desto besser gefällt mir deine Idee«, sagte er.

»Fein«, meinte McCarthy. »Jetzt hör zu. Du mußt dir von Wyndam-Matson Geld beschaffen.« Er zwinkerte ihm zu. »Ich hab' mir auch schon überlegt, wie. Ich werde hier kündigen und dein Partner werden. Meine Entwürfe, weißt du, ich weiß, daß die gut sind.«

»Sicher«, nickte Frink etwas beklommen.

»Wir sehen uns heute abend nach der Arbeit«, erklärte McCarthy. »In meiner Wohnung. Komm doch gegen sieben, dann kannst du mit Jean und mir zu Abend essen – falls dir die Kinder nicht auf die Nerven gehen.«

»Okay«, sagte Frink.

McCarthy schlug ihm auf die Schulter und ging.

In den letzten zehn Minuten hat sich viel verändert, sagte sich Frink. Er spürte die Erregung in sich aufsteigen. Das ist wirklich schnell gegangen, dachte er, als er zu seiner Werkbank hinüberging und anfing, seine Werkzeuge einzusammeln. Aber so geht es mit diesen Dingen meistens. Man muß die Gelgenheit, wenn sie sich bietet –

Wenn das Orakel sagt »etwas muß getan werden« – dann meint es das auch. Die Zeit ist wahrhaft groß. Welche Zeit ist jetzt? Was ist dieser Augenblick? Sechs ganz oben im Hexagramm Elf ändert alles in Sechsundzwanzig, die zähmende Kraft des Großen. Aus yin wird yang; die Zeile bewegt sich, und ein neuer Moment taucht auf. Und ich war so aus dem Schritt geraten, daß ich es nicht einmal bemerkte.

Ich wette, daß ich deshalb diese schreckliche Zeile kriegte; anders kann sich Hexagramm Elf gar nicht in Hexagramm Sechsundzwanzig verändern, durch diese sich bewegende Sechs ganz oben. Ich sollte mich also nicht verrückt machen lassen.

Trotzdem, trotz seiner Erregung und seines Optimismus

schaffte er es nicht, die Zeile aus seinen Gedanken zu verdrängen.

Dennoch, der Versuch, den ich vorhabe, ist verdammt gut, dachte er ironisch; bis sieben Uhr heute abend habe ich das Ganze vielleicht vergessen, so, als wäre es nie geschehen.

Mein ganzes Leben habe ich darauf gewartet. Und das Orakel – vielleicht habe ich es bis heute abend um sieben vergessen, vielleicht weiß ich dann gar nicht mehr, was war.

Hoffentlich, dachte er. Denn dieses Zusammentreffen mit Ed ist wichtig. Eine Klasseidee, was er da hat, das weiß ich. Und ich will mit dabei sein.

Im Augenblick bin ich ein Nichts, aber wenn ich das schaffe, bekomme ich vielleicht Juliana zurück. Ich weiß, was sie will – sie verdient es, mit einem Mann verheiratet zu sein, der etwas bedeutet, einer wichtigen Person in der Gesellschaft. Früher waren Männer noch Männer; vor dem Krieg zum Beispiel. Aber das ist jetzt alles vorbei.

Kein Wunder, daß sie es an keinem Ort aushält, immer weiterzieht, von einem Mann zum anderen, immer auf der Suche.

*

Zur Mittagszeit schloß Robert Childan die ›American Artistic Handcrafts‹ Gewöhnlich ging er dann über die Straße und aß in einem kleinen Café. Jedenfalls blieb er nie länger als eine halbe Stunde weg, und heute war er sogar nur zwanzig Minuten aus. Die Erinnerung an den schrecklichen Nachmittag mit Mr. Tagomi und den Angestellten der Handelsmission lag ihm jetzt noch schwer im Magen.

Im Zurückgehen überlegte er, ob er nicht in Zukunft völlig auf Hausbesuche verzichten und sein ganzes Geschäft im Laden abwickeln sollte.

Zwei Stunden Mustervorlage. Viel zu lang. Insgesamt beinahe vier Stunden; zu spät, um nochmal den Laden zu öffnen. Ein ganzer Nachmittag, um ein Stück zu verkaufen, eine Mikkymausuhr; ein wertvolles Stück, aber – er schloß die Tür auf, schob den Keil darunter und ging seinen Mantel aufhängen.

Als er wieder in den Verkaufsraum zurückkam, stellte er fest, daß ein Kunde da war. Ein weißer. Nun gut, dachte er. Überraschung.

»Guten Tag, Sir«, sagte Childan und verbeugte sich leicht. Wahrscheinlich ein *Pinoc*. Ein schlanker, ziemlich dunkler Mann. Gut gekleidet, modisch. Aber etwas unruhig. Schweißtropfen auf der Oberlippe.

»Guten Tag«, murmelte der Mann und sah sich die Ausstellungsstücke im Laden an. Und dann ging er plötzlich auf die Theke zu. Er griff in die Manteltasche, holte ein glänzendes ledernes Kartenetui heraus und legte eine mehrfarbige Visitenkarte auf den Tisch.

Die Karte trug das Emblem des Kaiserhauses. Und militärische Rangabzeichen. Marine. Admiral Harusha. Robert Childan sah die Karte beeindruckt an.

»Das Schiff des Admirals«, erklärte der Kunde, »liegt im Augenblick in der Bucht von San Francisco. Der Flugzeugträger *Syokaku*.«

»Ah«, sagte Childan.

»Admiral Harusha hat die Westküste noch nie besucht«, erklärte der Kunde. »Er hat für die Zeit seines Aufenthaltes hier viele Wünsche, darunter auch den, Ihren bekannten Laden persönlich zu besuchen. Er hat auf den Heimatinseln viel von ›American Artistic Handcrafts‹ gehört.«

Childan verbeugte sich geschmeichelt.

»Infolge zahlreicher anderer Verpflichtungen«, fuhr der Mann fort, »kann der Admiral ihrem geschätzten Laden jedoch keinen persönlichen Besuch abstatten. Deshalb hat er mich geschickt.«

»Der Admiral ist Sammler?« fragte Childan, dessen Gehirn jetzt auf höchsten Touren arbeitete.

»Er ist ein Liebhaber der Künste. Ein Kenner. Aber nicht Sammler. Was er wünscht, wird für Geschenkzwecke gebraucht. Es geht um folgendes: er wünscht, jedem Offizier seines Schiffes ein wertvolles historisches Stück zu schenken, eine Seitenwaffe des epischen amerikanischen Bürgerkrieges.« Der Mann hielt inne. »Insgesamt sind es zwölf Offiziere.«

Und Childan dachte bei sich: zwölf Seitenwaffen aus dem Bürgerkrieg. Kosten für den Käufer: beinahe zehntausend Dollar. Seine Hände begannen zu zittern.

»Bekanntlich«, fuhr der Mann fort, »werden in Ihrem Geschäft solche hochwertigen Stücke aus der amerikanischen Geschichte verkauft. Nur – oh Jammer – versinkt alles zu schnell im Schoße der Zeit.«

Sorgfältig auf jedes Wort achtend – er konnte es sich nicht leisten, dieses Geschäft nicht zu machen, auch einen noch so winzigen Fehler zu begehen – sagte Childan: »Ja, das stimmt. Von allen Läden in den USA besitze ich das größte Lager an Waffen aus dem Bürgerkrieg. Es wird mir ein Vergnügen sein, Admiral Harusha zu bedienen. Soll ich meine Sammlung an Bord der *Syokaku* bringen? Heute nachmittag vielleicht?«

»Nein«, sagte der Mann. »Ich werde die Stücke hier ansehen. Ich bin sein Adjutant.«

»Zwölf.« Childan rechnete. Er besaß keine zwölf – nur drei. Aber wenn er Glück hatte, konnte er binnen einer Woche zwölf Stück beschaffen. Luftfracht von der Ostküste zum Beispiel. Und seine Großhandelskontakte am Ort.

»Sie sind Experte für solche Waffen, Sir?« sagte Childan.

»Leidlich«, antwortete der Mann. »Ich habe eine kleine Sammlung von Handwaffen, darunter auch eine winzige Geheimpistole, die aussieht wie ein Dominostein. Cirka 1840.«

»Ein exquisites Stück«, sagte Childan, während er sich zu dem versperrten Safe begab, um einige Waffen für Admiral Harushas Adjutanten zu holen.

Als er zurückkam sah er, daß der Mann gerade einen Bankscheck ausgefüllt hatte. »Der Admiral wünscht, im voraus zu bezahlen. Eine Anzahlung von fünfzehntausend PSA-Dollar.«

Der Raum drehte sich vor Childans Augen. Trotzdem gelang es ihm, mit gleichmäßiger Stimme weiterzusprechen. Er brachte es sogar zuwege, etwas gelangweilt zu klingen. »Wenn Sie wünschen. Es ist nicht notwendig. Eine reine Formalität.« Dann stellte er das Lederetui auf den Ladentsich und sagte: »Hier ist ein ausnehmend schöner Colt. Ein Vierundvierziger aus dem Jahre 1860.« Er klappte das Etui auf. »Schwarzpulver und Bleikugel.«

Der Mann untersuchte den Colt .44 geraume Zeit. Dann blickte er auf und sagte ruhig: »Sir, das ist eine Imitation.«

»Wie bitte?« fragte Childan verständnislos.

»Dieses Stück ist nicht älter als sechs Monate. Sir, was Sie anbieten, ist eine Fälschung. Ich bin tief betrübt. Sehen Sie doch. Das Holz hier. Künstlich mit Hilfe von Säuren gealtert. Eine Schande.« Er legte die Waffe weg.

Childan nahm sie und hielt sie in der Hand. Er wußte nicht, was er sagen sollte. Er drehte die Waffe ein paarmal zwischen den Fingern und sagte schließlich: »Das ist unmöglich.«

»Eine Imitation der atuhentischen historischen Waffe. Sonst nichts. Ich fürchte, man hat Sie getäuscht. Vielleicht irgendein skurpelloser Schurke. Sie müssen das der Polizei melden.« Der Mann verbeugte sich. »Ich bin zutiefst betrübt. Vielleicht haben Sie auch andere Imitationen in Ihrem Geschäft. Ist es möglich, daß Sie, der Besitzer, als Händler für soche Dinge, *Fälschungen nicht von echten Stücken unterscheiden können??*«

Der Mann nahm den Scheck wieder an sich, steckte ihn in die Tasche und schob die Füllfeder ein. Dann verbeugte er sich. »Eine Schnade, Sir, aber ich kann – was für ein Jammer – mit ›American Artistic Handcrafts‹ kein Geschäft machen. Admiral Harusha wird enttäuscht sein. Nichtsdestoweniger werden Sie Verständnis für meine Lage haben.«

Childan starrte immer noch wortlos die Waffe an.

»Guten Tag, Sir«, sagte der Mann. »Darf ich Ihnen untertänigst einen Rat geben? Sie sollten einen Fachmann damit beauftragen, Ihre Ware zu untersuchen. Ihr guter Ruf . . . Sie werden mich sicher verstehen.«

Childan murmelte: »Sir, wenn Sie bitte –«

»Seien Sie unbesorgt. Ich werde das niemandem gegenüber erwähnen. Ich – werde dem Admiral sagen, daß Ihr Laden heute geschlossen war. Schließlich –«, der Mann blieb unter der Tür stehen. »Schließlich sind wir beide Weiße.« Er verbeugte sich noch einmal und ging hinaus. Childan stand alleine da und hielt die Waffe in der Hand. Unmöglich, dachte er.

Aber es mußte so sein. Großer Gott. Ich bin ruiniert. Ich habe einen fünfzehntausend-Dollar-Auftrag verloren. Und meinen Ruf, falls sich das herumspricht. Wenn dieser Mann nicht diskret ist.

Ich werde mich töten, entscheid er. Ich habe mein Gesicht verloren. Ich kann nicht weiterleben.

Andererseits, vielleicht irrte der Mann.

Vielleicht log er.

Vielleicht hat ihn United States Historic Objects geschickt, um mich zu vernichten. Oder West Coast Art Exclusives.

Jedenfalls einer meiner Konkurrenten.

Die Waffe ist zweifellos echt.

Wie kann ich das erfahren? Childan zermartete sich den Kopf. Ah. Ich werde die Waffe in der Universität untersuchen lassen. Dort kenne ich jemanden.

In aller Hast rief er einen der Botendienste der Stadt an und verlangte, daß man sofort jemanden zu ihm schickte. Dann verpackte er den Revolver und schrieb einen kurzen Brief an das Universitätslabor, bat darum, das Alter der Waffe sofort abzuschätzen und ihn telefonisch vom Ergebnis zu verständigen. Der Bote kam; Childan gab ihm den Brief, das Paket und die Adresse, und forderte ihn auf, einen Helikopter zu nehmen. Der Mann verließ den Laden, und Childan begann auf und ab zu gehen, zu warten . . . zu warten.

Um drei Uhr rief die Universität zurück.

»Mr. Childan«, sagte die Stimme, »Sie wollen, daß diese Waffe geprüft wird, ein Colt .44, Armeemodell 1860.« Eine Pause. Childans Hand krampfte sich am Telefonhörer fest. »Ich verlese Ihnen den Laborbericht. Es handelt sich um eine Reproduktion, die in einer Plastikform gegossen wurde, mit Ausnahme der Griffschalen. Seriennummern falsch. Und die Oberfläche ist mittels einer modernen Technik künstlich gealtert.«

»Der Mann, der mir die Waffe zum Schätzen gebracht hat –«, sagte Childan mit belegter Stimme.

»Sagen Sie ihm, daß man ihn hereingelegt hat«, meinte der Techniker. »Aber es ist gute Arbeit. Da muß ein echter Profi am Werk gewesen sein. Die Waffe muß in einer gut ausgestatteten

Werkstätte entstanden sein. Wir haben Spuren einiger Poliermittel festgestellt, ein paar davon ziemlich ungewöhnlich. Wir können das zwar nicht bewesien, aber wir wissen bereits seit einiger Zeit, daß es eine regelrechte Industrie gibt, die solche Fälschungen erzeugt. Anders wäre das gar nicht erklärlich.«

»Nein«, sagte Childan. »Das ist nur ein Gerücht. Davon bin ich felsenfest überzeugt, Sir.«

Und dann brach seine Stimme. »Und ich muß das schließlich wissen. Warum glauben Sie wohl, daß ich Ihnen die Waffe geschickt habe? Ich habe gleich erkannt, daß es sich um eine Fälschung handelt. Schließlich bin ich seit Jahren in dieser Branche tätig. Ein solches Stück ist eine Seltenheit, eigentlich ein Witz. Ein dummer Scherz.« Keuchend verstummte er. »Vielen Dank, daß Sie meine eigene Feststellung bestätigt haben. Bitte schicken Sie mir eine Rechnung. Vielen Dank.« Er legte sofort auf.

Und dann suchte er sofort seine Akten. Er begann, darin zu blättern, nach der Herkunft der Waffe zu forschen. Wie war sie zu ihm gekommen? Von *wem*?

Sie stammte von einem der größten Großhändler in San Francisco.

Ray Calvin Associated, an der Van Nesstreet. Er rief sofort an.

»Ich möchte mit Mr. Calvin sprechen«, sagte er. Seine Stimme war wieder etwas fester geworden.

Eine mürrische Stimme, beschäftigt klingend.

»Ja?«

»Hier spricht Bob Childan. Ray, ich habe hier eine sehr delikate Angelegenheit. Ich möchte Sie unter vier Augen sprechen, heute noch, in Ihrem Büro. Glauben Sie mir, es ist in Ihrem Interesse, sich für diese Besprechung freizumachen.« Er ertappte sich dabei, daß er ins Telefon brüllte.

»Okay«, sagte Ray Calvin.

»Sie dürfen es niemand sagen. Das ist absolut vertraulich.«

»Vier Uhr?«

»Einverstanden, vier Uhr«, sagte Calvin.

»In Ihrem Büro. Guten Tag.«

Er knallte den Hörer so wütend auf die Gabel, daß das Telefon von der Theke auf den Boden fiel. Er hatte jetzt noch eine halbe Stunde zu warten, bis er weggehen konnte; er hatte also Zeit auf und ab zu gehen, hilflos, unruhig. Was tun? Eine Idee. Er rief das San Francisco Büro des *Tokyo Herald* auf der Marketstreet an.

»Bitte sagen Sie mir, ob der Flugzeugträger *Syokaku* im Hafen liegt und wenn ja, wie lange. Können Sie mir diese Auskunft geben?«

Endloses Warten.

Dann kam das Mädchen zurück.

»Nach unserem Archiv«, sagte sie mit kichernder Stimme »liegt der Flugzeugträger Syokaku auf dem Grund des Philipinenmeeres. Er ist im Jahre 1945 von einem amerikanischen Unterseeboot versenkt worden. Sonst noch Fragen, Sir?«

Er legte auf. Seit siebzehn Jahren kein Flugzeugträger *Syokaku*. Wahrscheinlich auch kein Admiral Harusha. Der Mann war ein Schwindler gewesen. Und doch –.

Der Mann hatte recht gehabt. Der Colt .44 war eine Fälschung.

Das Ganze gab einfach keinen Sinn.

Vielleicht war der Mann Spekulant; hatte versucht, sich einen Marktvorteil in Handfeuerwaffen des Bürgerkriegs zu verschaffen. Ein Experte. Und dann hatte er die Fälschung erkannt; für einen Fachmann war so etwas immerhin möglich.

Man mußte Fachmann sein, um so etwas zu merken. Jedenfalls aus der Branche. Nicht einfach nur ein Sammler. Man mußte Fachmann sein, um etwas zu merken. Jemand aus der Branche. Nicht einfach nur ein Sammler.

Childan empfand eine Spur von Erleichterung. Dann gab es nur wenig andere, die es auch merken würden. Vielleicht sogar niemanden. Das Geheimnis würde gewahrt bleiben.

Ob er die Sache fallen lassen sollte?

Er überlegte. Nein. Er mußte Nachforschungen anstellen. Zunächst mußte er seine Investition zurückbekommen; eine

Gutschrift von Ray Calvin. Und – er mußte seinen gesamten Lagerbestand vom Universitätslabor überprüfen lassen.

Und – wenn es viele Fälschungen darunter gab?

Wirklich schwierig.

Dann entschied er, daß dies die einzige Möglichkeit war. Er war jetzt fest entschlossen. Er würde zu Ray Calvin gehen. Ihm gegenübertreten. Darauf bestehen, daß er die Angelegenheit bis zum Ursprungsort der Fälschung zurückverfolgte. Vielleicht ist er ebenfalls unschuldig. Vielleicht auch nicht. Jedenfalls würde er ihm sagen, *daß er keine weiteren Fälschungen dulden würde – sonst würde er nie wieder von ihm kaufen.*

Er wird den Verlust tragen müssen, entschied Childan. Nicht ich. Wenn er dazu nicht bereit ist, werde ich mit anderen Einzelhändlern sprechen, es ihnen sagen; seinen Ruf ruinieren. Warum sollte ausgerechnet ich ruiniert werden? Nein, er mußte es an die Verantwortlichen weitergeben, die heiße Kartoffel zurückreichen.

Aber es mußte unter äußerster Diskretion geschehen. Wir müssen die Angelegenheit für uns behalten.

V

Der Telefonanruf von Ray Calvin gab Wyndam-Matson zu denken. Er konnte nichts damit anfangen, zum Teil, weil Calvin so schnell sprach und zum Teil, weil der Anruf zu einer Zeit kam – halb zwölf Uhr nachts – wo Wyndam-Matson in seinem Apartment im Moromachi-Hotel Damenbesuch hatte.

»Hören Sie, Freund, wir schicken Ihnen die ganze letzte Sendung zurück« ,sagte Calvin. »Und ich würde auch die Sachen von vorher zurückschicken, aber wir haben mit Ausnahme der letzten Sendung alles bezahlt. Ihr Rechnungsdatum 18. Mai.«

Natürlich wollte Wyndam-Matson die Gründe wissen.

»Weil es lausige Fälschungen sind«, sagte Calvin.

»Aber das haben Sie doch gewußt.« Er verstand die Welt nicht mehr. »Ich meine, Ray, Sie haben die Lage doch immer gekannt.« Er sah sich um; das Mädchen war nicht im Zimmer; wahrscheinlich im Bad. »Ich habe gewußt, daß es Fälschungen waren«, sagte Calvin. »Davon rede ich nicht. Lausig, habe ich gesagt. Hören Sie, mir ist es wirklich egal, ob ein Revolver, den Sie mir schicken, *wirklich* im Bürgerkrieg benutzt worden ist oder nicht; das einzige, was mich interessiert, ist daß es ein Colt .44, Bestellnummer soundso in Ihrem Katalog ist. Er muß den Ansprüchen meiner Händlerkunden genügen. Hören Sie, wissen Sie, wer Robert Childan ist?«

»Ja.« Er erinnerte sich vage, obwohl er im Augenblick nichts mit dem Namen anfangen konnte. Irgendjemand Wichtiger.

»Er war heute hier. In meinem Büro. Ich rufe aus dem Büro an, nicht von zu Hause; wir sind immer noch mit dem Lager beschäftigt. Jedenfalls, er kam zu mir und hat mir eine lange Story erzählt. Er war richtig wütend. Richtig erregt. Wie es scheint, war ein wichtiger Kunde, irgendsoein Japsadmiral oder so, bei ihm oder hat seine Ordonanz geschickt oder so etwas. Childan redete von einem Zwanzigtausend-Dollar-Auftrag. Aber das ist wahrscheinlich übertrieben. Jedenfalls – und daran habe ich nicht den geringsten Zweifel – kam dieser Japaner herein, wollte kaufen, sah sich einen dieser Colt .44 an, die Ihre Fabrik herstellt, stellte fest, daß es sich um eine Fälschung handelte, steckte sein Geld wieder in die Hosentasche und ging. So. Und was sagen Sie jetzt?«

Im Augenblick wußte Wyndam-Matson nicht, was er sagen sollte. Aber dafür dachte er sofort. Das müssen Frink und McCarthy sein. Sie haben gesagt, daß sie etwas tun würden. Und das ist es jetzt. Aber – er hatte keine Ahnung, was sie getan hatten; das konnte man auch aus Calvins Bericht nicht entnehmen.

Eine Art abergläubischer Angst erfüllte ihn. Diese zwei – wie kamen sie an einen Gegenstand heran, der im letzten Februar hergestellt war? Er hatte angenommen, sie würden zur Polizei oder den Zeitungen gehen, oder vielleicht sogar der *Pinoc*-Regierung in Sacramento, und dort hatte er sich natürlich überall gesichert. Wirklich Angst konnte einem werden. Er wußte nicht, was er Calvin sagen sollte; er murmelte eine Weile unverständlich vor sich hin, ihm kam es wie eine Ewigkeit vor, und schaffte es schließlich, das Gespräch abzuschließen und den Hörer aufzulegen.

Und dann merkte er, daß Rita hereingekommen war und die ganze Unterhaltung mit angehört hatte; sie war, nur mit einem hauptsächlich aus Spitzen bestehenden schwarzen Negligé bekleidet, gereizt auf und ab gegangen und warf jetzt ihr blondes langes Haar mit einer ruckartigen Kopfbewegung zurück

»Sag es doch der Polizei«, sagte sie.

Nun überlegte er, wahrscheinlich würde es billiger sein, ihnen zweitausend oder so etwas anzubieten. Sie würden es annehmen; mehr wollten sie wahrscheinlich gar nicht. Kleine Leute, wie die, dachten auch klein; ihnen würde das wie eine große Summe vorkommen. Sie würden es in ihr neues Geschäft stecken, es verlieren und in einem Monat wieder pleite sein.

»Nein«, sagte er.

»Warum nicht? Erpressung ist doch ein Verbrechen.«

Es war schwer, es ihr zu erklären. Er war es gewohnt, Leute zu bezahlen; das gehörte zu den Geschäftsunkosten, genauso wie Strom und Wasser. Wenn die Summe klein war . . . aber so unrecht hatte sie gar nicht. Er dachte darüber nach.

»Ich werde ihnen zweitausend geben, aber gleichzeitig setze ich mich mit diesem Burschen im Rathaus in Verbindung, diesem Polizeiinspektor. Ich werde sagen, er soll sich mal Frink und McCarthy vornehmen und sehen, ob man irgend etwas anfangen kann. Und wenn sie es dann noch einmal versuchen – dann habe ich etwas in der Hand.

Da hat mir doch zum Beispiel jemand gesagt, daß Frink Jude ist. Er hat seine Nase und seinen Namen geändert. Ich brauche bloß den deutschen Konsul hier zu informieren. Reine Routinesache. Er wird von den japanischen Behörden die Auslieferung verlangen. Und wenn sie den Knilch erst einmal über der Demarkationslinie haben, wird er vergast. Ich glaube, die haben so ein Lager in New York. Diese Lager mit den Gaskammern.«

»Ich bin wirklich überrascht«, sagte das Mädchen, »daß

jemand einen Mann deiner Stellung erpressen kann.« Sie sah ihn von der Seite an.

»Nun, das will ich dir erklären«, sagte er. »Dieses ganze Geschäft mit historischen Stücken ist Unsinn. Diese Japs sind blöd. Ich will es dir beweisen.« Er stand auf, ging in sein Arbeitszimmer und kam mit zwei Feuerzeugen zurück, die er auf den Kaffeetisch stellte. »Schau dir das an. Sehen sich ganz ähnlich, oder? So, jetzt hör mir zu. Eines davon ist historisch.« Er grinste. »Heb sie auf. Nur zu. Eines ist auf dem Sammlermarkt . . . nun sagen wir vierzig- oder fünfzigtausend Dollar wert.«

Das Mädchen griff vorsichtig nach den beiden Feuerzeugen und untersuchte sie.

»Spürst du es?« spottete er. »Den Hauch der Geschichte, meine ich?«

Sie sah ihn verständnislos an.

»Nun, eines der beiden Feuerzeuge hat ihn verspürt. Hör zu. Eines davon hatte Franklin D. Roosevelt in der Tasche, als man ihn ermordete. Und eines nicht. Eines ist historisch, verdammt historisch sogar. Und das andere ist einfach ein Nichts. Spürst du es?« Er stieß sie an. »Nein. Du kannst nicht sagen, welches echt ist. Es gibt weder eine ›mysthischeplastische‹ Präsenz, noch eine ›Aura‹ noch sonst irgend etwas?

Puh«, machte das Mädchen. »Ist das wirklich wahr? Hatte er an jenem Tag eines davon bei sich?«

»Sicher. Und ich weiß, welches von beiden. Verstehst du jetzt? Das Ganze ist ein gigantischer Schwindel; die machen sich selbst etwas vor. Ich meine, da erlebt eine Waffe eine berühmte Schlacht, wie zum Beispiel die in den Argonnen, und es ist genauso, als hätte sie diese Schlacht nicht erlebt, *es sei denn, du weißt das.* Das Ganze steckt hier drinnen.« Er tippte sich an den Kopf. »Im Geist, nicht in der Waffe. Ich war selbst einmal Sammler. So bin ich ja zu diesem Geschäft gekommen. Ich habe Briefmarken gesammelt. Britische Kolonialmarken.«

Das Mädchen stand jetzt am Fenster und hatte die Arme verschränkt und blickte auf die Lichter der Innenstadt von San Francisco hinaus. »Meine Mutter und mein Vater sagten immer, wir hätten den Krieg nicht verloren, wenn er weitergelebt hätte«, sagte sie.

»Okay«, fuhr Wyndam-Matson fort. »Jetzt nehmen wir einmal an, die kanadische Regierung oder sonst jemand, irgend jemand, hätte letztes Jahr die Platten gefunden, mit denen irgendeine alte Briefmarke gedruckt wurde. Und die Farben. Und genügend –«

»Ich glaube nicht, daß eines dieser beiden Feuerzeuge Franklin Roosevelt gehört hat«, sagte das Mädchen.

Wyndam-Matson lachte, es klang schrill, ein Kichern. »Das ist es ja, worauf ich hinaus will! Ich müßte dir das mit irgendeinem Stück Papier beweisen, einem Dokument. Einer Expertise. Und so ist alles Schwindel, eine Massentäuschung. Erst das Papier beweist den Wert, nicht der Gegenstand selbst!«

»Zeig mir das Papier.«

»Gern.« Er stand auf und ging noch einmal in sein Arbeitszimmer zurück. Dann nahm er das eingerahmte Zertifikat des Smithsonian Institute von der Wand. Das Papier und das Feuerzeug hatten ihn ein Vermögen gekostet, aber sie waren es wert – versetzten sie ihn doch in die Lage zu beweisen, daß er recht hatte, daß das Wort ›Fälschung‹ überhaupt nichts zu bedeuten hatte und das Wort ›authentisch‹ ebensowenig

»Ein Colt .44 ist ein Colt .44«, rief er dem Mädchen durch die Türe zu. »Das hängt einzig und allein von der Konstruktion und der Bohrung ab, nicht, wann man ihn hergestellt hat. Es hängt –«

Sie streckte ihm die Hand hin, und er gab ihr das Dokument.

»Dann ist es also echt«, sagte sie schließlich.

»Ja. Das hier.« Er nahm das Feuerzeug mit der langen Narbe an der Seite.

»Ich glaube, ich möchte jetzt gehen«, sagte das Mädchen. »Wir sehen uns ein anderes Mal.« Sie legte das gerahmte Dokument und das Feuerzeug auf den Tisch und ging zum Schlafzimmer, wo ihre Kleider lagen.

»Warum denn?« rief er gereizt und folgte ihr. »Du weißt doch, daß gar nichts passieren kann. Meine Frau ist noch ein paar Wochen weg – ich hab' dir das doch alles erklärt. Eine Netzhautablösung.«

»Das ist es nicht.«

»Was dann?«

»Bitte ruf mir ein Pedotaxi. Ich zieh' mich inzwischen an«, sagte Rita.

»Ich fahr dich nach Hause«, brummte er mürrisch.

Sie zog sich an und ging dann stumm in dem Apartment auf und ab, während er ihren Mantel holte. Sie schien nachdenklich, in sich selbst versunken, vielleicht sogar etwas deprimiert. Die Vergangenheit macht die Menschen traurig, erkannte er. Verdammt, warum habe ich das auch aufs Tapet bringen müssen? Aber zum Teufel, sie ist so jung – ich hätte nicht gelaubt, daß sie auch nur den Namen kennt.

Sie kniete vor dem Bücherschrank nieder. »Hast du das gelesen?« fragte sie und nahm ein Buch heraus.

Er kniff die Augen zusammen. Ein schreiender Umschlag. Ein Roman. »Nein«, sagte er. »Meine Frau hat es gekauft. Die liest eine Menge.«

»Du solltest es lesen.«

Immer noch etwas enttäuscht griff er nach dem Buch und sah es an. *Schwer liegt die Heuschrecke.* »Ist das nicht eines dieser in Boston verbotenen Bücher?« fragte er.

»In den ganzen Vereinigten Staaten verboten und in Europa natürlich auch.« Sie war zur Korridortür gegangen und wartete jetzt auf ihn.

»Ich habe von diesem Hawthorne Abendsen gehört.« Aber in Wirklichkeit stimmte das gar nicht. Das einzige an dem Buch, woran er sich erinnern konnte war – ja was eigentlich? – daß es im Augenblick sehr populär war. Wieder so eine Mode. Er schob es in das Regal zurück. »Ich habe keine Zeit, Romane zu lesen. Dafür hab' ich viel zu viel Arbeit.« Sekretärinnen, dachte er etwas beißend, lesen solchen Kram zu Hause, nachts im Bett. Alleine. Das regt sie an. Weil sie vor Männern Angst haben. Dabei wünschen sie sich nichts sehnlicher.

»So eine Liebesgeschichte«, sagte er und öffnete mürrisch die Korridortür.

»Nein«, sagte sie. »Es handelt vom Krieg.« Als sie zum Lift gingen, sagte sie: »Er sagt das gleiche wie meine Mutter und mein Vater.«

»Wer denn? Dieser Abbotson?«

»Nun, er hat folgende Theorie. Wenn Joe Zangara ihn verfehlt hätte, dann hätte er Amerika aus der Depression herausgerissen und aufgerüttelt und so –«, sie hielt inne. Sie hatten den Lift erreicht, und andere Leute warteten.

Später, als sie in Wyndam-Matsons Mercedes Benz durch den nächtlichen Verkehr rollten, fing sie wieder an.

»Abendsens Theorie ist, daß Roosevelt ein äußerst starker Präsident gewesen wäre. Genauso stark wie Lincoln. Das hat er in dem Jahr gezeigt, in dem er Präsident war, all die Maßnahmen, die er eingeleitet hat. Das Buch ist in Romanform gehalten. Roosevelt wird nicht in Miami ermordet; er lebt weiter und wird 1936 wiedergewählt, ist also Präsident bis 1940, auch im Krieg noch. Verstehst du? Er ist immer noch Präsident, wenn Deutschland England und Frankreich angreift. Er sieht all das kommen. Er macht Amerika stark. Garner war wirklich ein schlechter Präsident. Ein Großteil dessen, was passiert ist, war seine Schuld. Und dann wäre 1940 statt Bricker ein Demokrat gewählt worden –«

»Nach diesem Abelson«, unterbrach sie Wyndam-Matson. Er sah das Mädchen neben sich an. Herrgott, dachte er, da lesen die mal ein Buch, und dann können sie sich überhaupt nicht mehr davon trennen.

»Seine Theorie ist, daß statt einem Isolationisten wie Bricker 1940 Rexford Tugwell Präsident geworden wäre.« Ihr glattes Gesicht, in dem sich die Verkehrslichter spiegelten, leuchtete vor Erregung; ihre Augen waren groß geworden, und sie gestikulierte beim Reden. »Und er hätte aktiv die Roosevelt'sche Politik, die sich gegen die Nazis richtete, fortgeführt. Demzufolge hätte Deutschland es nicht gewagt, 1941 Japan zu Hilfe zu kommen. Sie hätten ihren Vertrag gebrochen. Verstehst du?« Sie wandte sich ihm zu und packte seine Schulter. »Und so hätten Deutschland und Japan den Krieg verloren!«

Er lachte.

Sie starrte ihn an, suchte etwas in seinem Gesicht – er wußte nicht, was und mußte außerdem auch auf den Verkehr achten – und sagte: »Es ist nicht komisch. Es wäre wirklich so gekommen. Die USA hätten die Japaner schlagen können und –«

»Wie denn?« unterbrach er sie.

»Er führt das alles aus.« Einen Augenblick verstummte sie. »Es ist in Romanform«, sagte sie. »Natürlich, es sind eine Menge fiktiver Stellen drin, ich meine, es muß ja unterhaltsam sein, sonst würden die Leute es nicht lesen. Es hat auch eine Handlung. Es geht da um zwei junge Leute, der Junge ist amerikanischer Soldat. Das Mädchen – nun, jedenfalls Präsident Tugwell ist ein kluger Mann. Er begreift, was die Japaner vorhaben.« Und dann meinte sie erregt: »Man darf schon darüber reden; die Japs haben ja zugelassen, daß es im Pazifischen Gebiet verteilt wird. Ich habe gelesen, daß eine Menge Japs es lesen. Es ist auf den Heimatinseln sehr populär. Man redet viel darüber.«

Wyndam-Matson fragte: »Hör zu, was steht denn über Pearl Harbour drin?«

»Präsident Tugwell ist so klug, daß alle Schiffe auf hoher See sind. Also wird die US-Flotte nicht zerstört.«

»Aha.«

»Also gibt es gar kein Pearl Harbour. Sie greifen an, aber sie erwischen bloß ein paar kleine Boote.«

»*Schwer liegt die Heuschrecke.* Das ist ein Zitat aus der Bibel.«

»Und Japan wird besiegt, weil es kein Pearl Harbour gibt. Hör zu. Japan hätte in jedem Fall gewonnen. Selbst wenn es kein Pearl Harbour gegeben hätte.«

»Die US-Flotte – in diesem Buch – hindert sie daran, die Philippinen und Australien einzunehmen.«

»Die hätten trotzdem gewonnen; ihre Flotte war überlegen. Ich kenne die Japaner ziemlich gut. Es war ihnen einfach bestimmt, die herrschende Macht im Pazifik zu werden. Die USA waren seit dem ersten Weltkrieg auf dem absteigenden Ast. Jedes Land auf der Seite der Alliierten wurde in einem Krieg ruiniert, moralisch und geistig.«

Aber das Mädchen ließ sich nicht aus dem Konzept bringen. »Und wenn die Deutschen Malta nicht eingenommen hätten, wäre Churchill an der Macht geblieben und hätte England zum Sieg geführt.«

»Wie denn? Und wo?«

»In Nordafrika – Churchill hätte Rommel am Ende besiegt.«

Wyndam-Matson schüttelte bloß stumm den Kopf.

»Und nachdem die Briten Rommel besiegt hatten, konnten sie ihre ganze Armee zurückholen und durch die Türkei mrschieren und sich den Überresten der russischen Armeen anschließen und eine Verteidigungslinie aufbauen – in dem Buch halten sie den Vormarsch der Deutschen nach Osten in Rußland bei irgendeiner Stadt an der Wolga auf. Wir haben nie von dieser Stadt gehört, aber sie existiert wirklich. Ich habe im Atlas nachgesehen.«

»Wie hießt sie denn?«

»Stalingrad. Dort wenden die Briten das Geschick des Krieges. In dem Buch konnte Rommel sich nie mit den anderen deutschen Armeen vereinen, die aus Rußland herunterkamen, den Armeen des Generals von Paulus, erinnerst du dich? Und die Deutschen hätten nie in den mittleren Osten eindringen und sich dort das Öl beschaffen können, das sie brauchten. Oder nach Indien, wie sie es taten, wo sie sich dann mit den Japanern vereinten. Und –«

»Keine Strategie auf der ganzen Welt hätte Erwin Rommel besiegen können«, sagte Wydam-Matson. »Undn ichts, was sich dieser Bursche her erträumt hat, auch diese Stadt in Rußland nicht, die er so heroisch Stalingrad nennt, hätte mehr erreichen können, als das Kriegsergebnis etwas zu verzögern. Ändern hätte man es nicht können. Hör zu, ich habe Rommel persönlich kennengelernt. In New York, als ich geschäftlich dort war, 1948.« In Wirklichkeit hatte er den Mitlitärgouverneur der USA nur auf einem Empfang im Weißen Haus gesehen, und das nur aus der Ferne. »Was für ein Mann. Was für eine Würde, was für ein Auftreten. Ich weiß, wovon ich rede.«

»Und diese schreckliche Geschichte«, sagte Rita, »als General Rommel seines Postens etnhoben wurde und dieser schreckliche Lammers an seiner Stelle den Befehl übernahm. Damals fingen die Morde und die Konzentrationslager erst richtig an.«

»Sie existierten schon, als Rommel Militärgouverneur war.«

»Aber –«, sie gestikulierte. »Mag sein, daß diese SS-Verbrecher damals dahintersteckten . . . aber er war nicht wie die anderen; er war eher wie die alten Preußen. Er war hart –«

»Ich will dir sagen, wer in den USA wirklich gute Arbeit geleistet hat«, sage Wyndam-Matson, »wem der wirtschaftliche Aufschwung zu verdanken ist. Albert Speer, nicht Rommel und nicht der Organisation Todt. Speer war die beste Entscheidung, die die Partei in Nordamerika getroffen hat; er hat all diese Firmen und Aktiengesellschaften und Fabriken – alles! – wieder ins Leben gerufen und zwar auf wirtschaftlicher Basis. Ich wünschte, so etwas hätte es hier auch gegeben – so, wie die Dinge jetzt liegen, haben wir in jeder Branche vier oder fünf Firmen, die miteinander in Wettbewerb stehen. Eine schreckliche Verschwendung. Es gibt nichts Dümmeres als wirtschaftlichen Wettbewerb.«

Rita sagte: »Ich könnte in diesen Arbeitslagern nicht leben, diesen Schlafsälen, die sie im Osten haben. Eine Freundin von mir hat dort gewohnt. Sie haben ihre Post zensiert – sie konnte erst darüber erzählen, als sie wieder hierher zog. Sie mußten um halb sieben Uhr beim Klang von Militärmusik aufstehen.«

»Du würdest dich daran gewöhnen. Du hättest ein sauberes Zimmer, hinreichende Nahrung, Erholung, äzrtliche Vorsorge. Was willst du mehr? Eier im Bier?«

Sein schwerer, in Deutschalnd gebauter Wagen, rollte lautlos durch den kühlen nächtlichen Nebel von San Francisco.

*

Mr. Tagomi saß mit übergeschlagenen Beinen auf dem Boden. Er hielt eine grifflose Tasse mit *Oe-Long-Tee* in der Hand und sah Mr. Baynes an.

»Schön haben Sie es hier«, sagte Baynes gerade. »Hier an der Pazifikküste ist es so friedlich. Ganz anders als – dort.« Was er mit dort meinte, erklärte er nicht. »Gott spricht im Zeichen des Erhebenden zum Menschen«, murmelte Mr. Tagomi.

»Wie bitte?«

»Das Orakel. Entschuldigen Sie.« Er lächelte. »Wir sind absurd«, fuhr er dann fort, »weil wir nach einem fünftausend Jahre alten Buch leben. Wir stellen ihm Fragen, als lebte es. Es *lebt* auch. Es ist wie bei der Bibel der Christen; viele Bücher leben tatsächlich. Nicht nur im Sinne einer Redewendung. Der Geist beseelt sie. Verstehen Sie?« Er musterte Baynes und wartete auf seine Reaktion.

Baynes wählte seine Worte sorgfältig. »Ich – ich verstehe einfach nicht genug von Religion. Das liegt außerhalb meiner Erfahrungen. Ich ziehe es vor, über Themen zu sprechen, von denen ich etwas verstehe.« Er wußte tatsächlich nicht ganz, was Mr. Tagomi meinte. Ich muß müde sein, dachte Mr. Baynes. Seit ich heute abend hierhergekommen bin, war alles . . . irgendwie gnomenhaft. Alles wirkte nicht ganz lebensgroß mit einer Spur des Spaßhaften. Was ist das für ein fünftausend Jahre altes Buch? Die Mickymausuhr, Mr. Tagomi selbst, die zerbrechliche Tasse in Mr. Tagomis Hand . . . und an der Wand, so daß Mr. Baynes ihn dauernd anstarren mußte, ein mächtiger Büffelkopf, häßlich und drohend.

»Was ist das für ein Kopf?« fragte er plötzlich.

»Das ist nichts weniger«, sagte Mr. Tagomi, »als das Geschöpf, das in verflossenen Tagen die Eingeborenen hier am Leben erhielt.«

»Aha.«

»Soll ich die Kunst des Büffeltötens zeigen?« Mr. Tagomi stellte seine Tasse auf den Tisch und erhob sich. Hier in seinem Heim, noch dazu am Abend, trug er einen seidenen Umhang, Pantoffeln und einen Schal. »Hier sitze ich an Bord des Eisernen Pferdes.« Er kauerte sich nieder. »Im Schoß mein vertrauter Winchesterkarabiner, Modell 1866, aus meiner Sammlung.« Er sah Mr. Baynes fragend an. »Sie sind müde von der Reise?«

»Ja, leider«, nickte Baynes. »Das alles ist etwas zu viel. Geschäftliche Sorgen . . .« Und andere Sorgen dachte er. Er hatte Kopfschmerzen. Obwohl die erstklassigen IG-Farben-Schmerzmittel hier an der Pazifikküste zu kaufen waren; er hatte sich an sie gewöhnt.

»Wir müssen alle an etwas glauben«, sagte Mr. Tagomi. »Wir selbst kennen die Antwort nicht. Und alleine können wir auch nicht in die Zukunft sehen.«

Mr. Baynes nickte.

»Meine Frau hat vielleicht etwas für Ihren Kopf«, sagte Mr. Tagomi, als Baynes die Brille abnahm und sich die Stirn rieb. »Ihre Augenmuskeln verursachen Ihnen Schmerz. Entschuldigen Sie mich bitte.«

Er verbeugte sich und ging aus dem Zimmer.

Was ich brauche, ist Schlaf, dachte Baynes. Oder komme ich mit der Situation hier nicht zurecht?

Als Tagomi mit einem Glas Wasser und einer Pille zurückkam, sagte Baynes: »Ich werde jetzt wirklich ›Gute Nacht‹ sagen und in mein Hotel gehen. Aber zuerst möchte ich etwas wissen. Wir können ja morgen weiter darüber sprechen, wenn es Ihnen recht ist. Hat man Ihnen gesagt, daß eine dritte Person an unserem Gespräch teilnehmen möchte?«

Einen Augenblick zeigte Mr. Tagomis Gesicht Überraschung. Dann blickte er wieder gleichgültig. »Ich habe nichts in diesem Sinne gehört. Aber – es ist natürlich interessant.«

»Von den Heimatinseln.«

»Ah«, sagte Mr. Tagomi. Und diesmal war überaupt keine Überraschung mehr sichtbar.

Er hatte sich völlig unter Kontrolle.

»Ein älterer, schon pensionierter Geschäftsmann«, sagte Mr. Baynes. »Er reist per Schiff. Er ist jetzt schon seit zwei Wochen unterwegs. Er hat ein Vorurteil gegen Luftreisen.«

»Alte Leute sind manchmal eigenartig«, sagte Mr. Tagomi.

»Er ist über die Märkte auf den Heimatinseln informiert. Er wird uns Informationen geben können und hatte ohnehin vor, in San Francisco einen Urlaub zu verbringen. Es ist nicht sehr wichtig. Aber wir können auf diese Weise bei unseren Gesprächen mehr ins Detail gehen.«

»Ja«, sagte Mr. Tagomi. »Er kann Fehler korrigieren, die hinsichtlich des Heimatmarktes auftreten können. Ich bin seit zwei Jahren weg.«

»Wollten Sie mir nicht die Pille geben?«

Mr. Tagomi zuckte zusammen und sah, daß er immer noch das Glas und die Pille hielt. »Entschuldigen Sie. Das ist etwas sehr Starkes. Man nennt es Zarakain. Eine Arzneimittelfirma im Distrikt China fertigt sie.«

»Dieser alte Herr«, sagte Mr. Baynes, während er sich anschickte, die Pille zu nehmen, »wird wahrscheinlich direkt mit Ihrer Handelsmission in Verbindung treten. Ich werde seinen Namen aufschreiben, damit Ihre Leute wissen, daß sie ihn nicht wegschicken. Ich kenne ihn nicht persönlich, aber soweit mir bekannt ist, ist er halb taub und etwas exzentrisch. Wir wollen sichergehen, daß man ihn nicht – falsch behandelt.« Mr. Tagomi schien zu begreifen. »Er liebt Rhododendron. Sie würden ihm eine besondere Freude bereiten, wenn sich jemand vielleicht eine halbe Stunde mit ihm über Rhododendron unterhalten würde, während wir unsere Besprechung vorbereiten. Ich schreibe Ihnen jetzt seinen Namen auf.«

Er nahm seine Pille und schrieb dann.

»Mr. Shinjiro Yatabe«, las Mr. Tagomi und nahm das Blatt Papier, das er pflichtschuldig in seine Brieftasche steckte.

»Noch etwas.«

Mr. Tagomi nippte sacht an seiner Tasse, lauschte.

»Eine delikate Kleinigkeit. Der alte Herr – es ist peinlich. Er ist beinahe achtzig. Einige seiner Unternehmungen gegen Ende seiner Laufbahn waren nicht erfolgreich. Verstehen Sie?«

»Er ist also nicht mehr wohlhabend«, sagte Mr. Tagomi. »Wahrscheinlich bezieht er eine Pension.«

»Das ist es. Und die Pension ist sehr bescheiden. Er bessert sie daher gelegentlich auf.«

»Eine Verletzung einer unwichtigen Vorschrift«, sagte Mr. Tagomi. »Unsere Regierung zu Hause und ihre kleinlichen Beamten. Ich verstehe schon. Der alte Herr erhält für seine Beratung von uns ein Honorar und meldet es seiner Pensionskasse nicht. Also dürfen wir seinen Besuch nicht bekanntwerden lassen. Man weiß nur, daß er Urlaub macht.«

»Sie sind sehr verständnisvoll«, sagte Mr. Baynes.

»Es ist nicht das erste Mal, daß sich diese Lage ergibt«, meinte Mr. Tagomi. »Wir haben in unserer Gesellschaft das

Problem der Alten nicht gelöst. Je mehr Fortschritte die Medizin macht, desto mehr alte Leute gibt's. China lehrt uns, die Alten zu ehren. Die Deutschen andererseits lassen die Vernachlässigung der Alten schon beinahe als Tugend erscheinen. Wie ich höre, ermorden sie ihre alten Leute.«

»Die Deutschen«, murmelte Baynes und rieb sich wieder über die Stirn. Begann die Pille bereits zu wirken? Er fühlte sich etwas benommen.

»Sie kommen aus Skandinavien und haben bestimmt viele Verbindungen mit der Festung Europa. Sie sind zum Beispiel in Tempelhof an Bord Ihrer Maschine gegangen. Kann man diese Haltung einnehmen? Sie sind ein Neutraler. Sagen Sie mir Ihre Meinung darüber, wenn Sie wollen.«

»Ich verstehe nicht, was für eine Haltung Sie meinen«, sagte Mr. Baynes.

»Gegenüber den Alten, den Kranken, den Schwachen, den Geistesgestörten, den Nutzlosen in allen Spielarten. ›Welchen Nutzen hat ein neugeborenes Baby?‹ hat ein angelsächsischer Philosoph angeblich einmal gefragt. Ich habe mir diesen Ausspruch gemerkt und oft darüber nachgedacht. Es hat keinen Nutzen. Allgemein gesprochen.«

Mr. Baynes murmelte irgend etwas, um Tagomi nicht ohne Antwort zu lassen, sich aber auch nicht festzulegen.

»Trfft es denn nicht zu«, sagte Mr. Tagomi, daß kein Mensch das Instrument für die Nöte eines anderen sein sollte?« Er lehnte sich eifri vor. »Bitte, sagen Sie mir Ihre neutrale skandinavische Meinung.«

»Ich weiß nicht«, sagte Mr. Baynes.

»Im Krieg hatte ich einen untergeordneten Posten im Distrikt China«, sagte Mr. Tagomi. »In Shanghai. Es gab dort in Hongkiu eine jüdische Ansedlung, die von der Kaiserlichen Regierung für die Dauer des Krieges interniert worden war. Der Nazigesandte in Shanghai verlangte, daß wir die Juden massakrieren. Ich erinnere mih noch an die Antwort meines Vorgesetzten. Sie lautete: ›Das läßt sich mit humanitären Überlegungen nicht in Einklang bringen.‹ Sie haben die Forderung als barbarisch abgelehnt. Das hat mich beeindruckt.«

»Ich verstehe«, murmelte Mr. Baynes. Versucht der mich auszuhorchen? fragte er sich. Jetzt war er wieder wach. Die Pille schien zu wirken.

»Die Juden« fuhr Mr. Tagomi fort, »wurden von den Nazis immer als Asiaten, als Nichtweiße beschrieben. Wir in Japan haben den Hintergedanken immer begriffen, selbst zur Zeit des Kriegskabinetts. Ich habe nie mit Bürgern des Reiches darüber gesprochen –«

Mr. Baynes unterbrach ihn. »Nun, ich bin kein Deutscher. Ich kann also auch nicht für Deutschland sprechen.« Er stand auf und ging zur Tür. »Ich werde die Unterhaltung morgen mit Ihnen fortsetzen. Bitte entschuldigen Sie mich jetzt. Ich kann nicht mehr klar denken.« In Wirklichkeit waren seine Gedanken jetzt völlig klar. Ich muß hier raus, erkannte er. Dieser Mann treibt mich zu weit.

»Entschuldigen Sie die Dummheit des Fanatismus«, sagte Mr. Tagomi und ging sofort zur Tür, um sie zu öffnen. »Mein philosophisches Interesse hat mich blind gemacht. Hier.« Er rief etwas auf japanisch.

Die Wohnungstür öffnete sich. Ein junger Japaner kam, verbeugte sich und sah Mr. Baynes an.

Mein Fahrer, dachte Mr. Baynes.

Vielleicht waren das meine kindischen Bemerkungen in der Lufthansamaschine, dachte er plötzlich. Gegenüber diesem – wie hieß er doch? Lotze. Der Japaner hier hat das irgendwie erfahren. Hätte ich das bloß nicht zu Lotze gesagt, dachte er. Jetzt tut mir das leid. Aber es ist zu spät. Ich bin nicht der richtige Mensch für so etwas. Überhaupt nicht. Nicht für so etwas. Aber dann dachte er, ein Schwede würde so etwas zu Lotze sagen. Es ist schon gut. Es ist nichts passiert. Ich bin nur übervorsichtig. Ich kann hier ganz offen sprechen. Daran muß ich mich gewöhnen.

Und doch sperrte sich seine ganze Erziehung, seine Ausbildung dagegen. Das Blut in seinen Adern, seine Knochen, seine Organe lehnten sich auf. Du mußt jetzt den Mund aufmachen, sagte er sich. Etwas, irgend etwas, eine Meinung, das mußt du einfach, wenn du Erfolg haben willst.

Und dann sagte er: »Veilleicht werden Sie von irgendeinem verzweifelten unbewußten Archetyp getrieben. Im Sinne Jungs.«

Mr. Tagomi nickte. »Ich habe Jung gelesen. Ich verstehe.«

Sie schüttelten sich die Hand. »Ich rufe Sie morgen früh an«, sagte Mr. Baynes. »Gute Nacht.« Er verbeugte sich und Mr. Tagomi tat es ihm gleich.

Der junge lächelnde Japaner trat vor und sagte etwas zu Mr. Baynes, was dieser nicht verstand.

»Hm?« sagte Baynes und griff nach seinem Mantel.

»Er spricht Sie in schwedischer Sprache an, Sir«, sagte Mr. Tagomi. »Er hat auf der Universität von Tokio einen Kurs über den Dreißigjährigen Krieg belegt und ist von ihrem großen Helden Gutstav Adolf beeindruckt.« Mr. Tagomi lächelte. »Es ist jedoch offenkundig, daß seine Bemühungen, eine so fremde Sprache zu meistern, hoffnungslos sind. Bestimmt hat er einen Schallplattenkurs benutzt; er ist Student, und solche Kurse sind billig und daher bei Studenten sehr beliebt.«

Der junge Japaner, der offensichtlich nicht Englisch verstand, verbeugte sich lächelnd.

»Ich verstehe«, murmelte Baynes. »Nun, ich wünsche ihm viel Glück.« Ich habe meine eigenen Sprachprobleme, dachte er. Ganz offensichtlich.

Großer Gott – der junge Japaner würde, während er ihn zum Hotel fuhr, zweifellos versuchen, sich in Schwedisch mit ihm zu unterhalten. Eine Sprache, die Mr. Baynes kaum verstand und zwar nur dann, wenn sie höchst formell und korrekt gesprochen wurde, nicht, wenn ein junger Japaner sich ihrer bediente, der sie von Schallplatten zu lernen versuchte.

Er wird sich mir nie verständlich machen können, dachte Mr. Baynes. Und er wird nicht aufgeben, weil das seine Chance ist; wahrscheinlich wird er nie wieder einen Schweden sehen. Innerlich stöhnte Mr. Baynes. Es würde für sie beide eine schreckliche Qual sein.

VI

Mrs. Juliana Frink machte früh am Morgen ihre Lebensmitteleinkäufe. Der strahlend blaue Himmel und die kühle Morgenluft taten ihr gut. Sie schlenderte über den Bürgersteig, die braunen Papiertüten in der Hand und blieb vor jedem Laden stehen, um die Auslagen zu prüfen. Sie ließ sich Zeit.

War da nicht etwas, das sie in der Drogerie kaufen wollte? Sie schlenderte hinein. Ihre Schicht in der Judoschule begann erst mittags; sie hatte heute ihren freien Vormittag. Sie nahm auf einem Hocker an der Theke Platz, stellte ihre Einkaufstüten weg und begann, die verschiedenen Magazine zu überfliegen.

In der neuen *Life* gab es einen großen Artikel mit der Überschrift: FERNSEHEN IN EUROPA: BLICK IN DIE ZUKUNFT. Sie schlug das Magazin interessiert auf und sah das Bild einer deutschen Familie, die in ihrem Wohnzimmer vor dem Fernseher saß. Es gab bereits vier Stunden Sendung täglich, die von Berlin ausgestrahlt wurden. Eines Tages würde es in allen größeren europäischen Städten Fernsehstationen geben. Und bis 1970 würde es auch eine in New York geben.

Die Bilder in dem Artikel zeigten Elektronikingenieure des Reiches in New York, die den dortigen Technikern bei der Lösung ihrer Probleme helfen. Die Deutschen waren ganz leicht zu erkennen. Sie hatten jenen gesunden, sauberen, energischen, selbstbewußten Blick an sich. Die Amerikaner andererseits – sie sahen einfach wie ganz gewöhnliche Leute aus. Sie hätten irgend jemand sein können.

Man konnte sehen, wie einer der deutschen Techniker irgend wohin deutete, und die Amerikaner versuchten zu erkennen, worauf er wies. Wahrscheinlich sehen sie besser als wir, entschied sie schließlich. Bessere Ernährung in den letzten zwanzig Jahren. Das hat man uns so dargestellt; sie können Dinge sehen, die sonst keiner erkennen kann. Vitamin A war das vielleicht.

Wie das wohl sein mag, wenn man im Wohnzimmer sitzt und die ganze Welt auf einer kleinen grauen Glasröhre sieht? Wenn diese Nazis von hier zum Mars und zurückfliegen können, warum bringen sie dann nicht schneller ein Fernsehsystem zuwege? Ich glaube, ich würde das vorziehen – die Shows und Bob Hope und Durante zu sehen. Mir wäre das lieber, als auf dem Mars herumzulaufen.

Vielleicht ist es das, dachte sie und legte das Magazin auf das Regal zurück. Die Nazis verstehen keinen Spaß; was sollten sie also fernsehen wollen? Außerdem haben sie ja die meisten wirklich großen Komiker umgebracht. Weil die meisten von ihnen Juden waren.

Ich möchte wissen, wie Hope es schafft, am Leben zu bleiben, bei dem, was er sagt. Natürlich, er muß seine Sendung in Kanada machen. Dort oben ist es etwas freier. Wie dieser Witz über Göring . . . der, in dem Göring Rom aufkauft und es auf seinen Berg bringen und dort wiederaufbauen läßt. Und das Christentum wieder aufleben läßt, damit seine Löwen etwas zu –

»Wollten Sie dieses Magazin kaufen, Miß?« rief der kleine, ausgetrocknete alte Mann, dem der Drugstore gehörte, etwas argwöhnisch zu ihr herüber. Etwas schuldbewußt legte sie das Reader's Digest, in dem sie geblättert hatte, wieder zur Seite.

Als sie wieder über den Bürgersteig schlenderte, dachte Juliana, vielleicht wird Göring der neue Führer, wenn dieser Bormann stirbt. Er scheint anders als die anderen zu sein. Bormann hat es sowieso nur geschafft, weil er sich gleich vordrängte, als Hitler in Stücke ging und nur seine unmittelbare Umgebung erkannte, wie schnell er zusammenbrach. Der alte Göring war da gerade wieder einmal auf seinem Berg. Göring hätte nach Hitler Führer werden sollen, denn seine Luftwaffe war es, die diese englische Radarstationen zerbombte und schließlich die RAF fertigmachte. Hitler hätte sie London bombardieren lassen, genau wie sie es mit Rotterdam machten.

Aber wahrscheinlich wird Goebbels es schaffen, entschied sie. Das glaubten alle. Solange es nur nicht dieser fürchterliche Heydrich wurde. Er würde uns alle umbringen. Er ist wirklich verrückt. Der einzige, den ich wirklich mag, ist Baldur von Schirach. Er wirkt schließliich auch normal. Aber er hat keine Chance.

Als sie ihre Wohnungstür aufschloß, sah sie Joe Cinnadella immer noch dort liegen, wo sie ihn verlassen hatte, mitten im Bett, auf dem Bauch, die Arme herunterhängend. Er schlief immer noch. Nein, dachte sie, das ist unmöglich. Sein Lastzug ist doch schon weg. Hat er ihn verpaßt? Offensichtlich.

Sie ging in die Küche und stellte ihre Einkaufstüten zwischen das Frühstücksgeschirr auf den Tisch.

»Hat er ihn *absichtlich* verpaßt? fragte sie sich. Das würde mich wirklich interessieren.

Was für ein eigenartiger Mann . . . er war so aktiv mit ihr gewesen. Beinahe die ganze Nacht. Und doch war es, als wäre er in Wirklichkeit gar nicht da gewesen, als hätte er an etwas ganz anderes dabei gedacht.

Ganz gewohnheitsmäßig stellte sie die Lebensmittel in den GE-Kühlschrank. Und dann begann sie, den Frühstückstisch abzudecken.

Vielleicht hat er es so häufig getan, entschied sie. So, daß es ihm zu zweiten Natur geworden ist; sein Körper vollführt die Bewegungen so, wie der meine jetzt, wenn ich diese Teller und das Besteck in den Ausguß stelle. Er könnte das auch tun, wenn man ihm drei Fünftel seines Gehirns entfernt hätte, wie ein Froschbein im Biologieunterricht.

»Hey«, rief sie dann. »Aufwachen.«

Joe regte sich im Bett und gab einen unartikulierten Laut von sich.

»Hast du die Bob Hope Show neulich abends gehört?« rief sie. »Er hat da einen wirklich komischen Witz erzählt, den wo dieser deutsche Major einige Marsianer interviewt. Die Marsianer können keine Ariernachweise für ihre Großeltern beibringen, weißt du. Also meldet der deutsche Major nach Berlin, daß der Mars von Juden bewohnt ist.« Sie trat jetzt ins Wohnzimmer, wo Joe im Bett lag, und sagte: »Und sie sind etwa einen Fuß groß und haben zwei Köpfe . . . Du weißt schon, wie Bob Hope ist.«

Joe drehte sich im Bett zur Seite und schlug die Augen auf. Dann starrte er sie an. Sein mit schwarzen Bartstoppeln übersätes Kinn, seine dunklen, schmerzerfüllten Augen . . .

»Was ist denn?« fragte sie schließlich. »Hast du Angst?« Nein, dachte sie. Frank hat Angst. Der da – ich weiß nicht, was mit ihm los ist.

»Die Kiste ist weggefahren«, sagte Joe und setzte sich auf.

»Was willst du jetzt machen?« Sie setzte sich auf den Bettrand und wischte mit dem Geschirrtuch über Hände und Arme.

»Ich erwisch' ihn, wenn er zurückkommt. Der sagt keinem etwas; schließlich weiß er, daß ich es bei ihm genauso machen würde.«

»Hast du das schon einmal gemacht?« fragte sie.

Joe gab keine Antwort. Das war von vorneherein seine Absicht, sagte Juliana zu sich selbst. Das weiß ich. Ganz sicher sogar.

»Und wenn er einen anderen Weg zurückfährt?« fragte sie.

»Der nimmt immer die Fünfzig. Nie die Vierzig. Er hatte mal auf der Vierzig einen Unfall; da sind ein paar Pferde auf die Straße gelaufen, und er hat sie überfahren. In den Rockies.« Er nahm seine Kleider vom Stuhl und fing an, sich anzuziehen.

»Wie alt bist du, Joe?« fragte sie, während er an sich heruntersah.

»Vierunddreißig.«

Dann mußt du im Krieg gewesen sein, dachte sie. An seinem Arm sah sie eine Tätowierung, den Buchstaben K in blau.

»Was ist das?« fragte sie. »Deine Frau? Klaudia? Korinna?«

Joe wusch sich das Gesicht und sagte »Kairo«.

Was für ein exotischer Name dachte sie voll Neid. Und dann merkte sie, wie sie rot wurde. »Ich bin wirklich dumm«, sagte sie. Ein Italiener, vierunddreißig Jahre alt, aus der Hälfte der Welt, die die Nazis kontrollierten . . . natürlich war er im Krieg gewesen. Aber auf der Seite der Achse. Und er hatte in Kairo gekämpft; die Tätowierung war das Band, das die deutschen und italienischen Veteranen dieses Feldzugs vereinte – der Sieg über die britische und australische Armee unter General Gott, der Triumph Rommels und seines Afrikakorps.

Sie verließ das Badezimmer, ging ins Wohnzimmer zurück und begann das Bett zu machen. Auf dem Stuhl lagen Joes

Besitztümer, seine Kleider und ein Kleiderkoffer, ein paar persönliche Effekten. Darunter auch ein kleines samtüberzogenes Etui, so ähnlich wie ein Brillenetui.

Sie nahm es und klappte es auf.

Du hast allerdings in Kairo gekämpft, dachte sie, als sie das Eiserne Kreuz zweiter Klasse mit der Gravur – 10. Juni 1945 – sah. Nicht alle hatten es bekommen; nur die besonders Tapferen. Was du wohl getan hast . . . damals warst du erst siebzehn.

Joe stand jetzt unter der Tür und sah zu ihr herüber. Sie zuckte schuldbewußt zusammen. Aber er schien nicht verärgert. »Ich hab' es mir gerade angesehen«, sagte Juliana. »Ich hab' noch nie eines gesehen. Hat Rommel es dir selbst angesteckt?«

»General Baierlein hat sie verteilt. Rommel war damals schon nach England versetzt worden, um dort Schluß zu machen« Seine Stimme war ruhig, aber seine Hände hatten bereits wieder jenes seltsame Kratzen an seiner Kopfhaut begonnen, jene kämmende Bewegung, bei der es sich anscheinend um einen chronischen Nerventick handeln mußte.

»Erzählst du mir davon?« fragte Juliana, als er wieder ins Badezimmer zurückging und sich weiterrasierte.

Beim Rasieren und anschließend, während des Duschens, erzählte ihr Joe Cinnadella ein wenig; freilich war es nicht die Art von Bericht, die sie gerne gehört hätte. Seine zwei älteren Brüder hatten im Äthiopien-Feldzug gedient, während er als Dreizehnjähriger einer faschistischen Jugendorganisation in Mailand, seiner Heimatstadt, angehört hatte. Später hatten sich seine Brüder einer berühmten Artilleriebatterie angeschlossen, die des Major Ricardo Pardi, und als dann der Zweite Weltkrieg begann, hatte Joe sich ihnen ebenfalls anschließen können. Sie hatten unter Graziani gedient. Ihre Ausrüstung, besonders ihre Tanks, waren schrecklich gewesen. Die Briten hatten sie einfach abgeschossen, wie die Kaninchen, selbst die Offiziere. Man hatte die Türen der Tanks in der Schlacht mit Sandsäcken abdichten müssen, damit sie nicht aufflogen. Aber Major Pardi hatte ausgeworfene Artilleriekartuschen eingesammelt, sie poliert und eingefettet, und wieder abgefeuert; seine Batterie hatte General Wavells verzweifelten Tankangriff 1943 zum Stillstand gebracht.

»Leben deine Brüder noch?« fragte Juliana.

Seine Brüder waren '44 ums Leben gekommen, von britischen Kommandoeinheiten mit Draht stranguliert, der Long Range Desert Group, die hinter den Linien der Achse operiert hatten und die insbesondere während der letzten Phasen des Krieges geradezu zu Fanatikern geworden waren, als es klar wurde, daß die Alliierten nicht mehr gewinnen konnten.

»Was für Gefühle hast du jetzt bezüglich der Briten?« fragte sie stockend.

Und Joe meinte: »Ich wollte, die würden mit England das gleiche machen, was sie in Afrika getan haben.« Seine Stimme war ausdruckslos.

»Aber das liegt doch – achtzehn Jahre zurück«, sagte Juliana. »Ich weiß, daß ganz besonders die Briten schreckliche Dinge getan haben. Aber –«

»Man spricht immer von dem, was die Nazis den Juden angetan haben«, sagte Joe. »Die Briten haben viel Schlimmeres getan. In der Schlacht von London.« Er verstummte eine Weile. »Diese Feuerwaffen, Phosphor und Öl; ich hab' nachher ein paar deutsche Truppen gesehen. Boot für Boot zu Asche verbrannt. Diese Rohre unter dem Wasser – die ganze See ein einziges Flammenmeer. Und die Zivilbevölkerung – jene Brandbombenangriffe, von denen Churchill glaubte, daß durch die der Krieg noch im letzten Augenblick entschieden werden könnte. Diese Terrorangriffe auf Hamburg und Essen und –«

»Reden wir nicht darüber«, sagte Juliana. Sie ging in die Küche und fing an, Schinken zu braten. Sie schaltete das kleine Radio ein, das Frank ihr zum Geburtstag geschenkt hatte. »Ich mach' dir etwas zu essen.« Sie drehte an der Skala und suchte leichte, angenehme Musik.

»Schau dir das an«, sagte Joe. Er saß im Wohnzimmer auf dem Bett, den kleinen Koffer neben sich. Er hatte ihn aufgeklappt und ein abgewetztes zerfleddertes Buch herausgeholt. Er grinste Juliana an. »Komm her. Weißt du, was er behauptet?

Dieser Mann –« er deutete auf das Buch. »Das ist sehr komisch. Setz dich.« Er griff nach ihrem Arm, zog sie neben sich. »Ich möchte es dir vorlesen. Angenommen, sie hätten gewonnen. Wie wäre es dann? Wir brauchen uns gar nicht den Kopf zu zerbrechen; dieser Mann hat sich das alles ausgedacht.« Joe klappte das Buch auf und begann langsam die Seiten umzuschlagen. »Das Britische Empire würde ganz Europa kontrollieren. Das ganze Mittelmeer. Ein Italien gäbe es nicht. Ein Deutschland auch nicht. Bobbies und diese komischen kleinen Soldaten in den hohen Pelzhüten. Und der König würde bis zur Wolga herrschen.«

Mit leiser Stimme fragte Juliana: »Wäre das so schlimm?«

»Du hast das Buch gelesen?«

»Nein«, gab sie zu und blickte auf den Umschlag. Sie hatte davon gehört, eine Menge Leute lasen es. »Aber Frank und ich – mein früherer Mann und ich – haben oft darüber gesprochen, wie es gewesen wäre, wenn die Alliiierten den Krieg gewonnen hätten.«

Joe schien sie gar nicht zu hören. Er starrte die Kopie von *Schwer liegt die Heuschrecke* an. »Und weißt du, wie es in diesem Buch dazu kommt, daß England siegt? Die Achse schlägt?«

Sie schüttelte den Kopf, spürte, wie die Spannung in dem Mann anstieg. Sein Kinn hatte zu zitttern begonnen. Er leckte sich immer wieder über die Lippen, kratzte sich am Kopf . . . und seine Stimme war beim Sprechen heiser.

»Er läßt Italien die Achse verraten«, sagte Joe.

»Oh«, sagte sie.

»Italien geht zu den Alliierten über, schließt sich den Angelsachsen an und öffnet damit, was er den ›weiten Unterleib‹ Europas nennt. Aber es ist ganz natürlich, daß er so denkt. Wir alle kennen die feige italienische Armee, die jedesmal die Flucht ergriff, wenn sie die Briten sahen. Und nichts anderes taten, als Vino trinken. Und dieser Bursche –«, Joe klappte das Buch zu und drehte es herum, um die hintere Umschlagseite betrachten zu können. »Abendsen. Ich kann es ihm nicht verübeln. Er schreibt diesen fantastischen Roman und stellt sich vor, wie die Welt wäre, wenn die Achse den Krieg verloren hätte. Wie hätten sie denn sonst verlieren können, außer wenn Italien sie verrät?« Seine Stimme knirschte. »Der Duce – er war ein Clown; das wissen wir alle.«

»Ich muß den Speck umdrehen.«

Sie eilte in die Küche zurück.

Und Joe folgte ihr, immer noch mit dem Buch in der Hand. »Und dann kommen die Vereinigten Staaten. Nachdem sie die Japaner geschlagen haben. Und nach dem Krieg teilen sich die USA und Großbritannien die Welt auf. Genauso wie Deutschland und Japan es in Wirklichkeit getan haben.«

Juliana sagte: »Deutschland, Japan und Italien.«

Er starrte sie an.

»Du hast Italien ausgelassen.« Sie sah ihn ruhig an. Hast du es selbst auch vergessen? sagte sie zu sich. Wie alle anderen? Das kleine Imperium im mittleren Osten . . . das Operettenempire. Neu Rom.

Und dann stellte sie ihm einen Teller mit Schinken, Eiern, Toast und Marmelade hin. Eine Kanne Kaffee. Er aß gierig.

»Was habt ihr denn in Nordafrika zu essen bekommen?« fragte sie und setzte sich ebenfalls.

»Toten Esel«, sagte Joe.

»Wie scheußlich.«

Joe grinste schief. »Asino morte. Die Dosen mit dem Corned Beef hatten die Aufschrift: AM. Die Deutschen nannten es Alter Mann.« Er aß weiter.

Sie nahm ihm das abgewetzte Buch weg, schlug es auf und fing zu lesen an:

. . . und in seinen alten Jahren, in denen die Beschaulichkeit kam, blickte er auf ein Reich, wie die Alten es erstrebt, aber nicht begriffen hätten, Schiffe von der Krim bis Madrid und alles dasselbe Imperium, alle mit der gleichen Münze, der gleichen Sprache und der gleichen Flagge. Der große alte Union Jack vom Aufgang der Sonne bis zu ihrem Untergang: es war erfüllt, der alte Traum von dem Reich, in dem die Sonne nicht untergeht.

»Das einzige Buch, das ich immer bei mir trage«, sagte

Juliana, »ist eigentlich gar kein Buch. Es ist ein Orakel. Das *I Ching* – ich habe es immer bei mir.« Sie klappte die *Heuschrecke* zu. »Willst du es sehen? Willst du es benutzen?«

»Nein«, sagte Joe.

Sie stützte das Kinn auf die Arme und starrte ihn von der Seite an. Nach einer Weile meinte sie: »Bist du jetzt eigentlich für immer hier eingezogen? Und was hast du vor?«

Sie dachte über die Beleidigungen nach, die Verleumdungen. Du machst mir Angst, dachte sie, mit dem Haß, den du allem Lebenden entgegenbringst. Aber – du hast etwas. Du bist wie ein kleines Tier, nicht wichtig, aber clever. Dann studierte sie sein beschränktes, cleveres, dunkles Gesicht und dachte, wie ich wohl auf die Idee gekommen sein mag, daß du jünger bist als ich? Aber selbst das stimmt, du bist kindisch; du bist immer noch der kleinere Bruder und vergötterst deine zwei älteren Brüder und deinen Major Pardi und General Rommel, und keuchst und schwitztst, um dich von ihnen loszureissen und es den Tommies zu zeigen. Haben die tätsächlich deine Brüder mit Drahtschlingen garrottiert? Wir haben davon gehört, die Schauergeschichten und die Fotos, die nach dem Krieg im Umlauf waren . . . Sie schauderte. Aber die britischen Kommandos sind schon vor langer Zeit vor Gericht gestellt und bestraft worden.

Die Musik im Radio war plötzlich verstummt, und die Stimme des Ansagers klang, als käme sie über Kurzwelle. Sie wurde undeutlich, verschwommen. Eine Pause. Nichts. Nur Schweigen. Und dann wieder der Ansager aus Denver, ganz klar, ganz nahe. Sie griff nach dem Skalenknopf, aber Joe hinderte sie daran.

». . . die Nachricht von Kanzler Bormanns Tod hat in Deutschland wie eine Bombe eingeschlagen, zumal erst gestern . . .«

Sie und Joe sprangen auf.

». . . alle Stationen des Reiches sagten ihre planmäßigen Programme ab, und die Hörer vernahmen die feierlichen Klänge des Chors der SS-Division *Das Reich* mit der Hymne der Partei, dem *Host-Wessel-Lied*. Später trafen in Dresden die

Parteisekretäre und die Leiter des Sicherheitsdienstes, der Nationalen Sicherheitspolizei, die an die Stelle der Gestapo getreten war . . .«

Joe drehte lauter.

». . . Reorganisierung der Regierung auf Veranlassung des verstorbenen Reichsführers Himmler. Albert Speers und anderer. Zwei Wochen offizieller Staatstrauer sind verkündet worden, und es haben bereits eine ganze Anzahl von Läden und Firmen geschlossen. Bis zur Stunde liegt noch keine Nachricht über die erwartete Sondersitzung des Reichstags, des formellen Parlaments des Dritten Reiches, vor, dessen Zustimmung benötigt wird, um . . .«

»Es wird Heydrich werden«, sagte Joe.

»Ich wünschte, es würde dieser große blonde Bursche, dieser Schirach«, sagte sie. »Herrgott, jetzt ist er endlich gestorben. Glaubst du, daß Schirach eine Chance hat?«

»Nein«, antwortete Joe einsilbig.

»Vielleicht gibt es jetzt einen Bürgerkrieg«, sagte sie. »Aber diese Burschen sind jetzt alle so alt. Göring und Goebbels – all diese alten Parteiboys.«

Und das Radio sagte: ». . . hat seinen alten Sitz in der Nähe des Brenner erreicht . . .«

»Das ist der fette Hermann«, meinte Joe.

». . . erklärte lediglich, er sei von Trauer überwältigt über den Verlust nicht nur eines Soldaten und Patrioten und treuen Parteiführers, sondern auch, wie er immer wiederholte, eines persönlichen Freundes, den er, wie man sich erinnern wird, in dem Disput während der kurzen Zeit nach dem Krieg unterstützte, als es eine Zeitlang so aussah, als würden Bormann feindliche Elemente –«

Juliana schaltete ab. »Die reden jetzt bloß Unsinn«, sagte sie. »Warum verwenden sie bloß solche Worte? Die reden von diesen schrecklichen Mördern, als wären sie Menschen wie wir anderen.«

»Sie sind wie wir anderen«, sagte Joe. Er setzte sich wieder und aß weiter. »Es gibt nichts, was sie getan haben, was wir an ihrer Stelle nicht auch getan hätten. Sie haben die Welt vor dem

Kommunismus bewahrt. Wir würden jetzt unter roter Herrschaft leben, wenn Deutschland nicht gewesen wäre. Wir wären noch viel schlimmer dran.«

»Du redest doch bloß«, sagte Juliana. »Wie das Radio.«

»Ich habe unter den Nazis gelebt«, sagte Joe. »Ich weiß, wei es ist. Ist das auch bloß Gerede, wenn man zwölf, dreizehn Jahre – länger als das – beinahe fünfzehn Jahre – unter ihnen gelebt hat? Ich habe eine Arbeitskarte von der OT; ich habe seit 1947 für die Organisation Todt gearbeitet in Nordafrika und den USA. Hör zu –« Er deutete mit dem Finger auf sie. »Italiener waren schon immer für Tiefbauarbeiten begabt. Ich habe nicht Asphalt geschaufelt und Beton für die Autobahnen gemischt; ich habe bei der Konstruktion mitgeholfen. Ingenieur. Eines Tages kam Dr. Todt und erkundigte sich nach unserer Arbeit. Und da sagte er zu mir, ›Sie haben gute Hände‹ Das war ein großer Augenblick für mich, Juliana. Die Würde der Arbeit; das sind nicht bloß leere Worte. Vor den Nazis haben alle auf Handarbeit herabgesehen; ich selbst auch. Aristokrat. Die Arbeitsfront hat dem ein Ende gemacht. Ich habe meine Hände zum ersten Mal gesehen.«

Er redete jetzt so schnell, daß sein Akzent stärker wurde; sie hatte Mühe, ihn zu verstehen. »Wir haben alle dort in den Wäldern gelebt, im oberen Staate New York, wie Brüder. Lieder gesungen, sind zur Arbeit marschiert. Der Geist des Krieges, nur, daß wir wieder aufbauten, nicht zerstörten. Das waren die besten Tage, der Wiederaufbau nach dem Kriege – schöne, saubere, dauerhafte Reihen öffentlicher Gebäude, Block für Block, eine ganze neue Innenstadt für New York und Baltimore. Jetzt ist diese Arbeit natürlich getan. Die großen Kartelle, wie in New Jersey Krupp und Söhne, haben jetzt das Sagen. Aber das sind nicht die Nationalsozialisten; das sind die alten europäischen Kapitalisten. Viel schlimmer, hörst du? Nazis wie Rommel und Todt taugen eine Million mal mehr als diese Industriellen wie Krupp und die Bankiers; vergasen hätte man all diese Preußen sollen. All diese feinen Herren mit ihren Westen.«

Aber, dachte Juliana, diese feinen Herren mit ihren Westen

haben doch immer das Sagen. Und deine Idole, Rommel und Dr. Todt, sie sind einfach nach den Feindseligkeiten gekommen, um den Schutt wegzuräumen und die Autobahnen zu bauen und die Industrie wieder in Gang zu bringen. Sie haben sogar die Juden leben lassen, welche Überraschung – eine Amnestie, damit die Juden mitmachen konnten. Bis '49 jedenfalls . . . Und dann Ade Todt und Rommel, dann hat man euch auf die Weide geschickt.

Als ob ich das nicht weiß? dachte Juliana. Habe ich nicht von Frank das alles gehört? Du kannst mir nichts über das Leben unter den Nazis sagen; mein Mann war – ist – Jude. Ich weiß, daß Dr. Todt der bescheidenste, sanftmütigste Mann war, der je gelebt hat; ich weiß, daß er nichts anderes wollte, als allen Arbeit geben – ehrliche, anständige Arbeit – für die Millionen verzweifelter amerikanischer Männer und Frauen, die nach dem Krieg in den Ruinen herumwühlten. Ich weiß, daß er medizinische Versorgung und Urlaubsorte und angemessene Unterbringung für jeden wollte, gleichgültig, welcher Rasse er angehörte; er war ein Erbauer, kein Denker . . . Und in den meisten Fällen gelang es ihm, das zu schaffen, was er gewollt hatte – er bekam es tatsächlich, aber . . .

Jetzt wurde ihr plötzlich klar, was sie die letzten Minuten im Unterbewußtsein beschäftigt hatte. »Joe. Dieses *Heuschreckenbuch* – ist es nicht an der Ostküste verboten?«

Er nickte.

»Wie kommt es dann, daß du es gelesen hast?« Irgend etwas beunruhigte sie daran. »Erschießen die nicht immer noch die Leute, wenn sie –«

»Das kommt auf die Rassenzugehörigkeit an.«

Das war richtig. Slawen, Polen, Puetroricaner hatten bezüglich dessen, was sie lesen durften, die strengsten Vorschriften. Die Angelsachsen hatten es viel besser; es gab öffentliche Erziehung für ihre Kinder, und sie konnten in Bibliotheken, Museen und Konzerte gehen. Aber trotzdem . . . die *Heuschrecke* war nicht nur klassifiziert, sondern verboten, und zwar für jeden.

»Ich hab' es auf der Toilette gelesen«, sagte Joe. »Unter dem

Kopfkissen versteckt. Genaugenommen, habe ich es gelesen, *weil* es verboten war.«

»Du bist sehr tapfer«, sagte sie.

»Meinst du das etwa sarkastisch?« fragte er zweifelnd.

»Nein.« Er entspannte sich ein wenig. »Für euch hier ist das leicht. Ihr lebt ein sicheres, sinnloses Leben, habt nichts zu tun und braucht euch über nichts den Kopf zu zerbrechen. Ihr seid dem Strom der Ereignisse fern, ein Überbleibsel aus der Vergangenheit. Stimmt's?« Seine Augen verspotteten sie.

»Du bringst dich mit deinem Zynismus selbt um«, sagte sie. »Deine Idole wurden dir eines nach dem anderen weggenommen, und jetzt hast du nichts mehr, was du lieben kannst.« Sie hielt ihm seine Gabel hin. Er nahm sie. Essen, dachte sie. Oder selbst die biologischen Prozesse augeben.

Joe deutete mit einer Kopfbewegung auf das Buch und sagte: »Auf dem Umschlag steht, daß dieser Abendsen hier in der Gegend wohnt. In Cheyenne. Man stelle sich vor, wie er von solch einem sicheren Punkt aus eine Weltperspektive aufbauen kann. Lies, was hier steht; lies es laut.«

Sie nahm das Buch und las, was auf dem hinteren Umschlagblatt stand. »Er ist ehemaliger Soldat; gehörte im Zweiten Weltkrieg zum US-Marinekops und wurde in England von einem Tigerpanzer der Nazis verwundet. Sergeant. Steht hier, er habe praktisch eine Festung,in der er schreibt, mit Waffen rings herum.« Sie legte das Buch hin und sagte: »Hier steht das zwar nicht, aber ich höre, er sei beinahe so etwas wie ein Paranoiker mit geladenem Stacheldraht um sein Haus, das noch dazu hoch oben in den Bergen liegt. Schwer zu erreichen.«

»Vielleicht hat er recht«, sagte Joe, »daß er so lebt, nachdem er dieses Buch geschrieben hat. Die deutschen Bonzen gingen an die Decke, als sie es lasen.«

»Der hat schon vorher so gelebt; der hat sein Buch dort geschrieben. Sein Haus heißt –« Sie warf einen Blick auf den Schutzumschlag des Buches, »›die Trutzburg‹ So nennt er es.«

»Die werden ihn nicht kriegen«, sagte Joe und kaute schnell. »Der paßt auf. Clever.«

»Ich finde, es gehört eine Menge Mut dazu, dieses Buch zu schreiben«, sagte sie. »Wenn die Achse den Krieg verloren hätte, könnten wir sagen und schreiben, was wir wollen, so wie das früher war; wir wären ein Land und hätten ein faires Gesetzsystem, das für uns alle gilt.«

Zu ihrer Überraschung nickte er dazu nur.

»Ich verstehe dich nicht«, sagte sie. »Was glaubst du denn? Was willst du? Du verteidigst diese Ungeheuer, diese kranken Menschen, die die Juden abgeschlachtet haben, und dann –« In ihrer Verzweiflung packte sie ihn an den Ohren; er riß überrascht die Augen auf und stand dann unwillkürlich auf, als sie sich erhob.

Sie standen einander gegenüber, und keiner konnte etwas sagen.

»Laß mich doch fertigessen«, sagte Joe schließlich.

»Willst du es mir nicht sagen? Du weißt es selbst nicht. Du ißt einfach weiter und tust so, als würdest du mich nicht verstehen.« Sie ließ seine Ohren los und sah jetzt, daß sie unter ihrem Griff ganz rot geworden waren.

»Leeres Gerede«, sagte Joe. »Es hat nichts zu bedeuten. Wie das Radio, das, was du darüber gesagt hast. Kennst du den alten Braunhemdenausdruck für Leute, die solch philosophischen Quatsch daherreden? *Eierkopf.* Egghead. Weil diese großen leeren Köpfe so leicht zerbrechen . . . In den Straßen kämpfen.«

»Wenn du so von mir denkst«, sagte Juliana, »warum ziehst du dann nicht weiter? Warum bleibst du dann hier?«

Seine rätselhafte Grimasse machte ihr Angst.

Wenn ich ihn doch nicht hereingelassen hätte, dachte sie. Und jetzt ist es zu spät; ich weiß, daß ich ihn nicht mehr loswerde – er ist zu stark.

Irgend etwas Schreckliches geschieht hier, dachte sie. Es drängt immer weiter aus ihn heraus. Und ich helfe da anscheinend mit.

»Was ist denn los?« Er stieß sie mit der Hand spielerisch unter das Kinn, strich ihr über den Nacken, griff unter ihr Hemd und drückte ihre Schultern. »Eine Laune. Hast du Angst vor mir? Nein, das ist es nicht. Du hast Angst vor Männern. Stimmt's?«

»Ich weiß nicht.«

»Doch. Das ist mir letzte Nacht klar geworden. Nur, weil ich –« er unterbrach sich selbst. »Weil ich mich besonders bemüht habe, deine Wünsche zu erfüllen.«

»Weil du mit zu vielen Mädchen im Bett warst«, sagte Juliana. »Das wolltest du doch sagen.«

»Aber ich weiß, daß ich recht habe. Hör zu. Ich werde dir nie wehtun, Juliana. Bei meiner toten Mutter – ich gebe dir mein Wort. Ich werde besonders feinfühlig sein, und wenn du schon auf meinen Erfahrungen herumreiten willst – dann sollst du einen Nutzen davon haben. Du wirst deine Nervosität verlieren; ich brauche gar nicht lange, dann wirst du gelockert sein und entspannt.«

Sie nickte. Trotzdem kam sie sich immer noch kalt und traurig vor und wußte nicht weshalb.

*

Mr. Nobusuke Tagomi saß allein in seinem Büro im Nippon Times Gebäude und dachte nach. Er mußte am Morgen immer die ersten Minuten alleine verbringen.

Schon ehe er sein Haus verlassen hatte, hatte er Itos Bericht über Mr. Baynes bekommen. Der junge Student hatte keine Zweifel. Mr. Baynes war kein Schwede. Mr. Baynes war ohne jeden Zweifel deutscher Staatsbürger.

Aber Itos Fähigkeit im Umgang mit den germanischen Sprachen hatte weder die Handelsmission noch die Tokkoka, die japanische Geheimpolizei, je sonderlich beeindruckt. Wahrscheinlich hat der Narr gar nichts Besonderes ausgeschnüffelt, dachte Mr. Tagomi bei sich. Übertriebene Begeisterung, kombiniert mit romantischen Doktrinen. Man mußte da sehr argwöhnisch sein.

Jedenfalls würde die Besprechung mit Mr. Baynes und dem älteren Herrn von den Heimatinseln in Kürze beginnen, gleichgültig welcher Nationalität Mr. Baynes war. Und Mr. Tagomi mochte den Mann. Vermutlich war dies das grundlegende Talent von Männern hohen Rangs – wie er einer war. Einen guten Mann zu erkennen, wenn er ihn sah. Intuition über Menschen. Eine Intuition, die tiefer ging als alles Zeremoniell, jede äußere Form.

Leute wie er konnten zum Herzen des anderen durchdringen. Das Herz, das in zwei Yinlinien schwarzer Leidenschaft eingeschlossen war. Manchmal sogar davon zerdrückt, und selbst dann gab es das Licht des Yang, ein Flackern in der Mitte. Ich mag ihn, sagte Mr. Tagomi zu sich. Deutscher oder Schwede, ich hoffe, das Zarakain hat ihm gegen seine Kopfschmerzen geholfen. Ich darf nicht vergessen, mich danach zu erkundigen, gleich wenn er kommt.

Seine Sprechanlage summte.

»Nein«, sagte er unfreundlich. »Keine Unterhaltung. Das ist der Augenblick der inneren Wahrheit. Selbstbetrachtung.«

Und aus dem winzigen Lautsprecher Mr. Ramseys Stimme: »Sir, wir haben es gerade von der Presseagentur drunten gehört. Der Reichskanzler ist tot. Martin Bormann.« Ramseys Stimme verstummte. Schweigen.

Und Mr. Tagomi dachte, alle Verabredungen für heute absagen. Er stand auf und ging schnell auf und ab, drückte die Hände gegeneinander. Mal sehen, ich muß sofort einen formellen Brief an den Reichskonsul schicken. Kleinigkeit; kann ein Untergebener erledigen. Tiefe Sorge, und so weiter und so weiter. Ganz Japan fühlt in dieser Stunde der Trauer tiefes Mitgefühl mit dem deutschen Volk . . . und dann? Warten. Warten, welche Informationen aus Tokio kamen.

Er drückte den Knopf der Sprechanlage und sagte: »Mr. Ramsey, stellen Sie sicher, daß wir in Verbindung mit Tokio sind. Sagen Sie es den Mädchen in der Zentrale. Es darf uns nichts entgehen.«

»Ja, Sir«, sagte Mr. Ramsey.

»Ich bin von jetzt an in meinem Büro. Halten Sie mir alle Routinegeschäfte fern und schicken Sie alle Besucher weg, die nur in den üblichen Angelegenheiten kommen.«

»Sir?«

»Ich muß die Hände freihaben, falls plötzlich etwas getan werden muß.«

»Ja, Sir.«

Eine halbe Stunde später, um neun, kam eine Botschaft von dem höchsten Beamten der Kaiserlichen Regierung an der Westküste, dem japanischen Botschafter in den Pazifikstaaten Amerikas, dem ehrenwerten Baron L. B. Kaelemakule. Das Außenministerium hatte eine außerordentliche Sitzung im Botschaftsgebäude an der Sutterstreet einberufen, und jede Handelsmission sollte eine Person hohen Ranges zur Teilnahme schicken. Dies bedeutete in diesem Fall, Mr. Tagomi selbst.

Es war keine Zeit, sich umzuziehen. Mr. Tagomi eilte zu einem Expreßlift, fuhr ins Erdgeschoß und saß zwei Sekunden später in der Missionslimousine, einem schwarzen Cadillac, Baujahr 1940, den ein geübter uniformierter chinesischer Chauffeur steuerte.

Rings um das Botschaftsgebäude parkten die Wagen anderer Würdenträger, insgesamt ein Dutzend. Personen von hohem Rang, von denen er einige kannte und von denen einige andere ihm fremd waren, eilten die breite Freitreppe der Botschaft hinauf. Mr. Tagomis Chauffeur hielt ihm die Tür auf, und er stieg aus und griff nach seinem Aktenkoffer. Er war leer, weil er keine Papiere bringen mußte – aber es war wichtig, den Anschein zu erwecken, als wäre er bloß ein Zuschauer. Er schritt schnell die Treppe hinauf, bemüht, dabei den Eindruck zu erwecken, als spiele er eine wichtige Rolle bei den Vorgängen, obwohl man ihm nie gesagt hatte, worum es in dieser Sitzung gehen sollte.

Einige Personen hatten sich versammelt, und im Vestibül hörte er gemurmelte Gespräche. Mr. Tagomi trat zu einigen Herren, die er kannte, nickte mit dem Kopf und blickte – ebenso wie sie – würdig und feierlich.

Ein Botschaftsangestellter erschien und wies sie in eine große Halle. Stühle waren aufgebaut. Man nahm Platz.

An der Stirnseite des Raumes schritt ein Herr mit einer Handvoll Papieren auf ein Rednerpult zu. Gestreifte Hosen: ein Vertreter des Außenministeriums.

Verwirrung. Zusammengesteckte Köpfe.

»Meine Herren«, sagte der Mann vom Außenministerium mit lauter, befehlsgewohnter Stimme. Alle Augen richteten sich auf ihn. »Wie Sie wissen, ist der Tod des Reichskanzlers jetzt bestätigt worden. Offizielle Verlautbarung aus Berlin. Diese Sitzung, die nicht lange dauern wird – Sie werden bald in Ihre Büros zurückgehen können – hat den Zweck, sie mit unserer Beurteilung der Lage in Deutschland vertraut zu machen. Wir wollen Sie darüber informieren, wie die einzelnen miteinander in Wettbewerb stehenden Parteien und Gruppierungen im politischen Leben Deutschlands jetzt in den Kampf um den durch Herrn Bormanns Tod freigewordenen Platz eintreten werden.

Zuerst die Notabeln. Der wichtigste: Hermann Göring. Ich bitte um Ihre Geduld für ein paar wohlbekannte Einzelheiten.

Der Dicke, seines Körperumfangs wegen so genannt, ursprünglich Luftheld im ersten Weltkrieg, Gründer der Gestapo und mächtiger Mann in der preußischen Regierung. Einer der skrupellosesten frühen Nazis, dessen spätere Ausschweifungen das durch und durch irreführende Bild eines reinen Genießers entstehen ließen, vor dem Sie unsere Regierung jedoch dringend warnt. Obwohl die Rede geht, daß dieser Mann krank, vielleicht sogar todkrank sei, gleicht er in hohem Maße den Cäsaren des alten Rom, deren Macht mit zunehmendem Alter eher wuchs als abnahm. Das etwas überzeichnete Bild dieser Person in einer Toga mit zahmem Löwen inmitten eines mächtigen Schlosses, das mit Trophäen und Kunstgegenständen gefüllt ist, ist zweifellos richtig. Ganze Güterzüge mit gestohlenen Wertstücken wurden selbst in Kriegszeiten zu seinen privaten Gütern geleitet. Unserer Meinung nach ist dieser Mann ungeheuer machthungrig und auch durchaus in der Lage, die Macht an sich zu reißen. Göring ist von primitiver Mentalität, ja sogar vulgär. Aber ein hochintelligenter Mann, wahrscheinlich der intelligenteste aller Naziführer. Das Ziel seiner Triebe ist die Selbstvergötterung im Sinne der alten Kaiser.

Als nächster folgt Herr Josef Goebbels. Er litt in seiner Jugend an spinaler Kinderlähmung und war ursprünglich Katholik. Brillanter Redner, Schriftsteller, flexibel, ein Mann von fanatischem Geist, witzig, gebildet, kosmopolitisch eingestellt. Sehr aktiv mit den Damen. Elegant. In hohem Maße fähig. Arbeitet intensiv. Es heißt, daß er nie ausruhe. Eine Persönlichkeit, die hohen Respekt genießt. Kann sehr charmant sein, es heißt aber, daß er geradezu tollwütige Züge trägt und dies in höherem Maße als die anderen Nazis. Ideologische Orientierung gleicht dem Standpunkt der mittelaltelichen Jesuiten, verstärkt durch spätromantischen germanischen Nihilismus. Man hält Goebbels für den einzig echten Intellektuellen in der Partei. In der Jugendheit Ehrgeiz, Theaterschriftsteller zu werden. Wenige Freunde. Von seinen Mitarbeitern ungeliebt, aber dennoch auf Hochglanz poliertes Produkt der besten Elemente europäischer Kultur. Seinem Ehrgeiz liegt nicht der Egoismus, sondern der Drang nach Macht um ihrer selbst willen zugrunde. Organisationstalent im Sinne des klassischen preußischen Staates.

Herr R. Heydrich.«

Der Beamte aus dem Außenministerium hielt inne, blickte auf und sah sie alle an.

Dann fuhr er fort.

»Wesentlich jüngeres Individuum als Goebbels, der bereits an der Revolution von 1932 teilnahm. Karrieremann bei der Elitetruppe der SS. Untergebener von H. Himmler, hat sogar vielleicht eine Rolle in Himmlers immer noch nicht ausreichend erklärtem Tod im Jahre 1948 gespielt. Hat offiziell andere Bewerber innerhalb des Polizeiapparates ausgeschaltet, wie A. Eichmann, W. Schellenberg und andere. Es heißt, daß dieser Mann von vielen Parteileuten gefürchtet wird. Er war verantwortlich für die Kontrolle von Wehrmachtselementen nach dem Abschluß der Feindseligkeiten in jener berühmten Auseinandersetzung zwischen Polizei und Armee, die schließlich zu einer Reorganisierung des Regierungsapparates führte, aus der die NSDAP als Sieger hervorging. Heydrich hat Martin Bormann stets hundertprozentig unterstützt. Das Produkt von Eliteausbildung, allerdings vor dem sogenannten Ordensburgsystem der SS. Seine Triebe sind uns ein Rätsel. Möglicherweise hat er ein Bild der Gesellschaft, das die menschlichen Auseinandersetzungen für eine Serie von Spielen hält. Nimmt nicht an ideologischen Auseinandersetzungen teil. Zusammenfassung: wahrscheinlich seiner Mentalität nach unter allen Nazis am modernsten eingestellt. Lehnt sogenannte notwendige Illusionen, wie den Glauben an Gott und dergleichen, völlig ab. Unsere Soziologen in Tokio sind nicht imstande, diese sogenannte realistische Mentalität zu durchschauen, so daß dieser Mann als Fragezeichen betrachtet werden muß.

Baldur von Schirach. Früherer Anführer der Hitlerjugend. Wird für einen Idealisten gehalten. Persönlich dem Aussehen nach attraktiv, wird jedoch weder für sehr erfahren, noch sehr fähig gehalten. Glaubt ernsthaft an die Ziele der Partei. Hat die Verantwortung für die Trockenlegung des Mittelmeeres und die Gewinnung großer landwirtschaftlich nutzbarer Flächen getragen. Trug dazu bei, die Vernichtungspolitik gegenüber der slawischen Rasse in den frühen Fünziger Jahren etwas zu mildern. Wandte sich direkt an das deutsche Volk, um zu erreichen, daß die Reste der slawischen Bevölkerung in reservationsähnlichen abgeschlossenen Gebieten im Herzland Asiens weiter existieren dürfen. Verlangte, daß gewisse Formen der Euthanasie und gewisse medizinische Experimente eingestellt wurden, hatte darin aber keinen Erfolg.

Dr. Seyss-Inquart. Ehemaliger österreichischer Nazi und jetzt verantwortlich für die Kolonialgebiete des Reiches und die dort gültige Politik. Vermutlich der meistgehaßte Mann des Reiches. Man nimmt an, daß Seyss-Inquart für die meisten, wenn nicht für alle Unterdrückungsmaßnahmen verantwortlich ist, die gegenüber besiegten Völkern zur Anwendung kamen. Arbeitete eng mit Rosenberg zusammen, um ideologische Siege von höchst grandiosem Umfang zu erzielen, wie zum Beispiel dem Versuch, die gesamte russische Bevölkerung, die nach dem Ende der Feindseligkeiten überlebt hatte, zu sterilisieren. Es wird angenommen, daß er einer der Verantwortlichen für die Entscheidung war, an der Bevölkerung des gesamten afrikanischen Kontinents Genocid zu begehen. Vermutlich temperamentmäßig dem ersten Führer, Adolf Hitler, am ähnlichsten.«

Der Beamte des Auswärtigen Amtes beendete seinen trockenen, langsamen Vortrag.

Mr. Tagomi dachte, ich glaube, ich werde verrückt. Ich muß hier raus; ich bekomme einen Anfall – ich sterbe. Er arbeitete sich hoch und schob sich zwischen den Stühlen und Menschen hindurch. Er konnte kaum sehen. Muß in den Waschraum. Er rannte.

Ein paar Köpfe drehten sich um. Sahen ihn. Erniedrigung. Krank bei wichtiger Sitzung. Gesicht verloren. Er rannte weiter, durch die offene Tür, die ein Angestellter der Gesandtschaft hielt. Und dann ließ seine Panik nach. Sein Blick wurde wieder klarer. Er sah die Gegenstände wieder deutlich. Stabiler Boden, Wände.

Ein Anfall von Übelkeit. Eine Funktionsstörung im Mittelohr.

Irgendein momentaner organischer Zusammenbruch.

Ich muß mich beruhigen. Mich an die Ordnung der Welt erinnern. Woran festhalten? Religion?

Ein Angestellter der Botschaft neben ihm: »Sir, kann ich Ihnen helfen?«

Mr. Tagomi verbeugte sich. »Es ist schon wieder gut.«

Das Gesicht des anderen, ruhig, besorgt. Kein Spott. Lachen vielleicht alle über mich? dachte Mr. Tagomi. Tief im Inneren?

Das ist das Böse! Es ist greifbar wie Beton.

Ich kann es nicht glauben. Ich kann es nicht ertragen. Das Böse ist nicht nur ein Standpunkt. Er wanderte durch die Vorhalle und hörte den Verkehr auf der Sutterstreet, hörte den Beamten aus dem Außenministerium zu den versammelten Männern sprechen. Unsere ganze Religion ist falsch. Was soll ich tun? fragte er sich. Er ging zum Hauptportal der Gesandtschaft; ein Angestellter öffnete es, und Mr. Tagomi ging langsam die Stufen hinunter. Die geparkten Wagen. Sein eigener. Die wartenden Chauffeure. Lacht nur, dachte er, als er sah, wie die Chauffeure ihn ansahen, als er zu seinem Wagen ging. Ich habe meinen Aktenkoffer vergessen. Ihn dort stehengelassen, neben meinem Stuhl. Alle Augen auf ihm, als er seinem Chauffeur zunickte. Die offengehaltene Türe; er kroch in seinen Wagen.

Bring mich ins Krankenhaus, dachte er. Nein, zurück ins Büro. »Nippon Times Gebäude«, sagte er laut. »Fahren Sie langsam.«

Er blickte auf die Stadt hinaus, die Wagen, die Läden, die hohen Gebäude, sehr modern. Menschen. All die Männer und Frauen, die ihren eigenen Geschäften nachgingen.

Als er sein Büro erreichte, wies er Mr. Ramsey an, mit einer der anderen Handelsmissionen Verbindung aufzunehmen, der Nicht-Eisen-Metall-Mission, und zu verlangen, daß ihr Vertreter bei der Sitzung des Außenministeriums nach seiner Rückkehr mit ihm Verbindung aufnähme.

Kurz vor Mittag kam der Anruf durch.

»Wahrscheinlich haben Sie bemerkt, daß mir bei der Sitzung übel geworden ist«, sprach Mr. Tagomi ins Telefon. »Alle müssen das gemerkt haben, insbesondere meinen überhasteten Weggang.«

»Ich habe nichts gesehen«, sagte der Mann von der NE-Metall. »Aber nach der Sitzung sah ich Sie nicht und fragte mich, was wohl aus Ihnen geworden war.«

»Sie sind sehr taktvoll«, meinte Mr. Tagomi bedrückt.

»Aber nein. Ich bin sicher, daß alle von dem Vortrag zu sehr beeindruckt waren, um überhaupt auf etwas anderes zu achten. Und was das betrifft, was nach Ihrem Weggang geschah – sind Sie dageblieben, bis alle möglichen Aspiranten für die mögliche Nachfolge besprochen waren? Das war das erste.«

»Ich hörte es bis zu der Stelle über Dr. Seyss-Inquart.«

»Anschließend verbreitete sich der Sprecher über die wirtschafltiche Situation. Die Heimatinseln nehmen den Standpunkt ein, daß Deutschlands Vorhaben, die Bevölkerungen Europas und Nordasiens auf den Status der Sklaven herunterzudrücken – und außerdem alle intellektuellen und alle bürgerlichen Elemente und die gesamte patriotische Jugend und was sonst noch alles zu ermorden – eine wirtschaftliche Katastrophe war. Nur die ungeheuren technologischen Leistungen der deutschen Wissenschaft und der Industrie haben sie gerettet. Wunderwaffen sozusagen.«

»Ja«, nickte Mr. Tagomi.

Hinter seinem Schreibtisch sitzend und mit einer Hand den Telefonhörer haltend, goß er sich eine Tasse heißen Tee ein. »Genau wie ihre Wunderwaffe V 1 und V 2 und ihre Düsenjäger im Krieg.«

»Das Ganze ist eine Frage von Fingerfertigkeit«, sagte der NE-Metall-Mann. »Insbesondere ihre Anwendung der Atomenergie hat dafür gesorgt, daß die Dinge nicht zur Katastrophe führten. Und dann dieser raffinierte Ablenkungstrick mit ihrem Raketenzirkus. Flüge zum Mars und zur Venus. Der Sprecher wies darauf hin, daß die ganzen Importe von den Planeten und seien sie noch so sensationell, wirtschaftlich betrachtet, überhaupt keinen Nutzen gebracht hätten.«

»Aber dramatisch sind sie«, sagte Mr. Tagomi.

»Seine Prognose war recht düster. Er kam zu dem Schluß, daß die meisten Nazis in hohen Ämtern die Tatsachen ihrer wirtschaftlichen Schwäche nicht erkennen wollen. Damit beschleunigen sie aber nur die Tendenz zu noch größeren Gewaltaktionen, zu noch mehr Unsicherheit und weniger Stabilität im allgemeinen. Der Zyklus von manischer Begeisterung, dann Angst, dann Parteilösungen verzweifelter Art – nun, er machte uns jedenfalls klar, daß all dies dazu führen würde, daß die verantwortungslosesten und gefährlichsten Aspiranten an die Spitze gelangen müßten.«

Mr. Tagomi nickte.

»Wir müssen also damit rechnen, daß eher die schlechteste, als die beste Wahl getroffen werden wird. Die nüchternen verantwortungsbewußten Elemente werden bei der bevorstehenden Auseinandersetzung hinweggefegt werden.«

»Und wen hielt er für die schlimmsten?« sagte Mr. Tagomi.

»R. Heydrich, Dr. Seyss-Inquart, H. Göring. In der Meinung der Kaiserlichen Regierung.«

»Und die besten?«

»Wahrscheinlich B. v. Schirach und Dr. Goebbels. Aber darüber hat er sich nicht weiter ausgelassen.«

»Sonst noch etwas?«

»Er sagte uns, daß wir in dieser Stunde mehr denn je Vertrauen in den Kaiser und das Kabinett haben müßten. Er sagte, daß wir voll Zuversicht auf den Palast blicken können.«

»Gab es einen Augenblick respektvollen Schweigens?«

»Ja.«

Mr. Tagomi dankte dem NE-Metall-Mann und legte auf.

Als er dann an seinem Tee nippte, summte die Sprechanlage. Miß Ephreikians Stimme kam: »Sir, Sie wollten eine Nachricht an den deutschen Konsul schicken.« Eine Pause. »Wollten Sie sie mir diktieren?«

Allerdings, erkannte Mr. Tagomi. Das habe ich vergessen. »Kommen Sie ins Büro«, sagte er.

Sie kam sofort und lächelte hoffnungsvoll. »Fühlen Sie sich besser, Sir?«

»Ja. Eine Vitaminspritze hat mir geholfen.« Er überlegte. »Sagen Sie, wie heißt der deutsche Konsul?«

»Das habe ich hier, Sir. Freiherr Hugo Reiss.«

»Mein Herr«, begann Mr. Tagomi. »Die erschütternde Nachricht hat uns erreicht, daß Ihr Füher, Herr Martin Bormann, entschlafen ist. Tränen steigen mir in die Augen, während ich diese Worte schreibe. Wenn ich mich an die kühnen Taten erinnere, die Herr Bormann vollbrachte, als er die Rettung des deutschen Volkes vor seinen Feinden zu Hause und in der Ferne sicherte, wenn ich an die meine Seele erschütternden Maßnahmen der Strenge gegenüber jenen Verrätern denke, die die Vision der ganzen Menschheit von einem Kosmos zunichtegemacht hätten, in dem jetzt die blonden, blauäugigen nordischen Rassen nach Äonen –« er hielt inne. So konnte er den Satz nicht zu Ende führen. Miß Ephreikian hielt das Tonband an und wartete.

»Das sind große Zeiten«, sagte er.

»Soll ich das aufnehmen, Sir? Ist das Ihre Nachricht?« Unsicher ließ sie die Maschine wieder anlaufen.

»Ich hatte Sie angesprochen«, sagte Mr. Tagomi.

Sie lächelte.

»Spielen Sie mir meine Äußerungen noch einmal vor«, sagte Mr. Tagomi.

Das Band drehte sich. Dann hörte er seine Stimme, klein und

metallisch aus dem Lautsprecher: ». . . nordischen Rassen nach Äonen . . .« Er lauschte. Alles leere Worte, dachte er.

»Jetzt habe ich den Schluß«, sagte er, als das Tonband die Stelle seiner letzten Pause erreicht hatte. »Voll Entschlossenheit ihren Platz in der Geschichte einzunehmen, von dem kein lebendes Wesen sie wieder vertreiben kann, gleichgültig, was geschehen mag.« Er hielt inne. »Wir sind alle Insekten«, sagte er zu Miß Ephreikian. »Tasten nach etwas Schrecklichem oder etwas Göttlichem. Meinen Sie nicht auch?« Er verbeugte sich.

Miß Ephreikain, das Aufnahmegerät im Schoß, verbeugte sich ebenfalls leicht.

»Senden Sie das«, sagte er. »Unterschreiben Sie es, etcetera. Sie können die Sätze umstellen, wenn Sie wollen, damit sie etwas bedeuten.« Als sie das Büro verließ, fügte er hinzu: »Oder daß sie nichts bedeuten. Was immer Sie vorziehen.«

Nachdem sie gegangen war, begann er, sich mit Routinearbeiten zu beschäftigen. Aber unmittelbar darauf meldete Mr. Ramsey sich über die Sprechanalge. »Sir, Mr. Baynes ist am Telefon.«

Gut, dachte Mr. Tagomi. Jetzt können wir die wichtige Diskussion beginnen. »Stellen Sie durch«, sagte er und griff nach dem Hörer.

»Mr. Tagomi«, kam Mr. Baynes Stimme.

»Guten Tag. Infolge der Nachricht von Kanzler Bormanns Tod mußte ich unerwartet heute morgen mein Büro verlassen. Aber wir –«

»Hat Mr. Yatabe sich schon mit Ihnen in Verbindung gesetzt?«

»Noch nicht«, antwortete Mr. Tagomi. »Haben Sie Ihren Angestellten aufgetragen, nach ihm Ausschau zu halten?« fragte Mr. Baynes. Er klang erregt.

»Ja«, sagte Mr. Tagomi. »Man wird ihn sofort zu mir führen, wenn er kommt.« Er machte sich eine Notiz, es Mr. Ramsey zu sagen – bis jetzt hatte er noch keine Zeit dazu gehabt. »Dann sollen wir also nicht mit der Besprechung beginnen, bis der alte Herr auftaucht?« Er war etwas verärgert. »Sir«, begann er. »Ich bin sehr interessiert daran, bald zu beginnen. Wollen Sie uns jetzt Ihre Spritzformen vorlegen? Wir waren zwar heute etwas durcheinander –«

»Es hat eine Änderung gegeben«, sagte Mr. Baynes. –Wir werden auf Mr. Yatabe warten. Sind Sie *sicher*, daß er noch nicht da ist? Ich möchte Ihr Wort, daß Sie mich sofort verständigen, wenn er Sie anruft.« Mr. Baynes' Stimme klang angespannt, unsicher.

»Ich gebe Ihnen mein Wort.« Jetzt spürte er die Erregung auch. Der Tod Bormanns hatte die Änderung herbeigeführt. »Unterdessen«, sagte er schnell, »würde ich mich sehr über Ihre Gesellschaft freuen, vielleicht heute zum Mittagessen. Ich hatte bisher noch nicht Gelegenheit zum Mittagessen.« Und dann fügte er hinzu: »Wir warten viellleicht mit den Einzelheiten, aber wir könnten uns ja über die Weltlage unterhalten – insbesondere –«

»Nein«, sagte Baynes.

Nein? dachte Mr. Tagomi. »Sir«, sagte er dann. »Ich fühle mich heute nicht wohl. Ich hatte einen unangenehmen Zwischenfall; ich hatte gehofft, mit Ihnen darüber sprechen zu können.«

»Tut mir leid«, sagte Mr. Baynes. »Ich rufe Sie später noch einmal an.« Das Telefon klickte. Er hatte abrupt aufgelegt.

Ich habe ihn beleidigt, dachte Mr. Tagomi. Er hat wahrscheinlich geahnt, daß ich versäumt habe, meine Mitarbeiter über den alten Herrn zu informieren. Aber das ist eine Kleinigkeit. Er drückte den Knopf der Sprechanlage und sagte: »Mr. Ramsey. Bitte kommen Sie in mein Büro.« Das ließ sich sofort beheben. Hier geht es um viel Wichtigeres, entschied er. Der Tod Bormanns hatte ihn aus dem Gleichgewicht geworfen.

Eine Kleinigkeit – und doch ein Hinweis auf meine dumme, gleichgültige Einstellung. Mr. Tagomi empfand Schuld. Das ist kein guter Tag. Ich hätte das Orakel befragen sollen, feststellen, was es mir zu sagen hat. Ich bin weit vom Tao abgeglitten; das ist ganz offenkundig.

Unter welchen der vierundsechzig Hexagramme leide ich? fragte er sich. Er zog die Schreibtischschublade auf und holte das *I Ching* und legte die beiden Bände auf den Tisch. So viele Fragen . . .

Als Mr. Ramsey das Büro betrat, hatte er bereits das Hexagramm vor sich liegen. »Schauen Sie, Mr. Ramsey.« Er zeigte ihm das Buch.

Das Hexagramm war siebenundvierzig. – Unterdrückung, Erschöpfung.

»Im allgemeinen ein schlechtes Omen«, sagte Mr. Ramsey. »Was war Ihre Frage, Sir? Falls Sie meine Frage nicht beleidigt.«

»Ich habe mich nach dem Augenblick erkundigt«, sagte Mr. Tagomi. »Der Augenblick für uns alle. Keine bewegten Linien. Ein statisches Hexagramm.« Er schloß das Buch.

*

Um drei Uhr nachmittags beschloß Frank Frink, der mit seinem Geschäftspartner immer noch auf Wydam-Matsons Entscheidung hinsichtlich des Geldes wartete, das Orakel zu befragen. Wie werden die Dinge sich entwickeln? fragte er und warf die Münzen.

Das Hexagramm war siebenundvierzig. Er bekam eine bewegte Zeile, neun an fünfter Stelle.

> Seine Nase und seine Füße sind abgeschnitten.
> Unterdrückung von der Hand des Mannes mit den
> purpurroten Kniebändern
> Sanft kommt die Freude.
> Es hilft einem, Spenden zu leisten

Lange Zeit – wenigstens eine halbe Stunde lang – studierte er die Zeile und versuchte zu ergründen, was der Orakelspruch zu bedeuten hatte. Das Hexagramm und insbesondere die bewegte Zeile beunruhigten ihn. Am Ende kam er widerstrebend zu dem Schluß, daß sie das Geld nicht bekommen würden.

»Du verläßt dich zu sehr auf dieses Ding«, sagte Ed McCarthy.

Um vier Uhr kam ein Bote von der W-M-Corporation und reichte Frink und McCarthy einen Umschlag. Als sie ihn öffneten, fanden sie darin einen bestätigten Bankscheck über zweitausend Dollar.

»Du hast also unrecht gehabt«, sagte McCarthy.

Frink dachte nach. Dann muß das Orakel sich auf irgendeine künftige Folge dieser Entwicklung beziehen. Das ist das Unangenehme; später, wenn es passiert ist, kann man zurückblicken und genau erkennen, was der Orakelspruch bedeutete, aber jetzt –

»Dann können wir anfangen, die Werkstätte einzurichten«, sagte McCarthy.

»Heute? Jetzt gleich?« Er war müde.

»Warum nicht? Unsere Bestellungen sind doch vorbereitet; wir brauchen sie nur noch zur Post zu bringen. Je früher, desto besser. Und was wir hier am Ort bekommen können, holen wir uns selbst.« Er schlüpfte in sein Jackett und ging zur Tür.

Sie hatten Frinks Vermieter überredet, ihnen den Keller des Gebäudes zu vermieten. Sie benutzten ihn jetzt als Lagerraum. Wenn die Kartons einmal weg waren, konnten sie ihre Werkbank aufstellen, Drähte legen und die Motoren und Transmissionsriemen installieren. Sie hatten bereits Skizzen angefertigt und Teilelisten erstellt. Genaugenommen hatten sie also schon begonnen.

Wir sind im Geschäft, erkannte Frank Frink. Sie hatten sich sogar schon über einen Namen geeinigt.

EDFRANK MODESCHMUCK

»Wir können heute höchstens das Holz für die Bank kaufen und vielleicht ein paar elektrische Teile«, sagte er. »Aber noch kein Material.«

Dann fuhren sie zu einer Holzhandlung im südlichen San Francisco. Nach einer Stunde hatten sie ihr Holz.

»Was hast du denn?« fragte Ed McCarthy, als sie den Laden eines Eisenwaren-Großhändlers betraten.

»Das Geld. Das bedrückt mich einfach. Die Dinge so zu finanzieren.«

»Der alte W-M versteht das«, sagte McCarthy.

Ich weiß, dachte Frank. Deshalb bedrückt es mich ja so. Wir sind jetzt in die Welt hinausgetreten. Wir sind wie er. Ist das kein angenehmer Gedanke?

»Du darfst nicht zurückblicken«, sagte McCarthy. »Du mußt in die Zukunft schauen. Auf's Geschäft.«

Das tue ich ja, dachte Frink. Dann dachte er an das Hexagramm. Was für Spenden kann ich denn leisten? Und – wem?

VII

Das gutaussehende japanische Paar, das Robert Childans Laden besucht hatte, die Kasouras, riefen ihn gegen Ende der Woche an und luden ihn zum Abendessen in ihre Wohnung ein. Er hatte schon auf eine Nachricht von ihnen gewartet und war hocherfreut.

Er schloß seinen Laden etwas früher und nahm sich ein Pedotaxi in die exklusive Gegend, wo die Kasouras wohnten. Er kannte die Gegend, obwohl dort keine Weißen lebten. Als das Pedotaxi ihn durch die verschlungenen Straßen mit gepflegten Rasenanlagen und Weidenbüschen trug, blickte Childan zu den modernen Wohngebäuden auf und bestaunte ihre Eleganz. Die Balkongitter aus Schmiedeeisen, die hochragenden und doch so modernen Säulen, die Pastellfarben . . . ein wahres Kunstwerk. Er konnte sich noch gut erinnern, wie das ganze Viertel nichts anderes als Kriegsschutt gewesen war.

Die kleinen Japanerkinder blickten kurz von ihrem Spiel auf und sahen ihn an, dann setzten sie ihr Football- oder Baseballspiel fort. Nicht so die Erwachsenen, dachte er; die gutgekleideten Japaner, die ihre Autos parkten oder die Wohngebäude betraten, musterten ihn mit größerem Interesse. Ob er hier wohnte? fragten sie sich vielleicht. Junge japanische Geschäftsleute, die von ihren Büros nach Hause kamen . . . selbst die Leiter von Handelsmissionen lebten hier. Er sah ein paar abgestellte Cadillacs. Je näher er seinem Ziel kam, desto nervöser wurde er.

Kurz darauf, als er die Treppe zur Wohnung der Kasouras hinaufging, dachte er: da bin ich jetzt, nicht zu einer geschäftlichen Besprechung eingeladen, sondern ein Hausgast. Er hatte sich natürlich mit seiner Kleidung besondere Mühe gegeben; wenigstens sein Aussehen würde ihm Selbstvertrauen verleihen. Mein Aussehen, dachte er. Ja, das ist es. Wie wirke ich? Hier kann ich niemanden täuschen; ich gehöre nicht hierher. Auf diesem Land, das weiße Männer gerodet haben und auf dem sie eine ihrer schönsten Städte gebaut haben. Ich bin ein Fremder in emeinem eigenen Land.

Er ging durch den mit Teppichen belegten Korridor, erreichte die richtige Tür und klingelte. Kurz darauf öffnete sich die Tür. Da stand die junge Mrs. Kasoura in einem seidenen Komono und einem Obi, das lange schwarze Haar bis zur Schulter fallend, und lächelte. Hinter ihr im Wohnzimmer ihr Mann, ein Glas in der Hand, nickend.

»Mr. Childan. Treten Sie ein.«

Er verbeugte sich und trat ein. Ungemein geschmackvoll und – so asketisch. Wenige Stücke. Eine Lampe hier, Tisch, Bücherschrank, Druck an der Wand. Das unglaubliche Gefühl der Japaner für *Wabe*. In Englisch konnte man es nicht einmal denken. Die Fähigkeit, in einfachen Gegenständen Schönheit zu finden. Es hatte mit ihrer Anordnung zu tun.

»Ein Drink?« fragte Mr. Kasoura. »Scotch und Soda?«

»Mr. Kasoura –« begann er.

»Paul«, sagte der junge Japaner. Und dann deutete er auf seine Frau. »Betty. Und Sie sind –«

Mr. Childan murmelte: »Robert«.

Mit ihren Drinks in der Hand auf dem weichen Teppich sitzend, hörten sie sich ein Band Kotomusik an, japanische dreizehnsaitige Harfe. Es handelte sich um eine neue Aufnahme, die ziemlich populär geworden war. Childan stellte fest, daß das Wiedergabegerät versteckt eingebaut war, selbst die Lautsprecher. Er konnte nicht sagen, von woher die Musik kam.

»Da wir nicht wußten, was Sie gerne essen«, sagte Betty, »sind wir auf Nummer Sicher gegangen. Im Elektroofen in der

Küche liegt ein T-Bone-Steak. Und dazu gebackene Kartoffeln mit Rahmsoße und Schnittlauch.«

»Sehr schön«, murmelte Childan. »Ich mag Steak gerne.« Und das traf auch zu. Er hatte selten Steak. Die großen Viehhöfe im Mittelwesten schickten nicht mehr viel zur Westküste. Er konnte sich gar nicht daran erinnern, wann er zum letzten Mal ein gutes Steak gegessen hatte.

Jetzt war die Zeit, sein Gastgeschenk zu überreichen.

Er holte einen kleinen, in Seidenpapier gewickelten Gegenstand aus der Jackettasche und legte ihn diskret auf den niedrigen Tisch. Die beiden bemerkten es sofort, so daß er sagen mußte: »Eine Bagatelle für Sie. Als Ausdruck meiner Entspannung und Freude, hier sein zu dürfen.«

Er wickelte den Gegenstand aus und zeigte ihnen das Geschenk. Ein Stück Elfenbein, wie es die Walfänger vor einem Jahrhundert geschnitzt hatten. Ein winziges Schmuckstück, man nannte es Scrimshaw. Ihre Gesichter leuchteten. Nichts hätte die alte Kultur der Vereinigten Staaten besser repräsentieren können.

Schweigen.

»Danke«, sagte Paul.

Und Robert Childan verbeugte sich.

Einen Augenblick herrschte Frieden in seinem Herzen. Dieses Geschenk hatte ihm Erleichterung geschaffen. Etwas von der Angst und dem Druck, der in letzter Zeit auf ihm gelastet hatte, begann sich zu lösen.

Von Ray Calvin hatte er Ersatz für den Colt .44 bekommen, verbunden mit einer geschraubten Versicherung, daß sich soetwas nicht wiederholen würde. Und doch hatte ihn das nicht beruhigt. Nur jetzt, in dieser dazu völlig beziehungslosen Situation, hatte er einen Augenblick lang das Gefühl verloren, daß die Dinge andauernd schiefliefen. Das *Wabi,* das ihn umgab, war eine Ausstrahlung von Harmonie . . . Das ist es, entschied er. Die Proportionen. Gleichgewicht. Sie sind dem Tao so nahe, diese zwei jungen Japaner. Deshalb habe ich gleich auf sie reagiert. Ich fühlte durch sie das Tao. Sah selbst einen Schimmer davon.

Wie es wohl wäre, dachte er, wenn er das Tao wirklich kennte? *Das Tao ist das, was zuerst das Licht und dann die Dunkelheit hereinläßt.* Das die Wechselbeziehung der zwei Urkräfte auslöst, so daß es zu einer stetigen Erneuerung kommt. Das, was die Dinge zusammenhält, sie daran hindert, sich abzunützen. Das Universum wird nie ausgelöst werden, denn genau dann, wenn es den Anschein hat, als hätte die Dunkelheit alles erstickt, es wahrhaft transzendent gemacht, genau dann wird in seinen Tiefen die neue Saat des Lichts wiedergeboren. Dies ist der Weg. Wenn die neue Saat fällt, fällt sie in die Erde, in den Boden. Und darunter, dem Betrachter unsichtbar, erwacht sie zum Leben.

»Ein *Hors d'Oeuvre*«, sagte Betty und kniete neben ihm nieder, um ihm ein kleines Tablett zu reichen, auf dem Käsekräcker und anderes Kleingebäck lagen. Er nahm zwei Stück.

»In letzter Zeit ist in der Welt einiges los«, sagte Paul und nippte an seinem Glas. »Als ich heute nach Hause fuhr, habe ich eine Direktübertragung von dem prunkvollen Staatsbegräbnis in München gehört. Die sangen immer wieder ›Ich hatt' einen Kameraden‹ Jetzt ist die Leiche aufgebahrt, damit alle Getreuen sie sehen können.«

»Ja, das war eine schlimme Nachricht«, sagte Robert Childan.

»In der *Nippon Times* steht heute, nach verläßlichen Quellen stehe B. von Schirach unter Hausarrest«, meinte Betty. »Auf Befehl des SD.«

»Schlimm«, sagte Paul und schüttelte den Kopf. »Die Behörden sind zweifellos darauf bedacht, die Ruhe zu bewahren«, sagte Childan. »Von Schirach ist für übereilte, nicht ganz durchdachte Beschlüsse und Handlungen bekannt. Ähnlich, wie früher Rudolf Hess. Ich erinnere mich noch an seinen verrückten Flug nach England.«

»Was hat die *Nippon Times* denn sonst noch berichtet?« fragte Paul seine Frau.

»In Deutschland scheint völliges Durcheinander zu herrschen. Truppenverlegungen, Polizeieinsätze. Jeder Urlaub ist gestrichen. Die Grenzen sind abgesperrt. Der Reichstag ist einberufen. Alle möglichen Reden.«

»Das erinnert mich an eine schöne Rede, die ich von Dr. Goebbels hörte«, sagte Robert Childan. »Vielleicht vor einem Jahr, im Radio. Sehr witzig. Er hatte seine Zuhörer wie üblich fest in der Hand. Für mich gibt es keinen Zweifel: seit Adolf Hitler sich zurückgezogen hat, ist Dr. Goebbels der beste Redner, den die Nazis haben.«

»Stimmt«, pflichteten Paul und Betty ihm bei.

»Dr. Goebbels hat auch eine schöne Frau und Kinder«, fuhr Childan fort. »Wirklich großartige Leute.«

»Richtig«, gaben Paul und Betty ihm erneut recht. »Ein Mann mit einem intakten Familienleben im Gegensatz zu den meisten anderen Großfürsten dort drüben«, sagte Paul. »Deren sexuelle Sitten sind manchmal etwas zweifelhaft.«

»Ich würde von diesen Gerüchten nicht viel halten«, wandte Childan ein. »Sie beziehen sich wohl auf Vorfälle, wie diese Sache mit Röhm? Das ist lange her. Inzwischen ist da Abhilfe geschaffen.«

»Ich denke mehr an Hermann Göring«, sagte Paul und nahm wieder einen Schluck aus seinem Glas. »Man hört da alle möglichen Geschichten von Orgien wie im alten Rom. Es läuft mir schon beim Hören ganz kalt über den Rücken.«

»Alles Lügen«, sagte Childan.

»Nun, es ist nicht wert, daß man darüber spricht«, meinte Betty taktvoll und sah die beiden Männer an.

Sie hatten ihre Gläser geleert, und sie ging an die Bar, um sie wieder aufzufüllen.

»Die politischen Diskussionen verlaufen immer sehr hitzig«, sagte Paul. »Wohin man auch geht. Man muß seinen Kopf behalten.«

»Ja«, pflichtete Childan ihm bei. »Ruhe und Ordnung. Damit die Dinge wieder zur gewohnten Stabilität zurückkehren.«

»Die Periode nach dem Tode eines Führers ist in totalitären Gesellschaften kritisch«, sagte Paul. »Das Fehlen von Tradition und die Institutionen der Mittelklasse vereinen sich –« er unterbrach sich. »Vielleicht sollten wir besser nicht von Politik sprechen.« Er lächelte. »Wie in den Tagen meiner Studentenzeit.«

Robert Childan spürte, wie ihm die Röte ins Gesicht stieg.

Er beugte sich über sein Glas, um den Blicken seiner Gastgeber auszuweichen. Wie hatte er doch den ganzen Anfang verpatzt! Dumm und mit großer Lautstärke hatte er über Politik argumentiert; es war unhöflich gewesen zu widersprechen, und nur der Takt seiner Gastgeber hatte den Abend gerettet. Ich muß noch viel lernen, dachte Childan. Sie sind so ausgeglichen, so höflich. Und ich – der weiße Barbar. Es stimmt schon.

Eine Zeitlang begnügte er sich, an seinem Glas zu nippen und einen gespielten Ausdruck von Zufriedenheit zur Schau zu stellen. Ich muß mich ihnen ganz anschließen, sagte er sich. Ihnen immer beipflichten.

Und doch dachte er, in einer Art Panik – mein Verstand ist von dem Drink verwirrt. Und der Ermüdung und der Nervosität. Kann ich es tun? Man wird mich nie wieder einladen; es ist bereits zu spät. Er spürte die Verzweiflung.

Betty war inzwischen in die Küche gegangen und wieder zurückgekehrt. Sie saß wieder neben ihm auf dem Teppich. Wie attraktiv, dachte Robert Childan aufs neue. Schlank. Sie sind so elegant, so überlegen, keine Spur von Fett. Die brauchen weder ein Korsett noch einen Büstenhalter. Ich muß meine Begierde unterdrücken; unbedingt unterdrücken. Und doch warf er ihr immer wieder verstohlene Blicke zu. Die zarte dunkle Haut, das Haar, die Augen. Verglichen mit ihnen wirken wir nur halb ausgebacken. Man hat uns aus dem Ofen genommen, ehe wir fertig waren. Die alte Eingeborenensage – oder die Wahrheit?

Ich muß meine Gedanken ablenken. Irgendein unverfängliches Thema finden. Seine Augen schweiften im Raume. Schwer lastete Schweigen auf ihnen, machte seine Spannung unerträglich. Was zum Teufel sollte er sagen? Irgend etwas Ungefährliches. Sein Blick erfaßte ein Buch auf einem niedrigen schwarzen Regal.

»Ich sehe, Sie lesen *Schwer liegt die Heuschrecke*«, sagte er. »Über das Buch wird viel geredet. Ich habe mich selbst noch nicht darum kümmern können.« Er stand auf, griff nach dem Buch und versuchte gleichzeitig, ihren Gesichtsausdruck zu überprüfen. Sie schienen seine gesellschaftliche Geste zu akzeptieren und so redete er weiter: »Ein Kriminalroman? Entschuldigen Sie meine Unwissenheit.« Er blätterte darin. »Kein Kriminalroman«, sagte Paul. »Im Gegenteil. Eine sehr interessante zeitkritische Form des Romans. Man könnte es Science Fiction nennen.«

»Oh nein«, widersprach Betty. »Es spielt ja nicht in der Zukunft. Die Science Fiction befaßt sich mit der Zukunft, insbesondere mit den technischen Fortschritten in der Zukunft.«

»Aber«, wandte Paul ein, »Science Fiction befaßt sich auch mit Alternativwelten der Gegenwart.« Und zu Robert gewandt, setzte er hinzu: »Entschuldigen Sie, daß ich darauf so herumreite, aber meine Frau weiß ganz genau, daß ich lange Zeit von Science Fiction nicht begeistert war. Ich habe schon als Zwölfjähriger damit angefangen. In den ersten Tagen des Krieges.«

»Aha«, meinte Robert Childan höflich.

»Wollen Sie sich die *Heuschrecke* ausleihen?« fragte Paul. »Wir sind bald fertig, ein oder zwei Tage vielleicht noch. Mein Büro ist ja in der Innenstadt, nicht weit von Ihrem geschätzten Laden – dann könnte ich es Ihnen leicht einmal mittags vorbeibringen.« Er verstummte und fuhr dann – vielleicht auf ein Zeichen von Betty hin – fort: »Wir könnten dann ja gemeinsam zu Mittag essen, Robert.«

»Vielen Dank«, sagte Robert. Mehr brachte er nicht heraus. In einem der feudalen Lokale zu Mittag essen. Er und dieser moderne junge Japaner von hohem Rang. Das war zuviel: er spürte, wie sein Blick verschwamm. Aber er blätterte weiter in dem Buch.

»Ja«, meinte er dann, »das sieht sehr interessant aus. Ich würde es wirklich gerne lesen. Ich bleibe immer gerne auf dem Laufenden.« War das richtig gewesen, das zu sagen? Zuzugeben, daß sein Interesse nicht dem Buche selbst, sondern seinem Ruf galt?

Vielleicht war das ein Zeichen von niedrigem Rang. Er wußte es nicht und hatte doch das sichere Gefühl, daß es so war. »Man kann nicht danach urteilen, daß das Buch ein Bestseller ist«, sagte er. »Das wissen wir alle. Viele Bestseller sind schrecklicher Mist. Das freilich –« Er wußte nicht weiter.

Betty kam ihm zu Hilfe. »Wie wahr. Der Durchschnittsgeschmack ist wirklich armselig.«

»Wie in der Musik«, sagte Paul. »Niemand interessiert sich beispielsweise für authentischen amerikanischen Jazz. Robert, mögen Sie Bunk Johnson und Kid Ory und dergleichen? Frühen Dixielandjazz? Ich habe eine Plattenbibliothek dieser alten Musik, original Genetaufnahmen.«

»Ich fürchte, ich verstehe nicht viel von Negermusik«, sagte Robert. Seine Bemerkung schien ihnen nicht sonderlich zugesagt zu haben. »Ich ziehe klassische Musik vor. Bach und Beethoven.« Das war ohne Zweifel akzeptabel. Jetzt war er fast ein wenig beleidigt. Sollte er etwa die großen Meister der europäischen Musik verleugnen und diesen zeitlosen Klassikern den Jazz aus New Orleans vorziehen?

»Vielleicht könnte ich eine Auswahl der New Orleans Rhythm Kings spielen«, fing Paul an und wollte das Zimmer verlassen, aber Betty warf ihm einen warnenden Blick zu. Er zögerte, zuckte die Achseln.

»Das Essen ist fast fertig«, sagte sie.

Paul kehrte zurück und setzte sich wieder. Es klang fast ein wenig mürrisch, fand Robert, als er murmelte: »Jazz aus New Orleans ist die echteste amerikanische Volksmusik, die es gibt. Sie hat ihren Ursprung aus diesem Kontinent. Alles andere kam aus Europa, so wie diese albernen, lauten Balladen im englischen Stil.«

»Darüber streiten wir uns die ganze Zeit«, sagte Betty und lächelte Robert zu. »Ich kann mich seiner Liebe für Jazz einfach nicht anschließen.«

Robert hielt immer noch das Buch in der Hand. »Mit was für einer Alternativwelt befaßt sich dieses Buch denn?«

Betty schien einen Augenblick zu überlegen. »Eine, in der Deutschland und Japan den Krieg verloren haben.«

Alle waren stumm.

»Zeit zum Essen«, sagte Betty und erhob sich mit einer graziösen Bewegung. »Bitte kommen Sie, meine beiden Herren.« Sie schob Robert und Paul an den Eßtisch, der bereits mit weißem Tischtuch, Silber, Porzellan und übergroßen rauhen

Servietten gedeckt war, die in amerikanischen Serviettenringen, aus Knochen geschnitzt, steckten. Auch das Silber war amerikanisch, Sterlingsilber. Die Tassen und Teller von Royal Albert, tiefblau und gelb. Ungewöhnlich, er mußte sie, ob er wollte oder nicht, mit professioneller Bewunderung ansehen.

Die Teller waren nicht amerikanisch. Sie schienen japanisch zu sein; genau konnte er das nicht sagen, er verstand davon nichts.

»Das ist Imari Porzellan«, sagte Paul, dem sein Interesse aufgefallen war. »Aus Arita. Es gilt als Erstklassiges Produkt. Japan.«

Sie setzten sich.

»Kaffee?« fragte Betty Robert.

»Ja bitte«, sagte er. »Vielen Dank.«

»Wenn wir gegessen haben«, sagte sie und holte den Servierwagen. Dann aßen sie alle. Robert fand das Mahl sehr delikat. Betty war eine hervorragende Köchin. Insbesondere der Salat schmeckte ihm, Avocados, Artischockenherzen, eine Art von Roquefortdressing, . . . Gott sei Dank hatten sie ihm kein japanisches Mahl geboten, das Durcheinander aus Grünzeug und Fleisch, das er seit dem Kriege so oft hatte essen müssen.

»Ich hätte gerne gewußt«, meinte Robert, »wie er wohl meint, daß es wäre, wenn es eine Welt gäbe, in der Deutschland und Japan den Krieg verloren haben.«

Weder Paul noch Betty antworteten eine Zeitlang darauf. Schließlich meinte Paul: »Die Unterschiede sind sehr kompliziert. Sie lesen besser das Buch. Ich würde es Ihnen verderben, wenn ich es jetzt sagte.«

»Ich habe ziemlich viel darüber nachgedacht«, sagte Robert. »Die Welt wäre viel schlimmer.« Er hörte seine eigene Stimme, sie klang fest, beinahe grob. »Viel schlimmer.«

Sie schienen überrascht. Vielleicht lag es an seinem Tonfall.

»Der Kommunismus würde überall herrschen«, fuhr Robert fort.

Paul nickte. »Der Autor, ein gewisser Abendsen, befaßt sich auch mit diesem Punkt. Aber seiner Ansicht nach wäre es genauso wie im Ersten Weltkrieg. Die Russen standen damals auch auf der Seite der Sieger. Aber sie sind ja in erster Linie Bauern und zweitklassig. Sie machen sich lächerlich. Wenn ich an den Krieg denke, den Japan gegen sie geführt hat –«

»Wir mußten leiden, die Rechnung bezahlen«, sagte Robert. »Aber wir haben es aus gutem Grund getan. Um eine Überschwemmung der Welt mit Slawen zu verhindern.«

Betty meinte mit leiser Stimme: »Ich persönlich halte nicht viel von diesem hysterischen Gerede von einer ›Überschwemmung der Welt‹ durch irgendein Volk. Ob es nun Slawen oder Chinesen oder Japaner sind.« Sie sah Robert ruhig an. Sie hatte völlige Kontrolle über sich, war keineswegs erregt, wollte aber ihre Gefühle ausdrücken. Tiefe rote Flecken waren auf ihren Wangen erschienen.

Sie aßen eine Zeitlang, ohne zu reden.

Jetzt habe ich es wieder geschafft, sagte sich Robert Childan. Es ist unmöglich, dem Thema auszuweichen. Weil es ein Thema ist, das allgegenwärtig ist, in einem Buch, das ich zufällig in die Hand nehme, im Tafelsilber – Beute, die die Eroberer aufgehäuft haben.

So ist das eben. Ich mache mir vor, daß diese Japaner und ich etwas gemeinsam haben. Aber da sieht man es wieder: selbst wenn ich herausplatze und sage, daß ich froh bin, daß sie den Krieg gewonnen haben, daß mein Land ihn verloren hat – dann gibt es immmer noch keine gemeinsame Basis. Die denken einfach anders. Selbst dieses *I Ching*, das sie uns aufgezwungen haben.

Es ist chinesisch. Das haben sie sich auch einmal angeeignet. Wem folgen sie eigentlich? Sich selbst? Sie nehmen links und rechts fremde Sitten auf, was man trägt, was man ißt, was man redet. Sie essen mit dem größten Vergnügen gebackene Kartoffeln mit saurem Rahm und Schnittlauch, ein altmodisches amerikanisches Gericht, das sie sich einfach angeeignet haben. Aber mich können sie nicht täuschen; mich schon überhaupt nicht. Nur die weißen Rassen besitzen den Funken des Schöpferischen, überlegte er. Und doch muß ich, ein Angehöriger dieser Rasse, vor diesen zwei hier Kotau machen. Man stelle sich vor, wie es gewesen wäre, wenn wir gesiegt hätten!

Vernichtet hätten wir sie. Heute gäbe es kein Japan mehr. Und die USA wäre die einzig überragende Macht in der ganzen weiten Welt.

Er dachte: Ich muß dieses *Heuschrecken*buch lesen. So, wie es klang, war es geradezu patriotische Pflicht.

Betty sagte mit leiser Stimme zu ihm: »Robert, Sie essen ja nicht. Schmeckt es Ihnen nicht?«

Er nahm sofort eine Gabel voll Salat. »Doch«, sagte er. »Ich habe wirklich seit Jahren nichts mehr so Köstliches gegessen.«

»Danke«, sagte sie, sichtlich erfreut. »Ich gebe mir große Mühe, daß es authentisch schmeckt . . . Ich habe in den winzigen amerikanischen Märkten an der Mission Street gekauft. Dort soll wirklich alles echt sein.«

Sie kochen die Eingeborenenspeisen wirklich perfekt, dachte Robert Childan. Es stimmt schon, was immer gesagt wird: ihr versteht euch einmalig auf Imitation. Apple pie, Coca Cola, der Spaziergang nach dem Kino, Glenn Miller . . . Ihr könntet ein komplettes künstliches Amerika aus Blech und Reispapier zusammenkleben. Eine Reispapier-Mom in der Küche und einen Reispapier-Dad, der die Zeitung liest. Mit einem Reispapier-Hündchen zu seinen Füßen. Alles.

Paul beobachtete ihn stumm. Als Robert Childan es bemerkte, riß er sich aus seinen Gedanken und machte sich wieder über das Essen her. Ob er wohl meine Gedanken lesen kann, fragte er sich. Sehen, was ich wirklich denke? Ich weiß, daß ich es nicht gezeigt habe. Ich habe den richtigen Ausdruck zur Schau gestellt; er hat unmöglich etwas merken können.

»Robert«, sagte Paul, »da Sie hier geboren und auch aufgewachsen sind und den U.S. Dialekt sprechen, könnten Sie mir vielleicht mit einem Buch helfen, das mir einige Schwierigkeiten bereitet hat. Ein Roman aus den dreißiger Jahren von einem U.S.-amerikanischen Schriftsteller.«

Robert verbeugte sich leicht.

»Das Buch«, meinte Paul, »das ziemlich selten ist, und von dem ich dennoch eine Kopie besitze, stammt von Nathanael West. Der Titel lautet *Miss Lonelyhearts*. Ich habe es mit großem Vergnügen gelesen, aber begreife nicht ganz, was N. West damit sagen will.« Er sah Robert erwartungsvoll an.

Robert Childan überlegte einen Augenblick, und gab dann zu: »Ich – ich habe dieses Buch nie gelesen, fürchte ich.« Noch, dachte er, je davon gehört.

Pauls Ausdruck verbarg seine Enttäuschung nicht. »Schade. Ein dünnes Buch. Es handelt von einem Mann, der eine Spalte in einer Tageszeitung schreibt; er erhält dauernd Briefe mit persönlichen Problemen, bis ihn anscheinend der Schmerz wahnsinnig macht, und er sich einbildet, J. Christus zu sein. Erinnern Sie sich? Vielleicht haben sie es vor langer Zeit gelesen.«

»Nein«, sagte Robert.

»Es vermittelt einem einen seltsamen Einblick in das Leid«, sagte Paul. »Eine höchst originelle Einsicht in die Bedeutung des grundlosen Schmerzes, ein Problem, mit dem sich alle Religionen auseinandersetzen müssen. Religionen, wie die christliche, erklären oft, daß es Sünde sein muß, Leid erklären zu wollen. N. West scheint eine zwingendere Ansicht dazu hinzuzufügen. N. West meinte, er würde vielleicht deshalb ohne Grund leiden, weil er Jude war.«

»Wenn Deutschland und Japan den Krieg verloren hätten, würden heute die Juden die Welt beherrschen«, sagte Robert. »Durch Moskau und die Wall Street.«

Die beiden Japaner, Mann und Frau, schienen zusammenzuzucken, sie schienen zu erblassen, kalt zu werden, sich in sich selbst zurückzuziehen. Der Raum selbst wurde kalt. Robert Childan kam sich allein vor. Er aß ganz alleine, hatte keine Gesellschaft mehr. Was hatte er jetzt getan? Was hatten sie mißverstanden? Waren sie nicht fähig, die fremde Sprache, das fremde Denken zu begreifen? Zogen sie sich deshalb zurück? Was für eine Tragödie, dachte er und aß weiter. Und doch – das ließe sich machen.

Die ehemalige Klarheit – die noch vor einem Augenblick geherrscht hatte – mußte jetzt herhalten. Er hatte bis zum Augenblick noch nicht ganz begriffen. Robert Childan fühlte sich nicht mehr ganz so schlecht wie vorher, weil der sinnlose

Traum angefangen hatte, sich aufzulösen. Ich bin mit solcher Erwartung hier erschienen, erinnerte er sich. Wie ein Jüngling zu seinem ersten Rendezvous bin ich die Treppe heraufgestiegen. Aber man kann die Realität nicht einfach ignorieren; wir müssen erwachsen werden.

Und so stehen die Dinge nun einfach. *Diese Leute sind gar keine richtigen Menschen,* dachte er –

Sie kleiden sich wie Menschen, aber in Wirklichkeit sind sie wie Affen in einem Zirkus. Sie sind klug und können lernen, *aber das ist alles.* Warum erniedrige ich mich dann vor ihnen? Bloß, weil sie den Krieg gewonnen haben? Das ist ein großer Fehler in meinem Charakter, den dieses Zusammentreffen an die Oberfläche gebracht hat. Aber so ist es eben. Ich habe eine geradezu krankhafte Neigung dazu, das . . . nun sagen wir . . . das geringere von zwei Übeln auszuwählen. Wie eine Kuh, die die Tränke sieht; ich galoppiere einfach los, ohne nachzudenken.

Ich habe mir einfach die Bewegungen angewöhnt, weil es sicherer ist so; schließlich sind sie die Sieger. Sie befehlen. Und ich werde auch wohl so weitermachen. Was soll ich mich unglücklich machen? Sie haben ein amerikanisches Buch gelesen und wollen, daß ich es ihnen erkläre; sie hoffen, daß ich, ein Weißer, ihnen die Antwort geben kann. Und ich versuche es! Aber in diesem Falle kann ich es nicht, obwohl ich es ohne Zweifel könnte, wenn ich es gelesen hätte.

»Vielleicht sehe ich mir dieses *Mis-Lonelyhearts*-Buch eines Tages an«, sagte er zu Paul. »Dann kann ich Ihnen ja erklären, was es zu bedeuten hat.«

Paul nickte leicht.

»Im Augenblick freilich, habe ich zu viel zu tun«, fuhr Robert fort. »Später vielleicht . . . Ich bin sicher, daß es mich nicht sehr viel Zeit kostet.«

»Nein«, murmelte Paul. »Es ist ein sehr kurzes Buch.«

Er und Betty blickten plötzlich traurig, fand Robert Childan.

Ob sie wohl auch die überbrückbare Kluft spürten, die es zwischen ihnen gab?

Hoffentlich, dachte er. Sie verdienten es.

Und von nun an bereitete ihm das Essen mehr Vergnügen.

*

Es kam zu keinen weiteren Reibungspunkten. Als Robert Childan um zehn Uhr die Wohnung der Kasouras verließ, spürte er immer noch das gleiche Selbstvertrauen, das er während des Essens empfunden hatte. Er ging die Treppen des Apartmentgebäudes hinunter, ohne sich etwas dabei zu denken, wenn er gelegentlich einen der Japaner auf seinem Wege in ein Gemeinschaftsbad sah. Dann hinaus in die Nacht, auf den Bürgersteig, in ein Pedotaxi.

Ich habe mich immer gefragt, wie es wohl wäre, zu gewissen Kunden privaten Kontakt zu haben. Eigentlich gar nicht so schlimm. Vielleicht hilft mir diese Erfahrung sogar in meinem Geschäft, dachte er.

Es ist heilsam, die Leute näher kennenzulernen, die einem Angst eingeflößt haben. Festzustellen, wie sie wirklich sind. Dann verfliegt die Angst.

In diese Gedanken versunken, erreichte er seine eigene Wohnung. Er bezahlte den Taxifahrer, einen Chinesen, und stieg die vertraute Treppe hinauf.

In seinem Vorraum saß ein Mann, den er nicht kannte. Ein weißer Mann in einem Mantel saß auf der Couch und las die Zeitung. Als Robert Childan erstaunt unter der Tür stehen blieb, legte der Mann die Zeitung weg, erhob sich bedächtig und griff in die Brusttasche. Er holte ein Lederetui heraus und klappte es auf.

»Kempetai.«

Ein *Pinoc*. Ein Beamter aus Sacramento, von der Staatspolizei, die die japanischen Besatzungsbehörden eingerichtet hatten. Beängstigend!

»Sind Sie R. Childan?«

»Ja, Sir«, sagte er. Sein Herz schlug schneller.

Der Polizist holte ein Bündel aus einer Mappe auf der Couch und meinte: »Sie hatten kürzlich den Besuch eines Mannes, der von sich behauptete, einen Offizier der Kaiserlichen Marine zu vertreten. Im Anschluß daran angestellte Untersuchungen ergaben, daß das nicht zutraf. Es gab keinen solchen Offizier und kein solches Schiff.« Er musterte Childan scharf.

»Das ist richtig«, sagte Childan.

»Es liegt uns ein Bericht vor«, fuhr der Beamte fort, »daß in der Umgebung der Bucht ein Verbrecherring tätig ist. Dieser Mann stand offenbar in Verbindung mit diesem Ring. Würden Sie ihn mir beschreiben?«

»Klein, ziemlich dunkelhäutig«, fing Childan an.

»Jude?«

»Ja!« sagte Childan. »Jetzt wo ich darüber nachdenke. Damals ist es mir nicht aufgefallen.«

»Hier ist ein Foto.« Der Mann von der Kempetai reichte es ihm.

»Das ist er«, sagte Childan ohne den geringsten Zweifel. Die offenkundige Tüchtigkeit der Kempetai erschreckte ihn etwas. »Wie haben Sie ihn gefunden? Ich habe es nicht gemeldet, aber ich habe mit meinem Großhändler, Ray Calvin, gesprochen und habe ihm gesagt –«

Der Polizist brachte ihn mit einer Handbewegung zum Schweigen. »Ich habe hier ein Papier, das Sie unterschreiben müssen. Dann ist das erledigt. Sie brauchen nicht vor Gericht zu erscheinen; das ist eine reine Formalität und Sie sind dann aus der Sache raus.« Er reichte Childan das Papier und einen Füllhalter. »Hier steht, daß der Mann sich Ihnen genähert und den Versuch unternommen hat, Sie zu beschwindeln und so weiter. Lesen Sie ruhig.« Der Polizist schob den Ärmel zurück und sah auf die Uhr. »Ist die Darstellung richtig?«

Das war sie. Robert Childan hatte nicht Zeit, den Bericht gründlich zu lesen, und außerdem war er ohnehin etwas verwirrt, wußte nicht mehr genau, was an jenem Tage wirklich geschehen war. Aber er wußte, daß der Mann unter falschen Voraussetzungen aufgetreten war und daß irgendein Schwindel damit verbunden war. Und – wie der Kempetaimann gesagt hatte – der Mann war Jude. Robert Childan sah auf den Text unter dem Foto des Mannes. Frank Frink. Geboren als Frank

Fink. Ja, das war zweifellos ein Jude. Was sollte er bei einem Namen wie Fink auch anderes sein. Und er hatte ihn geändert.

Childan unterschrieb.

»Danke«, sagte der Polizist. Er steckte die Papiere ein, tippte an den Hut, wünschte Childan eine gute Nacht und ging. Das ganze hatte nur wenige Augenblicke in Anspruch genommen.

Gut, daß wir in einer Gesellschaft leben, wo Gesetz und Ordnung herrschen, wo Juden die Unschuldigen nicht einfach hereinlegen können. Wir werden beschützt.

Ich weiß nicht, warum ich es nicht gleich gemerkt habe. Offenbar bin ich leicht zu täuschen. Ich bin einfach nicht dazu imstande, andere Menschen zu täuschen, entschied er, und das macht mich hilflos. Wenn es das Gesetz nicht gäbe, wäre ich denen ausgeliefert. Er hätte mich von allem Möglichen überzeugen können. Das ist eine Art Hypnose. Die können eine ganze Gesellschaft unter Kontrolle halten.

Er dachte, vielleicht kann man aus dem Buch entnehmen, welches Glück wir haben. Trotz der offensichtlichen Nachteile . . . Es könnte ja schließlich viel schlimmer um uns stehen. Dieses Buch ist eine große moralische Lektion. Ja, die Japse haben hier die Macht, und wir sind eine besiegte Nation. Aber wir müssen in die Zukunft blicken; wir müssen bauen. Und daraus entwickeln sich große Dinge, so, wie zum Beispiel die Kolonisierung der Planeten.

Jetzt müßten eigentlich Nachrichten sein, wurde ihm klar. Er setzte sich und schaltete das Radio ein. Vielleicht ist der neue Reichskanzler schon ausgewählt worden. Er fühlte die Erregung in sich aufsteigen. Mir scheint, dieser Seyss-Inquart der Dynamischste zu sein. Er hat die beste Chance, kühne Programme durchzuführen.

Ich wünschte, ich wäre dort, dacht er. Vielleicht geht es mir einmal so gut, daß ich nach Europa reisen und alles sehen kann, das dort geschaffen worden ist. Jammerschade, das nicht zu erleben. Hier an der Westküste zu sitzen, wo nichts passiert. Die Geschichte übergeht uns einfach.

Morgen muß ich mir dieses Buch kaufen, diese *Heuschrecke*. Es wird interessant sein, wie der Autor eine Welt schildert, die von Juden und Kommunisten angeführt wird, in der das Reich in Ruinen liegt und in der Japan zweifellos eine Provinz Rußlands ist; in der Rußland wahrscheinlich vom Atlantik bis zum Pazifik reicht. Ob er – wie hieß er doch gleich – einen Krieg zwischen Rußland und den USA schildert? Ein interessantes Buch, dachte er. Komisch, daß früher keiner daran gedacht hatte, es zu schreiben.

VIII

Um acht Uhr morgens stieg Freiherr Hugo Reiss, der Reichskonsul in San Francisco, aus seinem Mercedes Benz 220 E und ging mit schnellem Schritt die Stufen zum Konsulatsgebäude hinauf. Hinter ihm her kamen zwei junge Angestellte des Außenamtes. Reiss' Personal hatte die Tür bereits aufgesperrt und er ging hinein, winkte den beiden Mädchen in der Telefonzentrale grüßend zu, begrüßte den Vizekonsul, Herrn Frank, und dann in seinem Vorzimmer seinen persönlichen Referenten, Herrn Pferdehuf.

»Freiherr«, meldete Pferdehuf, »es kommt gerade ein Codetelegramm aus Berlin. Text eins.«

Das bedeutete, daß die Nachricht dringend war.

»Danke«, sagte Reiss, schlüpfte aus seinem Mantel und reichte ihn Pferdehuf, damit er ihn aufhängte.

»Vor zehn Minuten hat Herr Kreuz vom Meere angerufen. Er möchte, daß Sie zurückrufen.«

»Danke«, nickte Reiss und nahm an dem kleinen Tischchen am Fenster Platz, hob den Deckel von seinem Frühstück, sah das Brötchen auf dem Teller, die Rühreier, Wurst, goß sich heißen schwarzen Kaffee aus der Silberkanne und schlug die Morgenzeitung auf.

Der Anrufer, Kreuz vom Meere, war der Chef des Sicherheitsdienstes in den PSA; sein Büro war unter einer Deckadresse im Flughafen untergebracht. Die Beziehungen zwischen Reiss und Kreuz vom Meere waren etwas angespannt. Ihre Zuständigkeiten überschnitten sich in zahllosen Angelegenheiten, was zweifellos die Absicht ihrer Vorgesetzten in

Berlin war. Reiss war Ehrenmitglied der SS im Range eines Majors, womit er rein theoretisch Kreuz vom Meeres Untergebener war. Er hatte das Patent vor ein paar Jahren erhalten und damals auch die Absicht durchschaut. Aber da konnte man nichts machen. Bloß nicht ärgern.

Die Zeitung, die auf dem Luftwege um sechs Uhr morgens eingetroffen war, war die *Frankfurter Zeitung*. Reiss las die erste Seite sorgfältig. Von Schirach unter Hausarrest, wahrscheinlich inzwischen bereits tot. Schade. Göring auf einem Ausbildungsstützpunkt der Luftwaffe, von erfahrenen Kriegsveteranen umgeben, die dem Fetten alle loyal ergeben waren. Ihm konnte keiner etwas anhaben. Und was war mit Dr. Goebbels?

Wahrscheinlich im Herzen Berlins. Wie immer auf seinen eigenen Witz vertrauend, seine Fähigkeit, sich aus jeder Sache herauszureden. Wenn Heydrich ihm eine Gruppe Leute schickt, um ihn zu beseitigen, überlegte Reiss, wird der kleine Doktor es ihnen wahrscheinlich nicht nur ausreden, sondern sie sogar dazu bringen, die Seite zu wechseln. Sie zu Angestellten des Ministeriums für Propaganda und Volksaufklärung machen.

Er konnte sich Dr. Goebbels in diesem Augenblick ganz plastisch vorstellen, wie er irgendwo in der Wohnung einer atemberaubenden Filmschauspielerin war, ohne sich um die Wehrmachtseinheiten zu kümmern, die durch die Straßen polterten. Diesem Kerl konnte wirklich nichts Angst machen. Goebbels würde, sein spöttisches Lächeln im Gesicht, mit der linken Hand den Busen der Schauspielerin liebkosen und mit der rechten seinen Artikel für den *Angriff* des nächsten Tages schreiben. Reiss wurde vom Klopfen an der Tür aus seinen Gedanken gerissen. »Tut mir leid. Kreuz vom Meere ist schon wieder am Apparat.«

Reiss stand auf, ging an seinen Schreibtisch und griff nach dem Hörer. »Hier Reiss.«

Der schwere bayerische Akzent des SD-Chefs.

»Irgend etwas Neues über diesen Burschen von der Abwehr?«

Etwas verwirrt versuchte Reiss zu erraten was Kreuz vom Meere meinte. »Hm«, murmelte er. »Meines Wissens sind im Augenblick drei oder vier Abwehrburschen an der Pazifikküste.«

»Der, der letzte Woche mit Lufthansa hereingekommen ist.«

»Oh!« Reiss klemmte sich den Hörer zwischen die Schulter und das Ohr und holte sein Zigarettenetui heraus. »Der hat sich hier nicht blicken lassen.«

»Was macht er denn?«

»Herrgott, das weiß ich doch nicht. Fragen Sie Canaris.«

»Ich möchte, daß Sie das Außenministerium anrufen und dort verlangen, daß man mit dem Kanzleramt in Verbindung tritt. Die sollen mit der Admiralität sprechen und verlangen, daß die Abwehr ihre Leute hier abruft oder dazu veranlaßt, uns Bericht zu erstatten.«

»Können Sie das nicht machen?«

»Alles ist völlig durcheinander.«

»Die haben den Mann von der Abwehr völlig aus den Augen verloren«, entschied Reiss. »Sie – die lokale SD-Abteilung – hatten von jemand im Stabe Heydrichs den Befehl erhalten, ihn zu beobachten und die Verbindung verloren. Und jetzt soll ich Sie herauspauken.«

»Wenn er hier auftaucht«, sagte Kreuz, »werde ich ihn beschatten lassen. Darauf können Sie sich verlassen.« Natürlich war die Aussicht gering, daß der Mann auftauchen würde. Das wußten auch beide.

»Er tritt bestimmt unter einem Decknamen auf«, fuhr Kreuz vom Meere fort. »Den kennen wir natürlich nicht. Ein aristokratisch aussehender Bursche. Um die Vierzig. Hauptmann. Sein richtiger Name ist Rudolf Wegener. Stammt aus einer dieser alten monarchistischen Familien aus Ostpreußen. Hat wahrscheinlich von Papen in der Systemzeit unterstützt.« Reiss machte es sich an seinem Schreibtisch bequem, während Kreuz vom Meeres Stimme weiterdröhnte. »Das einzige, was man gegen diese monarchistischen Überbleibsel tun kann, ist den Etat der Marine so zu beschneiden, daß sie sich einfach nicht mehr leisten können . . .«

Reiss hörte gar nicht mehr hin. Schließlich konnte er das Gespräch beenden. Als er sich wieder seinem Frühstück zuwandte, war das Ei kalt geworden. Er griff wieder nach der Zeitung.

Es nimmt einfach kein Ende, dachte er. Diese SD-Leute lassen uns auch keine Sekunde in Ruhe. Die könnten einen sogar um drei Uhr früh anrufen.

Sein Referent steckte den Kopf zur Türe herein, sah, daß er mit Telefonieren fertig war, und sagte: »Sacramento hat gerade angerufen. Die sind ganz durcheinander. Die behaupten, in San Francisco treibe sich ein Jude herum.« Er und Reiss lachten.

»Na schön«, sagte Reiss dann. »Sagen Sie ihnen, die sollen sich beruhigen und die üblichen Papiere schicken. Noch etwas?«

»Haben Sie die Kondolenzbotschaften gelesen?«

»Gibt es noch mehr?«

»Ein paar. Ich behalte sie noch bei mir, falls Sie sie sehen wollen. Ich habe schon alle beantwortet.«

»Ich muß heute Nachmittag eine Rede halten«, sagte Reiss. »Um eins. Diese Geschäftsleute.«

»Ich werde Sie daran erinnern«, versprach Pferdehuf.

Reiss lehnte sich in seinem Sessel zurück. »Wollen Sie wetten?«

»Nicht über die Überlegungen der Partei. Falls Sie das meinen.«

»Der Henker wird es werden.«

Pferdehuf dachte nach. »Heydrich kann nicht weiterkommen. Diese Leute werden nie die direkte Kontrolle über die Partei bekommen, weil alle Angst vor ihnen haben. Die Parteibonzen würden schon bei dem Gedanken einen Anfall bekommen. In fünfundzwanzig Minuten wäre die Koalition fertig, sobald der erste SS-Wagen von der Prinz-Albrecht-Straße startete. Und diese Wirtschaftsführer wie Krupp und Thyssen –« er verstummte. Einer der Codespezialisten war hereingekommen und reichte ihm einen Umschlag.

Reiss streckte die Hand aus. Sein Referent reichte ihm den Umschlag.

Es war das dringende Telegramm, entziffert und in Maschinenschrift. Als er gelesen hatte, sah er, daß Pferdehuf wartete.

Reiss zerknüllte das Blatt, legte es in den großen keramischen Aschenbecher auf seinem Schreibtisch und zündete es mit seinem Feuerzeug an.

»Es heißt, daß ein janapanischer General inkognito hier erscheinen soll. Tedeki. Sie gehen am besten in die Bibliothek und besorgen sich eines dieser japanischen Militärmagazine. Da ist bestimmt sein Bild drin. Sie müssen das natürlich diskret machen. Ich glaube nicht, daß wir hier etwas über ihn haben.« Er starrte auf den abgeschlossenen Ablageschrank und überlegte es sich dann anders. »Beschaffen Sie Informationen, Statistiken. In der Bibliothek sollten Sie die alle finden können.« Und dann fügte er hinzu: »Dieser General Tedeki war vor ein paar Jahren Stabschef. Können Sie sich an irgend etwas erinnern?«

»Nur eine Kleinigkeit«, sagte Pferdehuf. »Ein ziemlicher Feuerfresser. Muß jetzt um die achtzig sein. Soweit ich mich erinnere, befürwortete er ein Blitzprogramm, um Japan ebenfalls Zugang zum Weltraum zu verschaffen.«

»Das ist aber mißlungen«, sagte Reiss.

»Würde mich nicht wundern, wenn er aus medizinischen Gründen hierher käme«, sagte Pferdehuf. »Es waren schon eine ganze Anzahl alter japanischer Militärs hier und haben sich in dem großen U.C. Hospital behandeln lassen. Auf die Weise können sie sich Zugang zu deutschen chirurgischen Techniken verschaffen, die ihnen zuhause nicht zur Verfügung stehen. Die reden natürlich nicht offen darüber. Patriotische Gründe, wissen Sie. Wir sollten vielleicht jemand ins U.C. Krankenhaus schicken, um aufzupassen, falls Berlin ihn im Auge behalten möchte.«

Reiss nickte. Vielleicht war der alte General auch in irgendwelche Spekulationen verwickelt, davon spielte sich eine ganze Menge in San Francisco ab. Verbindungen, die er während seiner Militärdienstzeit hergestellt hatte, würden ihm jetzt im Ruhestand nützlich sein. War er eigentlich im Ruhestand? In dem Telegramm stand *General,* nicht *General im Ruhestand.*

Jedenfalls beschaffen Sie die Bilder und geben sie den Leuten am Flughafen und drunten im Hafen. Er muß bereits da sein. Sie wissen ja, wie lange es dauert, bis wir so etwas erfahren.« Und Berlin würde natürlich wütend sein, dachte er. Schließlich hätte das Konsulat ihn ja auch auf eigene Faust ausfindig machen können – ehe der Befehl von Berlin auch nur abgeschickt war.

»Ich werde das Codetelegramm mit einem Eingangsstempel versehen lassen«, sagte Pferdehuf. »Wenn sich dann später Fragen ergeben, können wir wenigstens nachweisen, wann es hier eingegangen ist. Genau auf die Stunde.«

»Danke«, sagte Reiss. Die Leute in Berlin waren wahre Meister in der Kunst, Verantwortung zu übertragen, und er mochte es nicht gerne, wenn er in der Klemme saß. »Bloß um sicherzugehen«, meinte er dann, »ich glaube, Sie sollten die Nachricht bestätigen. Schreiben Sie ›Anweisungen viel zu spät erhalten. Person bereits hier eingetroffen. In diesem Stadium Wahrscheinlichkeit einer erfolgreichen Aktion sehr gering‹ Irgend so etwas ähnliches. Halten Sie es möglichst vage. Sie verstehen schon.«

Er setzte sich wieder an seinen Frühstückstisch, zündete eine ägyptische Simon-Arzt-Zigarette an und verschloß das Etui wieder sorgfältig.

Jetzt würde er wohl eine Weile nicht unterbrochen werden. Er holte das Buch, in dem er gelesen hatte, aus der Aktentasche, schlug es beim Lesezeichen auf, machte es sich bequem und las weiter.

. . . War er tatsächlich so weit gegangen, im Morgenfrieden des Sonntags? Ein anderes Leben. Eiskrem, ein Geschmack, den es nie gegeben hatte. Jetzt kochten die Brennesseln, und man war froh, die zu bekommen. Großer Gott, rief er, hören die denn nie auf? Die riesigen britischen Tanks kamen näher. Wieder ein Gebäude – es war vielleicht mal ein Wohnhaus gewesen oder ein Laden, eine Schule oder ein Büro; er wußte es nicht – die Ruinen brachen zusammen, Schluß. Und darunter im Schutt wieder eine Handvoll Überlebende, begraben ohne auch nur den Laut des Todes. Der Tod hatte sich überall ausgebreitet, geleichmäßig und gerecht, über die Lebenden, die Verletzten, die Leichen, Schicht über Schicht, die bereits angefangen hatte zu stinken. Die stinkende zitternde Leiche von Berlin, die jetzt ohne einen Protest dahinschied, wie dieses eine namenlose Gebäude, das Menschen voll Stolz errichtet hatten.

Seine Arme waren mit grauer Asche überdeckt, stellte der Junge fest. Er wischte sie ab. Er dachte nicht viel weiter; da war ein anderer Gedanke, der ihn nicht losließ über dem dauernden Dröhnen der Granaten. Hunger. Sechs Tage lang hatte er nichts als Brennesseln gegessen, und jetzt waren auch die alle. Ein Bombenkrater hatte das Unkrautfeld verschüttet . . . andere ausgezehrte hagere Gestalten, ihm ähnlich, waren am Kraterrand aufgetaucht, hatten stumm dagestanden und waren dann wieder wie im Boden versunken. Ein altes Mütterchen, mit einem Kopftuch, einem Korb in der Hand – leer. Ein Einarmiger, die Augen so leer wie der Korb. Ein Mädchen.

Und die Schlange kam immer näher.

Würde es je enden? fragte der Junge. Und wenn es endete, was dann? Würden sie den Bauch jemals wieder voll bekommen, diese –

»Freiherr«, kam Pferdehufs Stimme. »Tut mir leid, Sie stören zu müssen. Nur ein Wort.«

Reiss sprang auf, klappte das Buch zu. »Aber sicher.«

Wie der Mann schreiben kann, dachte er. Er hat mich richtig mitgerissen. So echt, so wirklich. Der Fall Berlins, seine Eroberung durch die Briten, so lebendig, als hätte er tatsächlich stattgefunden. Brrr, er schauderte. Erstaunlich, wie einen so etwas mitreißen kann. Kein Wunder, daß das Buch auf dem Territorium des Reiches verboten ist; ich würde es selbst verbieten lassen. Tut mir direkt leid, daß ich damit angefangen habe. Aber jetzt ist es zu spät; jetzt muß ich es zu Ende lesen.

Sein Referent sagte: »Ein paar Matrosen von einem deutschen Schiff. Die sollen sich bei Ihnen melden.«

»Ja«, sagte Reiss. Er ging zur Türe. Dort standen die drei

Seeleute in ihren schweren grauen Pullovern, alle mit dicken blonden Haaren, breiten Gesichtern, etwas nervös. Reiss hob die rechte Hand. »Heil Hitler.« Ein kurzes freundliches Lächeln.

»Heil Hitler«, murmelten sie. Sie zeigten ihm ihre Papiere.

Als er ihren Besuch im Konsulat bestätigt hatte, eilte er in sein Privatbüro zurück.

Als er wieder alleine war, schlug er erneut *Schwer liegt die Heuschrecke* auf.

Sein Blick fiel auf eine Szene, die sich mit Hitler befaßte. Jetzt konnte er einfach nicht mehr aufhören. Er las die Szene aus dem Zusammenhang gerissen und spürte wie die Haut in seinem Nacken sich rötete.

Die Verhandlungen gegen Hitler. Nach dem Kriegsende. Hitler in den Händen der Alliierten, großer Gott. Und Goebbels auch und Göring und all die anderen. Und München. Offenbar gab Hitler gerade dem amerikanischen Anklagevertreter Antwort.

> . . . schwarz, flammend, schien für einen Augenblick sein Geist wieder aufzulodern. Sein zitternder, zerbrechlicher Körper straffte sich; er hob den Kopf. Und aus seinen beständig geifernden Lippen ein krächzend, halb bellendes Flüstern: »Deutsche, hier stehe ich.« Ein Schauder überlief seine Zuhörer, die Kopfhörer fest ans Ohr gepreßt, die gespannten Gesichter der Russen, Amerikaner, Briten und Deutschen. Ja, dachte Karl. Hier steht er noch einmal . . . sie haben uns geschlagen, geschlagen und mehr. Sie haben diesen Supermenschen von seinem Podest heruntergeholt, das gezeigt, was er wirklich ist. Nur – ein . . .

»Freiherr.«

Reiss merkte, daß sein Referent eingetreten war.

»Ich bin jetzt beschäftigt«, sagte er verärgert und klappte das Buch zu. »Verdammt nochmal, ich versuche dieses Buch hier zu lesen!«

Es war hoffnungslos. Und er wußte es.

»Da kommt schon wieder ein Codetelegramm aus Berlin«, sagte Pferdehuf. »Ich habe zufällig einen Blick darauf geworfen, als sie anfingen, es zu entziffern. Es befaßt sich mit der politischen Lage.«

»Was stand denn drin?« murmelte Reiss und rieb sich mit Daumen und Zeigefinger über die Stirn.

»Dr. Goebbels hat plötzlich eine Radioansprache gehalten. Eine sehr wichtige Rede.« Der Referent war ganz erregt. »Man erwartet von uns, daß wir den Text – er wird im Klartext übertragen – nehmen und dafür sorgen, daß die Presse hier ihn abdruckt.«

»Jaja«, sagte Reiss.

Und als sein Referent wieder draußen war, schlug Reiss erneut das Buch auf. Noch ein Blick . . . er suchte den Abschnitt, den er zuletzt gelesen hatte, heraus.

. . .Schweigend blickte Karl auf den mit Flaggen bedeckten Sarg. Hier lag er, jetzt war er wirklich hingegangen, wirklich nicht mehr anwesend. Nicht einmal die Kräfte der Dämonen konnten ihn zurückholen. Der Mann – oder war er doch ein Übermensch gewesen? – dem Karl blindlings gefolgt war, den er vergöttert hatte . . . selbst bis zum Rand des Grabes. Adolf Hitler war dahingeschieden, aber Karl klammerte sich ans Leben. Ich werde ihm nicht folgen, flüsterte Karl sich selbst zu. Ich werde weiterleben und wieder aufbauen. Und wir alle werden wieder aufbauen. Wir werden es müssen.

Wie weit, wie schrecklich weit hatte der Zauber des Führers ihn getragen. Und was war es jetzt, da der letzte i-Punkt auf jene unglaubliche Biographie gesetzt worden war, diese Reise aus der vergessenen Stadt in Österreich, aus der Armut in Wien heraus durch die Alpträume der Schützengräben, durch politische Intrigen, die Gründung der Partei, die Kanzlerschaft zu jenem Punkt, wo er beinahe die Welt beherrscht hätte?

Karl wußte es. Bluff. Hitler hatte sie belogen. Mit leeren Worten hatte er sie geführt.

Es ist nicht zu spät. Wir sehen jetzt deinen Bluff, Adolf Hitler. Und endlich erkennen wir das in dir, was du wirklich bist. Du und die Nazipartei.

Karl drehte sich um und ließ den schweigenden Sarg hinter sich stehen . . .

*

Reiss klappte das Buch zu und saß eine Weile stumm da. Er war verärgert. Man hätte mehr Druck auf die Japaner ausüben müssen, sagte er sich, dieses verdammte Buch unterdrücken. Wahrscheinlich ist es gar Absicht ihrerseits. Die hätten diesen – wie heiß er doch, Abendsen – hätten ihn einsperren können. Die haben im Mittelwesten genügend Macht.

Was ihn ärgerte, war dies. Der *Tod* Adolf Hitlers, die Niederlage und die Vernichtung Hitlers, der Partei und Deutschlands selbst, so wie Abendsens Buch sie schilderte . . . das war alles irgendwie großartiger, mehr im alten Geiste als die tatsächliche Welt. Die Welt der deutschen Hegemonie.

Wie konnte das sein? fragte Reiss sich selbst. Ist das nur die Schreibkunst dieses Mannes?

Die kennen eine Million Tricks, diese Romanschreiber. Man brauchte sich doch bloß Dr. Goebbels anzusehen; so hatte er doch auch angefangen; als Romanschreiber. Ein Appell an die niedrigsten Instinkte – das bringt ihnen den Erfolg. Ja, diese Schreiberlinge kennen die Menschen, wissen, wie wertlos sie sind und bloß von ihren Trieben beherrscht – sie brauchen bloß auf die Trommel zu schlagen, dann reagieren die Leser.

Man brauchte sich ja bloß zu überlegen, wie dieser Bursche meine Gefühle aufgewühlt hat, dachte Reiss, nicht meinen Intellekt, und natürlich wird er auch dafür bezahlt werden – das Geld ist ja da. Irgendeiner muß ihm ja gesagt haben, was er schreiben soll. Die schreiben doch alles, solange sie wissen, daß sie Geld dafür bekommen. Wo war denn dieses Buch überhaupt herausgekommen? Herr Reiss schlug die Titelseite auf. Omaha, Nebraska. Der letzte Vorposten der ehemals plutokratischen Verlagsindustrie der USA, der einmal mitten in New York lag und vom Gold der Juden und Kommunisten unterstützt wurde . . .

Vielleicht ist dieser Abendsen Jude. Die versuchen immer noch, uns zu vergiften. Er klappte das Buch wütend zu. Wahrscheinlich hieß er in Wirklichkeit Abendstein.

Vielleicht sollten wir jemand in die RMS schicken und Herrn Abendstein einen Besuch abstatten lassen. Vielleicht hat Kreuz vom Meere schon entsprechende Anweisungen. Aber bei all dem Durcheinander in Berlin haben die für so etwas gar keine Zeit.

Wirklich gefährlich, dieses Buch, dachte Reiss.

Wenn man diesen Abendstein eines schönen Morgens von der Decke baumelnd fände, wäre das ein ernüchternder Hinweis für alle, die sein Buch vielleicht beeinflußt hat. Zumindest hätten wir dann das letzte Wort gehabt. Das Postscriptum geschrieben.

Man würde natürlich einen Weißen dazu brauchen. Was wohl Skorzeny heutzutage macht?

Reiss las den Umschlagtext des Buches. Hinter Barrikaden lebt dieses Judenschwein. In einem Schloß auf dem Berge. Und wer hineinkommt, kann nicht mehr heraus.

Vielleicht ist es dumm. Schließlich ist das Buch ja schon im Druck. Zu spät. Und dieses Gebiet wird von den Japanern beherrscht . . . die kleinen gelben Zwerge würden Wirbel machen.

Trotzdem, wenn man es richtig anpackte . . .

Freiherr Hogo Reiss machte eine Notiz. SS-General Otto Skorzeny stand dort. Oder noch besser Otto Ohlendorf im Amt III des Reichssicherheitshauptamts. War Ohlendorf nicht Chef der Einsatzgruppe D?

Und dann überkam ihn plötzlich blinde Wut. Ich dachte, das sei vorbei. Hört das denn nie auf? Der Krieg ist vor Jahren zu Ende gegangen. Und wir dachten schon damals, es sei vorbei. Und dann dieses Fiasko in Afrika. Dieser verrückte Seyss-Inquart.

Dieser Bob Hope hat schon recht, dachte er. Mit seinem Witz über unsere Kontakte auf dem Mars. Mars von Juden bewohnt. Selbst dort sehen wir sie. Ich habe meine Routinepflichten, entschied er. Ich habe keine Zeit für solche Abenteuer., für Einsatzkommendos. Schließlich muß ich deutsche Seeleute begrüßen und Codetelegramme beantworten.

Er riß das Blatt von seinem Block und zündete es in seinem Aschenbecher an.

Es klopfte. Und seine Bürotür öffnete sich. Sein Referent kam mit einer Handvoll Papiere herein. »Dr. Goebbels' Rede. Vollständig.« Pferdehuf legte ihm die Blätter auf den Tisch. »Sie müssen sie lesen. Recht gut – eine seiner besten.«

Und Reiss zündete sich eine Simon Arzt Nr. 7 an und begann, Dr. Goebbels' Rede zu lesen.

IX

Nach zwei Wochen beinahe unablässiger Arbeit hatte ›Edfrank Juwelierkunst‹ die erste Charge vollendet. Da lagen die Stücke jetzt auf zwei mit schwarzem Samt überzogenen Brettern, die wiederum in einen Tragekorb japanischen Ursprungs paßten. Und Ed McCarthy und Frank Frink hatten Visitenkarten anfertigen lassen.

Alles, was sie getan hatten, war professionell gemacht worden. Sie blickten auf ihren Schmuck, ihre Karten, ihre Musterkoffer und nichts deutete auf den Amateur hin. Warum auch? dachte Frank Frink. Schließlich sind wir beide Profis; nicht gerade in der Herstellung von Juwelierarbeiten, aber im allgemeinen.

Auf den Vorlagebrettern lag eine gute Auswahl. Armreife aus Bronze, Kupfer, Messing, ja sogar heiß geschmiedetem schwarzem Eisen. Anhänger, hautsächlich aus Messing mit kleinen Silbereinlagen. Silberne Ohrringe. Nadeln aus Silber oder Messing. Das Silber hatte sie eine Menge gekostet, und sie hatten sogar ein paar Halbedelsteine eingekauft: Barockperlen, Jett, ein paar Feueropale. Und wenn die Dinge gut liefen, würden sie es vielleicht mit Gold und ein paar kleinen Diamanten versuchen.

Das Gold würde ihnen den echten Profit bringen. Sie hatten bereits angefangen, sich um Schrottgold zu kümmern, eingeschmolzene alte Stücke ohne künstlerischen Wert – das war viel billiger als neues Gold.

Trotzdem würden die Kosten enorm sein. Andererseits würde eine Goldnadel mehr als vierzig Messignnadeln eintragen . . . immer vorausgesetzt, wie Frank schon früher erwähnt hatte, daß ihr Zeug überhaupt verkäuflich war.

Bis jetzt hatten sie nämlich noch nicht versucht, etwas zu verkaufen. Sie hatten zuerst ihre wichtigsten technischen Probleme gelöst; ihre Werkbank mit Motoren, Flexkabel, Schleifsteinen und Polierrädern ausgerüstet. Ihre Werkstatt ließ jetzt wirklich nichts mehr zu wünschen übrig. Auch die Juwelierwerkzeuge. Zangen aus Deutschland und Frankreich, Mikrometer, Diamantbohrer, Pinzetten, Poliertücher, winzige, handgeschmiedete Hämmer . . . gut die Hälfte ihrer zweitausend

Dollar war dafür draufgegangen. Ihr Firmenkonto wies jetzt nur noch zweihundertfünfzig Dollar auf. Aber sie hatten eine Handelslizenz, und alles war in bester Ordnung. Jetzt mußten sie nur noch etwas verkaufen.

Kein Händler kann sich unsere Ware gründlicher ansehen, als wir es getan haben, dachte Frink, als er ihre Stücke musterte. Sie sahen wirklich gut aus, diese paar ausgewählten Stücke, jedes sorgfältig untersucht, ob die Schweißnähte auch glatt waren, ob irgendwo noch eine Unebenheit zurückgeblieben war . . . nein, wir können uns wirklich nicht leisten, auch nur den geringsten Fehler zu machen.

Robert Childans Laden stand zuoberst auf ihrer Liste. Aber nur Ed konnte dort hingehen; Childan würde sich bestimmt an Frank Frink erinnern.

»Den Großteil der eigentlichen Verkaufsarbeit mußt du machen«, sagte Ed, aber er wußte, daß er zu Childan gehen mußte. Er hatte sich einen guten Anzug, eine neue Krawatte und ein weißes Hemd gekauft, um den richtigen Eindruck zu machen. Trotzdem fühlte er sich nicht wohl in seiner Haut. »Ich weiß, daß wir gut sind«, sagte er zum tausendsten Mal. »Aber – ach was.«

Die meisten Stücke waren abstrakt. Drahtschlingen und Muster, die bis zu einem gewissen Grad die Materialien beim Schmelzen von selbst angenommen hatten. Einige waren zart wie Spinnennetze, andere wieder von massiver, mächtiger, beinahe barbarischer Schwere. Eine erstaunliche Auswahl, überlegte Frank. Ja, ein Laden konnte alles kaufen, ohne sich zu wiederholen. Der erste Auftrag – wenn wir den bekommen, werden wir den Rest unserers Lebens nichts anderes tun, als Nachholaufträge zu erfüllen.

Gemeinsam luden sie die samtüberzogenen Bretter in den Korb. Im schlimmsten Fall können wir das Metall ja wieder verkaufen, sagte sich Frank. Und die Werkzeuge und die Einrichtungen, die können wir mit Verlust abstoßen, aber wir bekommen wenigstens etwas dafür.

Dies ist der Augenblick, um das Orakel zu befragen. Ich muß fragen: Wie wird es Ed auf seiner ersten Verkauftour ergehen? Aber er war zu nervös. Am Ende bekam er ein schlechtes Omen, und das würde er nicht ertragen. Jedenfalls, die Würfel waren gefallen; die Stücke fertiggestellt, die Werkstätte eingerichtet – was auch immer das *I Ching* jetzt sagen mochte.

Schließlich verkauft ja nicht das *I Ching* unseren Schmuck ... Und Glück kann es uns auch keines geben.

»Ich gehe zuerst zu Childan«, sagte Ed. »Ist doch am besten, wenn wir es hinter uns bringen. Und dann kannst ja du ein paar versuchen. Du kommst doch mit, oder? Mit dem Wagen. Ich parke gleich um die Ecke.«

Als sie mit ihrem Warenkorb in den Lieferwagen stiegen, dachte Frink, wer weiß, ob Ed ein guter Verkäufer ist, oder ob ich einer bin. Sicher kann man Childan etwas verkaufen, aber dazu gehört eine Präsentation, wie es immer heißt.

Wenn Juliana hier wäre, dachte er, könnte sie einfach hineingehen und es schaffen ohne mit der Wimper zu zucken; sie ist hübsch, sie hat keine Hemmungen, sie kann mit jedem Menschen reden, und sie ist eine Frau. Schließlich ist das Frauenschmuck. Sie könnte ihn tragen. Er schloß die Augen und versuchte sich auszumalen, wie sie mit einem ihrer Armbänder aussehen würde. Oder einer dieser schweren silbernen Halsketten. Mit ihrem schwarzen Haar und ihrer hellen Haut und den großen suchenden Augen ... In einem grauen Jerseypullover, vielleicht eine Spur zu eng, das Silber auf der bloßen Haut, sich bei jedem Atemzug hebend und senkend ...

Herrgott, er sah sie jetzt ganz deutlich vor sich, in diesem Augenblick. Jedes Stück, das sie gemacht hatten, hoben ihre kräftigen, dünnen Finger auf, untersuchten es; dann warf sie den Kopf in den Nacken und hielt das Stück in die Höhe, um es besser sehen zu können. Juliana, stets Zeugin von allem, was er getan hatte.

Am besten würden ihr Ohrringe stehen, dachte er. Die leuchtenden aus Messing. Mit zurückgestecktem oder kurzgeschnittenem Haar, sodaß man ihren Nacken und die Ohren sehen konnte. Wir könnten dann Fotos von ihr machen, für die Werbung und die Prospekte. Er hatte mit Ed über einen Katalog gesprochen, auf die Weise würden sie per Post an Geschäfte in anderen Teilen der Welt verkaufen können. Großartig würde sie aussehen ... ihre Haut ist so rein und gesund, ganz ohne Falten und von schöner Farbe. Ob sie es wohl tun würde, wenn ich sie ausfindig machen könnte? Gleichgültig, was sie von mir denkt; es hat ja nichts mit unserem persönlichen Leben zu tun. Eine rein geschäftliche Angelegenheit wäre das.

Zum Teufel, ich würde einmal die Bilder selbst machen. Wir würden uns dazu einen Berufsfotografen holen. Das würde ihr Spaß machen. Sie ist wahrscheinlich immer noch so eitel. Sie mochte es immer, wenn die Leute sie ansahen, sie bewunderten; jeder Beliebige durfte das. Ich denke, die meisten Frauen sind so. Die ganze Zeit darauf aus, Aufmerksamkeiten zu erwecken. Wie kleine Kinder.

Er dachte, Juliana hat es nie ertragen, alleine zu sein; sie mußte mich die ganze Zeit um sich haben, damit ich ihr Komplimente machen konnte. Kleine Kinder sind so, sie spüren es, wenn ihre Eltern ihnen nicht zusehen. Ohne Zweifel hat sie jetzt irgendeinen Kerl, der sie beachtet. Der ihr sagt, wie hübsch sie ist. Ihre Beine. Ihr glatter, flacher Bauch . . .

»Was ist denn los?« fragte Ed und sah ihn an. »Keinen Mumm mehr?«

»Nein«, sagte Frink.

»Ich werde nicht einfach bloß so dastehen«, sagte Ed. »Ich habe da ein paar Ideen. Und dann will ich dir noch etwas sagen: Ich habe keine Angst. Ich lasse mich nicht einschüchtern, bloß weil das so ein teuerer Laden ist, und ich diesen komischen Anzug anziehen muß. Ich gebe zu, daß ich es nicht mag, wenn ich mich so herausputzen muß. Ich gebe zu, daß ich mich nicht wohlfühle. Aber das hat gar nichts zu sagen. Ich werde trotzdem hineingehen und diesem Knallkopf etwas vormachen.«

Wenn es dir nur gut tut, dachte Frink.

»Zum Teufel, schließlich hast du es ja auch geschafft«, sagte Ed. »Einfach hineingehen und behaupten, du wärest die Ordonanz eines japanischen Admirals. Dann werde ich ihm doch die Wahrheit sagen können, daß dies nämlich wirklich gute, kreative, originelle, handgefertigte Schmuckstücke sind, die –«

»Handgearbeitet«, sagte Frink.

»Yeah, handgearbeitet. Ich meine, ich werde hineingehen und nicht wieder herauskommen, bis ich seinen Auftrag habe. Er muß das einfach kaufen. Wenn nicht, ist er verrückt. Ich hab' mich umgesehen; Ware wie die unsere wird nirgendwo angeboten. Großer Gott, wenn ich mir vorstelle, daß er sich das alles ansieht und nichts kauft – da werde ich so wild, daß ich am liebsten zuschlagen möchte.«

»Sag ihm auch, daß es nicht nur verkupfert ist«, sagte Frank. »Daß alles, was wie Kupfer aussieht, solid ist, durch und durch.«

»Überlaß nur mir, wie ich ihn anpacke«, sagte Ed. »Ich hab' wirklich ein paar gute Ideen.«

Ihr kleiner Lieferwagen rollte jetzt durch die Straßen von San Francisco.

Ich könnte ja ein paar gute Stücke Juliana schicken, dachte Frank. Die müßten wirklich gut an ihr aussehen. Damit sie sieht, was ich mache. Die Postbehörden werden sie schon ausfindig machen. Ich schicke das Paket eingeschrieben an ihre letzte bekannte Adresse. Was sie wohl sagen wird, wenn sie die Schachtel aufmacht? Ich muß ihr natürlich einen Brief schreiben, ihr sagen, daß ich es geschafft habe, daß ich Partner in einem neuen Geschäft bin. Ich werde ihr von den Schmuckstücken und den Metallen schreiben. Und an wen wir verkaufen . . .

»Ist es nicht hier irgendwo?« sagte Ed und verlangsamte ihr Tempo. Sie waren jetzt in der Innenstadt, und die hoch aufragenden Gebäude verdunkelten den Himmel.

»Ich sollte irgendwo parken.«

»Noch fünf Blocks«, sagte Frank.

»Hast du noch eine von diesen Marihuanazigaretten?« sagte Ed. »Ich brauch' jetzt eine zur Beruhigung.«

Frink reichte ihm ein Paket T'ien Lais hinüber, »die himmlische Musik«, die er in der W-M-Corporation zu rauchen gelernt hatte.

Ich weiß, daß sie mit irgendeinem Kerl zusammenlebt, sagte sich Frank, mit ihm schläft. Als ob sie seine Frau wäre. Ich kenne Juliana. Anders hält die das gar nicht aus. Ich weiß ja, wie sie am Abend wird. Wenn es kalt wird und dunkel und alle zu Hause sind und im Wohnzimmer sitzen. Sie war nie für ein einsames Leben geschaffen. Ich auch nicht, erkannte er. Vielleicht ist der Kerl sogar ganz nett. Irgendein schüchterner Student, den sie sich aufgegabelt hat. Sie wäre bestimmt die richtige Frau für einen jungen Burschen, der nie den Mumm hatte, sich selbst einer Frau zu nähern. Sie ist nicht hart oder zynisch. Würde ihm bestimmt gut tun. Hoffenlich hat sie sich nicht irgendeinen alten Knacker angelacht. Das könnte ich nicht ertragen. Irgendein erfahrener Mann mit einem Zahnstocher im Mund, der sie herumschubst.

Er spürte, wie sein Atem schwerer ging. Die Vorstellung, wie da irgendsoein vierschrötiger, haariger Bursche Juliana das Leben schwer machte . . . Ich weiß, daß sie sich am Ende einfach umbringen wird, dachte er. So steht es in ihren Karten, wenn sie nicht den richtigen Mann findet, und das bedeutet, einen sanften, einfühlsamen, freundlichen Studententypen, der all die Gedanken schätzt, die sie sich macht.

Ich war zu rauh für sie, dachte er. Dabei bin ich gar kein übler Bursche; es gibt 'ne Menge Burschen, die viel schlimmer sind als ich. Ich konnte mir ganz gut zurechtreimen, was sie sich dachte, was sie wollte, wann sie sich einsam fühlte oder deprimiert. Ich hab' mir 'ne Menge Sorgen um sie gemacht. Aber es war nicht genug. Sie hat mehr verdient. Eine ganze Menge verdient sie, dachte er.

»Ich parke jetzt«, sagte Ed. Er hatte einen Platz gefunden und schob sich rückwärts hinein, sah über seine Schulter.

»Hör zu«, sagte Frank. »Kann ich ein paar Stücke meiner Frau schicken?«

»Hab' gar nicht gewußt, daß du verheiratet warst.« Ed war nicht ganz bei der Sache. Er mußte sich jetzt um das Parken kümmern. »Sicher, solange es kein Silber ist.«

Er schaltete den Motor ab.

»Wir sind da«, sagte er. Er sog den Marihuanarauch tief in die Lungen, drückte die Zigarette aus und warf den Stummel auf den Boden. »Du kannst mir Glück wünschen.«

»Viel Glück«, sagte Frank Frink. »He schau, da steht eines dieser japanischen *Wake*-Gedichte auf der Zigarettenschachtel.«

Ed las das Gedicht vor.

> Ich hörte einen Kuckuck rufen.
> Ich blickte in die Richtung, aus der sein Ruf kam:
> und was sah ich? Nur den bleichen Mond
> am dämmernden Himmel.

*

Er reichte Frank die Zigarettenpackung. »Herr Jesus!« sagte er, schlug Frank auf den Rücken, grinste, öffnete die Tür, nahm den Korb und stieg aus. Und dann war er zwischen den Fußgängern verschwunden.

Juliana, dachte Frank. Bist du auch so allein wie ich? Der Mensch ist allein, dachte er. Er sieht nichts als die dunkler werdenden Schatten seines Lebens. Seinen Weg zum Grabe. Wenn sie hier wäre, wäre es nicht so schlimm. Ich habe Angst, erkannte er. Und wenn Ed jetzt nichts verkauft? Wenn sie uns auslachen? Was dann?

*

Juliana lag auf einer Decke auf dem Fußboden ihrer Wohnung und hielt Joe Cinnadella fest. Das Zimmer war warm, und das Licht der Nachmittagssonne fiel durch die Fenster. Ihr Körper und der Körper des Mannes in ihren Armen waren vom Schweiß feucht. Ein Tropfen, der über Joes Stirn rollte, blieb einen Augenblich an seinem Backenknochen hängen und fiel dann auf ihren Hals.

»Du tropfst ja noch«, murmelte sie.

Er sagte nichts. Sein Atem, lang, langsam, regelmäßig . . .

Wie das Meer, dachte sie. Wir sind nichts als Wasser.

»Wie war es?« fragte sie.

Er murmelte irgend etwas, das wie ›gut‹ klang.

»Das hab' ich mir gedacht«, meinte Juliana. »Das spüre ich. Und jetzt müssen wir aufstehen. Oder ist das schlecht? Ein Zeichen fon innerer Ablehnung.«

Er regte sich.

»Stehst du auf?« Sie umklammerte ihn mit den Armen. »Nicht. Noch nicht.«

»Mußt du nicht in den Turnsaal?«

»Ich gehe nicht in den Turnsaal«, sagte Juliana. »Weißt du das nicht? Wir werden irgendwohin gehen, wir werden hier nicht mehr lange bleiben. Irgendwohin, wo wir noch nie waren. Höchste Zeit.«

Sie spürte, wie er sich aufrichtete, fühlte, wie ihre Hände über seinen feuchten Rücken glitten. Und dann hörte sie ihn herumgehen, seine barfüßigen Schritte auf dem Boden. Bestimmt ins Bad, um zu duschen.

Jetzt ist es vorbei, dachte sie. Na schön. Sie seufzte.

»Ich höre dich«, sagte Joe aus dem Bad. »Du stöhnst. Immer niedergeschlagen, nicht wahr? Angst und Sorge und Argwohn über mich und alles in der Welt –« Er kam kurz heraus, wassertriefend, strahlend. »Möchtest du gern eine Reise machen?«

Ihr Pulsschlag beschleunigte sich. »Wohin?«

»In irgendeine Großstadt. Nach Norden vielleicht. Nach Denver? Wir gehen zusammen aus, in eine Show, in ein gutes Restaurant. Du bekomst ein Abendkleid oder was du sonst brauchst, okay?«

Sie konnte es kaum glauben, aber sie wollte es glauben, versuchte es.

»Schafft dein Studebaker das?« rief Joe.

»Sicher«, sagte sie.

»Wir kaufen uns Kleider«, sagte er. »Wir wollen unser Leben genießen, vielleicht zum ersten Mal. Damit du nicht zusammenbrichst.«

»Und wo nehmen wir das Geld her?«

»Das hab' ich«, sagte Joe. »Schau in meinen Koffer.« Er schloß die Badezimmertür, und das Rauschen des Wassers übertönte seine Worte.

Sie machte die Tür des Kleiderschranks auf und holte seinen zerbeulten kleinen Koffer heraus. Tatsächlich, da war der Umschlag voller Reichsbanknoten. Große Scheine, überall zu gebrauchen. Dann können wir es machen, dachte sie. Vielleicht führt er mich nicht bloß an der Nase herum. Ich wollte, ich könnte mich in ihn hineinversetzen und sehen, was dort ist, dachte sie und zählte das Geld . . .

Und unter dem Umschlag fand sie einen großen, zylinderförmigen Füllhalter. Wenigstens sah es so aus wie ein Füllhalter; jedenfalls hatte es einen Clip. Aber es war so schwer. Vorsichtig schraubte sie die Klappe ab. Ja, da war eine Goldspitze, aber . . . »Was ist das?« fragte sie Joe, als er aus dem Bad kam. Er nahm es ihr weg, legte es in den Koffer zurück. Wie vorsichtig er damit umging. Es fiel ihr auf.

»Schon wieder niedergeschlagen?« fragte Joe. Er schien so leicht, ganz anders als damals, als sie ihn kennengelernt hatte. Und seine Arme umfingen sie, hoben sie hoch, schwenkten sie im Kreise herum, und seine Augen sahen sie an, und sein warmer Atem hauchte sie an. Und seine Arme preßten sie, bis sie einen leisen Schrei ausstieß.

»Nein«, sagte sie. »Ich bin nur – ich kann mich nicht so schnell umstellen.« Ich habe immer noch etwas Angst vor dir, dachte sie. Solche Angst, daß ich es dir nicht einmal sagen kann.

»Zum Fenster hinaus«, rief Joe und trug sie durchs Zimmer. »Los geht's.«

»Bitte«, sagte sie.

»Ich mach' doch nur Spaß. Hör zu – wir werden marschieren, so etwas, wie der Marsch auf Rom. Erinnerst du dich? Der Duce hat sie angeführt, meinen Onkel Carlo zum Beispiel. Und jetzt maachen wir unseren Marsch, und er wird nicht in den Geschichtsbüchern stehen, stimmt's?« Er küßte sie auf den Mund, so hart, daß ihre Zähne aufeinanderstießen. »Wer werden gut aussehen, wir beide in unseren neuen Kleidern. Und du kannst mir erklären, wie ich reden muß, wie ich mich verhalten muß; stimmts? Mir Manieren beibringen. Stimmt's?«

»Du sprichst richtig«, sagte Juliana. »Sogar besser als ich.«

»Nein.« Plötzlich wurde er wieder ernst. »Ich spreche sehr schlecht. Ich habe einen richtigen Itakerakzent. Hast du das nicht bemerkt, als wir uns im Café kennenlernten?«

»Ich denke schon«, sagte sie; ihr schien das jetzt nicht wichtig.

»Nur eine Frau kennt die gesellschaftlichen Konventionen«, sagte Joe und trug sie zurück und ließ sie plumpsend auf das Bett fallen. »Ohne Frauen würden wir etwig über Rennwagen und Pferde reden und schmutzige Witze erzählen. Es gäbe keine Zivilisation.«

»Ist das dein Lohn?« fragte sie ihn, während er sich anzog. »Hast du das gespart?« Es war so viel. Aber im Osten gab es natürlich auch eine Menge Geld. »All die anderen Fernfahrer, mit denen ich gesprochen habe, hatten nie so viel –«

»Du sagst, ich sein Fernfahrer?« unterbrach sie Joe. »Hör zu, ich bin in dieser Kiste nicht als Fahrer mitgefahren, sondern um Räuber abzuhalten. Und wenn man in der Kabine sitzt und döst, sieht man wie ein Fernfahrer aus.« Er ließ sich in einen

Sessel fallen und lehnte sich zurück, tat so, als schliefe er, mit offenem Mund, schlaff. »Siehst du?«

Zuerst sah sie es nicht. Und dann erkannte sie, daß er ein Messer in der Hand hielt, dünn wie ein Kartoffelschäler, Herrgott, dachte sie. Wo kam das jetzt her? Aus dem Ärmel oder einfach aus der Luft?

»Dazu haben mich die Volkswagenleute eingestellt. Wegen meiner Erfahrung beim Militär. Wir haben uns gegen Haselden geschützt, gegen diese Kommandos; er hat sie angeführt.« Seine schwarzen Augen leuchteten; er grinste Juliana an. »Wer meinst du denn, hat den Oberst dann am Ende erwischt? Als wir sie am Nil faßten – ihn und seine Wüstengruppe, Monate nach dem Kairofeldzug. Eines Nachts haben sie uns angegriffen, um sich Benzin zu holen. Ich hatte Wachdienst. Heselden schlich sich an, das Gesicht schwarz verschmiert, selbst die Hände; sie hatten damals keinen Draht, nur Handgranaten und Maschinenpistolen. Alles zu laut. Er versuchte, mir das Genick zu brechen. Aber ich hab' ihn erwischt.« Joe sprang plötzlich auf und lachte. »Wir wollen packen. Sag den Leuten in der Judoschule, daß du ein paar Tage Urlaub nimmst; ruf sie an.«

Was er sagte, überzeugte sie nicht. Vielleicht war er gar nicht in Nordafrika gewesen, vielleicht hatte er überhaupt nicht am Krieg teilgenommen. Und was für Räuber? überlegte sie. Sie hatte noch nie gehört, daß die Lastzüge, die von der Ostküste kamen, bewaffnete ehemalige Berussoldaten als Wächter mitnahmen. Vielleicht hatte er überhaupt nicht in den USA gelebt und das alles erfunden, bloß um ihr Interesse zu erwecken, romantisch zu erscheinen.

Vielleicht ist er geistesgestört, dachte sie . . . Vielleicht muß ich jetzt das tun, was ich mir so oft in Gedanken zurechtgelegt habe; mein Judo einsetzen, um mich zu verteidigen, um meine – Unschuld – zu retten? Mein Leben, dachte sie. Wahrscheinlich ist er bloß ein armer Itaker, der in seiner Scheinwelt lebt, der auf eine Sauftour ziehen will und sein ganzes Geld auf den Kopf stellen, einmal groß leben und dann wieder in seine monotone Existenz zurückfallen. Dazu braucht er ein Mädchen.

»Okay«, sagte sie. »Ich rufe in der Turnhalle an.« Als sie in den Korridor ging, dachte sie, er wird mir teure Kleider kaufen und dann mit mir in irgendein luxuriöses Hotel gehen. Jeder

Mann sehnt sich danach, eine wirklich gut angezogene Frau zu haben, ehe er stirbt. Selbst wenn er ihr die Kleider selbst kaufen muß. Wahrscheinlich ist diese große Sauftour Joe Cinnadellas großer Traum. Und er ist schlau: ich wette, daß er mich richtig eingeschätzt hat – ich muß eine neurotische Angst vor dem Männlichen haben. Frank hat das auch gewußt. Deshalb haben wir uns ja getrennt; deshalb fühle ich auch immer noch diese Angst, dieses Mißtrauen.

Als sie vom Telefon zurückkam, fand sie Joe wieder mit seiner *Heuschrecke*. Er hatte beim Lesen die Stirn gefurcht und schien seine Umgebung überhaupt nicht zu bemerken.

»Wolltest du das nicht mir zu lesen geben?« fragte sie.

»Vielleicht während ich fahre«, sagte Joe, ohne aufzublicken.

»*Du* wirst fahren? Es ist mein Wagen!«

Er sagte nichts, sondern las weiter.

*

Robert Childan blickte von seiner Registrierkasse auf und sah, wie ein hagerer, dunkler, hochgewachsener Mann den Laden betrat. Der Mann trug einen etwas altmodischen Anzug und hielt einen großen Korb in der Hand. Ein Vertreter. Aber er hatte nicht das eingeübte Lächeln des Vertreters, blickte eher mürrisch. Eher wie ein Installateur oder ein Elektriker, dachte Robert Childan.

Als er mit seinem Kunden fertig war, rief Childan dem Mann zu: »Wen vertreten Sie denn?«

»Edfrank Juwelierkunst«, brummte der Mann. Er hatte seinen Korb auf die Theke gestellt.

»Nie gehört.« Childan schlenderte zu dem Mann hinüber und sah zu, wie er den Korb etwas ungeschickt öffnete. »Handgearbeitet. Jedes Stück ein Original. Messing, Kupfer, Silber. Und heißgeschmiedetes schwarzes Eisen.«

Childan sah in den Korb. Metall auf schwarzem Samt, eigenartig. »Nein danke. Paßt nicht in meine Linie.«

»Das ist amerikanische Handwerkskunst. Zeitgenössisch.«

Childan schüttelte den Kopf. »Nein.« Er ging zur Registrierkasse zurück.

Eine Weile stand der Mann da und beschäftigte sich mit

seinen Vorlegebrettern. Er nahm sie weder heraus, noch stellte er sie zurück; schien nicht zu wissen, was er tat. Childan sah ihm mit übergeschlagenen Armen zu und dachte über die verschiedenen Probleme des Tages nach. Um zwei hatte er eine Verabredung, mußte ein paar Tassen zeigen. Und dann um drei – da kam wieder einiges aus dem Labor zurück. Er hatte in den letzten zwei Wochen eine Menge Ware im Institut untersuchen lassen. Seit dieser häßlichen Geschichte mit dem Colt .44.

»Die sind nicht nur eloxiert«, sagte der Mann mit dem Korb und zeigte ihm ein Armband. »Massives Kupfer.«

Childan nickte wortlos. Der Mann würde noch eine Weile hier stehen, mit seinen Mustern spielen und schließlich weitergehen.

Das Telefon klingelte. Childan meldete sich. Ein Kunde erkundigte sich nach einem alten Schaukelstuhl, sehr wertvoll, den Childan für ihn reparieren ließ. Er war noch nicht fertig, und Childan mußte sich eine überzeugende Ausrede einfallen lassen. Er starrte durch das Schlafzimmerfenster auf den Mittagsverkehr hinaus und besänftigte den Mann. Schließlich legte der Kunde auf.

Ja, ohne Zweifel war es so, dachte er, als er den Hörer auf die Gabel legte. Die Colt .44 Affäre hatte ihn ziemlich durcheinander gebracht. Er sah heute sein Inventar nicht mehr mit der gleichen Hochachtung. Wenn man so etwas weiß, kommt man nicht mehr so leicht davon los. Das ist wie das Erwachen aus Kinderträumen; die harten Tatsachen des Lebens. Das zeigt die Verbindung zu unseren frühen Jahren, sinnierte er: es geht hier nicht nur um die Amerikanische Geschichte, sondern auch um unser persönliches Erleben. Als wenn jemand Zweifel an der Authentizität unserer Geburtsurkunden vorbrächte, dachte er. Oder den Eindruck, den wir von unserem Vater haben.

Vielleicht erinnere ich mich gar nicht wirklich an F.D.R., nur beispielsweise. Vielleicht habe ich von ihm nur ein synthetisches Bild, das ich mir aus verschiedenen Reden zusammengesetzt habe. Wie ein Mythos, der in mein Gehirn eingepflanzt ist. Wie der Mythos von Hepplewhite, dachte er. Oder der Mythos von Chippendale. Noch eher wie die Behauptung, Abraham Lincoln hätte mit diesem oder jenem Messer, Gabel oder Löffel gegessen. Man kann es nicht sehen, aber die Tatsache bleibt erhalten.

Der Vertreter stand immer noch an der anderen Theke und machte sich an seiner Ware zu schaffen. Jetzt meinte er:

»Wir können auch Sonderanfertigungen für Sie herstellen. Handarbeit«, sagte der Verkäufer. »Falls Ihre Kunden Sonderwünsche haben sollten.« Seine Stimme klang halb erstickt; er räusperte sich, sah Childan an und blickte dann wieder auf ein Schmuckstück, das er in der Hand hielt. Er wußte offenbar nicht, wie er das Gespräch beenden sollte.

Childan lächelte und sagte nichts. Nicht meine Sache. Der Vertreter mußte selbst einen Weg aus dem Laden finden. Ob er jetzt sein Gesicht dabei bewahrte oder nicht.

Schlimm, wenn man so in der Zwickmühle saß. Aber er hätte ja nicht Vertreter zu werden brauchen. Wir machen alle unser Leiden durch. Schaut doch mich an. Muß mir den ganzen Tag von Japsen, wie diesem Mr. Tagomi, Beleidigungen gefallen lassen. Beleidigungen, die in der höflichsten Art vorgetragen werden und mein Leben zur Qual machen.

Und dann kam ihm eine Idee. Der Bursche hatte offenbar keine Erfahrung. Man brauchte ihn ja bloß anzusehen. Vielleicht bekomme ich etwas auf Kommissison. Versuchen kann ich es ja.

»He«, sagte Childan.

Der Mann blickte schnell auf, sah ihn an.

Childan, die Arme inmer noch verschränkt, ging auf ihn zu.

»Scheint hier eine ruhige halbe Stunde zu werden. Ich will Ihnen ja nichts versprechen, aber Sie können ein paar von Ihren Sachen auslegen. Machen Sie diese Regale dort hinten frei.« Er deutete.

Der Mann nickte und schaffte sich Platz. Dann öffnete er seinen Korb und ging wieder zurück.

Er wird alles auslegen, das wußte Childan. Es die nächste Stunde über sorgfältig auslegen. Immer wieder etwas ändern, bis er fertig ist. Hoffen. Beten. Mich jede Sekunde aus dem Augenwinkel beobachten. Sehen, ob ich Interesse zeige.

»Wenn Sie es ausgelegt haben«, sagte Childan, »dann werde ich es mir ansehen, wenn ich dann Zeit habe.«

Der Mann arbeitete wie im Fieber.

Ein paar Kunden betraten den Laden und Childan begrüßte sie. Er wandte seine Aufmerksamkeit ihnen und ihren Wünschen zu und vergaß den Verkäufer, der sich mit seiner Ware plagte. Auch der Verkäufer erkannte die Situation und wurde in seinen Bewegungen verstohlen. Er versuchte, unsichtbar zu werden. Childan verkaufte einen Rasiertopf, verkaufte beinahe einen handgenähten Teppich und nahm eine Anzahlung für einen Afghan entgegen. Die Zeit verstrich. Schließlich gingen die Kunden. Jetzt war der Laden wieder leer, mit Ausnahme von ihm und dem Verkäufer.

Der Mann war jetzt fertig. Seine ganze Kollektion war auf schwarzem Samt ausgebreitet.

Robert Childan zündete sich eine Zigarette an und baute sich wortlos vor der Ware auf. Auch der Verkäufer schwieg. Keiner sagte ein Wort.

Childan deutete schließlich auf eine Nadel. »Die gefällt mir.«

Und der Vertreter sagte schnell: »Die ist gut. Sie werden keine Kratzer finden. Alles fein poliert. Und wir haben alle Stücke mit Plastik überzogen, der Jahre hält.«

Childan nickte leicht.

»Wir haben uns hier darum bemüht, bewährte industrielle Techniken für die Herstellung von Modeschmuck einzusetzen. Soweit mir bekannt ist, hat das niemand je zuvor versucht.« Er hielt inne. »Und die Rückteile sind hart gelötet.«

Childan nahm zwei Armbänder, dann eine Nadel. Und dann noch eine Nadel. Er sah sie einen Augenblick an und legte sie dann beiseite.

Das Gesicht des Vertreters zuckte. Hoffnung.

Childan musterte das Preissschild an einem Halsband. »Ist das –«

»Wiederverkauf. Ihr Preis beträgt fünfzig Prozent davon. Und wenn Sie für etwa hundert Dollar einkaufen, bekommen Sie zuzüglich noch zwei Prozent.«

Childan legte ein paar weitere Stücke zur Seite. Und bei jedem Stück wurde der Vertreter erregter, fing schließlich an, sinnlose Dinge zu sagen, sich zu wiederholen. Der bildet sich wirklich ein, daß er mir etwas verkauft. Das wußte Childan. Er selbst ließ sich nichts anmerken, sondern fuhr fort, Stücke auszuwählen.

»Das ist ein besonders schönes Stück«, erregte sich der Vertreter, als Childan einen großen Anhänger nahm. »Ich glaube, Sie haben unsere besten Stücke ausgewählt. Sie haben wirklich guten Geschmack.« Seine Augen flogen unruhig im Laden herum. Er versuchte in Gedanken zusammenzuzählen, was Childan ausgewählt hatte.

Und dann sagte Childan: »Bei Ware, die sich bisher noch nicht bewährt hat, müssen wir auf Kommission bestehen.«

Ein paar Augenblicke begriff der Vertreter nicht. Er verstummte und starrte Childan verständnislos an.

Childan lächelte.

»Kommission«, wiederholte der Vertreter schließlich.

»Würden Sie die Ware lieber wieder mitnehmen?« fragte Childan.

Der Mann stammelte und brachte schließlich heraus: »Sie meinen, ich soll das hier lassen und Sie zahlen später, wenn –«

»Sie bekommen zwei Drittel von der Einnahme, wenn die Stücke verkauft sind. Auf diese Weise bekommen Sie mehr. Sie müssen natürlich warten, aber –« Childan zuckte die Achseln. »Ich muß das Ihnen überlassen. Ich kann wahrscheinlich ein Fenster damit dekorieren. Und wenn die Sachen sich verkaufen, dann können wir vielleicht später in einem Monat beim nächsten Auftrag – nun, wir könnten dann vielleicht einige Stücke fest übernehmen.«

Der Vertreter hatte jetzt eine Stunde damit zugebracht, seine Ware auszulegen. Alles lag auf dem Tisch. Er würde eine weitere Stunde brauchen, um wieder einzupacken. Schweigen herrschte. Keiner der beiden Männer sagte etwas. »Die Stücke, die Sie zur Seite gelegt haben –«, sagte der Verkäufer mit leiser Stimme. »Die wollen Sie haben?«

»Ja, Sie können sie alle dalassen.« Childan schnlenderte zu seinem Büro in der hinteren Hälfte des Ladens. »Ich schreibe Ihnen einen Lieferschein aus. Damit Sie etwas Schriftliches in der Hand haben.« Als er mit dem Blatt zurückkam, fügte er hinzu: »Sie sind sich natürlich darüber im klaren, daß bei Kommissionsware die Verantwortung im Falle eines Diebstahls oder einer Beschädigung nach wie vor bei Ihnen liegt.« Er ließ den Vertreter ein vervielfältigtes Blatt unterschreiben. Der Laden würde nie eine Verantwortung übernehmen. Wenn die nicht verkauften Stücke zurückgegeben wurden und dann etwas fehlte – mußte es gestohlen sein, erklärte sich Childan selbst. Es wird immer gestohlen. Besonders kleine Stücke wie Schmuck.

Robert Childan konnte gar nicht verlieren. Er brauchte nichts für den Schmuck dieses Mannes zu bezahlen; er brauchte nichts zu investieren. Wenn er etwas verkaufte, verdiente er und wenn nicht, gab er einfach alles zurück – zu irgendeinem vagen späteren Zeitpunkt.

Childan füllte das Blatt aus, machte eine Liste der Gegenstände. Dann unterschrieb er und gab dem Verkäufer eine Kopie. »Sie können mich ja in etwa einem Monat einmal anrufen«, sagte er. »Dann werde ich Ihnen sagen, wie es gelaufen ist.«

Er nahm die Stücke, die er haben wollte und überließ den Vertreter sich selbst. Ich hätte nicht gedacht, daß er das mitmachen würde, dachte er. Aber man kann nie wissen. Versuchen muß man es immer.

Als er wieder aufblickte, sah er, daß der Vertreter sich bereits zum Gehen anschickte. Er hatte den Korb unter dem Arm, und die Theke war frei. Der Mann kam jetzt auf ihn zu.

»Ja?« sagte Childan. Er hatte in ein paar Schriftstücken geblättert.

»Ich möchte Ihnen unsere Karte dalassen.« Der Verkäufer legte ihm eine eigenartige grau-rote Karte auf den Tisch. »›Edfrank Juwelierkunst‹ Da steht unsere Adresse und unsere Telefonnummer, falls Sie mit uns in Verbindung treten wollen.«

Childan nickte, lächelte stumm und wandte sich wieder seiner Arbeit zu. Als er wieder aufblickte, war der Laden leer. Der Vertreter war gegangen.

Childan schob einen Nickel in den Teeautomaten und holte sich eine Tasse Instant-Tee, den er nachdenklich schlürfte. »Bin neugierig, ob das Zeug sich verkaufen läßt. Höchst unwahrscheinlich. Aber gut gemacht. Ich habe wirklich noch nie so etwas gesehen.« Er untersuchte eine der Nadeln. Ein interessantes Design. Jedenfalls keine Amateure.

Ich werde die Preise höhersetzen. Ganz besonders darauf hinweisen, daß es sich um handgemachte Stücke handelt.

Einmalig. Kleine Kunstwerke. Eine exklusive Creation, nur für Sie.

Und dann kam ihm ein anderer Gedanke. *Hier stellt sich das Problem der Echtheit nicht.* Und dieses Problem kann eines Tages die ganze Branche ruinieren. Nicht heute oder morgen – aber irgendwann einmal.

Es war immer gut, nicht alle Eisen in einem Feuer zu haben. Der Besuch dieses jüdischen Gangsters hatte ihn darauf gebracht. Wenn ich in aller Ruhe ein Lager nicht historischer Gegenstände aufbaue, zeitgenössische Kunst, dann schaffe ich mir auf diese Weise vielleicht einen Vorteil gegenüber der Konkurrenz. Und solange es mich nichts kostet . . . er lehnte sich in seinem Stuhl zurück, so daß er die Wand berührte, nippte an seinem Tee und dachte nach.

Der Augenblick ändert sich. Man muß bereit sein, sich anzupassen. Wenn man nicht plötzlich auf dem Trockenen sitzen will. *Sich anpassen.*

Das Gesetz des Überlebens, dachte er. Immer die Augen offen halten und beobachten, was sich um einen herum tut. Lernen, was der Augenblick fordert. – Und sich dieser Forderung stellen. Im *richtigen Augenblick* zur Stelle sein und das *Richtige* tun.

Yinnisch sein. Der Orientale weiß das. Die schlauen, schwarzen, yinnischen Augen.

Und plötzlich kam ihm eine gute Idee. Zwei Fliegen mit einer Klappe. Ah! Er sprang erregt auf. Er mußte die besten Stücke sorgfältig verpacken (den Preiszettel natürlich dabei entfernen). Eine Nadel, einen Anhänger, ein Armband vielleicht. Jedenfalls etwas Nettes. Und dann – da ich ohnehin um zwei schließe – zur Wohnung der Kasouras gehen. Mr. Kasoura, Paul, wird im Büro sein. Aber Mrs. Kasoura, Betty, *ist bestimmt zu Hause.* Ein Geschenk, neue, ursprüngliche amerikansiche Kunst. Ein persnliches Geschenk von mir, um ihre Reaktion zu erkunden. So wird neue Ware eingeführt. Ist das nicht hübsch? Ich habe eine ganze Kollektion im Laden; kommen Sie doch mal vorbei . . . und das ist für Sie, Betty.

Er zitterte. Nur sie und ich, mittags. In der Wohnung. Der Mann im Geschäft . . .

Er nahm eine kleine Geschenkbox, Einwickelpapier, ein

Band, und begann, ein Geschenk für Mrs. Kosoura vorzubereiten. Eine dunkle, attraktive Frau, schlank in ihrem seidenen orientalischen Kleid, hohen Absätzen und so weiter. Vielleicht trug sie heute blaue baumwollene Kulikleidung, leicht und bequem und informell. Ah, dachte er.

Oder ist das aufdringlich? Vielleicht sollte er es langsamer machen. Zuerst den Mann besuchen, ihm ein Geschenk machen? Ihm das gleiche erzählen. Und dann es ihm überlassen, ihr das Geschenk zu überreichen. Und ich kann dann Betty morgen oder am Tag darauf anrufen.

Ja, so ist es besser.

*

Als Frank Frink seinen Partner herankommen sah, spürte er sofort, daß es schiefgegangen war.

»Was ist passiert?« fragte er und nahm Ed den Korb ab. »Herrgott, du warst eineinhalb Stunden weg. Hat er so lange gebraucht, um nein zu sagen?«

»Er hat nicht nein gesagt.« Ed sah müde aus. Er stieg in den Wagen.

»Was dann?«

Frank klappte den Korb auf und sah, daß viele Stücke fehlten. Die besten.

»Er hat doch eine Menge genommen. Was ist denn?«

»Kommission«, sagte Ed.

»Und das hast du zugelassen?« Er konnte es nicht glauben. »Wir haben doch darüber gesprochen –«

»Ich weiß nicht, wie es kam.«

»Herrgott«, sagte Frank.

»Tut mir leid. Er tat so, als wollte er kaufen. Er hatte sich eine Menge ausgewählt. Ich dachte wirklich, daß er kaufen würde.«

Und dann saßen sie schweigend im Wagen.

X

Für Mr. Baynes waren es zwei schreckliche Wochen gewesen. Er hatte von seinem Hotelzimmer aus die Handelsmission jeden Tag mittags angerufen, um zu fragen, ob der alte Herr aufgetaucht sei. Und jedesmal war die Antwort nein gewesen. Mr. Tagomis Stimme war von Tag zu Tag kühler und formeller geworden. Als Mr. Baynes sich anschickte, zum sechzehnten Mal anzurufen, dachte er, über kurz oder lang werden sie mir sagen, Mr. Tagomi sei nicht da. Er würde keine Anrufe mehr von mir entgegennehmen. Und dann ist es Schluß.

Was war geschehen? Wo ist Mr. Yatabe?

Er konnte es sich denken. Der Tod Martin Bormanns hatte in Tokio Verwirrung ausgelöst. Mr. Yatabe war zweifellos nach San Francisko unterwegs gewesen, als ihn die neuen Anweisungen erreichten. Kehren Sie für weitere Beratungen zu den Heimatinseln zurück.

Pech gehabt, Mr. Baynes. Das konnte schlimm werden. Aber er mußte in San Francisko bleiben. Mußte versuchen, die Besprechung zu arrangieren, deretwegen er gekommen war. Fünfundvierzig Minuten per Lufthansarakete aus Berlin und jetzt das. Eine schreckliche Zeit, in der wir leben. Wir können reisen, wohin wir wollen, selbst zu anderen Planeten. Und wozu? Um Tag für Tag dazusitzen und zu warten und die Hoffnung zu verlieren.

Und die anderen warten nicht.

Mr. Baynes schlug die Mittagsausgabe der Nippon Times auf und sah erneut die Überschrift.

> DR. GOEBBELS ZUM REICHSKANZLER ERNANNT
> Überraschende Lösung des Nachfolgerproblems durch Parteiausschuß gefunden. Radioansprache entscheidender Faktor. Hochrufe in Berlin. Erklärung erwartet. Göring möglicherweise Polizeichef.

Er las den ganzen Artikel. Dann legte er die Zeitung wieder weg, griff nach dem Telefon und gab die Nummer der Handelsmission an. »Hier spricht Mr. Baynes. Kann ich bitte Mr. Tagomi sprechen?«

»Einen Augenblick bitte.«

Ein sehr langer Augenblick.

»Hier spricht Mr. Tagomi.«

Mr. Baynes atmete tief und sagte: »Entschuldigen Sie diese für uns beide unangenehme Situation –«

»Ah, Mr. Baynes.«

»Die Gastfreundschaft, die Sie mir gewähren, ist unübertroffen. Eines Tages, das weiß ich, werden Sie die Gründe kennenlernen, die mich veranlaßten, unsere Besprechung zu verschieben, bis der alte Herr –«

»Er ist leider noch nicht eingetroffen.«

Mr. Baynes schloß die Augen. »Ich dachte, nachdem gestern –«

»Leider nein, Sir.« Kaum noch höflich. »Wenn Sie mich jetzt entschuldigen, Mr. Baynes. Wichtige Geschäfte.«

»Guten Tag, Sir.«

Das Telefon klickte. Heute hatte Mr. Tagomi aufgelegt, ohne auch nur ›Auf Wiederhören‹ zu sagen, Mr. Baynes legte langsam auf.

Ich muß etwas unternehmen, kann nicht mehr warten.

Seine Vorgesetzten hatten es ihm ganz deutlich gesagt, daß er unter keinen Umständen mit der Abwehr Verbindung aufnehmen dürfte. Er mußte warten, bis es ihm gelungen war, mit dem militärischen Vertreter der Japaner Verbindung aufzunehmen; er mußte mit dem Japaner verhandeln und dann nach Berlin zurückkehren. Aber niemand hatte vorhersehen können, daß Bormann in diesem Augenblick sterben würde. Deshalb –

Die Instruktionen mußten überholt sein. Aber er hatte niemanden, mit dem er sich beraten konnte.

In den PSA waren mindestens zehn Abwehragenten tätig, aber einige von ihnen – wahrscheinlich alle – waren dem SD und seinem Sektionschef, Bruno Kreuz vom Meere, bekannt. Er hatte vor Jahren Bruno bei einer Parteiversammlung kurz kennengelernt. In Polizeikreisen genoß der Mann gewissen Ruhm, da er es gewesen war, der 1943 den britisch-tschechischen Anschlag auf Reinhard Heydrichs Leben entdeckt hatte, so daß man sagen konnte, daß er das Leben des Henkers gerettet hatte. Jedenfalls war Bruno Kreuz vom Meere wesentlich mehr als ein gewöhnlicher Polizeibürokrat.

Er war ein ziemlich gefährlicher Mann. Es bestand durchaus die Möglichkeit, daß der SD trotz aller Vorsichtsmaßnahmen, die sowohl die Abwehr in Berlin als auch der Tokkoka in Tokio getroffen hatte, von diesem geplanten Zusammentreffen in San Francisco erfahren hatte. Aber immerhin war das hier im Gebiet, das unter japanischer Verwaltung stand; die SD-Leute konnten offiziell nichts unternehmen. Sie konnten dafür sorgen, daß der deutsche Unterhändler – in diesem Fall er – sofort verhaftet wurde, wenn er den Fuß wieder auf den Boden des Reiches setzte. Aber hier konnten sie nichts gegen den japanischen Unterhändler oder die Besprechung selbst unternehmen. Wenigstens hoffte er das.

Ich muß jetzt erfahren, ob Mr. Yatabe noch kommt. Seine Vorgesetzten mußten das wissen. Und wenn der SD ihn aufgehalten oder die Regierung in Tokio ihn zurückgerufen hat – so müssen sie das wissen.

Und wenn es ihnen gelungen ist, sich den alten Herrn zu schnappen, erkannte er, dann werden sie mich auch bekommen.

Und dennoch war die Lage selbst unter diesen Umständen nicht hoffnungslos. Mr. Baynes war eine Idee gekommen.

Es wäre immer noch besser, meine Informationen Mr. Tagomi zu geben, als mit leeren Händen nach Berlin zurückzukehren. Auf diese Weise bestand immerhin die Chance – wenn eine recht geringe – daß zu guter Letzt die richtigen Leute informiert wurden. Aber Mr. Tagomi konnte nur zuhören; das war der Haken an seiner Idee. Im besten Falle konnte er zuhören, das Gehörte seinem Gedächtnis einprägen und dann so bald wie möglich eine Dienstreise zu den Heimatinseln unternehmen. Während Mr. Yatabe einer höheren Rangstufe angehörte. Er konnte beides tun – hören und sprechen.

Aber das war immerhin besser als nichts. Die Zeit begann, knapp zu werden. Ganz von neuem zu beginnen, sorgfältige vorsichtige Arrangements zu treffen, die Monate in Anspruch nahmen, erneut die delikaten Kontakte zwischen einer Partei in Deutschland und einer Partei in Japan herzustellen. . .

Mr. Tagomi würde zweifellos überrascht sein. Plötzlich festzustelllen, daß Mr. Baynes Wissen dieser Art besaß, Wissen auf einer ganz anderen Ebene. Mit Kunststoffspritzverfahren hatte das nur ganz wenig zu tun. . . vielleicht bekam er sogar einen Nervenzusammenbruch. Vielleicht wird er sich weigern, mir zu glauben, aufstehen, sich verbeugen und sich in dem Augenblick, wo ich zu reden anfange, entschuldigen und das Zimmer verlassen. Indiskret. So könnte er es sehen. Aber was würde das helfen. Natürlich kann er ablehnen, mich anzuhören. Aber später. Wenn es nicht mehr nur um Worte geht. . . wenn ich ihm das jetzt nur klarmachen kann. Ihm oder mit wem ich sonst am Ende sprechen werde –

Mr. Baynes verließ sein Hotelzimmer und fuhr mit dem Aufzug ins Parterre. Draußen ließ er sich vom Portier ein Pedotaxi rufen und sich in die Markestreet fahren.

»Dort«, sagte er zu dem schwitzenden chinesischen Fahrer, als er das Zeichen sah, nach dem er Ausschau gehalten hatte. »Anhalten.«

Das Pedotaxi hielt neben einem Hydranten. Mr. Baynes zahlte und schickte den Mann weg. Niemand schien ihm gefolgt zu sein. Mr. Baynes ging zu Fuß weiter. Kurz darauf betrat er mit einigen anderen Kunden das große Fugawarenhaus.

Überall waren Käufer. Eine Theke nach der anderen. Verkäuferinnen und dazwischen verstreut ein paar Japaner als Abteilungsleiter. Es herrschte unglaublicher Lärm.

Nach einigem Suchen fand Mr. Baynes die Herrenabteilung. Er blieb neben einem Gestell mit Herrenhosen stehen und begann sich die Ware anzusehen. Kurz darauf erschien ein junger weißer Verkäufer und begrüßte ihn.

»Ich bin noch einmal wegen der dunkelbraunen Wollhosen da, die ich mir gestern angesehen habe«, sagte Mr. Baynes. Als der Verkäufer ihn verständnislos ansah, sagte er: »Mit Ihnen habe ich aber nicht gesprochen. Der Verkäufer war größer, roter Schnurrbart. Ziemlich schmal. Er hatte den Namen Larry auf dem Jackett stehen.«

»Der ist gerade beim Mittagessen«, sagte der Verkäufer. »Aber er ist gleich wieder da.«

»Ich gehe inzwischen in eine Kabine und probiere die hier«, sagte Mr. Baynes und nahm eine Hose vom Bügel.

»Selbstverständlich, Sir.« Der Verkäufer deutete auf eine freie Kabine und ging weg, um jemand anderen zu bedienen. Mr. Baynes schloß die Kabinentür hinter sich. Dann nahm er auf einem der beiden Stühle Platz und wartete.

Kurz darauf klopfte es. Die Türe öffnete sich und ein kleiner Japaner in mittleren Jahren trat ein. »Kommen Sie von auswärts, Sir?« sagte er zu Mr. Baynes. »Und ich soll Ihnen einen Kredit bewilligen? Zeigen Sie mir bitte Ihre Papiere.«

Er schloß die Tür hinter sich. Mr. Baynes nahm seine Brieftasche heraus. Der Japaner setzte sich und begann, den Inhalt der Brieftasche zu untersuchen. Als er auf ein Mädchenbild stieß, hob er es hoch und sagte: »Sehr hübsch.«

»Das ist meine Tochter Martha.«

»Ich habe auch eine Tochter, die Martha heißt«, sagte der Japaner. »Sie ist jetzt in Chicago und studiert am Konservatorium.«

»Meine Tochter wird bald heiraten«, sagte Mr. Baynes.

Der Japaner gab ihm die Brieftasche zurück und wartete gespannt.

Und Mr. Baynes sagte: »Ich bin jetzt seit zwei Wochen hier, und Mr. Yatabe ist noch nicht aufgetaucht. Ich möchte wissen, ob er noch kommen wird. Und falls nein, was ich tun soll.«

»Kommen Sie morgen nachmittag wieder«, meinte der Japaner. Dann stand er auf, und Mr. Baynes stand ebenfalls auf. »Guten Tag.«

»Guten Tag«, nickte Mr. Baynes und verließ die Kabine. Er hängte die Hose wieder in das Regal und verließ das Warenhaus.

Das hat nicht besonders lange gedauert, dachte er, als er mit den anderen Fußgängern durch die Stadt schlenderte. »Ob er wirklich bis dahin Informationen beschaffen kann? Kontakt mit Berlin aufnehmen, meine Fragen durchgeben, alles verschlüsseln und wieder entschlüsseln –?«

Aber offenbar ging das.

Jetzt wünschte ich nur, ich hätte schon früher mit dem Agenten Verbindung aufgenommen. Auf die Weise hätte ich mir viel Sorge ersparen können. Und offenbar war die Sache gar nicht sonderlich riskant; alles ist so glatt gelaufen, insgesamt hat es nur fünf oder sechs Minuten gedauert.

Mr. Baynes ging weiter, sah ins Schaufenster. Er fühlte sich jetzt viel wohler. Schließlich fand er sich vor einem Schaukasten eines heruntergekommenen Kabaretts und ertappte sich dabei, wie er schmierige, mit Fliegendreck bedeckte Fotos von völlig weißen, nackten Frauen betrachtete, deren Brüste wie halbaufgeblasene Volleybälle herunterhingen. Der Anblick amüsierte ihn, und er blieb eine Weile stehen, und die Leute drängten sich an ihm vorbei.

Wenigstens hatte er jetzt etwas unternommen.
Was für eine Erleichterung!

*

Bequem an der Wagentür lehnend, las Juliana. Joe saß neben ihr, den Ellbogen auf dem offenen Fenster. Er fuhr mit einer Hand, eine Zigarette im Mund. Joe war ein guter Fahrer, und sie hatten bereits gut die Hälfte der Strecke von Canyon City zurückgelegt.

Das Autoradio dudelte schmalzige Biergartenmusik, eine Akkordeonkapelle gab eine der zahllosen Polkas oder Schottischen zum besten; sie hatte sie noch nie voneinander unterscheiden können.

»Kitsch«, sagte Joe, als die Musik endete. »Hör zu, ich verstehe eine ganze Menge von Musik; ich will dir sagen, wer ein großer Dirigent war. Du erinnerst dich wahrscheinlich nicht an ihn. Arturo Toscanini.«

»Nein«, sagte sie, ohne mit Lesen aufzuhören.

»Er war Italiener. Aber die Nazis ließen ihn nach dem Krieg nicht mehr dirigieren, wegen seiner politischen Überzeugung. Jetzt ist er tot. Ich mag diesen von Karajan nicht, den die New Yorker Philharmoniker dirigiert. Wir mußten immer seine Konzerte besuchen, unser ganzer Schlafsaal. Kannst' dir ja denken, welchen Spaß das mir als Itaker gemacht hat.« Er sah sie an. »Gefällt dir dieses Buch?« fragte er.

»Es packt einen so richtig.«

»Ich mag Verdi und Puccini. Wir kriegen ja in New York immer nur diese schwere, bombastische Wagner- und Orff-Musik, und müssen jede Woche zu einem dieser dramatischen Spektakel der U. S. Nazipartei im Madison Square Garden gehen. Immer wieder Fahnen und Trommeln und Trompeten, und im Hintergrund eine flackernde Flamme. Die Geschichte der Gotenstämme, oder solcher belehrender Scheiß, das Ganze natürlich gesungen und nicht gesprochen, damit man es ›Kunst‹ nennen kann. Hast du je New York vor dem Kriege zu sehen bekommen?«

»Ja«, sagte sie und versuchte weiterzulesen.

»Waren die Theater damals nicht Klasse? Wenigstens habe

ich das gehört. Und jetzt ist es genauso wie mit der Filmindustrie; das Ganze ein einziges Kartell in Berlin. In den dreizehn Jahren, die ich in New York gelebt habe, kein einziges neues gutes Musical oder Theaterstück, nur diese –«

»Laß mich lesen«, sagte Juliana.

»Und mit Büchern ist es genauso«, sagte Joe unbeirrt. »Ein Kartell in München. In New York wird nur gedruckt; bloß große Druckpressen – aber vor dem Kriege war New York das Zentrum der Verlagsindustrie der Welt, wenigstens heißt es das immer.«

Juliana hielt die *Heuschrecke* in der Hand und hatte jetzt gerade die Stelle erreicht, die sich mit dem märchenhaften Fernsehen befaßte. Sie war ganz fasziniert; besonders die Stelle, die sich mit den billigen kleinen Geräten für die rückständigen Völker in Afrika und Asien befaßte, interessierte sie.

> . . . nur dem technischen Können der Yankees und ihren Massenproduktionssystemen – Detroit, Chicago, Cleveland, jene magischen Namen! – hatten es schaffen können, daß jene endlose und geradezu wohltätige Flut billiger Ein-Dollar (und zwar Handelsdollars, Chinadollars) Fernsehgeräte in jedes Dorf und jedes Nest des Orients strömte. Und wenn irgendein hagerer junger Bursche mit fiebrigen Augen das Gerät zusammengebastelt hatte, ein Mensch, der nach einer Chance hungerte, der auf das angewiesen war, was die großzügigen Amerikaner ihm anboten, dann begann dieses blecherne kleine Gerät mit seiner eingebauten Energieversorgung, die nicht viel größer war als eine Murmel, zu empfangen. Und was empfing es? Vor dem Bildschirm kauernd sahen die jungen Leute des Dorfes und oft auch die älteren – Worte. Anweisungen. Zuerst, wie man lesen sollte. Und dann den Rest: Wie man tiefere Gräben graben konnte, tiefere Furchen pflügen. Wie man das Wasser säuberte, die Kranken heilte. Und über ihnen kreiste der künstliche Mond der Amerikaner. Verteilte die Signale, reichte überall hin. . . zu all den wartenden gierigen Massen des Ostens.

»Liest du es ganz?« fragte Joe. »Oder blätterst du darin herum?«

Und sie sagte: »Das ist wunderbar. In diesem Buch schicken

wir Lebensmittel und Erziehung zu all den Asiaten, all den Millionen.«

»Wohlfahrtsarbeit, weltweit gesehen«, sagte Joe.

»Ja. Der New Deal unter Tugwell; sie heben das Niveau der Massen damit an. Hör zu.«

Und sie las Joe vor:

> . . . was war China denn gewesen? Ein halb verhungerndes gieriges Wesen, das zum Westen aufblickte, und sein großer demokratischer Präsident, Tschiang Kai Schek, der das chinesische Volk durch die Jahre des Krieges jetzt in die Jahre des Friedens geführt hatte, in die Dekade des Wiederaufbaus. Aber für China war es kein Wiederaufbau, denn jenes beinahe unnatürlich weite, flache Land war nie aufgebaut gewesen, schlummerte immer noch in einem uralten Traum. Eine Dekade des Erwachens, ja, der Riese mußte sich endlich seiner eigenen Kräfte bewußt werden, mußte erwachen, seinen Platz in der modernen Welt mit ihren Düsenflugzeugen und der Atomkraft, ihren Autobahnen und Fabriken und medizinischen Wundern einnehmen. Aber woher sollte der Donnerschlag kommen, der den Riesen weckte? Tschiang hatte es gewußt, selbst während seiner Anstrengungen, Japan zu besiegen. Er würde von den Vereinigten Staaten kommen. Und um 1950 schwärmten tatsächlich amerikanische Techniker und Ingenieure, Lehrer, Ärzte und Agronomen wie Lebewesen einer neuen Art in jede Provinz, jedes –

Joe unterbrach sie: »Du weißt doch, was er gemacht hat oder? Er hat sich das beste vom Nazismus genommen, den sozialistischen Teil, die Organisation Todt und die wirtschaftlichen Fortschritte, die wir durch Speer erzielt haben – und wem schreibt er es zu? Dem New Deal. Und das Schlimmste hat er herausgelassen. Die SS, Die Rassenvernichtung und die Rassentrennung. Das ist eine Utopie! Bildest du dir denn ein – angenommen die Alliierten hätten gesiegt – daß dann der New Deal wirklich die Wirtschaft wieder hätte aufwecken und die sozialistischen Wohlfahrtspläne verwirklichen können, von denen er schreibt? Verdammt nochmal, nein; er redet da von einer Art Staatssyndikalismus, dem Firmenstaat, so wie wir ihn unter dem Duce entwickelt haben. Er sagt hier nichts anderes, als daß wir all das Getue und nichts von dem Schlechten –«

»Laß mich weiterlesen«, meinte sie ungeduldig.

Er zuckte die Schultern. Aber er sagte nichts mehr, und sie las wieder weiter, diesmal aber leise.

. . . und die Märkte, die zahllosen Millionen Chinas ließen die Fabriken in Detroit und Chicago auf Hochtouren arbeiten; dieser unersättliche Mund konnte nie gefüllt werden, nicht einmal in hundert Jahren konnte man diesen Leuten genügend LKWs oder Ziegelsteine oder Stahlbleche oder Kleider oder Schreibmaschinen oder Erbsen in Dosen oder Nasentropfen geben. Im Jahre 1960 hatte der amerikanische Arbeiter den höchsten Lebensstandard in der ganzen Welt und alles das nur wegen jener Klausel in allen Verträgen mit dem Osten, die so harmlos ›Meistbegünstigungsklausel‹ hieß. Die USA hatten die Besetzung Japans aufgegeben und China nie in Besitz gehalten, und doch ließ sich eines nicht wegdiskutieren: Kanton und Tokio und Shanghai kauften nicht mehr von den Briten; sie kauften von den Amerikanern. Und mit jedem Abschluß sah der Arbeiter in Baltimore oder Los Angeles oder Atlanta einen kleinen Zuwachs seines Wohlstandes.

Den Planern, den weitsichtigen Männern im Weißen Haus schien es, daß sie ihr Ziel beinahe erreicht hatten. Bald würden die Forschungsraumschiffe vorsichtig in das All hinaus stoßen, von einer Welt, die endlich ein Ende ihrer uralten Sorgen erlebt hatte: Hunger, Pestilenz, Krieg, Ignoranz. Im Britischen Empire hatten ähnliche Maßnahmen, die dem sozialen und wirtschaftlichen Fortschritt dienten, den Massen in Indien, Burma, Afrika und dem Mittleren Osten ähnliche Erleichterung gebracht. Die Fabriken der Ruhr, in Manchester und an der Saar, das Öl von Baku, sie alle liefen auf Hochtouren, in einer komplizierten, aber wirksamen Harmonie, in der das Ganze mehr war, als die Summe der einzelnen Teile; die Völker Europas sonnten sich in. . .

Ich finde, daß sie die Herrscher sein sollten«, sagte Juliana und hielt inne. »Die haben das immer am besten verstanden. Die Briten.«

Joe sagte nichts, obwohl sie offenbar auf Antwort wartete. Und dann las sie weiter.

. . . eine Verwirklichung von Napoleons Vision: eine auf Vernunft begründete Homogenität der verschiedenen Volksgruppen, die seit dem Zusammenbruch Roms Europa nicht mehr hatten zum Frieden kommen lassen. Und auch die Vision Karls des Großen: eine vereinigte Christenheit im Frieden nicht nur mit sich selbst, sondern mit dem Rest der Welt. Und doch – eine offene Wunde gab es noch.

Singapur. Die Malaienstaaten hatten eine umfangreiche chinesische Bevölkerung, die hauptsächlich der unternehmungslustigen Klasse der Geschäftsleute angehörte. Und diese sparsamen, fleißigen Bourgois sahen in der amerikanischen Verwaltung Chinas eine wesentlich gerechtere Behandlung dessen, was ›die Eingeborenen‹ genannt wurden. Unter der britischen Herrschaft waren die dunkelhäutigen Rassen von den Country-Clubs, den Hotels und den besseren Restaurants ausgeschlossen; sie waren, wie in archaischen Zeiten, auf bestimmte Eisenbahn- und Busabteile beschränkt und – das war vielleicht das Schlimmste von allem – auch in der Wahl ihres Wohnortes innerhalb der Städte eingeschränkt. Diese ›Eingeborenen‹ erkannten und diskutierten in ihren Unterhaltungen bei Tisch und in ihren Zeitungen, daß in den USA das Rassenproblem um 1950 gelöst worden war. Weiße und Neger lebten und arbeiteten und aßen Schulter an Schulter, selbst im tiefen Süden; der Zweite Weltkrieg hatte der Rassendiskriminierung ein Ende gemacht. . .

»Gibt es Ärger?« fragte Juliana Joe.

Er knurrte bloß, wandte aber den Blick nicht von der Straße.

»Sag mir, was passiert«, sagte sie.

»Ich weiß, daß ich es nicht zu Ende lesen kann; wir sind ziemlich bald in Denver. Kommt es zu einem Krieg zwischen den Amerikanern und den Briten? Beherrscht am Ende einer von beiden die Welt?«

Und plötzlich sagte Joe:» In gewisser Weise ist es kein schlechtes Buch. Er arbeitet alle Einzelheiten aus; die Vereinigten Staaten beherrschten den Pazifik. Dabei kommt etwas Ähnliches heraus wie unsere I. großasiatische Sphäre gemeinsamen Wohlstands. Sie teilen Rußland auf. Es funktioniert etwa zehn Jahre lang. Und dann gibt es Ärger – natürlich.«

»Warum natürlich?«

»Die Natur des Menschen«, erklärte Joe. »Die Natur der Staaten. Argwohn, Angst, Gier. Churchill glaubt, die USA unterhöhlten die britische Herrschaft über Südostasien, indem sie an die chinesischen Volksgruppen appellierten, die natürlicherweise pro-amerikanisch eingestellt sind, wegen Tschiang Kai Schek. Die Briten fangen an« – er drehte sich halb zu ihr herum und grinste – »etwas einzurichten, was sie ›Internierungsreservate‹ nennen, Konzentrationslager also mit anderen Worten. Für Tausende möglicherweise illoyaler Chinesen. Man wirft ihnen Sabotage und Propaganda vor. Churchill ist so –«

»Du meinst, er ist *immer* noch an der Macht? Müßte der nicht um die Neunzig sein?«

Joe nickte. »Das ist ja der Vorteil, den das britische System gegenüber dem amerikanischen hat. Alle acht Jahre versetzen die USA ihren Führern einen Tritt, gleichgültig, wie tüchtig sie sind – aber Churchill bleibt im Amt. Die USA haben nach Tugwell keine Führung mehr, die ihm gliche. Nur Nullen. Und je älter er wird, desto autokratischer, desto sturer – Churchill meine ich. Bis er um 1960 so etwas ähnliches ist, wie ein alter Warlord aus Zentralasien; niemand kann es mehr mit ihm aufnehmen. Er ist dann zwanzig Jahre an der Macht.«

»Großer Gott«, sagte sie und blätterte in dem Buch, wie um eine Bestätigung dessen zu finden, was Joe sagte.

»Aber dem muß ich beipflichten«, sagte Joe. »Churchill war der einzige gute Führer, den die Briten während des Krieges hatten; hätten sie ihn behalten, wären sie besser daran gewesen. Ich kann dir sagen, ein Staat ist nicht besser als sein höchster Beamter. Das *Führerprinzip* – wie die Nazis es nennen. Sie haben recht. Selbst dieser Abendsen muß sich damit abfinden. Natürlich, die USA dehnen sich wirtschaftlich aus, nachdem sie den Krieg gegen Japan gewonnen haben, weil sie diesen riesigen Markt in Asien haben, den sie den Japanern abgenommen haben. Aber das reicht nicht; spirituell steckt nichts dahinter. Nicht, daß die Briten so etwas hätten. Beides sind Plutokratien. Eine Herrschaft der Reichen. Wenn sie den Krieg gewonnen hätten, hätten sie an nichts anderes gedacht, als wie man mehr Geld machen kann, diese Oberklasse. Abendsen hat in diesem Punkt unrecht; es würde keine sozialen Reformen geben, keine öffentlichen Wohlfahrtsprojekte – die angelsächsischen Plutokraten hätten das nicht zugelassen.«

Wie ein Faschist gesprochen, dachte Juliana.

Offenbar merkte Joe an ihrem Gesichtsausdruck, was sie dachte, und wandte sich zu ihr, fuhr langsamer, ein Auge auf sie, eines auf die Wagen vor ihnen gerichtet. »Hör zu, ich bin kein Intellektueller – der Faschismus braucht so etwas nicht. Was er braucht, ist die *Tat*. Theorien werden von Taten abgeleitet. Was unser Körperschaftsstaat von uns verlangt, ist Verständnis für die sozialen Kräfte – Verständnis der Geschichte. Verstehst du? Ich weiß das, Juliana.« Seine Stimme klang ernst, beinahe flehend. »Diese alten verrotteten, vom Geld geleiteten Reiche, Großbritannien und Frankreich und die USA, wenn auch die USA nur eine Art von Bastard sind, nicht im wahren Sinne des Wortes, ein Empire, aber trotzdem geldorientiert. Sie hatten keine Seele, also natürlicherweise auch keine Zukunft. Kein Wachstum. Die Nazis sind eine Rotte von Straßenräubern; das gebe ich zu. Gibst du das auch zu? Stimmt's?«

Sie mußte lächeln; jetzt war der Italiener in ihm durchgekommen.

»Abendsen tut so, als ob es durchtbar wichtig wäre, ob nun die USA oder Großbritannien am Ende siegen. Quatsch! Völlig unwichtig. Hast du je gelesen, was der Duce geschrieben hat? Das war voll Inspiration. Ein herrlicher Mann. Und ein herrliches Buch. Es beschreibt die Aktualität, die jedem Ereignis zugrundelag. Worum im Krieg wirklich gekämpft wurde, war dieses: alt gegen neu. Geld – aus diesem Grunde haben die Nazis die Judenfrage mit hineingezogen, aber dabei hatten sie unrecht – gegen den gemeinsamen Geist der Massen, das, was die Nazis *Gemeinschaft* nennen, die Sowjets Kommune. Stimmt's? Nur daß die Kommunisten panslawistische Ambitionen, die noch von Peter dem Großen stammten, mit hineingeschmuggelt haben, wodurch sie ihre Sozialreformen dazu benutzt haben, ihre imperialistischen Ambitionen zu verwirklichen.«

Genauso, wie Mussolini es gemacht hat, dachte Juliana. »Die Brutalität der Nazis ist eine Tragödie« plapperte Joe weiter und überholte einen langsamen LKW. »Aber große Veränderungen haben immer ihre Opfer. Das ist nicht neu. Denk doch an frühere Revolutionen, die französische zum Beispiel. Oder Cromwell gegen die Iren. Im Temperament der Deutschen ist viel zu viel Philosophie; zu viel Theatralik. All diese Versammlungen. Echte Faschisten findet man nie beim Redenhalten, sie handeln lieber – so wie ich. Stimmt's?«

Sie lachte.

»Großer Gott, du redest etwa eine Meile pro Minute.«

Und er schrie erregt: »Ich erkläre dir die Theorie der Faschisten!«

Sie gab keine Antwort, sondern griff wieder nach ihrem Buch.

Aber er ließ sie nicht lesen.

»Großbritannien siegt«, sagte Joe und deutete auf das Buch. »Du brauchst dir die Mühe gar nicht zu machen. Die USA sinken wieder ab. Und Großbritannien dehnt sich immer weiter aus, bohrt hier, gibt dort einen Anstöß, behält die Initiative. Du kannst es also weglegen.«

»Hoffentlich haben wir in Denver Spaß«, sagte sie und klappte das Buch zu. »Du mußt dich etwas entspannen. Ich möchte das.« Wenn du das nicht tust, dachte sie, wirst du in eine Million Stücke fliegen. Wie eine platzende Feder. Und was wird dann aus mir? Wie komme ich zurück? Und – laß ich dich einfach allein –

Ich möchte das haben, was du mir versprochen hast, dachte sie. Spaß und Vergnügen. Ich möchte nicht betrogen werden; ich bin in meinem Leben schon zu oft betrogen worden, von zu vielen Leuten.

»Ganz bestimmt«, sagte Joe. »Hör zu.« Er studierte sie, sah sie mit eigenartigem Blick an. »*Dieses Heuschreckenbuch* scheint dich zu beeindrucken; ich frage mich – glaubst du, daß ein Mann, der einen Bestseller schreibt, ein Autor wie dieser Abendsen. . . glaubst du, daß die Leute ihm Briefe schreiben? Ich möchte wetten, daß viele Leute ihm Briefe schreiben, vielleicht sogar ihn besuchen.«

Sie begriff sofort. »Joe – das sind bloß noch hundert Meilen!«

Seine Augen glänzten; er lächelte ihr zu, plötzlich wieder glücklich, nicht mehr beunruhigt.

»Das könnten wir doch!« sagte sie. »Du fährst so gut – es würde dir doch nichts ausmachen, dorthin zu fahren, oder?«

Und Joe sagte langsam: »Nun, ich bezweifle, daß ein berühmter Mann Besucher einfach so hereinplatzen läßt. Wahrscheinlich hat er viel zu viele.«

»Warum versuchen wir es denn nicht? Joe –«, sie packte seine Schulter und krallte sich darin fest. »Im schlimmsten Fall schickt er uns doch nur weg. *Bitte.*«

Und Joe sagte sehr langsam: »Wenn wir einkaufen waren, uns neue Kleider gekauft haben, uns etwas herausgeputzt haben. . . das ist wichtig, damit wir einen guten Eindruck machen. Vielleicht sollten wir sogar in Cheyenne einen neuen Wagen mieten. Ich wette, das kannst du.«

»Ja«, sagte sie. »Und du mußt zum Haarschneiden gehen. Und laß mich deine Kleider aussuchen; bitte, Joe. Ich habe Frank auch immer die Anzüge ausgesucht; ein Mann kann das einfach nicht.«

»Du hast einen guten Geschmack in Kleidern«, sagte Joe und wandte sich wieder der Straße zu. »In anderen Dingen auch. Besser, wenn *du* ihn anrufst.«

»Ich werde zum Friseur gehen«, sagte sie.

»Tu das.«

»Ich habe überhaupt keine Angst, einfach hinzugehen und auf den Klingelknopf zu drücken«, sagte Juliana. »Ich meine, man lebt doch nur einmal. Warum sollten wir solche Angst haben? Er ist doch auch nur ein Mensch, so wie wir anderen. Wahrscheinlich würde er sich sogar freuen, daß jemand so weit kommt, bloß um ihm zu sagen, daß sein Buch ihm gefallen hat. Wir könnten ein Autogramm ins Buch bekommen. Stimmt's? Wir sollten uns eine neue Ausgabe davon kaufen; das hier ist so schmutzig. Es würde nicht gut aussehen.«

»Was du willst«, sagte Joe. »Das kannst alles du entscheiden; ich weiß, daß du das kannst. Ein hübsches Mädchen bekommt immer alles. Wenn er dich sieht, wird er die Tür weit aufmachen. Aber hör zu. Sei vorsichtig.«

Juliana hörte gar nicht hin. »Du kannst mit ihm argumentieren«, sagte sie. »Die Geschichte, daß Italien sie verraten hat, so daß der Krieg verloren wurde; sag ihm, was du mir gesagt hast.«

Und Joe nickte.

»Ja, wir können über alles reden.«

Und sie fuhren weiter.

*

Um sieben Uhr am nächsten Morgen nach PSA-Zeit stand Mr. Nobusuke Tagomi aus dem Bett auf, ging zum Bad, überlegte es sich dann aber anders und ding direkt zum Orakel.

Mit übergeschlagenen Beinen auf dem Boden seines Wohnzimmers sitzend, begann er die neunundvierzig Halme zu manipulieren. Er hatte ein tiefes Gefühl dafür, wie dringend seine Fragen waren, und arbeitete fieberhaft, bis er endlich die sechs Zeilen vor sich hatte.

Schock! Hexagramm einundfünfzig!

Gott erscheint im Zeichen der Erhebung. Donner und Blitz.

Geräusche – unwillkürlich hielt er die Hände über die Ohren. Haha – hoho! Großes Platzen. Echse rennt, Tiger brüllt, und Gott selbst tritt hervor! Was soll das bedeuten? Er sah sich im Wohnzimmer um. Die Ankunft von – was eigentlich? Er stand auf und wartete, keuchte.

Nichts. Schneller Herzschlag. Aber weshalb und wohin? fragte sich Mr. Tagomi. Also unmöglich. Das Dilemma des zivilisierten Menschen; ein mobilisierter Körper und eine obskure Gefahr.

Er ging ins Bad und begann, sich das Gesicht einzuseifen.

Das Telefon klingelte.

»Schock«, sagte er laut und legte das Rasiermesser weg. Er ging schnell ins Wohnzimmer zurück. »Ich bin vorbereitet«, sagt er und griff nach dem Hörer. »Tagomi hier.« Seine Stimme klang gequetscht, und er räusperte sich.

Eine Pause. Und dann eine schwache, trockene, beinahe knisternde Stimme, die wie alte, weit entfernte Blätter klang.

»Sir, hier spricht Shinjiro Yatabe. Ich bin in San Francisco eingetroffen.«

»Ich begrüße Sie im Namen der Handelsmission«, sagte Mr. Tagomi. »Das freut mich sehr. Sind Sie gesund und entspannt?«

»Ja, Mr. Tagomi. Wann kann ich Sie sehen?«

»Sehr bald. In einer halben Stunde.« Mr. Tagomi spähte auf

die Uhr. »Noch ein dritter Teilnehmer: Mr. Baynes. Ich muß mit ihm Verbindung aufnehmen. Vielleicht führt das zu einer Verzögerung, aber –«

»Sagen wir in zwei Stunden?« fragte Mr. Yatabe.

»Ja,« sagte Mr. Tagomi und verbeugte sich.

»In Ihrem Büro im Nippon Times Gebäude.«

Mr. Tagomi verbeugte sich aufs neue.

Klick. Mr. Yatabe hatte aufgelegt.

Das wird Mr. Baynes freuen, dachte Mr. Tagomi. Eine Freude von der Art, wie eine Katze sie empfindet, wenn man ihr ein Stück Lachs hinwirft. Er drückte ein paarmal auf die Gabel und wählte dann schnell die Nummer des Adhirati Hotels.

»Warten vorüber«, sagte er, als Mr. Baynes' schläfrige Stimme sich meldete.

Die Stimme klang gleich nicht mehr schläfrig. »Ist er da?«

»Mein Büro«, sagte Mr. Tagomi. »Zehn Uhr zwanzig. Wiedersehen.« Er legte auf und rannte ins Bad zurück. um seine Rasur zu beenden. Zum Frühstücken war jetzt keine Zeit mehr; sollte Mr. Ramsey doch sich nachher darum kümmern, nachdem er im Büro eingetroffen war. Vielleicht können wir alle drei zusammen essen – er legte sich in Gedanken, während er sich zu Ende rasierte, ein schönes Frühstück für sie alle zurecht.

*

Mr. Baynes stand im Pyjama neben dem Telefon und rieb sich die Stirn. Eine Schande, daß ich zusammengebrochen bin und diesen Agenten verständigt habe, dachte er. Hätte ich nicht noch einen Tag warten können. . .?

Aber wahrscheinlich ist nichts passiert. Und doch hätte er heute in das Warenhaus zurückkehren sollen. Wenn ich jetzt dort nicht auftauche? Das könnte eine Kettenreaktion auslösen; sie würden glauben, daß man mich ermordet hat oder so etwas. Man wird versuchen, mich ausfindig zu machen. Aber das ist gleichgültig. *Er ist jetzt da. Endlich.* Das Warten ist zu Ende.

Mr. Baynes eilte ins Bad, um sich zu rasieren.

Ich habe keinen Zweifel, daß Mr. Tagomi ihn sofort erkennen wird, entschied er. Jetzt können wir uns den Decknamen ›Mr.

Yatabe‹ sparen Wir brauchen uns jetzt überhaupt nichts mehr vorzumachen.

Sobald er mit Rasieren fertig war, stieg Mr. Baynes in die Duschkabine. Während ihn das Wasser umspülte, sang er so laut er konnte:

»Wer reitet so spät
durch Nacht und Wind?
Es ist der Vater
mit seinem Kind.«

Wahrscheinlich ist es für den SD schon zu spät, etwas zu unternehmen, dachte er. selbst wenn sie es erfahren. Also brauche ich mir wahrscheinlich keine Sorgen mehr zu machen; zumindest keine trivialen Sorgen. Die ganz privaten, unbedeutenden Sorgen um meine eigene Haut.

Aber was den Rest betrifft – nun, da fangen sie erst an.

XI

Für den Reichskonsul in San Francisco, Freiherr Hugo Reiss, war die erste Amtshandlung dieses Tages unerwartet und unangenehm. Als er sein Büro betrat, fand er dort bereits einen Besucher vor, einen großen Mann in mittleren Jahren mit pockennarbiger Haut und einem finsteren Blick, der seine schwarzen buschigen Augenbrauen wie einen Strich erscheinen ließ. Der Mann stand auf, grüßte mit dem Parteigruß und murmelte: »Heil.«

Reiss sagte ebenfalls ›Heil‹ wenn er auch innerlich dabei stöhnte »Herr Kreuz vom Meere. Das ist aber eine Überraschung. Kommen Sie doch bitte herein.« Er schloß seine Bürotür auf und fragte sich, wo sein Vizekonsul wohl sein mochte und wer den SD-Chef eingelassen hatte. Jedenfalls war er jetzt hier. Da konnte man nichts machen.

Die Hände in den Taschen seines dunklen Wollmantels, folgte Kreuz vom Meere ihm und sagte: »Hören Sie, Freiherr. Wir haben diesen Burschen von der Abwehr jetzt ausfindig gemacht. Diesen Rudolf Wegener. Er ist an dem alten Abwehrbriefkasten aufgetaucht, den wir dauernd im Auge behalten.« Kreuz vom Meere gluckste und zeigte dabei enorm große Goldzähne. »Und dann haben wir ihn in sein Hotel zurückverfolgt.«

»Schön«, sagte Reiss und stellte geistesabwesend fest, daß seine Post bereits auf seinem Schreibtisch lag. Pferdehuf war also irgendwo in der Nähe. Wahrscheinlich hatte er das Büro deshalb verschlossen gehalten, um den SD-Chef daran zu hindern, auf eigene Faust Nachforschungen anzustellen.

»Das ist wichtig«, sagte Kreuz vom Meere. »Ich habe Kaltenbrunner verständigt. Höchste Priorität. Sie werden wahrscheinlich in Kürze aus Berlin hören.« Er setzte sich auf die Schreibtischkante des Konsuls, holte ein mehrfach zusammengefaltetes Papier aus der Tasche und faltete es etwas umständlich auseinander. »Sein Deckname ist Baynes. Er gibt sich als schwedischer Industrieller oder Geschäftsmann oder so etwas aus. Heute morgen um acht Uhr zehn erhielt er den Anruf eines japanischen Beamten wegen einer Verabredung um zehn Uhr zwanzig im Büro des Japs. Wir versuchen im Augenblick, festzustellen, wo das Gespräch herkam. Das dauert höchstens noch eine halbe Stunde. Man wird mich dann hier verständigen.«

»Aha«, sagte Reiss.

»Wir können diesen Burschen festnehmen«, fuhr Kreuz vom Meere fort. »In diesem Falle schicken wir ihn natürlich mit der nächsten Lufthansamaschine ins Reich zurück. Aber die Japs oder Sacramento könnten protestieren und versuchen, uns zu hindern. Sie werden bei Ihnen protestieren, falls sie das tun. Es kann sogar sein, daß man ungeheuren Druck auf Sie ausüben wird.«

»Und Sie können nicht verhindern, daß die Japs es erfahren?«

»Zu spät. Er ist schon unterwegs zu seiner Verabredung. Kann sein, daß wir ihn an Ort und Stelle schnappen müssen. Mit Gewalt. Und dann einfach abhauen.«

»Das gefällt mir gar nicht«, sagte Reiss. »Angenommen, er hat mit einem japanischen Beamten von hohem Rang eine Verabredung? Es könnte im Augenblick sogar ein persönlicher Vertreter des Kaisers in San Francisco sein. Ich habe neulich das Gerücht gehört –«

Kreuz vom Meere unterbrach ihn. »Das ist nicht wichtig. Er

ist ein deutscher Staatsbürger. Damit untersteht er dem Reichsgesetz.«

Und wir wissen genau, was das Reichsgesetz sagt, dachte Reiss.

»Ich habe eine Kommandogruppe bereit«, fuhr Kreuz vom Meere fort. »Fünf erstklassige Leute.« Er gluckste. »Sie sehen wie Violinspieler aus. Hübsche asketische Gesichter. Seelenvoll. Vielleicht wie Studenten der Religionsgeschichte. Die kommen schon hinein. Die Japs werden denken, sie seien ein Streichquartett–«

»Quintett«, sagte Reiss.

»Ja. Sie gehen zur Tür – sie sind genau richtig angezogen.«

Er sah den Konsul an. »Ziemlich genau wie Sie.«

Danke, dachte Reiss.

»Am hellichten Tage. Bauen sich um diesen Wegener herum auf. Tun so, als konferierten sie miteinander. Wichtige Nachricht.« Kreuz vom Meere dröhnte weiter, während der Konsul seine Post zu öffnen begann. »Keine Gewalttätigkeiten. Nur ›Herr Wegener, kommen Sie bitte mit. Sie verstehen.‹ Und ein kleiner Bolzen in die Wirbelsäule. Obere Ganglien paralysiert.«

Reiss nickte.

»Hören Sie überhaupt zu?«

»Ganz bestimmt.«

»Dann wieder hinaus. Zum Wagen. Zu meinem Büro. Die Japs machen einen Heidenlärm. Aber höflich bis zum letzten.« Kreuz vom Meere stemmte sich vom Schreibtisch hoch, um einen Japaner nachzumachen. »Sehr vulgär, uns zu täuschen, Herr Kreuz vom Meere. Aber dennoch, leben Sie wohl, Herr Wegener.«

»Baynes«, dachte Reiss. »Benutzt er nicht seinen Decknamen?«

Das Telefon auf Reiss' Schreibtisch klingelte. Kreuz vom Meere setzte sich wieder. »Das könnte für mich sein.« Er griff nach dem Hörer, aber Reiss kam ihm zuvor. »Der Reichskanzler möchte Sie sprechen«, sagte die Stimme seiner Sekretärin aufgeregt.

»Herr Konsul, tut mir leid, daß ich Sie stören muß.« Das Blut in Reiss' Adern stockte beinahe. Ein Bariton, kultiviert, eine gepflegte, angenehme, Reisss durch und durch vertraute Stimme. »Hier spricht Dr. Goebbels.«

»Ja, Kanzler.« Und Kreuz vom Meere lächelte.

»General Heydrich hat mich gerade gebeten, Sie anzurufen. In San Francisco ist ein Agent der Abwehr. Er heißt Rudolf Wegener. Sie müssen, was ihn betrifft, voll und ganz mit der Polizei zusammenarbeiten. Es ist jetzt nicht die Zeit, Ihnen Einzelheiten zu sagen. Jedenfalls erwarte ich Ihre Unterstützung. Ich fanke Ihnen sehr.«

»Ich verstehe, Herr Kanzler«, sagte Reiss.

»Guten Tag, Konsul.« Der Reichskanzler legte auf.

Kreuz vom Meere musterte ihn scharf, als Reiss ebenfalls auflegte.

»Habe ich recht gehabt?«

Reiss zuckte die Achseln. »Kein Einwand.«

»Schreiben Sie mir eine Bewilligung, diesen Wegener gewaltsam nach Deutschland zurückzuführen.«

Reiss nahm seine Feder, schrieb die Bestätigung aus, unterzeichnete sie und reichte sie dem SD-Chef.

»Danke«, nickte Kreuz vom Meere. »Wenn die Japsbehörden Sie jetzt anrufen und sich beklagen –«

»Wenn sie das überhaupt tun.«

Kreuz vom Meere musterte ihn. »Das werden die bestimmt. Die sind fünfzehn Minuten, nachdem wir diesen Wegener geschnappt haben, hier.« Seine Stimme klang jetzt wieder ganz normal.

»Aber nicht mit einem Geigenquintett«, sagte Reiss.

Kreuz vom Meere gab keine Antwort. »Wir werden ihn irgendwann heute morgen haben. Seien Sie also bereit. Sie können den Japsen ja sagen, er sei ein Homosexueller oder ein Fälscher oder so etwas. Wegen eines Kapitalverbrechens zu Hause gesucht. Sagen Sie ihnen nicht, daß er aus politischen Gründen gesucht wird. Sie wissen genau, daß die Japs neunzig Prozent der nationalsozialistischen Gesetze nicht anerkennen.«

»Ich weiß das«, sagte Reiss. »Ich weiß auch, was ich tun muß.« Er war jetzt gereizt. Einfach über meinen Kopf hinweg, dachte er. Wie gewöhnlich. Mit dem Kanzleramt Verbindung aufgenommen. Diese Dreckskerle.

Seine Hände zitterten, Anruf von Dr. Goebbels – war es das?

Von der Macht beeindruckt? Oder ist das Ärger . . . diese verdammte Polizei, dachte er. Und die werden immer stärker. Jetzt arbeitet bereits Goebbels für sie; letzten Endes sind sie es, die im Reich etwas zu sagen haben. Aber was kann ich tun? Was kann überhaupt jemand tun? Aber vielleicht kann ich doch etwas? Irgendein Prügel, den er dem SD zwischen die Beine werfen konnte – natürlich, ohne daß man ihn verdächtigte. Zum Beispiel wenn die Japaner hierherkommen, um sich zu beklagen . . . dann könnte ich ja einen Hinweis auf den Lufthansaflug fallen lassen, mit dem dieser Bursche entführt werden soll. . . ich mag Leute nicht, die über meinen Kopf hinweg handeln, sagte sich Freiherr Reiss. Ich fühle mich da nicht wohl. Da werde ich nervös, und wenn ich nervös bin, kann ich nicht schlafen und wenn ich nicht schlafen kann, kann ich meine Arbeit nicht tun. Ich bin es also Deutschland schuldig, dieses Problem irgendwie zu korrigieren.

Gegen elf Uhr morgens schloß Robert Childan seinen Laden ab und begab sich zu Fuß in Mr. Paul Kasoura's Büro.

Zum Glück hatte Paul Zeit. Er begrüßte Childan höflich und bot ihm Tee an.

»Ich will Sie nicht lange aufhalten«, sagte Childan, nachdem sie beide die Tassen zum Mund geführt hatten. Pauls Büro war zwar klein, jedoch modern und elegant eingerichtet. An der Wand ein einziger Druck: Mokkeis Tiger, ein Meisterstück vom Ende des dreizehnten Jahrhunderts.

»Es freut mich immer, Sie zu sehen, Robert«, sagte Paul mit einer Stimme, die – wie Robert Childan dachte – vielleicht etwas von oben herab klang.

Vielleicht bildete er sich das, aber auch nur ein. Childan blickte vorsichtig über seine Teetasse hinweg. Der Mann wirkte zweifellos freundlich. Und doch – Childan spürte, daß sich etwas geändert hatte.

»Ihre Frau war über mein primitives Geschenk enttäuscht«, sagte Childan. »Ich habe sie vielleicht beleidigt. Aber bei etwas Neuem, noch nicht Erprobtem, kann man kein endgültiges Urteil fällen, das habe ich Ihnen ja erklärt, als ich Ihnen das Geschenk zukommen ließ – wenigstens kann jemand, der nur geschäftlich damit zu tun hat, das nicht. Sie und Betty sind da in einer viel besseren Lage als ich.«

»Sie war nicht enttäuscht, Robert«, sagte Paul. »Ich habe ihr das Schmuckstück nicht gegeben.« Er griff in seine Schreibtischlade und holte die kleine weiße Schachtel heraus. »Es hat dieses Büro noch nicht verlassen.«

Er weiß es, dachte Childan. Ein kluger Mann. Hoffentlich fängt er jetzt nicht an, mich zu beschimpfen. Hoffentlich wirft er mir nicht vor, daß ich seine Frau verführen möchte.

Er könnte mich ruinieren, sagte Childan zu sich. Er schlürfte vorsichtig an seinem Tee, bemüht, keinen Ausdruck zu zeigen.

»Oh?« sagte er mit milder Stimme. »Interessant.«

Paul öffnete die Box, holte die Nadel heraus und begann, sie zu untersuchen. Er hielt sie ans Licht, drehte sie zwischen den Fingern.

»Ich habe mir erlaubt, das hier einer Anzahl meiner Geschäftsfreunde zu zeigen«, sagte Paul, »Leuten, die meinen Geschmack hinsichtlich amerikanischer historischer Gegenstände teilen.« Er sah Robert Childan an. »Natürlich hatte keiner von ihnen bisher je so etwas gesehen. Sie hatten mir ja auch erklärt, daß es bis jetzt keine zeitgenössische Kunst dieser Art gegeben hat. Ich glaube, Sie sagten mir auch, Sie hätten die Alleinvertretung.«

»Ja, das stimmt«, sagte Childan.

»Wollen Sie ihre Reaktion hören?«

Childan verbeugte sich.

»Diese Personen haben gelacht«, sagte Paul.

Childan war stumm.

»Und ich habe innerlich auch gelacht«, sagte Paul, »als Sie mir damals dieses Ding zeigten. Ich habe mir das natürlich nicht anmerken lassen, aber Sie erinnern sich zweifellos, daß ich mich ziemlich uninteressiert gab.«

Childan nickte.

Und Paul fuhr fort: »Man kann diese Reaktion auch leicht verstehen. Hier ist ein Stück Metall, das so lange erhitzt wurde, bis es seine Form verlor. Es repräsentiert nichts. Es hat auch keine gewollte Form. Es ist einfach amorph. Man könnte sagen, es ist Inhalt ohne Form.«

Childan nickte.

»Und dennoch«, fuhr Paul fort. »habe ich es jetzt einige Tage betrachtet und empfinde ohne einen logischen Grund eine gewisse *emotionale Zuneigung* dazu. Warum ist das so? Ich sehe immer noch keine Form und keine Gestalt. Aber irgendwie ist es ein Teil von Tao. Sehen Sie?« Er winkte Childan zu sich heran. »Es ist ausgewogen. Die Kräfte in diesem Stück sind stabil. Im Ruhezustand. Es hat sozusagen seinen Frieden mit dem Universum gemacht. Es hat sich von ihm getrennt und hat damit das Gleichgewicht mit sich selbst gefunden.«

Childan nickte nur.

»Es hat kein *Wabe«,* sagte Paul, »kann es auch nie haben. Aber –«, er tippte die Nadel an. »Robert, dieser Gegenstand hat *Wu.«*

»Sie haben wahrscheinlich recht«, sagte Childan und versuchte sich zu erinnern, was *Wu* war. Das war kein japanisches Wort – das war chinesisch. Weisheit, entschied er, oder Verstehen. Jedenfalls etwas sehr Gutes.

»Keinen historischen, keinen hünstlerischen, keinen äasthetischen Wert zu haben und doch Teil eines ästhetischen Wertes zu besitzen, das ist ein Wunder. Gerade weil das ein armseliger kleiner, wertlos aussehender Klumpen Metall ist, Robert, hat es *Wu.* Man empfindet *Wu* auch in altem Gerümpel, wie zum Beispiel einer rostigen Bierdose neben der Straße. Aber in diesen Fällen liegt das *Wu* im Betrachter. Es ist eine religiöse Empfindung. Hier hat ein Handwerker – denn Künstler will ich ihn nicht nennen – das *Wu* in den Gegenstand verlegt statt nur das *Wu* , das ihm innewohnt, zu empfinden.« Er blickte auf. »Drücke ich mich klar aus?«

»Ja«, sagte Childan.

»Mit anderen Worten, dies weist in eine völlig neue Welt. Man kann es auch nicht als Kunst bezeichnen, weil es keine Form besitzt, keine Religion. Was ist es also? Ich habe unablässig über diese Nadel nachgedacht und kann es doch nicht ergründen. Für einen Gegenstand wie diesen gibt es offenbar kein Wort in unserer Sprache. Sie haben also recht, Robert. Es ist im ganz authentischen Sinne ein neues Ding auf dem Angesicht der Welt.«

Authentisch, dachte Childan. Ja, das ist es ganz gewiss. Das kann ich nachempfinden. Aber sonst –

»Und nachdem ich diese Überlegungen angestellt hatte«, fuhr Paul fort, »habe ich diese selben Freunde wieder zu mir gerufen. Ich habe es auf mich genommen, so wie ich es Ihnen gegenüber gerade tat, ohne Rücksicht auf jeden Takt meine Meinung zu sagen. Dieses Stück hier trägt in sich eine so hohe Autorität, daß ich mich gezwungen sehe, auf gute Formen keine Rücksicht zu nehmen. Und ich verlangte von diesen Leuten, daß sie mir zuhörten.«

Childan wußte, daß es für einen Japaner wie Paul geradezu unglaublich war, seine Ideen anderen Personen aufzuzwingen.

»Das Ergebnis war überraschend«, sagte Paul. »Sie vermochten sich meiner Ansicht anzuschließen; sie erkannten, was ich ihnen dargestellt hatte. Es war die Mühe also wert. Und dann ruhte ich. Jetzt bin ich erschöpft, Robert.« Er legte die Nadel in die Schachtel zurück. »Meine Verantwortung ist zu Ende.« Er schob Childan die Schachtel hin. »Es gehört Ihnen«, sagte Childan; er hatte sich noch nie in einer solchen Lage befunden. Ein Japaner von hohem Rang lobte ein ihm überreichtes Geschenk in den Himmel und gab es dann zurück. Childan spürte, wie die Knie ihm den Dienst versagten. Er hatte keine Ahnung, was er tun sollte; er stand da, zupfte an seinem Ärmel und sein Gesicht rötete sich.

Ruhig, ja beinahe hart, sagte Paul, »Robert, Sie müssen der Wirklichkeit mit mehr Mut ins Auge blicken.«

Und Childan stammelte: »Ich bin verwirrt, Sie –«

Paul stand auf, sah ihn an. »Hören Sie mir gut zu. Das ist jetzt Ihre Aufgabe. Sie sind der Vertreter für dieses Stück und andere seiner Art. Und Sie sind Fachmann. Ziehen Sie sich eine Weile in die Einsamkeit zurück. Meditieren Sie. Befragen Sie das *Buch der Wandlungen.* Und dann studieren Sie Ihre Schaufenster, Ihre Inserate, Ihr ganzes System des Verkaufens.«

Childan starrte ihn an.

»Und dann werden Sie Ihren Weg sehen«, erklärte Paul. »Werden wissen, wie Sie diese Gegenstände im großen Stil verkaufen können.«

Childan war wie benommen. Dieser Mann sagt mir, daß ich *verpflichtet* bin, die moralische Verantwortung für den Edfrank Schmuck zu übernehmen. Verrückte neurotische japanische Betrachtung der Welt: in den Augen von Paul Kasoura war nur eine spirituelle und geschäftliche Beziehung höchsten Ranges denkbar.

Und das Schlimmste war, daß Paul voll Überzeugung gesprochen hatte und tatsächlich die Meinung der japanischen Tradition vertrat.

Verpflichtung, dachte er bitter. Sie würde ihm den Rest seines Lebens anhaften, sobald er sie einmal eingegangen war. Bis zum Grabe. Paul hatte – jedenfalls zu seiner eigenen Zufriedenheit – seine eigene Verpflichtung weitergegeben. Aber die Childans; ah, die war bedauerlicherweise endlos.

Die haben den Verstand verloren, sagte Childan zu sich. Beispiel: sie helfen einem Verletzten, der in den Rinnstein gefallen ist, nicht auf, weil das eine Verpflichtung mit sich bringt. Wie nennt man das? Ich würde sagen, das ist typisch; genau das, was man von einer Rasse erwartet, die aufgefordert ist; einen britischen Zerstörer nachzubauen, es fertigbrachte, die Flickstellen an den Kesseln zu kopieren und – «

Paul musterte ihn scharf. Zum Glück hatte Childan durch lange Übung gelernt, seine Gefühle automatisch zu unterdrükken. Paul sah also nur eine Maske.

Das ist schrecklich, dachte Childan. Eine Katastrophe. Besser hätte Paul noch gedacht, daß ich versucht hätte, seine Frau zu verführen.

Betty. Jetzt bestand keine Chance, daß sie das Stück sehen würde, daß sein ursprünglicher Plan gelang. *Wu* vertrug sich nicht mit Sexualität. *Wu* war, wie Paul gesagt hatte, etwas Würdiges, Heiliges, wie eine Reliquie.

»Ich habe jedem dieser Männer eine Ihrer Karten gegeben«, sagte Paul.

»Wie bitte?« fragte Childan geistesabwesend.

»Ihre Geschäftskarten. Damit sie zu Ihnen kommen und sich andere Beispiele ansehen können.«

»Aha«, sagte Childan.«

»Noch etwas«, sagte Paul. »Einer dieser Männer möchte sich in seinem Büro mit Ihnen über die ganze Angelegenheit unterhalten. Ich habe Ihnen hier Name und Adresse aufgeschrieben.« Paul reichte Childan ein Stück Papier. »Er möchte, daß seine Kollegen es auch hören«, fügte Paul dann hinzu. »Er ist Importeur. Er importiert und exportiert im großen Rahmen. Insbesondere nach Südamerika. Radios, Kameras, Ferngläser, Tonbandgeräte und dergleichen.«

Childan blickte auf das Papier.

»Er hat natürlich mit riesigen Mengen zu tun«, sagte Paul. »Vielleicht zehntausend von jedem Stück. Seine Firma kontrolliert verschiedene Unternehmungen, die mit ganz niedrigen Kosten für ihn produzieren. Das ist alles im Orient, wo die Arbeit billiger ist.«

»Warum ist er –« begann Childan.

Aber Paul unterbrach ihn. »Solche Stücke. . .« Er griff wieder nach der Nadel und klappte dann den Deckel der Kassette zu. ». . . können in Massen produziert werden. Entweder aus einfachen Metallen oder aus Plastik. Gegossen. In jeder gewünschten Menge.«

Nach einer Weile sagte Childan:

»Was ist dann mit dem *Wu*? Bleibt das dann in den Stükken?«

Paul gab keine Antwort.

»Sie raten mir, ihn zu sehen?« fragte Childan.

»Ja«, sagte Paul.

»Warum?«

»Amulette«, sagte Paul.

Childan starrte ihn an.

»Glücksbringer, die man trägt. Relativ arme Leute. Eine Linie von Amuletten, die man in ganz Lateinamerika und im Orient vertreiben kann. Die meisten der Massen dort glauben immer noch an Zauberei, das wissen Sie ja. Zaubersprüche. Zaubertränke. Ich höre, das ist ein großes Geschft.« Pauls Gesicht war hölzern und seine Stimme ausdruckslos.

»Das klingt so, als könnte man eine Menge Geld damit verdienen,« sagte Childan langsam.

Paul nickte.

»War das Ihre Idee?« fragte Childan.

»Nein«, sagte Paul und blieb dann stumm.

Ihr Chef, dachte Childan. Sie haben das Stück ihrem Vorgesetzten gezeigt, und der kennt diesen Importeur. Irgend jemand hat über ihren Kopf hinweg mit diesem Importeur gesprochen. Deshalb gibst du es mir zurück, erkannte Childan. Du willst nichts damit zu tun haben, aber du weißt, daß ich hingehen und einen Abschluß machen werde.

»Das ist eine Chance für Sie«, sagte Paul. »Eine Chance,

ungeheuer reich zu werden.« Er blickte starr vor sich hin. »Eine bizarre Idee«, sagte Childan. »Glücksamulette aus solchen Kunstgegenständen zu machen; ich kann es mir nicht vorstellen. Was würden Sie denn an meiner Stelle tun?«

»Sie dürfen die Chance nicht unterschätzen, die Ihnen dieser Importeur bietet. Er ist ein tüchtiger Geschäftsmann. Sie und ich – wir haben keine Vorstellung von der ungeheuren Zahl ungebildeter Menschen, die es gibt. Und sie werden an in Massen hergestellten identischen Gegenständen eine Freude empfinden, die uns versagt bleiben würde. Wir müssen glauben, daß wir das einzige seiner Art haben, oder wenigstens etwas Seltenes, das nur wenige besitzen. Und natürlich etwas wirklich Authentisches. Nicht ein Modell oder einen Abklatsch.« Er starrte immer noch an Childan vorbei, ins Leere. »Nicht etwas, das zehntausendfach hergestellt wird.«

Und Childan dachte, in Wirklichkeit sagte er: Was bist du, Robert? Jener, den das Orakel ›den niedrigen Menschen‹ nennt oder jener andere für den all die guten Ratschläge bestimmt sind? Du mußt dich hier entscheiden. Du kannst den einen Weg beschreiten oder den anderen. Aber nicht beide. Dies ist der Augenblick der Wahl.

»Sie kämpfen mit sich«, stellte Paul fest. »Zweifellos zieht man es in einer solchen Situation vor, allein zu sein.« Er ging auf die Tür seines Büros zu.

»Ich habe mich bereits entschlossen«, sagte er.

Pauls Augen flackerten.

Und Childan verbeugte sich und sagte: »Ich werde Ihrem Rat folgen. Ich besuche jetzt den Importeur.« Er griff nach dem Papier.

Eigenartigerweise schien Paul nicht erfreut; er knurrte bloß und wandte sich wieder seinem Schreibtisch zu. Sie lassen sich ihre Gefühle nicht anmerken, überlegte Childan.

»Vielen Dank für Ihre Unterstützung«, sagte Childan, als er sich zum Gehen anschickte. »Ich werde mich eines Tages, wenn möglich, revanchieren. Ich werde es nicht vergessen.«

Aber der junge Japaner zeigte keine Reaktion, als er ihn zur Tür führte. Und dann platze er plötzlich erhaus: »Amerikanische Künstler haben dieses Stück mit der Hand angefertigt, stimmt das? Persönliche Arbeit?«

»Ja. Vom ersten Entwurf bis zur Endpolitur.«

»Sir! Werden diese Künstler einverstanden sein? Ich kann mir vorstellen, daß sie sich für ihr Werk etwas anderes erträumt hatten.«

»Ich glaube, man wird sie überreden können«, sagte Childan. Ihm erschien das Problem unbedeutend.

»Ja«, sagte Paul. »Wahrscheinlich schon.«

Irgend etwas in seiner Stimme ließ Childan plötzlich aufmerken. Eine nebulöse eigenartige Betonung. Und dann erfaßte es ihn. Ohne Zweifel durchschaute er den anderen jetzt – natürlich. Das Ganze war Abscheu für alles, was Amerikaner taten. Zynismus – und er hatte den Köder und den Haken geschluckt. Er hat mich Schritt für Schritt zu diesem Schluß gezwungen: die Produkte amerikanischer Hände sind nichts anderes wert, als Modell primitiver Amulette zu werden.

So herrschten die Japaner. Nicht grob, sondern feinsinnig, genial, raffiniert.

Herrgott! Mit ihnen verglichen sind wir Barbaren, erkannte Childan.

Er hat mich zerbrochen, hätte Childan beinahe laut gesagt. Mich und meine Rasse gedemütigt. Und ich bin hilflos. Wir können uns nicht wehren, nicht rächen.

Das war der Beweis, daß die Japaner zum Herrschen geboren waren.

Am liebsten hätte er laut aufgelacht, vielleicht sogar bewundernd. Ja, dachte er, so ist es, wenn man eine besonders gute Anekdote hört. Ich muß es mir merken, es auskosten, es später vielleicht sogar erzählen. Aber wem? Das war ein Problem. Eigentlich war es viel zu persönlich, als daß er es weitergeben könnte.

In der Ecke von Pauls Büro stand ein Papierkorb. Hinein damit! sagte Robert Childan zu sich. Hinein mit diesem Klumpen, diesem Stück Schmuck und seinem ganzen *Wu*. Ob ich es tun könnte? Es wegwerfen? Die ganze Situation vor Pauls Augen umkehren? Ich kann es nicht einmal wegwerfen, erkannte er, als er das Stück umfaßte. Ich darf es nicht.

Der Teufel sollte sie holen. Ich kann mich nicht von ihrem Einfluß freimachen, kann nicht meinem Impuls nachgeben. Alles Spontane in mir ist zerdrückt. . . Paul musterte ihn, er brauchte nichts zu sagen, seine Anwesenheit allein genügte. Er hat mein Gewissen in eine Falle gelockt, hält mich jetzt an einem Faden.

Wahrscheinlich habe ich hier schon zu lange gelebt. Zu spät zu fliehen, zu den Weißen und dem Leben der Weißen zurückzukehren.

»Paul«, sagte Robert Childan. Seine Stimme klang gequält, unmoduliert.

»Ja, Robert.«

»Paul, ich. . . bin. . . gedemütigt.«

Der Raum drehte sich um ihn. »Warum denn, Robert?« Besorgnis, aber irgendwie fern. Unpersönlich.

»Paul. Einen Augenblick.« Er griff nach dem Schmuckstück, das jetzt vom Schweiß feucht war. »Ich – bin stolz auf diese Arbeit. Primitive Amulette kommen nicht in Frage. Ich lehne ab.«

Wieder konnte er die Reaktion des jungen Japaners nicht erkennen, nur seine Aufmerksamkeit zum Zuhören.

»Trotzdem, vielen Dank«, sagte Robert Childan.

Paul verbeugte sich.

Robert Childan verbeugte sich. »Die Männer, die das geschaffen haben«, sagte Childan, »sind stolze Amerikaner, Künstler. Ich auch. Es ist deshalb eine Beleidigung für uns, zu raten, billige Amulette daraus zu machen. Und ich verlange eine Entschuldigung.«

Unglaublich langes Schweigen. Paul sah ihn an. Er hob eine Braue, und seine schmalen Lippen zuckten. Ein Lächeln?

»Ich verlange es«, sagte Childan. Das war es; weiter konnte er nicht gehen. Jetzt wartete er nur. Nichts geschah.

Bitte, dachte er. Hilf mir. Und Paul sagte: »Verzeihen Sie mir meine arrogante Zumutung.« Er streckte ihm die Hand hin.

»Schon gut«, sagte Robert Childan.

Sie schüttelten sich die Hand.

Und Ruhe zog in Childans Herz ein. Ich habe es überstanden, das wußte er. Alles vorbei. Ob ich es ein zweites Mal wagen würde? Er empfand Melancholie.

Das Leben ist kurz, dachte er. Die Kunst oder irgend etwas anderes, jedenfalls nicht das Leben ist lang, dehnt sich endlos. Hier stehe ich. Er nahm das kleine Etui, schob es ein.

Mr. Ramsey sagte: »Mr. Tagomi, das ist Mr. Yatabe.« Er zog sich in eine Ecke des Büros zurück, und der schlanke ältere Herr trat vor.

Mr. Tagomi streckte ihm die Hand hin und sagte: »Freut mich sehr, Sie persönlich kennenzulernen, Sir.« Die leichte, zerbrechliche alte Hand glitt in die seine; er schüttelte sie, ohne zu drücken und ließ sie gleich wieder los. Hoffentlich nichts gebrochen, dachte er. Er musterte die Züge des alten Herrn und war zufrieden. Ein strenger, geschulter Geist, dachte er. Eine Verkörperung all der stabilen alten Traditionen. . . und dann entdeckte er, daß er General Tedeki, dem ehemaligen kaiserlichen Staatschef, gegenüberstand.

Mr. Tagomi verbeugte sich tief. »General«, sagte er.

»Wo ist der dritte Teilnehmer unseres Gesprächs?« fragte General Tedeki.

»Er wird sofort eintreffen«, sagte Mr. Tagomi. »Ich habe ihn selbst in seinem Hotelzimmer informiert.« Völlig verwirrt zog er sich einige Schritte gebeugt zurück, kaum fähig sich wieder aufzurichten.

Der General setzte sich. Mr. Ramsey, dem der alte Herr zweifellos unbekannt war, half ihm in den Stuhl, zeigte aber keine besondere Ehrerbietung. Mr. Tagomi nahm sich zögernd eine Stuhl auf der anderen Seite des Zimmers.

»Wir vergeuden Zeit«, sagte der General. »Bedauerlich, aber nicht zu vermeiden.«

»Wie wahr«, meinte Mr. Tagomi.

Zehn Minuten verstrichen. Keiner der beiden Männer sagte etwas.

»Entschuldigen Sie mich, Sir«, sagte Mr. Ramsey schließlich verlegen. »Wenn ich nicht gebraucht werde, werde ich mich entfernen.«

Mr. Tagomi nickte und Mr. Ramsey entfernte sich.

»Tee, General?« fragte Mr. Tagomi.

»Nein Sir.«

»Sir«, sagte Mr. Tagomi, »ich muß gestehen, daß ich Furcht empfinde. Ich fühle etwas Schreckliches in diesem Zusammentreffen.«

Der General neigte den Kopf.

»Mr. Baynes, den ich kennengelernt habe«, fuhr Mr. Tagomi fort, »und den ich in meinem Haus bewirtet habe, behauptet, ein Schwede zu sein. Aber ich bin überzeugt, daß er ein Deutscher von ziemlich hohem Rang ist. Ich sage dies, weil –«

»Bitte fahren Sie fort.«

»Danke. General, die Erregung, die er wegen dieser Besprechung zeigt, deutet in meinen Augen darauf hin, daß eine Verbindung mit den politischen Unruhen im Reich besteht.« Eine weitere Tatsache erwähnte Mr. Tagomi nicht: die nämlich, daß der General nicht zu dem erwarteten Zeitpunkt eingetroffen war.

»Sir, jetzt tasten Sie. Informieren mich nicht.« Seine grauen Augen glitzerten väterlich. Nichts Böses war dort.

Mr. Tagomi nahm die Zurechtweisung hin. »Sir, ist meine Teilnahme an diesem Gespräch nur eine Formalität, um die Nazischnüffler zu verwirren?«

»Wir sind natürlich daran interessiert«, meinte der General, »eine gewisse Fassade aufrecht zu erhalten. Mr. Baynes ist Vertreter der TOR-AM-Industrie aus Stockholm, ein reiner Geschäftsmann. Und ich bin Shinjiro Yatabe.«

Und ich bin Tagomi, dachte Mr. Tagomi. So ist das.

»Die Nazis haben zweifellos Mr. Baynes' Kommen und Gehen überwacht«, sagte der General. Er stützte die Hände auf die Knie, saß kerzengerade da. . . als witterte er irgendwo in der Ferne den Duft von Fleischbrühe, dachte Mr. Tagomi. »Aber um diese Fassade zu zerstören, müssen sie gewisse gesetzliche Formalitäten erfüllen. Das ist der wirkliche Zweck; nicht, sie zu täuschen, sondern eben diese Formalität herauszufordern, falls wir verraten werden. Sie sehen zum Beispiel, daß die Nazis, um Mr. Baynes festzunehmen, mehr tun müssen, als ihn einfach niederschießen. . . was sie tun könnten, wenn er als – nun, ohne seinen verbalen Schirm reiste.«

»Ich verstehe«, sagte Mr. Tagomi. Das klingt wie ein Spiel, entschied er. Aber sie kennen die Mentalität der Nazis. Also ist es wahrscheinlich nützlich.

Die Sprechanlage summte. Mr. Ramseys Stimme: »Sir, Mr. Baynes ist hier. Soll ich ihn zu Ihnen schicken?«

»Ja!« rief Mr. Tagomi.

Die Türe öffnete sich und Mr. Baynes, elegant gekleidet, der Anzug von makellosem Schnitt und frisch gebügelt, das Gesicht glatt und ausdruckslos, trat ein.

General Tedeki erhob sich, um ihn zu begrüßen. Auch Mr. Tagomi stand auf.

Alle drei Männer verbeugten sich.

»Sir«, sagte Mr. Baynes zu dem General, »ich bin Hauptmann R. Wegener von der Reichsspionageabwehr der Marine. Wie vereinbart, vertrete ich hier nur mich selbst und gewisse private nicht genannte Personen, keine Abteilungen oder Büros der Reichsregierung.«

Der General verbeugte sich leicht. »Herr Wegener, mir ist bekannt, daß Sie in keiner Weise von sich behaupten, einen Zweig der Reichsregierung zu vertreten. Ich befinde mich hier als inoffizielle Privatperson, die inkraft einer früheren Position in der kaiserlichen Armee Zugang zu Kreisen in Tokio hat, die das, was Sie uns zu sagen haben, zu hören wünschen.«

Ein eigenartiges Gespräch, dachte Mr. Tagomi. Aber nicht unangenehm. Klang beinahe musikalisch. Erfrischend und erleichternd, um es genau zu sagen.

Sie setzten sich.

Mr. Baynes fing sofort zu reden an. »Ich möchte Sie und die Kreise, zu denen Sie Zugang haben, ohne lange Vorrede davon informieren, daß im Reich ein Programm, das sich Löwenzahn nennt, in ein frühes Stadium eingetreten ist.«

»Ja«, sagte der General und nickte, als hätte er das schon früher gehört.

Aber Mr. Tagomi hatte den Eindruck, daß er recht gespannt auf Mr. Baynes' Enthüllungen wartete.

»Operation Löwenzahn«, fuhr Mr. Baynes fort, »besteht aus einem Zwischenfall an der Grenze zwischen den Rocky Mountains Staaten und den Vereinigten Staaten.«

Der General nickte und lächelte schwach.

»US-Truppen werden angegriffen werden und sich wehren, indem sie die Grenze überschreiten und die regulären RMS-Truppen, die in der Nähe stationiert sind, in ein Gefecht verwickeln. Die US-Truppen haben detaillierte Karten, die die Militäreinrichtungen der RMS zeigen. Das ist Stufe eins. Stufe zwei besteht darin, daß Deutschland zu dem Konflikt eine

Erklärung abgibt. Eine Freiwilligenabteilung von Fallschirmjägern der Wehrmacht wird zur Unterstützung der USA abgesandt werden. Aber das ist nur weitere Tarnung.«

»Ja«, sagte der General und wartete.

»Das eigentliche Ziel von Operation Löwenzahn«, erklärte Mr. Baynes, »ist ein massiver Atomangriff auf die Heimatinseln, ohne irgendwelche vorhergehende Warnung.« Er verstummte. »Mit dem Ziel, die kaiserliche Familie und die Heimatverteidigungsstreitkräfte, den Großteil der Kaiserlichen Marine, die Zivilbevölkerung, unsere Industrie und unsere Nachschubbasen zu vernichten«, sagte General Tedeki. »Unsere überseeischen Besitzungen würden dann dem Reich anheim fallen.«

Mr. Baynes schwieg.

»Was noch?« fragte der General.

Mr. Baynes schien nicht weiter zu wissen.

»Das Datum, Sir«, drängte der General.

»Alles verändert«, sagte Mr. Baynes. »Infolge des Todes von M. Bormann. Das nehme ich wenigstens an. Ich stehe jetzt nicht mit der Abwehr in Verbindung.«

Der General wartete eine Weile und sagte dann: »Weiter, Herr Wegener.«

»Wir empfehlen, daß die japanische Regierung Einfluß auf die Lage im Reich nimmt. Zumindest bin ich hierhergekommen, um das vorzuschlagen. Gewisse Gruppen im Reich unterstützen die Operation Löwenzahn; gewisse andere nicht. Es bestand die Hoffnung, daß nach dem Tode von Kanzler Bormann die in Opposition stehenden Gruppen an die Macht gelangen würden.«

»Aber dann starb Herr Bormann, während Sie hier waren«, sagte der General, »und die politische Lage fand ihre eigene Lösung. Dr. Goebbels ist jetzt Reichskanzler. Die Wirren sind vorüber.« Er hielt inne. »Wie betrachtet diese Partei die Operation Löwenzahn?«

Und Baynes sagte: »Dr. Goebbels ist ein Verfechter der Operation Löwenzahn.«

Mr. Tagomi hatte unbemerkt von den beiden Männern die Augen geschlossen.

»Und wer steht dagegen?« fragte General Tedeki.

Mr. Baynes' Stimme drang an Mr. Tagomis Ohr: »Es ist General Heydrich.«

»Das überrascht mich«, sagte General Tedeki. »Ich bezweifle das sehr. Ist das eine verbindliche Information oder nur eine Ansicht, die Sie und Ihre Kollegen vertreten?«

Mr. Baynes antwortete: »Die Verwaltung des Ostens – also die Fläche, die Japan jetzt einnimmt – würde dem Außenministerium unterstehen. Rosenbergs Leuten, die direkt mit dem Kanzleramt zusammenarbeiten. Darüber wurde im vergangenen Jahr in mehreren Sitzungen sehr heftig zwischen den höchsten Politikern verhandelt. Ich habe Fotokopien der Niederschriften dieser Sitzungen. Die Polizei verlangte die Macht über diese Gebiete, das wurde aber abgelehnt. Sie sollen die Weltraumkolonien, den Mars, den Mond und die Venus verwalten. Das soll ihre Domäne sein. Und als diese Gewaltenteilung festgelegt war, unterstützte die Polizei das Weltraumprogramm mit aller Macht und stellte sich gegen Löwenzahn.«

»Rivalität«, sagte General Tedeki. »Eine Gruppe gegen die andere ausgespielt. Durch den Führer. Damit seine Macht nie in Zweifel gestellt wird.«

»Stimmt«, sagte Mr. Baynes. »Deshalb hat man mich hierher geschickt, um Ihre Intervention zu erbitten. Eine solche Intervention wäre immer noch möglich; die Lage ist immer noch im Fluß. Es wird Monate dauern, bis Dr. Goebbels seine Position festigen kann. Er wird die Polizei zerbrechen müssen, möglicherweise Heydrich und ein paar andere SS- und SD-Führer hinrichten lassen. Sobald das geschehen ist –«

»Wir sollen den Sicherheitsdienst unterstützen?« unterbrach ihn General Tedeki. »Den bösartigsten Teil der deutschen Gesellschaft?«

»Stimmt«, nickte Mr. Baynes.

»Der Kaiser würde eine solche Politik nie zulassen«, sagte General Tedeki. »Er betrachtet das Elitekorps des Reichs, wo auch immer die schwarze Uniform mit dem Totenkopf getragen wird, das System der Ordensburgen – alles das als etwas Böses.«

Etwas Böses, dachte Mr. Tagomi. Ja, das ist es. Sollen wir dem Bösen helfen, die Macht zu erlangen, nur um unser Leben zu retten? Ist das das Paradoxon unseres irdischen Daseins?

»Die Wehrmacht«, sagte Mr. Baynes. »Das Militär ist die einzige Stelle im Reich, die über die Wasserstoffbombe verfügt. Wo die Schwarzhemden sie eingesetzt haben, haben sie das lediglich unter Aufsicht der Armee getan. Das Kanzleramt unter Bormann hat nie zugelassen, daß die Polizei Kernwaffen bekam. Und die Operation Löwenzahn wird einzig und allein vom OKW durchgeführt werden, dem Oberkommando der Wehrmacht.«

»Die moralischen Praktiken der Schwarzhemden gehen in ihrer Bösartigkeit über die der Wehrmacht hinaus. Aber ihre Macht ist geringer. Wir sollten uns hier nur mit der Realität befassen, mit effektiver Macht. Nicht mit ethischen Intentionen.«

»Ja, wir müssen realistisch sein«, sagte Mr. Tagomi laut.

Mr. Baynes und General Tedeki sahen ihn an.

Der General meinte zu Mr. Baynes gewandt: »Was . . .

»Das ist mir bekannt«, sagte General Tedeki. »Was genau schlagen Sie also vor? Daß wir hier in den Pazifikstaaten mit dem SD Verbindung herstellen? Direkt mit ihm verhandeln – ich weiß nicht einmal, wer Ihr SD-Chef ist. Wahrscheinlich irgendein abstoßender Bursche.«

»Der hiesige SD weiß überhaupt nichts«, sagte Mr. Baynes. »Ihr Chef hier, Bruno Kreuz vom Meere, ist ein Altparteigenosse. Ein Schwachkopf. Niemand in Berlin würde daran denken, ihm irgend etwas zu sagen. Er führt nur Routineaktionen durch.«

»Was dann?« Der General klang verärgert. »Der Konsul hier oder der Reichsgesandte in Tokio?«

Diese Unterredung wird scheitern, dachte Mr. Tagomi, ganz gleich, was auch auf dem Spiel stehen mag. Wir können einfach nicht in den monströsen schizophrenen Morast der inneren Kämpfe der Nazis einmischen; wir können uns nicht an ihr Denken anpassen.

»Es muß sehr delikat behandelt werden«, erklärte Mr. Baynes. »Durch eine Anzahl von Zwischenträgern. Jemand, der Heydrich nahesteht und außerhalb des Reiches, in einem neutralen Land, stationiert ist. Oder jemand, der zwischen Tokio und Berlin hin und her zu reisen pflegt.«

»Denken Sie da an jemand bestimmten?«

»Ja. An den italienischen Außenminister, Graf Ciano. Ein intelligenter, verläßlicher, sehr tapferer Mann, der völlig der Sache des internationalen Verständnisses und der Zusammenarbeit hingegeben ist. Jedoch hat er keinen Kontakt zum SD-Apparat. Aber er könnte durch jemanden in Deutschland tätig werden, zum Beispiel über wirtschaftliche Interessenten, wie Krupp oder durch General Speidel oder möglicherweise sogar durch Persönlichkeiten in der Waffen-SS. Die Waffen-SS ist weniger fanatisch, steht weniger außerhalb der deutschen Gesellschaft.«

»Ihre Dienststelle, die Abwehr – es wäre nutzlos, über Sie mit Heydrich in Verbindung zu treten.«

»Die Schwarzhemden verachten uns. Sie versuchen schon seit zwanzig Jahren, die Billigung der Partei zu erwirken, uns voll und ganz zu liquidieren.«

»Bedeutet das nicht eine hohe persönliche Gefahr für Sie?« fragte General Tedeki. »Soweit mir bekannt ist, ist die Waffen-SS hier an der Pazifikküste sehr aktiv.«

»Aktiv schon, aber auch unfähig«, sagte Mr. Baynes. »Der Mann vom Außenamt, Reiss, ist geschickt, will aber nicht mit dem SD zusammenarbeiten.« Er zuckte die Achseln.

»Ich hätte gerne Ihre Fotokopien«, meine General Tedeki. »Um sie meiner Regierung übergeben zu können. Jegliches Material, das sie besitzen und das diese Diskussion in Deutschland bestätigt. Und –«, er schien nachzudenken. »Beweise. Beweise objektiver Art.«

»Sicher«, nickte Mr. Baynes. Er griff in die Innentasche und holte ein flaches silbernes Zigarettenetui heraus. »Jede dieser Zigaretten ist ein hohler Mikrofilmbehälter.« Er reichte das Etui General Tedeki.

»Und das Etui selbst?« fragte der General. »Es wirkt sehr wertvoll.« Er begann die Zigaretten herauszuholen.

Mr. Baynes lächelte. »Das Etui auch.«

»Danke.« Ebenfalls schob der General das Etui in eine Manteltasche.

Die Sprechanlage summte. Mr. Tagomi drückte den Knopf.

Mr. Ramseys Stimme. »Sir, eine Gruppe SD-Männer ist unten im Foyer; sie versuchen, das Gebäude zu besetzen. Die Leute der Times prügeln sich mit ihnen.«

In der Ferne der Klang einer Sirene. »Die Militärpolizei ist bereits unterwegs, ebenso die Kempetai von San Francisco.«

»Danke, Mr. Ramsey«, sagte Mr. Tagomi. »Sie haben sehr ehrenwert gehandelt, indem Sie uns ruhig berichteten.« Mr. Baynes und General Tedeki lauschten erstarrt. »Meine Herren«, sagte Mr. Tagomi zu ihnen, »wir werden zweifellos die SD-Gangster töten, ehe sie dieses Stockwerk erreichen.« Und zu Ramsey: »Schalten Sie die Stromversorgung der Lifts aus.«

»Jawohl, Mr. Tagomi.« Mr. Ramsey schaltete ab.

»Wir werden warten«, erklärte Mr. Tagomi. Er zog die Schreibtischlade auf und holte eine Teakkassette hervor, der er einen perfekt erhaltenen Colt .44 aus dem Bürgerkrieg der USA entnahm, ein wertvolles Sammlerstück. Er holte eine Schachtel mit Pulver, Kugeln und Zündhütchen hervor und begann den Revolver zu laden. Mr. Baynes und General Tedeki sahen ihm mit geweiteten Augen zu.

»Ein Teil meiner persönlichen Sammlung«, sagte Mr. Tagomi. »Ein kindliches Vergnügen, das ich mir gestattet habe.« Er richtete die Waffe auf seine Bürotür und wartete.

Frank Frink saß an der Schleifscheibe in ihrer Kellerwerkstätte. Er hielt einen halb fertiggestellten silbernen Ohrring gegen die schnellkreisende Schwabbelscheibe, Polierrot spritzte ihm gegen die Brille und verschmierte ihm Nägel und Hände. Der Ohrring, in Form eines Schneckenhauses, wurde von der Reibung heiß, aber Frank ließ nicht locker.

»Nicht zu glänzend«, meinte Ed McCarthy. »Nur die erhabenen Stellen; die Vertiefungen können ruhig stumpf bleiben.«

Frank Frink brummte etwas Unverständliches. »Silber verkauft sich besser, wenn es nicht zu stark poliert ist«, meinte Ed. »Silberarbeiten müssen immer ein wenig alt wirken.«

Verkaufen, dachte Frank.

Sie hatten nichts verkauft. Abgesehen von dem Kommissionslager, hatte niemand etwas genommen, und sie hatten insgesamt fünf Einzelhandelsgeschäfte besucht.

Wir verdienen kein Geld, sagte Frank zu sich. Wir machen immer mehr Schmuck und er stapelt sich rings um uns auf.

Der Schraubsockel des Ohrrings verfing sich in der Scheibe; das Stück wurde Frink aus der Hand gerissen und fiel zu Boden. Er schaltete den Motor ab.

»Laß die Stücke nicht fallen«, sagte McCarthy, der ein Schweißgerät in der Hand hielt.

»Herrgott, es ist ja bloß so groß wie eine Erbse. Wie soll ich das denn zu fassen kriegen.«

»Nun, heb es trotzdem auf.«

Der Teufel soll den ganzen Laden holen, dachte Frink.

»Was ist denn?« fragte McCarthy, als er bemerkte, daß der andere keine Anstalten machte, den Ohrring aufzuheben.

»Wir werfen unser Geld zum Fenster hinaus, für nichts und wiedernichts«, sagte Frink.

»Was wir nicht gemacht haben, können wir auch nicht verkaufen.«

»Gar nichts können wir verkaufen«, widersprach Frink. »Ob wir es jetzt gemacht haben oder nicht.«

»Fünf Läden. Ein Tropfen auf einem heißen Stein.«

»Aber der Trend«, meinte Frink. »Man sieht, wie es läuft.«

»Mach dir doch nichts vor.«

»Ich mache mir nichts vor«, meinte Frink.

»Was willst du damit sagen?«

»Damit will ich sagen, daß höchste Zeit ist, daß wir anfangen, uns um einen Markt für Abfallmetalle umzuschauen.«

»Also schön«, sagte McCarthy, »dann steig doch aus.«

»Mache ich auch.«

»Dann mach' ich alleine weiter.« McCarthy entzündete den Schweißbrenner wieder.

»Wie wollen wir denn teilen?«

»Keine Ahnung. Wird uns schon etwas einfallen.«

»Du kannst mich abfinden«, sagte Frink.

»Kommt nicht in Frage.«

Frink überlegte. »Zahl' mir sechshundert Dollar.«

»Nein, du kannst die Hälfte von allem mitnehmen.«

»Den halben Motor?«

Dann schwiegen beide eine Weile.

»Noch drei Geschäfte«, meinte McCarthy. »Dann reden wir noch einmal darüber.« Er zog sich die Schutzmaske wieder über die Augen und machte sich wieder an die Arbeit.

Frank Frink stieg von der Bank. Er fand den Ohrring und legte ihn in die Schachtel mit den nicht fertiggestellten Teilen.

»Ich geh' 'ne Weile hinaus und rauche eine Zigarette«, sagte er und ging zur Treppe.

Kurz darauf stand er draußen auf dem Bürgersteig und hielt eine T'ien-Lai zwischen den Fingern.

Es ist alles vorbei, sagte er sich. Dazu brauche ich kein Orakel; ich erkenne den Augenblick auch so. Es riecht einfach nach Pleite.

Dabei ist es recht schwer, den Grund zu finden. Vielleicht, theoretisch gesprochen, sollten wir weitermachen. Laden für Laden, andere Städte. Aber – irgend etwas stimmt nicht. Und all die Mühe und aller Einsatz ändern nichts daran.

Warum, will ich wissen, dachte er.

Aber das werde ich nie erfahren.

Was hätten wir tun sollen? Was stattdessen machen sollen?

Wir haben uns gegen den Strom der Zeit gestellt. Gegen das Tao. Stromaufwärts in der falschen Richtung. Und jetzt – Auflösung. Verfall.

Das Yin hat uns erfaßt. Das Licht hat uns seinen Hintern gezeigt, ist anderswohin gegangen.

Jetzt können wir nur kuschen.

Und wie er so im Schatten des Gebäudes dastand und gierig an seiner Marihuanazigarette sog, kam ein ganz gewöhnlich aussehender weißer Mann in mittleren Jahren auf ihn zu.

»Mr. Frink? Frank Frink?«

»Der bin ich«, nickte Frank.

Der Mann brachte ein zusammengefaltetes Dokument und einen Ausweis zum Vorschein. »Ich gehöre zur Polizei von San Francisco. Ich habe hier einen Haftbefehl.« Er hielt Frank bereits am Arm.

»Wofür denn?« wollte Frank wissen.

»Betrug, Mr. Childan. American Artistic Handcrafts.« Der Cop führte Frink weg, und jetzt trat ein zweiter Beamter in Zivil hinzu.

Sie nahmen Frink in die Mitte und drängten ihn zu einem abgestellten Toyopet mit zivilem Kennzeichen.

Das ist es, was die Zeit von uns verlangt, dachte Frank, als die beiden Cops ihn im Wagen in die Mitte nahmen. Die Tür knallte zu, der Wagen, von einem dritten Polizisten, dieser in Uniform, gesteuert, schoß in den Verkehrsstrom hinaus.

»Haben Sie einen Anwalt?« fragte einer der Cops.
»Nein«, erklärte er.
»Auf dem Revier bekommen Sie eine Liste vorgelegt.«
»Danke«, sagte Frank.
»Was haben Sie mit dem Geld gemacht?« fragte einer der Polizisten später, als sie in der Garage des Polizeireviers Kearneystreet parkten.
»Ausgegeben«, sagte Frank.
»Alles?«
Er gab keine Antwort.
Einer der Polizisten schüttelte den Kopf und lachte.
Als sie aus dem Wagen stiegen, fragte einer: »Ist Ihr richtiger Name Fink?«
Frink zuckte zusammen.
»Fink«, wiederholte der Cop. »Fink, Sie sind Jude.« Er holte einen großen grauen Umschlag heraus. »Ein Flüchtling aus Europa.«
»Ich bin in New York geboren«, sagte Frank Frink.
»Sie sind vor den Nazis geflüchtet«, sagte der Cop. »Wissen Sie, was das bedeutet?«
Frank Frink riß sich los und rannte davon. Die drei Cops schrien ihm nach, und als er die Tür erreicht hatte, sah er, daß ein Polizeiwagen mit uniformierten Beamten ihm den Weg versperrte. Die Polizisten lächelten und einer, er hielt eine Waffe in der Hand, trat auf ihn zu und klappte ihm Handschellen über das linke Gelenk.
Dann zerrte er ihn am Handgelenk wieder zurück.
»Zurück nach Deutschland«, sagte einer der Cops und musterte ihn.
»Ich bin Amerikaner«, sagte Frank Frink.
»Ein Jude bist du«, sagte der Cop.
Und als man ihn hinaufbrachte, sagte einer der Polizisten: »Wird man ihn hier einbuchten?«
»Nee«, meinte der andere. »Wir halten ihn hier für den deutschen Konsul fest. Die wollen ihn nach deutschen Gesetz aburteilen.«
Es gab doch keine Liste mit Anwälten.
Seit zwanzig Minuten saß Mr. Tagomi jetzt reglos an seinem Schreibtisch, den Revolver auf die Tür gerichtet, während Mr.

Baynes im Büro auf und ab ging. Der alte General hatte nach einiger Überlegung zum Telefon gegriffen und die japanische Botschaft in San Francisco angerufen. Es war ihm aber nicht gelungen, Baron Kaelemakoule zu erreichen; der Gesandte, so sagte ihm ein Büroangestellter, sei verreist.

Jetzt war General Tedeki im Begriff, ein Transpazifikgespräch nach Tokio anzumelden.

»Ich werde mit der Kriegsakademie sprechen«, erklärte er Mr. Baynes. »Von dort aus wird man dann mit kaiserlichen Truppen in Verbindung treten, die in unserer Nähe stationiert sind.« Er schien in keiner Weise erregt.

»Dann werden wir also in ein paar Stunden befreit«, sagte Mr. Tagomi zu sich. Wahrscheinlich durch japanische Marineinfanterie von einem Flugzeugträger, bewaffnet mit Maschinengewehren und Granatwerfern.

Wenn man die offiziellen Kanäle benützt, so führt das meist zu einem höchst wirksamen Endergebnis. Aber die Verzögerung ist groß. Und unter uns prügelt ein Schlägertrupp im schwarzen Hemd auf Sekretärinnen und Büroangestellte ein.

Aber es gab nicht viel, was er persönlich tun konnte.

»Ob es wohl Sinn hat, mit dem deutschen Konsul in Verbindung zu treten?« sagte Mr. Baynes. Mr. Tagomi malte sich aus, wie er Miss Ephhreikian mit ihrem Tonbandgerät hereinrief, um einen dringenden Protest an Herrn H. Reiss zu diktieren.

»Ich kann Herrn Reiss anrufen«, sagte Mr. Tagomi. »Auf einer anderen Leitung.«

»Bitte«, sagte Mr. Baynes.

Immer noch den Colt .44 in der Hand drückte Mr. Tagomi einen Knopf auf seinem Schreibtisch. Und ein Sondertelefon – selbstverständlich mit Geheimnummer – schob sich aus einer Schublade.

Er wählte die Nummer des deutschen Konsulats.

»Guten Tag. Wer spricht?«

Eine männliche Funktionärsstimme mit Akzent. Zweifellos irgend ein Subalterner.

»Seine Exzellenz Herrn Reiss bitte«, sagte Mr. Tagomi. »Dringend. Hier spricht Mr. Tagomi, Leiter der Kaiserlichen Handelsmission.« Seine Stimme klang hart und befehlsgewohnt.

»Ja, Sir. Einen Augenblick bitte.« Kein Laut im Hörer. Nicht einmal ein Klicken. Er steht daneben und tut überhaupt nichts, entschied Mr. Tagomi. Zeitgewinn auf typisch nordische Art.

Und zu General Tedeki, der am anderen Telefon wartete und Mr. Baynes, der immer noch auf und abging, sagte er: »Die halten mich natürlich hin.«

Endlich erneut die Stimme des Beamten. »Tut mir leid, daß Sie warten mußten, Mr. Tagomi.«

»Schon gut.«

»Der Konsul ist in einer Besprechung, aber ich–«

Mr. Tagomi legte auf.

»Zeitverschwendung«, sagte er etwas beunruhigt. Wen sollte er sonst rufen? Tokkoka war bereits informiert, ebenso die Einheiten der Militärpolizei; es hatte also keinen Sinn, sie anzurufen. Direkter Anruf nach Berlin? Reichskanzler Goebbels? Den kaiserlichen Militärflughafen in Napa mit einer Bitte um Unterstützung?

»Ich werde den SD-Chef, Herrn B. Kreuz vom Meere anrufen», entschied er schließlich. »Und mich bitter beschweren. Ich werde schimpfen und fluchen.«

»Liefern Sie eine gute Schau«, sagte General Tedeki und lächelte.

Und in Mr. Tagomis Ohr sagte eine deutsche Stimme: »Wer spricht?«

Und Mr. Tagomi schrie: »Ich verlange die Verhaftung und Verurteilung ihrer Bande von Halsabschneidern, die jetzt wie blonde Berserker Amok laufen. Kennen Sie mich, Kerl? Hier spricht Tagomi, Berater der kaiserlichen Regierung. Fünf Sekunden oder ich verlange eine Gruppe Marineinfanteristen. Und dann geht ein Massaker los mit Flammenwerfern und Phosphorbomben. Eine Schande für die Zivilisation.«

Auf der anderen Seite der Leitung fing der SD-Beamte zu stottern an.

Mr. Tagomi blinzelte Mr. Baynes zu.

». . . wir wissen nichts davon«, sagte der Beamte.

»Lügner!« brüllte Mr. Tagomi. »Dann haben wir keine andere Wahl.« Er knallte den Hörer auf die Gabel. »Das ist natürlich nur eine Geste«, sagte er zu Mr. Baynes und General Tedeki. »Aber es schadet auch nichts. Es besteht immer die Möglichkeit, daß einer nervös wird, selbst im SD.«

General Tedeki wollte etwas sagen, aber in diesem Augenblick war an der Bürotür ein lautes Krachen zu hören; er verstummte. Die Tür flog auf.

Zwei vierschrötige weiße Männer erschienen, beide mit Pistolen ausgerüstet, die Schalldämpfer trugen. Sie sahen Mr. Baynes.

»Das ist er«, sagte einer. Sie gingen auf Mr. Baynes los.

Und Mr. Tagomi richtete seinen .44 Colt – Sammlerstück – auf einen der SD-Männer und drückte ab. Der Mann fiel zu Boden. Der andere richtete seine Waffe auf Mr. Tagomi und erwiderte das Feuer. Mr. Tagomi hörte den Abschuß nicht, sah nur eine winzige Rauchwolke, hörte das Pfeifen einer Kugel. Und mit der Geschicklichkeit eines Wyatt Earp riß er den Colt herum und drückte schnell hintereinander ab. Immer wieder.

Der Kopf des SD-Mannes platzte. Knochenstücke, Fleisch, Zahnsplitter folgen herum. In den Mund getroffen, erkannte Mr. Tagomi. Ein schrecklicher Schuß, insbesondere, wenn die Kugel von unten kam. In den Augen des kinnlosen SD-Mannes war noch Leben, eine Art von Leben. Er sieht mich immer noch, dachte Mr. Tagomi. Dann verloren die Augen ihren Glanz, und der SD-Mann brach zusammen, ließ die Waffe fallen und stieß unmenschliche gurgelnde Geräusche aus.

»Widerlich«, sagte Mr. Tagomi.

Es ließen sich keine weiteren SD-Leute sehen.

»Jetzt ist es wahrscheinlich vorbei«, sagte General Tedeki nach einer Pause.

Mr. Tagomi befaßte sich mit der mühsamen, drei Minuten dauernden Aufgabe, seine Waffe wieder zu laden. Er drückte den Knopf seiner Sprechanlage. »Bringen Sie Verbandszeug«, befahl er. »Ein schrecklich verletzter Gangster hier.«

Keine Antwort. Nur ein Summen.

Mr. Baynes hatte inzwischen die beiden Waffen der Deutschen aufgehoben. Eine davon gab er dem General, die andere behielt er selbst.

»Jetzt können wir sie niedermähen«, sagte Mr. Tagomi und richtete erneut seinen Colt .44 auf die Tür. »Ein gefährliches Triumvirat in diesem Büro.«

Und aus dem Flur hallte eine Stimme: »Ihr deutschen Verbrecher, ergebt euch!«

»Schon erledigt«, rief Mr. Tagomi zurück.

»Entweder tot oder im Sterben. Kommen Sie herein.«

Eine Gruppe von Angestellten der Nippon Times schoben sich vorsichtig zur Türe herein, einige von ihnen mit Äxten, Karabinern und Tränengasgranaten bewaffnet.

»Cause Cèlèbre«, sagte Mr. Tagomi. »Die PSA Regierung in Sacramento könnte jetzt ohne Zögern dem Reich den Krieg erklären.« Er klappte seinen Revolver auf. »Aber das ist jetzt vorbei.«

»Sie werden behaupten, nichts davon zu wissen«, sagte Mr. Baynes. »Das ist die übliche Technik. Man hat sie schon zahllose Male benutzt.« Er legte die Schalldämpferpistole auf Mr. Tagomis Schreibtisch. »Made in Japan.«

Das war kein Witz. Eine japanische Zielpistole von hervorragender Qualität. Mr. Tagomi untersuchte sie.

»Auch keine deutschen Staatsbürger«, sagte Mr. Baynes. Er hatte einem der Weißen, dem Toten, die Brieftasche abgenommen. »Bürger der PSA. Lebt in San José. Keinerlei Verbindung mit dem SD. Der Name ist Jed Sanders.« Er warf die Brieftasche weg. »Ein ganz gewöhnlicher Überfall«, sagte Mr. Tagomi. »Das Motiv: unser Safe. Keinerlei politische Aspekte.« Er stand etwas benommen auf. Ob ihm wohl das Orakel jetzt etwas nutzen würde? Vielleicht konnte es sie schützen. Sie warnen, seinen Rat wie einen Schild über sie halten.

Immer noch etwas benommen nahm er die neunundvierzig Halme heraus. Die ganze Lage konfus und ungewöhnlich, entschied er. Menschliche Intelligenz konnte sie nicht durchschauen; nur fünftausend Jahre alte Weisheit. Die totalitäre deutsche Gesellschaft gleicht einem kranken Lebewesen.

Aber das Orakel wird es durchschauen. Dem *I Ching* ist selbst eine Mißgeburt wie Nazideutschland verständlich.

Mr. Baynes, der Mr. Tagomi zusah, erkannte, wie tief verstört der Mann war. Für ihn, dachte Mr. Baynes, ist dieser Zwischenfall, der dazu führte, daß er diese beiden Männer töten, beziehungsweise verstümmeln mußte, nicht nur schrecklich, sondern sogar unerklärlich.

General Tedeki war neben ihn getreten und sagte mit leiser Stimme: »Sie sehen, wie verzweifelt der Mann ist. Wissen Sie, er ist zweifellos als Buddhist erzogen worden. Und selbst, wenn er keine formelle buddhistische Erziehung mitgemacht hat, war der Einfluß jedenfalls da. Eine Kultur, in dem kein Leben genommen werden darf; jedes Leben ist geheiligt.«

Mr. Baynes nickte.

»Er wird sein Gleichgewicht wiedergewinnen«, fuhr General Tedeki fort. »Nach einer Weile. Im Augenblick besitzt er keinen Standpunkt, von dem aus er diesen Akt betrachten und begreifen kann. Das Buch wird ihm helfen, weil es einen äußeren Bezugsrahmen liefert.«

»Ich verstehe«, sagte Mr. Baynes. Und dachte: Ein anderer Bezugsrahmen, der ihm helfen könnte, wäre die Doktrin der Erbsünde. Ob er wohl je davon gehört hat? Wir sind alle dazu verdammt, Grausamkeiten oder Gewalttaten oder Böses zu begehen; das ist unsere Bestimmung, seit der grauen Vorzeit. Unser Karma.

Um ein Leben zu retten, mußte Mr. Tagomi zwei Leben nehmen. Der logische, ausgeglichene Verstand begreift das nicht. Ein freundlicher Mann wie Mr. Tagomi konnte von den Implikationen einer solchen Wirklichkeit in den Wahnsinn getrieben werden.

Und dennoch, dachte Mr. Baynes, liegt der entscheidende Punkt nicht in der Gegenwart, weder in meinem Tode noch dem Tode der beiden SD-Männer; er liegt – hypothetisch – in der Zukunft. Was hier geschehen ist, wird von dem, was später geschieht, gerechtfertigt oder nicht gerechtfertigt. Können wir vielleicht das Leben von Millionen, das Leben ganz Japans retten?

Aber der Mann mit den Halmen konnte nicht daran denken; für ihn war die Gegenwart, das Aktuelle, zu greifbar, die toten und sterbenden Deutschen, die in seinem Büro lagen.

General Tedeki hatte recht; die Zeit würde dafür sorgen, daß Mr. Tagomi die Dinge wieder richtig sah. Entweder das, oder er würde sich ganz in die Schatten der Geistesgestörtheit zurückziehen, seinen Blick für immer abwenden, hoffnungslos perplex. Und wir alle sind nicht anders als er, dachte Mr. Baynes. Wir sehen uns der selben Verwirrung gegenüber. Deshalb können wir unglücklicherweise Mr. Tagomi keine Hölle liefern. Wir können nur warten und hoffen, daß er sich am Ende erholen und nicht untergehen wird.

XIII

In Denver fanden sie schicke und moderne Läden. Juliana fand, daß die Kleidung schrecklich teuer war, Joe schien das nichts auszumachen, er schien es nicht einmal zu bemerken; er zahlte einfach, was sie auswählte, und dann eilten sie zum nächsten Geschäft.

Ihr wichtigster Kauf – nachdem sie eine ganze Anzahl Kleider anprobiert und darüber nachgedacht und sie schließlich abgelehnt hatte – kam ziemlich spät am Nachmittag: ein blaues italienisches Originalkleid mit kurzen Ärmeln und einem aufregend tiefen Dekolleté. Sie hatte in einer europäischen Modezeitung ein Modell gesehen, das ein solches Kleid trug; angeblich war das der beste Schnitt des Jahres.

Es kostete Joe beinahe zweihundert Dollar.

Dazu brauchte sie drei Paar Schuhe, weitere Nylonstrümpfe, ein paar Hüte und eine neue handgearbeitete schwarze Lederhandtasche. Und dann stellte sie fest, daß der Ausschnitt des italienischen Kleides die neuen Büstenhalter erforderte, die die Brust nur zur Hälfte bedeckten. Sie bewunderte sich in dem Spiegel des Kleidergeschäftes und kam sich halb nackt vor und etwas unsicher, ob sie sich nach vorn beugen könnte. Aber die Verkäuferin versicherte ihr, daß die neuen Halb-BH's auch ohne Träger halten würden.

Die BH's kosteten auch eine ganze Menge; ebenfalls importiert, erklärte die Verkäuferin, und handgearbeitet. Das Mädchen zeigte ihr auch Sportkleidung, Shorts und Badeanzüge und ein Strandkleid aus Frottéstoff, aber plötzlich fing Joe an, unruhig zu werden. Also gingen sie weiter.

Während Joe die Pakete und Tüten in den Wagen lud, fragte sie: »Glaubst du nicht, daß ich großartig aussehen werde?«

»Ja«, sagte er abwesend. »Besonders dieses blaue Kleid. Du mußt es tragen, wenn wir dort hingehen zu Abendsen; verstehst du?« Das letzte Wort stieß er scharf hervor, wie einen Befehl. Der Ton überraschte sie.

»Ich habe Größe achtunddreißig oder vierzig«, sagte sie, als sie den nächsten Laden betraten. Die Verkäuferin lächelte freundlich und führte sie zu den Kleiderregalen. Was brauchte sie eigentlich noch? fragte sich Juliana. Aber besser jetzt so viel wie möglich kaufen, solange es noch ging: ihre Augen schweiften herum, da waren Blusen, Röcke, Pullver, Hosen, Mäntel. Ja, einen Mantel.

»Joe«, sagte sie. »Ich brauche einen langen Mantel. Aber keinen Tuchmantel.«

Sie entschieden sich für einen der Kunstfasermäntel aus Deutschland; er war dauerhafter als ein echter Pelz und billiger. Aber sie war dennoch enttäuscht. Um sich selbst aufzumuntern, begann sie, sich den Schmuck anzusehen. Aber es war billiger Modeschmuck ohne Phantasie oder Originalität.

»Ich muß *irgendwelchen* Schmuck haben«, erklärte si Joe. »Zumindest Ohrringe. Oder eine Nadel – die zu dem blauen Kleid paßt.« Sie führte ihn in ein Juweliergeschäft. »Und deine Kleider«, erinnerte sie sich dann etwas schuldbewußt. »Wir müssen für dich auch einkaufen.«

Während sie sich Schmuck ansah, ging Joe in ein Friseurgeschäft, um sich die Haare schneiden zu lassen. Als er eine halbe Stunde später wieder erschien, staunte sie; er hatte sich nicht nur das Haar so kurz wie möglich schneiden lassen, sondern es auch färben lassen. Sie hätte ihn kaum erkannt; er war jetzt blond. Großer Gott, dachte sie und starrte ihn an. Warum?

Joe zuckte bloß die Achseln und sagte: »Ich bin es satt, Itaker zu sein.« Mehr sagte er nicht und lehnte es auch ab, weiter darüber zu reden, als sie in ein Herrenkonfektionsgeschäft gingen und anfingen, für ihn auszuwählen.

Sie kauften einen gut geschnittenen Anzug aus einer der neuen Dupont Kunstfaser, Dacron. Und neue Socken, Unterwäsche und ein Paar moderne Schuhe mit scharfen Spitzen. Was jetzt? dachte Juliana. Hemden. Und Krawatten. Sie und der Verkäufer wählten zwei weiße Hemden mit Klappmanschetten, einige in Frankreich hergestellte Krawatten und ein Paar silberne Manschettenknöpfe aus. Das Einkaufen für ihn nahm nur vierzig Minuten in Anspruch, und sie staunte, wie leicht und schnell das, verglichen mit ihren Einkäufen, ging.

Sein Anzug sollte geändert werden, dachte sie. Aber Joe war erneut unruhig geworden; er zahlte mit den Reichsbankscheinen, die er bei sich trug. Ich weiß noch etwas, fiel Juliana plötzlich ein. Eine neue Brieftasche. Also wählten sie und der Verkäufer eine schwarze Alligatorbrieftasche für ihn aus. Dann war das auch erledigt. Sie verließen den Laden und gingen zum Wagen zurück; es war jetzt vier Uhr dreißig, und die Einkäufe waren – zumindest soweit das Joe betraf – vorüber.

»Möchtest du nicht, daß die Jacke etwas enger gemacht wird?« fragte sie Joe, als er sich in den Stadtverkehr von Denver einreihte. »Bei deinem Anzug.«

»Nein.« Seine Stimme klang brüsk und unpersönlich und erschreckte sie.

»Was ist denn los? Habe ich zuviel gekauft?« Ich weiß, daß es das ist, sagte sie zu sich. Ich hab' zu viel ausgegeben. »Ich könnte ja ein paar von den Röcken zurücktragen.«

»Gehen wir Abendessen«, sagte er.

»Oh Gott«, rief sie plötzlich aus. »Ich weiß, was ich vergessen habe. Nachthemden.«

Er sah sie wütend an.

»Möchtest du nicht, daß ich mir ein paar hübsche Pyjamas kaufe?« sagte sie. »Dann bin ich–«

»Nein.« Er schüttelte den Kopf. »Vergiß es. Such uns ein Lokal.«

Und Juliana sagte mit gleichmäßiger fester Stimme: »Jetzt melden wir uns zuerst im Hotel an. Dann können wir uns umziehen. Und dann essen wir.« Es muß ein wirklich gutes Hotel sein, dachte sie, sonst ist alles vorbei. Selbst jetzt noch. Und im Hotel fragen wir dann, welches das beste Lokal in Denver ist. Und ein guter Nightclub, wo wirklich nur Spitzenstars auftreten, nicht bloß irgendein Lokaltalent, sondern wirklich große Namen aus Europa, wie Eleanor Perez oder Willy Beck. Ich weiß, daß große UFA-Stars wie die nach Denver kommen, weil ich die Plakate gesehen habe.

Während sie ein gutes Hotel suchten, warf Juliana immer wieder Blicke auf den Mann neben ihr. Mit kurzgeschnittenem blonden Haar und in seinen neuen Kleidern sieht er völlig verändert aus. Gefällt er mir so besser? Schwer zu sagen. Und ich – sobald ich mir das Haar habe richten lassen, werden wir zwei fast ganz andere Menschen sein. Aus dem Nichts geschaffen, oder besser gesagt, aus Geld. Aber ich muß mir das Haar richten lassen, sagte sie sich.

In der Innenstadt von Denver fanden sie ein großes stattliches Hotel mit einem uniformierten Portier, der ihren Wagen parken ließ. So wollte sie es. Und ein Page – in Wirklichkeit ein ausgewachsener Mann in kastanienbrauner Uniform – trug ihre Pakete und ihr Gepäck, so daß sie nichts anderes zu tun brauchten, als die breite, mit Teppichen belegte Treppe hinaufzugehen, durch die Glas- und Mahagonitüren hindurch in die Halle.

Kleine Läden zu beiden Seiten der Halle, Blumengeschäfte, Geschenke, Schokolade, ein Telegrafenbüro, das Gewimmel von Gästen an der Rezeption, die großen Topfpflanzen und unter ihren Füßen Teppichböden, dick und weich . . . Neonleuchten wiesen den Weg zum Restaurant, der Cocktailbar und dem Frühstücksraum.

Es gab sogar eine Buchhandlung.

Während Joe sie in das Buch eintrug, entschuldigte sie sich und lief zu dem Buchgeschäft, um nachzusehen, ob es *Die Heuschrecke* gab. Ja, da lag es, ein ganzer Stapel mit einem Plakat, auf dem stand, wie beliebt und wichtig es wäre und, natürlich, daß es in den deutschen Gebieten verboten sei. Eine lächelnde Frau, die sie an ihre Großmutter erinnerte, bediente sie; das Buch kostet beinahe vier Dollar, was Juliana sehr teuer vorkam, aber sie bezahlte mit einem Reichsmarkschein aus ihrer neuen Handtasche und eilte dann wieder zu Joe zurück.

Der Page, mit ihrem Gepäck beladen, führte sie zum Lift und ins zweite Stockwerk, dort den Korridor entlang zu ihrem atemberaubenden Zimmer. Der Mann schloß die Tür für sie auf, trug alles hinein und schaltete das Licht ein. Joe gab ihm ein Trinkgeld, und er verschwand, schloß die Tür hinter sich.

Alles entwickelte sich genauso, wie sie es sich gewünscht hatte.

»Wie lange bleiben wir in Denver?« fragte sie Joe, der bereits angefangen hatte, die Pakete aufzuschnüren. »Ehe wir nach Cheyenne fahren?«

Er gab keine Antwort; er war jetzt ganz in den Inhalt seines Koffers vertieft.

»Einen Tag oder zwei? fragte sie und zog den neuen Mantel aus. »Meinst du, wir könnten *drei* bleiben?«

Joe hob den Kopf und antwortete: »Wir fahren heute abend weiter.«

Zuerst verstand sie nicht, und dann wollte sie ihm nicht glauben. Sie starrte ihn an, und er starrte zurück und sein Gesicht wirkte grimmig, beinahe erschreckend, so verzerrt, wie sie es noch bei keinem Menschen gesehen hatte. Er stand reglos da, wie gelähmt.

»Nach dem Essen«, fügte er hinzu.

Sie wußte nicht, was sie sagen sollte.

»Du mußt das neue Kleid tragen, das so viel gekostet hat«, sagte er. »Das blaue; das wirklich gute – verstehst du?« Er begann sein Hemd aufzuknöpfen. »Ich werd' mich jetzt rasieren und duschen.« Seine Stimme klang mechanisch, als spräche er meilenweit entfernt durch irgendein Instrument. Und dann drehte er sich um und ging steif und ruckartig zum Bad.

»Heute abend ist es zu spät«, stieß sie schließlich etwas mühsam hervor.

»Nein. Wir sind gegen halb sechs mit dem Abendessen fertig, spätestens um sechs. Wir sind in zwei, zweieinhalb Stunden in Cheyenne. Dann ist es erst halb neun, sagen wir spätestens neun. Wir können von hier aus anrufen, Abendsen sagen, daß wir kommen; erklären. Das wird Eindruck machen, ein Ferngespräch. Sag es so – wir fliegen zur Westküste; wir sind nur heute abend in Denver, aber wir sind von seinem Buch so begeistert, daß wir nach Cheyenne fahren und heute abend wieder zurück, bloß um Gelegenheit zu haben –«

Sie unterbrach ihn. »Warum?«

Tränen stiegen ihr in die Augen, und sie ertappte sich dabei, wie sie die Fäuste ballte, so, wie sie es als Kind getan hatte; sie verspürte, wie ihr Kinn zu zittern begann und als sie dann weitersprach, war ihre Stimme kaum zu hören. »Ich will nicht heute zu ihm fahren und ihn sehen; ich mag nicht. Ich will überhaupt nicht. Ich möchte mir diese Stadt ansehen. So, wie du es mir versprochen hast.« Während sie das sagte, machte sich wieder die Angst in ihr breit, drückte auf ihre Brust, jene seltsame Panik, die sie selten verlassen hatte, selbst in den Augenblicken höchster Ekstase mit ihm nicht.

»Wir fahren jetzt zu ihm und nachher, wenn wir zurückkommen – dann sehen wir uns die Stadt an«, sagte Joe. Er sprach ganz ruhig und vernünftig und dennoch so ausdruckslos, als rezitiere er etwas.

»Nein«, sagte sie.

»Zieh das blaue Kleid an.« Er wühlte in den Paketen, bis er es in der größten Schachtel gefunden hatte. Er löste die Schnur, holte das Kleid heraus und legte es präzise auf das Bett; ohne jede Eile. »Okay? Du wirst umwerfend aussehen. Hör zu, wir kaufen uns eine Flasche Scotch und nehmen sie mit. Diesen VAT 69.«

Frank, dachte sie, hilf mir. Ich begreife mich selbst nicht mehr.

»Es ist viel weiter, als du glaubst«, antwortete sie. »Ich habe auf der Karte nachgesehen. Es wird wirklich spät sein, wenn wir dort hinkommen, eher elf Uhr oder gar Mitternacht.«

»Zieh das Kleid an, oder ich bring' dich um«, sagte er.

Sie schloß die Augen und fing an zu kichern. Meine Ausbildung, dachte sie. Es stimmte wirklich. Jetzt werden wir es sehen. Kann er mich umbringen oder kann ich auf einen Nerv an seinem Rücken drücken und ihn fürs Leben zum Krüppel machen? Aber er hat gegen diese britischen Kommandoeinheiten gekämpft; er hat das vielleicht schon vor Jahren durchgemacht.

»Ich weiß, daß du mich vielleicht aufs Kreuz legen kannst«, sagte Joe. »Aber vielleicht auch nicht.«

»Nicht dich aufs Kreuz legen«, sagte sie. »Dich auf immer verstümmeln. Das kann ich wirklich. Ich habe an der Westküste gelebt, Die Japs haben mich ausgebildet. In Seattle. Fahr ruhig nach Cheyenne, wenn du Lust hast, und laß mich hier. Versuch nicht, mich zu zwingen. Ich habe Angst vor dir, und ich werde es versuchen.« Ihre Stimme brach. »Ich werde versuchen, dich richtig zu erwischen, wenn du mich angreifst.«

»Ach hör doch auf – zieh das verdammte Kleid an. Was soll das Ganze? Bist du verrückt? Du redest jetzt vom Umbringen und Fertigmachen, bloß weil ich möchte, daß du nach dem Abendessen ins Auto springst und mit mir zu diesem Burschen fährst, dessen Buch –«

Es klopfte an der Tür.

Joe stelzte hinüber und öffnete. Ein uniformierter Boy im Korridor sagte: »Kleiderdienst. Sie haben sich an der Rezeption erkundigt, Sir.«

»Oh, ja«, sagte Joe und ging zum Bett. Er nahm die neuen

weißen Hemden, die er gekauft hatte, und gab sie dem Pagen. »Kann ich sie in einer halben Stunde wieder haben?«

»Bloß die Falten ausbügeln«, sagte der Junge und sah sie an. »Nicht reinigen. Ja, das geht sicher, Sir.«

Als Joe die Tür schloß, sagte Juliana: »Woher hast du denn gewußt, daß man ein neues weißes Hemd nicht tragen kann, ehe es gebügelt ist?«

Er gab keine Antwort, zuckte bloß die Schultern.

»Ich hatte das vergessen«, sagte Juliana. »Und eine Frau sollte das eigentlich wissen. . . wenn man sie aus der Cellophanverpackung nimmt, sind sie ganz verdrückt.«

»Als ich jünger war, habe ich mich oft herausgeputzt und bin ausgegangen.«

»Und woher hast du gewußt, daß es in dem Hotel einen Kleiderdienst gibt? Ich hab' das nicht gewußt, und hast du dir wirklich das Haar schneiden und färben lassen? Ich glaube, dein Haar war immer blond und du hast eine Perücke getragen. Stimmt das?«

Wieder zuckte er die Achseln.

»Du mußt ein SD-Mann sein«, sagte sie. »Du hast dich als Fernfahrer verkleidet. Du hast nie in Nordafrika gekämpft, oder? Man hat dich hierhergeschickt, um Abendsen zu töten; stimmt's? Ich weiß, daß es stimmt. Ich glaube, ich bin ziemlich dumm.« Sie kam sich ausgetrocknet und leer vor.

Und nach einer Weile sagte Joe: »Sicher hab' ich in Nordafrika gekämpft. Vielleicht nicht bei Pardis Artillerie. Bei den Brandenburgern.« Und dann fügte er hinzu. »Wehrmachtkommando. Wir haben uns in das britische Hauptquartier eingeschlichen. Ich wußte nicht, was das für einen Unterschied macht; wir haben 'ne ganze Menge durchgemacht. Und ich war in Kairo; ich hab' mir diesen Orden verdient.«

»Ist dieser Füllhalter eine Waffe?«

Er gab keine Antwort.

Eine Bombe, erkannte sie plötzlich. »Irgendeine besondere Bombe, die dann explodiert, wenn jemand sie anfaßt.«

»Nein«, sagte er. »Was du gesehen hast, ist ein Zwei-Watt-Sender mit Empfänger, damit ich in Radioverbindung bleiben kann. Falls der Plan geändert wird, was ja bei der augenblicklichen politischen Lage in Berlin möglich wäre.«

»Du vergewisserst dich also noch bei ihnen, ehe du es tust, um sicher zu sein.«

Er nickte.

»Du bist kein Italiener; du bist ein Deutscher.«

»Schweizer.«

»Mein Mann ist Jude«, sagte sie.

»Mir ist egal, was dein Mann ist. Ich will bloß, daß du dieses Kleid anziehst und dich zurechtmachst, damit wir essen gehen können. Richte dir das Haar irgendwie; ich glaube, der Friseurladen im Hotel ist noch offen. Das könntest du machen, während ich auf meine Hemden warte und mich rasiere.«

»Wie wirst du ihn töten?«

»Bitte zieh das neue Kleid an, Juliana«, sagte Joe. »Ich rufe jetzt hinunter und erkundige mich wegen des Friseurs.« Er ging zum Telefon.

»Warum brauchst du mich?«

Joe drehte die Wählscheibe und sagte: »Wir haben eine Akte über Abendsen. Anscheinend fühlt er sich besonders zu dunkelhaarigen, etwas sinnlichen Mädchen hingezogen. Ein ganz bestimmter Typ aus dem mittleren Osten oder dem Mittelmeerraum.«

Während er mit der Rezeption sprach, ging Juliana ans Bett und legte sich hin. Sie schloß die Augen und legte den Arm übers Gesicht.

»Es gibt einen Friseur«, sagte Joe, als er aufgelegt hatte. »Sie können sich gleich um dich kümmern. Geh in den Salon hinunter, er ist im Zwischenstock.« Er reichte ihr etwas. Als sie die Augen aufschlug, sah sie, daß es weitere Reichsbankscheine waren.

»Damit kannst du bezahlen.«

»Laß mich hier liegen«, sagte sie. »Bitte.«

Er sah sie erstaunt und irgendwie besorgt an. »Seattle ist, wie San Francisco gewesen wäre«, sagte sie, »wenn es das große Feuer nicht gegeben hätte. Richtig alte Holzgebäude und ein paar Ziegelmauern und hügelig wie San Francisco. Dort gab's schon lange vor dem Krieg Japs. Die haben ein ganzes Geschäftsviertel und Häuser und Läden, alles sehr alt. Eine Hafenstadt. Dieser kleine alte Japs, der mich ausgebildet hat – ich war mit einem Burschen von der Handelsmarine dort und hab' angefangen, diese Stunden zu nehmen. Minoru Ichoyasu; er trug eine Weste und eine Krawatte. Er war rund wie ein Jo-Jo. Er hatte ein Wartezimmer wie ein Zahnarzt.«

Joe beugte sich über sie, griff nach ihrem Arm und zog sie so in die Höhe, daß sie saß.« Was ist denn? Du tust, als wärst du krank.« Er musterte ihr Gesicht.

»Ich sterbe«, sagte sie.

»Das ist bloß ein Anfall von Angst. Hast du so etwas öfter? Ich kann dir ein Beruhigungsmittel aus der Hotelapotheke beschaffen. Wie wärs mit Phenobarbital? Und wir haben seit zehn Uhr früh nichts mehr gegessen. Du wirst gleich wieder in Ordnung sein. Wenn wir zu Abendsen gehen, brauchst du nichts zu machen, bloß bei mir sein. Ich rede schon. Du brauchst nur zu lächeln und freundlich zu sein; bleib bei ihm und mach Konversation mit ihm, damit er bei uns bleibt und nicht weggeht. Wenn er dich sieht, wird er uns ganz bestimmt hereinlassen, besonders mit diesem Ausschnitt, den du da hast. Ich würde dich an seiner Stelle auch hereinlassen.«

»Laß mich ins Bad«, sagte sie. »Mir ist schlecht. Bitte.« Sie schob ihn von sich. »Mir ist schlecht. Laß mich.«

Er ließ sie los, und sie schwankte ins Bad, schloß die Tür hinter sich. Ich kann es tun, dachte sie. Sie knipste das Licht an; es machte sie benommen. Dann kniff sie die Augen zusammen. Ich werde es schon finden. In dem Wandschränkchen ein Päckchen Rasierklingen, Seife, Zahnpasta. Sie riß das Päckchen Klingen auf, hielt die blauschwarzen Klingen in der Hand.

Das Wasser in der Dusche lief. Sie stellte sich darunter. Großer Gott, sie hatte die Kleider an. Ruiniert. Das Kleid klebte ihr am Leib. Ihr Haar triefte. Erschreckt taumelte sie heraus, stürzte beinahe. Wasser troff aus ihren Strümpfen. . . sie fing zu weinen an.

Joe fand sie vor der Toilette stehend. Sie hatte das nasse Kleid ausgezogen und stand nackt da, stützte sich auf einen Arm. »Herrgott«, sagte sie zu ihm, als sie erkannte, daß er dastand. »Ich weiß nicht, was ich tun soll. Mein Jerseykleid ist runiert.« Sie deutete darauf, und er sah den Haufen nasser Kleider.

Sehr ruhig – aber sein Gesicht war dabei verzerrt, sagte er: »Nun, das solltest du ohnehin nicht tragen.« Dann trocknete er sie mit einem flauschigen weißen Hotelhandtuch ab, führte sie vom Badezimmer zurück in das warme Schlafzimmer. »Zieh deine Unterwäsche an. Nimm dir etwas. Ich lasse die Friseuse heraufkommen; sie muß einfach. Es geht nicht anders.« Wieder griff er nach dem Telefon und wählte.

»Hast du mir Pillen besorgt?« fragte sie, als er zu Ende gesprochen hatte.

»Das hab' ich vergessen. Ich rufe gleich in der Apotheke an. Nein warte; ich hab' da etwas Nembutal oder so etwas.« Er wühlte in seinem Koffer herum. Als er ihr die beiden gelben Kapseln hinhielt, fragte sie: »Zerstören die mich?« Sie nahm die Pillen in die Hand.

»Was?« fragte er und sein Gesicht zuckte.

Meinen Unterleib verfaulen lassen, dachte sie. »Ich meine«, sagte sie vorsichtig, »meine Konzentration schwächen?«

»Nein – das ist irgendein IG-Farben-Produkt von zu Hause. Ich nehme es immer, wenn ich nicht schlafen kann. Ich hol' dir ein Glas Wasser.« Er rannte weg.

Klinge, dachte sie. Ich hab' sie verschluckt. Sie wird mich innerlich zerfetzen. Strafe. Mit einem Juden verheiratet und mit einem Gestapomörder im Bett. Sie spürte Tränen in den Augen. Ein Wrack, dachte sie. »So, jetzt gehe ich«, sagte sie und stand auf. »Zum Friseur.«

»Du bist nicht angezogen!« Er führte sie, setzte sie hin, versuchte ohne Erfolg, ihr den Schlüpfer überzustreifen. »Ich muß dein Haar richten lassen«, sagte er mit verzweifelter Stimme. »Wo ist diese Hure bloß?«

»Diese Pillen«, sagte sie. »Die machen einen ganz konfus.«

»Du hast sie ja gar nicht genommen«, sagte er und deutete auf ihre geballten Fäuste. »Du bist geistesgestört«, sagte er. Er war schwer geworden, träge, langsam. »Du bist sehr krank. Wir können nicht fahren.«

»Kein Arzt«, sagte sie. »Das wird schon wieder.« Sie versuchte zu lächeln.

»Ich kann dich nicht zu den Abendsens mitnehmen«, sagte er. »Jedenfalls jetzt nicht. Morgen. Dann geht es dir vielleicht besser. Wir versuchen es morgen. Das müssen wir.«

»Darf ich noch einmal ins Bad?«

Er nickte. Wieder schloß sie die Tür hinter sich. Wieder holte sie eine Klinge aus dem Schränkchen und nahm sie in die rechte Hand. Wieder kam sie heraus.

»Wiedersehen«, sagte sie.

Und als sie die Korridortür öffnete, stieß er einen Schrei aus, griff nach ihr.

»ZZZZ. Das ist schrecklich«, sagte sie. »Die tun einem weh. Ich muß das schließlich wissen.« Immer für Handtaschenräuber bereit und all die anderen Leute, die einen in der Nacht belästigen. Und was war aus dem hier geworden? Er hielt sich den Hals, tanzte herum.

»Laß mich vorbei«, sagte sie. »Verstell mir nicht den Weg, wenn du nicht eine Lektion willst.« Sie hielt die Klinge hoch und öffnete die Tür. Joe saß auf dem Boden, die Hände an den Hals gepreßt. »Wiedersehen«, sagte sie und schloß die Tür hinter sich.

Eine Frau im weißen Mantel, singend oder summend, schob mit gesenktem Kopf ein Wägelchen vor sich her, blickte auf die Türnummern und stand schließlich vor Juliana. Die Frau hob den Kopf, und die Augen traten ihr hervor.

»Oh, Süße«, sagte sie, »du bist wirklich voll. Du brauchst keinen Friseur. Geh wieder in dein Zimmer und zieh dich an, ehe sie dich aus dem Hotel werfen. Großer Gott.« Sie öffnete die Tür hinter Juliana. »Laß dich von deinem Mann nüchtern machen; ich ruf' beim Zimmerservice an und laß' Kaffee schikken. Los, verschwinde jetzt.« Sie schob Juliana in ihr Zimmer zurück, knallte die Tür hinter ihr zu, und man hörte, wie der Wagen weggeschoben wurde.

Die Friseuse, dachte Juliana, und dann blickte sie an sich herunter und sah, daß sie wirklich nichts anhatte; die Frau hatte recht gehabt.

»Joe«, sagte sie. »Die lassen mich nicht.«

Sie fand das Bett, fand ihren Koffer, klappte ihn auf, kippte ihn um. Wäsche, dann die Bluse, den Rock. . . ein paar Schuhe mit niedrigen Absätzen. »Zwing mich doch, zurückzukommen«, sagte sie.

Sie fand einen Kamm, fuhr sich schnell durchs Haar und bürstete es dann. Wie aufregend. Diese Frau stand draußen und wollte gerade klopfen. Sie stand auf und ging zum Spiegel. »Ist's so besser?« In der Schranktür war ebenfalls ein Spiegel, und sie konnte sich von beiden Seiten mustern. »Mir ist das so peinlich«, sagte sie und sah sich um. »Ich weiß gar nicht, was ich tue. Du mußt mir irgend etwas gegeben haben. Jedenfalls hat es mich krank gemacht, statt mir zu helfen.«

Joe saß immer noch auf dem Boden und hielt sich den Hals. »Hör zu. Du bist sehr gut. Du hast meine Aorta durchgeschnitten. Die Arterie in meinem Hals.«

Sie kicherte und schlug sich mit der Hand auf den Mund. »Oh, großer Gott – du bist so dumm, ich meine, du bringst alles durcheinander. Die Aorta ist in der Brust. Du meinst die Halsschlagader.«

»Wenn ich loslasse«, sagte er, »bin ich in zwei Minuten verblutet. Das weißt du. Hol mir also Hilfe, einen Arzt, einen Krankenwagen. Verstehst du? Wolltest du das? Wahrscheinlich. Okay – rufst du an oder holst du jemand?«

Sie überlegte. »Ja, das wollte ich.«

»Nun«, sagte er, »jedenfalls hol mir jemanden, um meinetwillen.«

»Geh doch selbst.«

»Ich hab' es nicht ganz zugepreßt.« Das Blut war durch seine Finger gedrungen, über sein Handgelenk. Auf dem Boden war eine Pfütze. »Ich habe Angst, mich zu bewegen. Ich muß hierbleiben.«

Sie zog ihren neuen Mantel an, klappte ihre handgearbeitete Lederhandtasche zu, griff nach ihrem Koffer und so vielen Paketen, wie sie tragen konnte, insbesondere die große Schachtel mit dem blauen italienischen Kleid. Als sie die Tür öffnete, sah sie sich nach ihm um. »Vielleicht sag' ich es unten an der Rezeption«, sagte sie.

»Ja,« sagte er.

»Alright«, meinte sie. »Ich sag' es ihnen. Und du brauchst gar nicht in meiner Wohnung nach mir zu schauen, weil ich nicht dorthin zurückfahre. Und ich hab' jetzt ziemlich viel Geld. Also kann mir nicht viel passieren. Wiedersehen. Tut mir wirklich leid.«

Sie schloß die Türe und eilte so schnell sie konnte durch den Korridor. Im Lift halfen ihr ein älterer gut gekleideter Mann und seine Frau; sie nahmen ihre Pakete und gaben sie in der Halle einem Pagen.

»Danke«, sagte Juliana zu ihnen.

Nachdem der Page ihren Koffer und ihre Pakete durch die Halle und ins Freie getragen hatte, fand sie einen Hotelangestellten, der ihr erklärte, wie sie an ihren Wagen kam. Bald stand sie in der alten Betongarage unter dem Hotel und wartete, bis man ihren Studebaker brachte. Sie gab dem Mann ein Trinkgeld und fuhr auf die dunkle Straße mit ihren Neonreklamen, Autos und Scheinwerfern hinaus.

Der uniformierte Hotelportier lud persönlich ihr Gepäck in den Kofferraum und lächelte so freundlich, daß sie ihm ein enormes Trinkgeld gab, ehe sie weiterfuhr. Niemand versuchte, sie aufzuhalten, und das überraschte sie. Wahrscheinlich wissen die, daß er bezahlen wird, entschied sie. Vielleicht hat er das sogar schon bei der Anmeldung getan.

Während sie neben den anderen Autos vor einer Ampel wartete, fiel ihr ein, daß sie an der Rezeption nichts über Joe gesagt hatte, der jetzt auf dem Boden saß und einen Arzt brauchte, der immer noch wartete, von jetzt bis ans Ende der Welt oder bis die Putzfrau irgendwann morgen auftauchte. Ich sollte umkehren, entschied sie, oder telefonieren, an einer Telefonzelle halten.

Das ist so dumm, dachte sie, als sie einen Parkplatz und eine Telefonzelle suchte. Wer hätte das vor einer Stunde gedacht. Als wir in das Hotel zogen, als wir einkauften. . . beinahe hätten wir uns angezogen und wären zum Essen gegangen; wir wären vielleicht sogar in den Nightclub gegangen. Wieder hatte sie zu Weinen begonnen, stellte sie fest; Tränen fielen von ihrer Nase auf die Bluse. Wirklich dumm, daß ich nicht das Orakel befragt habe; das hätte es gewußt und mich gewarnt. Warum habe ich das nicht getan.?

Als sie einen Parkplatz gefunden hatte, saß sie bei laufendem Motor da und zitterte, die Hände in den Manteltaschen. Herrgott, sagte sie verzweifelt zu sich. Nun, ich denke, so etwas passiert eben. Sie stieg aus dem Wagen und zerrte den Koffer heraus. Dann öffnete sie ihn auf dem Rücksitz und wühlte zwischen den Kleidern, bis sie die beiden schwarzen Bände des Orakels gefunden hatte. Dann begann sie, auf dem Rücksitz des Wagens drei RMS-Münzen zu werfen. Was soll ich tun? fragte sie. Bitte sag mir, was ich tun soll. *Bitte.*

Hexagramm zweiundvierzig. Bewegte Zeilen in der zweiten, dritten und vierten Stelle, daher auf Hexagramm dreiundvierzig umgewandelt. Durchbruch. Sie überflog den Text, versuchte zu begreifen. Herrgott, das schilderte die Situation ganz genau. Wieder ein Wunder. Alles, was geschehen war, lag hier vor ihren Augen wie ein Plan:

Es nützt einem,
etwas zu unternehmen.
Es nützt einem, das große Wasser zu überqueren.

Eine Reise, etwas Wichtiges unternehmen, nicht hierbleiben. Und jetzt die Zeilen. Ihre Lippen bewegten sich. . . suchten.

Zehn Schildkröten können sich nicht gegen ihn stellen.
Beharrlichkeit bringt Gutes.
Der König tritt vor seinen Gott.

Jetzt sechs in der dritten. Beim Lesen überkam sie Benommenheit:

Unglückliche Ereignisse bereichern einen.
Keine Schande, wenn du es ehrlich meinst.
Und in der Mitte gehst.
Und dem Prinzen ein Siegel bringst.

Der Prinz. . . das bedeutete Abendsen. Das Siegel, die neue Kopie seines Buchs. Unglückliche Ereignisse. Das Orakel wußte, was ihr zugestoßen war. Das Schreckliche mit Joe oder wer immer er sein mochte. Sie las sechs an der vierten Stelle:

Wenn du in der Mitte gehst
und es dem Prinzen berichtest,
wird er folgen.

Ich muß dorthin gehen, erkannte sie. Selbst wenn Joe mir folgt. Sie verschlang die letzte Zeile:

Er bringt keinen Zuwachs.
Ja, jemand schlägt ihn sogar.
Sein Herz bleibt nicht dauernd beständig.
Mißgeschick.

O Gott, dachte sie; das bedeutet den Mörder, die Gestapoleute – das sagt mir, daß Joe oder jemand wie er, jemand anderer, dort hingehen und Abendsen töten wird. Schnell wandte sie sich Hexagramm dreiundvierzig zu. Das Urteil:

Man muß die Angelegenheit entschlossen
am Hofe des Königs bekanntgeben.
Man muß sie wahrheitsgemäß verkünden. Gefahr.
Es ist nötig, seine eigene Stadt zu verständigen.
Es bringt keine Nutzen, zu den Waffen zu greifen.
Es bringt keinen Nutzen, etwas zu unternehmen.

Es hat also keinen Sinn, zum Hotel zurückzukehren und ihn zu töten; es ist hoffnungslos, weil andere ausgeschickt werden. Und wieder sagt das Orakel sogar noch eindringlicher: Geh nach Cheyenne und warne Abendsen, so gefährlich das auch für mich sein mag. Ich muß ihm die Wahrheit mitteilen.

Sie klappte den Band zu.

Dann setzte sie sich wieder hinter das Steuer und lenkte den Wagen in den Verkehr. Kurz darauf hatte sie die Autobahn nach Norden gefunden; sie fuhr so schnell ihr Wagen das zuließ. Dem Himmel sei Dank für Dr. Todt und seine Autobahnen, sagte sie sich, als sie durch die Finsternis dahinschoß und nichts anderes als ihre eigenen Scheinwerferkegel und die Markierungsstreifen auf der Straße sah.

Ein Wegweiser vor ihr lautete: GREELEY FÜNF MEILEN. Ich fahre morgen weiter, sagte sie sich, als sie ein paar Minuten später langsam durch die Hauptstraße von Greeley fuhr. Sie sah ein paar Hotels mit ›FREI‹ Plakaten. Darin lag also kein Problem. Ich muß Abendsen heute abend anrufen und ihm sagen, daß ich komme.

Als sie den Wagen abgestellt hatte, stieg sie müde aus, erleichtert, die Beine wieder ausstrecken zu können. Den ganzen Tag auf der Straße, seit acht Uhr früh. Sie entdeckte einen auch nachts geöffneten Drugstore und ging, die Hände in den Manteltaschen, darauf zu. Kurz darauf stand sie in der Telefonzelle und verlangte die Auskunft.

Gottseidank standen die Abendsens im Telefonbuch. Sie schob das Geld in den Schlitz und hörte es klingen.

»Hallo«, meldete sich eine Frauenstimme, eine muntere angenehme Stimme, die zweifellos einer jungen Frau gehörte, einer Frau, vielleicht im gleichen Alter wie sie.

»Mrs. Abendsen?« sagte Juliana. »Kann ich bitte Mr. Abendsen sprechen?«

»Wer spricht bitte?«

»Ich habe sein Buch gelesen und bin den ganzen Tag aus Cayon City in Colorado hierhergefahren«, sagte Juliana. »Ich bin jetzt in Greeley. Ich habe gedacht, ich könnte es heute abend noch bis zu Ihnen schaffen, aber das geht nicht, und deshalb möchte ich wissen, ob ich ihn irgendwann morgen besuchen darf.«

Nach einer Pause sagte Mrs. Abendsen mit immer noch freundlicher Stimme. »Ja, jetzt ist es zu spät; wir gehen ziemlich früh zu Bett. Hatten Sie – einen besonderen Grund, warum Sie meinen Mann sehen wollen? Er ist im Augenblick sehr beschäftigt.«

»Ich wollte mit ihm sprechen.« Ihre eigene Stimme klang in ihren Ohren ausdruckslos und hölzern: sie starrte die Wand der Telefonzelle an, wußte nicht, was sie sagen sollte.

»Hawthorne arbeitet sehr unregelmäßig«, sagte Mrs. Abendsen mit ihrer freundlichen, klaren Stimme. »Ich kann Ihnen gar nichts versprechen, wenn Sie morgen kommen. Falls er beschäftigt ist –«

»Ja«, unterbrach Juliana sie. »Das verstehe ich. Aber das Orakel hat mir gesagt, daß ich nach Cheyenne kommen muß.«

»Oh«, sagte Mrs. Abendsen, als wüßte sie zwar, wie wichtig das Orakel wäre, nähme es aber doch nicht ganz ernst.

«Ich lese es Ihnen vor«, sie hatte das Buch mit in die Zelle genommen und blätterte jetzt eifrig darin. »Augenblick.« Sie hatte die Seite gefunden und las jetzt das Urteil und die Zeilen vor. Als sie die Neun erreicht hatte – die Zeile über das Mißgeschick – hörte sie Mrs. Abendsen etwas ausrufen.

»Wie bitte?« fragte Juliana.

»Nur zu«, sagte Mrs. Abendsen. Jetzt klang ihre Stimme wach und interessiert.

Sie las ihr die restlichen Zeilen vor und Mrs. Abendsen schwieg.

»Nun, dann freuen wir uns darauf, Sie morgen bei uns zu

sehen«, meinte sie schließlich. »Würden Sie mir bitte Ihren Namen angeben?«

»Juliana Frink«, sagte sie. »Und vielen Dank, Mrs. Abendsen.«

Die Vermittlung hatte sich inzwischen eingeschaltet und ihr mitgeteilt, die Gesprächszeit wäre um, also legte Juliana auf, nahm ihre Handtasche und das Orakel, verließ die Telefonzelle und ging an die Imbißtheke des Drugstore.

Nachdem sie sich ein Sandwich und eine Cola bestellt hatte und mit einer Zigarette dasaß, wurde ihr plötzlich voll ungläubigen Schrecken klar, daß sie Mrs. Abendsen gegenüber nichts von dem Gestapo-Mann oder dem SD-Mann oder was er sonst sein mochte, erwähnt hatte, jenem Joe Cinnadella, den sie in dem Hotelzimmer in Denver zurückgelassen hatte. Sie konnte es einfach nicht glauben. Ich hatte es vergessen!, sagte sie zu sich. Es ist mir völlig entfallen. Wie war das möglich? Ich muß verrückt sein; ich muß schrecklich krank und dumm und verrückt sein.

Sie suchte in ihrer Handtasche herum, suchte nach Kleingeld für einen weiteren Anruf. Nein, entschied sie dann und stand auf. Ich kann sie heute abend nicht nocheinmal anrufen; ich werden es einfach auf sich beruhen lassen – es ist zu spät. Ich bin müde, und wahrscheinlich schlafen die auch schon.

Sie aß ihr Sandwich mit Geflügelsalat, trank ihre Cola und fuhr dann zum nächsten Motel, nahm sich ein Zimmer und kroch zitternd ins Bett.

XIV

Mr. Nobusuke Tagomi dachte, es gibt keine Antwort. Kein Verstehen. Selbst im Orakel nicht. Und doch muß ich irgendwie überleben, weiterleben.

Ich werde gehen und das Kleine finden. Jedenfalls im Verborgenen leben. Bis irgendwann einmal später, wenn –

Jedenfalls verabschiedete er sich von seiner Frau und verließ sein Haus. Aber heute begab er sich nicht, wie gewöhnlich, zum Nippon Times Gebäude. Sich entspannen? Sollte er in den Golden Gate Park fahren, mit seinem Zoo und den Fischen? Einen Ort besuchen, wo Dinge, die nicht denken können, doch ihr Dasein genießen.

Zeit. Es wird eine lange Fahrt für das Pedotaxi sein und mir mehr Zeit lassen, um die Dinge zu begreifen, sie zu erkennen. Falls man das sagen kann.

Aber Bäume und Tiere im Zoo sind nichts Persönliches. Ich muß mich am menschlichen Leben festklammern. das hat mich zum Kind gemacht, obwohl das vielleicht gut sein könnte. Ich könnte jedenfalls etwas Gutes daraus machen.

Der Pedotaxifahrer strampelte die Kearny Street entlang, auf die Innenstadt von San Francisco zu. Ich will mit dem Cable Car fahren, dachte Mr. Tagomi plötzlich. Beschauliches Glück finden in einer sentimentalen Reise, in einer Fahrt, in einem Gegenstand, der schon 1900 hätte verschwinden sollen und der doch seltsamerweise immer noch existiert.

Er entließ das Taxi und ging auf die Schienen zu.

Vielleicht kann ich nie mehr zum Nippon Times Gebäude mit seinem Gestank des Todes zurückkehren. Meine Laufbahn ist vorbei, aber das macht nichts. Die Handelsmission wird einen Ersatz finden. Aber Tagomi existiert immer noch, geht, lebt, erinnert sich an jede Einzelheit. Es bringt also nichts.

Jedenfalls wird der Krieg, Operation Löwenzahn, uns alle wegfegen. Gleichgültig, was wir dann gerade tun. Unser Feind, an dessen Seite wir im letzten Krieg gekämpft haben. Und was hat es uns eingebracht? Wir hätten vielleicht gegen sie weiterkämpfen müssen. Oder zulassen, daß sie den Krieg verloren, ihre Feinde unterstützen, die Vereinigten Staaten, Großbritannien, Rußland.

Es war hoffnungslos, wohin man auch sah.

Und das rätselhafte Orakel. Vielleicht hat es sich, mit Sorge erfüllt, aus der Welt der Menschen zurückgezogen. Vielleicht haben die Weisen uns verlassen.

Wir sind in einen Augenblick eingetreten, in dem wir alleine sind. Diesmal hilft uns niemand so wie früher. Nun, dachte Mr. Tagomi, vielleicht ist das auch gut. Oder man kann etwas Gutes daraus machen. Man mußte sich immer noch bemühen, den richtigen Weg zu finden.

Er bestieg einen Cable Car der California Street Linie und fuhr bis ans Ende der Strecke. Er sprang sogar hinaus und half mit, den Wagen auf seiner hölzernen Drehscheibe umzuwenden. Von all den Erlebnissen und Empfindungen, die diese Stadt bot, hatte dies gewöhnlich die größte Bedeutung für ihn. Jetzt empfand er freilich kaum Wirkung; er empfand die Leere eher noch ausgeprägter.

Natürlich fuhr er zurück. Aber . . . das war eher eine Formalität, wurde ihm klar, während er zusah, wie die Straßen, die Gebäude und der Verkehr wieder in umgekehrter Reihenfolge an ihm vorbeizogen.

In der Nähe der Stockton Street erhob er sich, um auszusteigen. Aber als er an der Haltestelle aussteigen wollte, rief ihn der Schaffner an: »Ihre Aktentasche, Sir.«

»Danke.« Er hatte sie im Wagen gelassen. Er nahm sie von dem Schaffner entgegen und verbeugte sich, als der Wagen sich wieder klappernd in Bewegung setzte. Sehr wertvoller Inhalt der Tasche, dachte er. Ein wertvoller Colt .44, ein Sammlerstück. Jetzt hatte er ihn dauernd in Reichweite, falls rachsüchtige Schläger des SD auf die Idee kommen sollten, ihre Rechnung mit ihm persönlich zu begleichen. Man kann das nie wissen. Und doch – Mr. Tagomi fühlte, daß diese neue Vorgehensweise trotz allem, was sich ereignet hatte, neurotisch war. Ich sollte dem nicht nachgeben, sagte er sich erneut, während er mit der Aktentasche in der Hand dahinschlenderte. Zwang – Drang – Phobie. Aber er konnte sich nicht befreien.

Er winkte ein Pedotaxi herbei und ließ den Fahrer zur Montgemerystreet zu Robert Childans Laden fahren. Wir wollen feststellen, wie es darum steht, dachte er. Ein Faden ist noch übriggeblieben und verbindet mich mit meinem freien Willen. Wahrscheinlich könnte ich vermittels einer List wieder die Gewalt über meine Ängste bekommen: die Waffe gegen einen anderen historisch angehauchten Gegenstand eintauschen. Für mich besitzt diese Waffe zu viel an subjektiver Geschichte . . . von der falschen Art. Aber das endet bei mir; die Waffe kann das niemand anderem vermitteln. Nur in meiner eigenen Psyche.

Ich werde mich befreien, entschied er erregt. Wenn die Waffe weg ist, bin ich von dieser Wolke der Vergangenheit befreit.

Denn es gibt sie in Wirklichkeit nicht nur in meiner Psyche; es liegt auch in der Waffe selbst. Es ist wie eine Gleichung zwischen uns beiden, der Waffe und mir!

Er erreichte den Laden. Wie oft ich hier war, dachte er, während er den Fahrer bezahlte. Geschäftlich und privat. Die Mappe unter dem Arm, trat er ein.

Mr. Childan stand an der Registrierkasse und polierte etwas. »Mr. Tagomi«, sagte Childan und verbeugte sich.

»Mr. Childan.«

Er verbeugte sich ebenfalls.

»Welche Überraschung. Ich bin tief geehrt.« Childan legte den Gegenstand und das Tuch weg. Er ging um die Theke herum. Das übliche Begrüßungsritual begann, und doch spürte Mr. Tagomi, daß der Mann irgendwie verändert war.

»Mr. Childan«, sagte Mr. Tagomi und stellte seine Mappe auf die Theke. »Ich möchte Ihnen einen Gegenstand zurückverkaufen, den ich vor einigen Jahren bei Ihnen erwarb. Soweit ich mich erinnere, sind Sie dazu bereit.«

»Ja«, sagte Mr. Childan. »Je nach Zustand natürlich.« Er blickte gespannt auf Tagomis Hände.

»Ein Colt .44«, sagte Mr. Tagomi.

Beide blickten stumm auf die Waffe in ihrer offenen Teakkassette, mit der Schachtel und der teilweise verbrauchten Munition.

Mr. Childan war eine Spur kühler geworden. Ah, dachte Mr. Tagomi. Nun denn. »Sie sind nicht interessiert«, sagte Mr. Tagomi.

»Nein, Sir«, sagte Mr. Childan steif.

»Ich will Sie nicht bedrängen.« Er fühlte überhaupt keine Kraft in sich. Ich gebe nach. Yin, das Element der Anpassung, der Aufnahme, hält mich umfangen, fürchte ich . . .

»Verzeihen Sie mir, Mr. Tagomi.«

Mr. Tagomi verbeugte sich und verstaute die Waffe und die Munitionsschachtel wieder in seiner Aktentasche. Vorsehung. Ich muß dieses Ding behalten.

»Sie scheinen – recht enttäuscht«, sagte Mr. Childan.

»Das haben Sie bemerkt.« Er war beunruhigt; hatte er seine innere Welt zur Schau gestellt? Er zuckte die Achseln. Ohne Zweifel mußte es so sein.

»Gab es einen besonderen Grund, dieses Stück eintauschen zu wollen?« erkundigte sich Mr. Childan.

»Nein«, sagte er und verbarg seine innere Welt wieder – wie es sich geziemte.

Mr. Childan zögerte und sagte dann: »Ich – ich weiß gar nicht, ob das aus meinem Laden kommt. Ich führe diese Stücke nicht.«

»Ganz sicher«, sagte Mr. Tagomi. »Aber es macht nichts. Ich akzeptiere Ihre Entscheidung; Sie haben mich nicht beleidigt.«

»Sir«, sagte Childan, »erlauben Sie mir, daß ich Ihnen etwas zeige, was neu hereingekommen ist. Haben Sie einen Augenblick Zeit?«

Mr. Tagomi spürte wieder die seltsame Regung in sich. »Etwas von ungewöhnlichem Interesse?«

»Kommen Sie, Sir.« Childan führte ihn durch den Laden; Mr. Tagomi folgte ihm.

In einem abgeschlossenen Glaskasten lagen auf schwarzem Samttabletts kleine Metallgegenstände, Formen, die nur andeuteten, nicht waren. Mr. Tagomi empfand ein eigenartiges Gefühl, als er sich vorbeugte, um die Gegenstände zu studieren.

»Ich zeige diese Stücke jedem meiner Kunden«, sagte Robert Childan. »Sir, wissen Sie, was das ist?«

»Schmuck, wie es scheint«, sagte Mr. Tagomi, dem eine Nadel aufgefallen war.

»In Amerika hergestellt. Ja, natürlich. Aber Sir, die Stücke hier sind nicht alt.«

Mr. Tagomi blickte auf.

»Sir, sie sind neu.« Robert Childans weiße, etwas langweiligen Züge waren von Leidenschaft gezeichnet. »Das hier ist das neue Leben meines Landes, Sir. Der Anfang in Gestalt winziger unvergänglicher Samen. Schönheit.«

Mr. Tagomi nahm sich Zeit, einige Stücke mit eigenen Händen zu untersuchen. Ja, es ist da etwas Neues, das diese Stücke belebt, entschied er. Das Gesetz des Tao wird hier bestätigt; wenn überall Yin liegt, lebt der erste Lichtstrahl in den dunkelsten Tiefen. . . und doch sind sie für mich nichts anderes als Stücke von Metall. Ich kann mich nicht so hinreißen lassen wie Mr. Childan. Leider für beide von uns. Aber so ist es eben.

»Recht nett«, sagte er und legte die Stücke weg.

Und Mr. Childan sagte voll Überzeugung. »Sir, es erfaßt einen nicht gleich.«

»Wie bitte?«

»Die neue Perspektive im Herzen.«

»Sie sind überzeugt«, sagte Mr. Tagomi. »Ich wünschte, ich könnte es auch sein. Aber ich bin es nicht.« Er verbeugte sich.

»Ein andermal«, sagte Mr. Childan und geleitete ihn zum Ausgang; er machte keine Anstalten, ihm irgend etwas anderes zu zeigen, stellte Mr. Tagomi fest.

»Ihre Überzeugung ist nicht sehr geschmackvoll« sagte Mr. Tagomi. »Ich fühle mich bedrängt.«

Mr. Childan schien unbeirrt. »Verzeihen Sie«, sagte er. »Aber ich habe recht. Ich spüre in diesen Stücken den konzentrierten Samen der Zukunft.«

»Soll sein«, sagte Mr. Tagomi. »Aber mich spricht Ihr angelsächsischer Fanatismus nicht an.« Nichtsdestoweniger verspürte er eine gewisse Erneuerung seiner Hoffnung. Seiner eigenen Hoffnung, der Hoffnung, die er für sich selbst empfand. »Guten Tag.« Er verbeugte sich. »Ich werde Sie eines Tages wiedr besuchen. Dann können wir ja Ihre Prophezeihung überprüfen.«

Mr. Childan verbeugte sich stumm.

Mr. Tagomi nahm seine Mappe mit dem Colt .44 und ging. Ich gehe hinaus, wie ich hereinkam, überlegte er. Immer noch auf der Suche. Imer noch ohne das, was ich brauche, wenn ich in die Welt zurückkehren soll.

Was, wenn ich eines dieser seltsamen Stücke gekauft hätte? Es behalten, wieder untersucht, betrachtet. . . hät ich dann vielleicht meinen Weg zurück in die Welt gefunden? Ich bezweifle es. Sie sind für ihn, nicht für mich.

Und doch, wenn einer seinen Weg findet. . . bedeutet das, daß es einen Weg gibt. Selbst, wenn es mir persönlich nicht gelingt, ihn zu finden. Ich beneide ihn.

Mr. Tagomi wandte sich um und ging zum Laden zurück. Mr. Childan stand unter der Türe und sah ihn an. Er war nicht wieder hineingegangen.

»Sir«, sagte Mr. Tagomi. »Ich kaufe eines dieser Stücke. Sie können es auswählen. Ich empfinde nichts dafür, aber im Augenblick greife ich nach Strohhalmen.«

Er folgte Childan wieder in den Laden, an das Glaskabinett. »Ich glaube nicht daran. Ich werde es bei mir tragen und es regelmäßig betrachten. Jeden zweiten Tag zum Beispiel. Und nach zwei Monaten, wenn ich nichts sehe –«

»Dann können Sie es mir zurückgeben«, sagte Mr. Childan. Und er legte ihm ein kleines silbernes Dreieck mit hohlen Tropfen daran hin.

»Danke«, sagte Mr. Tagomi.

*

Mr. Tagomi fuhr mit einem Pedotaxi zum Portsmouth Square, einem kleinen freien Parkgelände, das über der Kearney Street lag und von dem aus man auf die Polizeistation hinunterblicken konnte. Er nahm auf einer Bank Platz und genoß das Licht der Sonne. Tauben suchten auf dem Weg Futter. Auf anderen Bänken lasen schäbig gekleidete Männer Zeitung oder dösten. Andere lagen im Gras, schliefen.

Mr. Tagomi holte die Papiertüte mit Mr. Childans Aufdruck aus der Tasche. Er hielt sie in beiden Händen und wärmte sich. Dann öffnete er die Tüte und holte seinen neuen Besitz heraus, um ihn bewußt zu betrachten, hier in diesem kleinen Park der alten Männer.

Er hielt den Silberklumpen in der Hand. Er glänzte im Licht der Mittagssonne wie irgendein billiges Spielzeug, das man in einer Schachtel mit Cornflakes findet. Oder – er starrte das Silber an. *Om,* wie die Buddhisten sagen. Ein zusammengeschrumpfter Punkt, in dem alles eingefangen ist. Beides, wenigstens andeutungsweise. Die Größe, die Form. Immer noch starrte er es an.

Wird es kommen, so wie Mr. R. Childan es prophezeit hat?

Fünf Minuten, zehn Minuten. Ich sitze so lange ich kann. Und am Ende wird die Zeit siegen. Was ist es, was ich hier halte; was ist es – solange noch Zeit ist? Vergib mir, dachte Mr. Tagomi in Richtung auf den Silberklumpen. Wir stehen dauernd unter Druck aufzustehen und etwas zu unternehmen. Bedauernd schob er das Ding in seine Tüte zurück. Ein letzter hoffnungsvoller Blick – er versuchte es zu durchdringen. Wie ein Kind sagte er sich. Versuche die Unschuld und den Galuben nachzuahmen. So wie wenn man sich eine Muschel ans Ohr hält und in ihrem Rauschen die Weisheit des Meeres vernimmt.

Und das hier verlangt nur von einem, daß das Auge an die Stelle des Ohres tritt. Sag mir, was getan worden ist, was es bedeutet, sag mir warum. Alles Verstehen in ein einziges Stück Silber gedrängt.

Ob ich zuviel frage und so gar nichts erfahre?

»Hör zu«, sagte er mit leiser Stimme zu dem Silberklumpen. »Ich habe Garantie auf dich bekommen.« Wenn ich es schüttle? So wie eine alte widerspenstige Uhr. Er tat es, auf und ab. Oder wie Würfel in einem Spiel mit hohem Einsatz. Vielleicht weckt das das Göttliche in dir. Ob es schläft? Ob es auf einer Reise ist? Vielleicht verfolgt es auch jemanden.

Mr. Tagomi schüttelte den Silberklumpen heftig auf und ab. Er hielt ihn in der geballten Faust. Vielleicht muß ich ihn lauter rufen. Wieder starrte er das Silber an.

Du kleines Ding. Du bist leer, dachte er.

Ich muß es beschimpfen, sagte er sich. Ihm Angst machen.

»Jetzt verläßt mich die Geduld«, sagte er mit leiser Stimme.

Und was dann? Soll ich dich in die Gosse werfen? Dich anhauchen, dich schütteln? Hilf mir das Spiel gewinnen.

Er lachte. Täppische Hingabe, hier mitten in der Sonne. Ein Schauspiel für jeden, der des Weges kommt. Jetzt blickte er schuldbewußt um sich. Aber niemand sah es. Alte Männer, die dösten.

Ich habe alles versucht, erkannte er. Gebettelt, es angestarrt, gedroht, am Ende sogar philosophische Betrachtungen angestellt. Was kann ich noch tun?

Wenn ich nur hierbleiben könnte. Aber das ist mir versagt. Vielleicht bietet sich wieder eine Gelegenheit. Und doch, wie W.S. Gilbert sagt, eine solche Gelegenheit wird sich nie wieder bieten. Stimmt das? Ich fühle, daß es so ist.

Als ich ein Kind war, dachte ich wie ein Kind. Aber jetzt habe ich die kindischen Dinge beiseite gelegt. Jetzt muß ich in anderen Bereichen suchen. Ich muß auf neuen Wegen versuchen, diesen Gegenstand zu ergründen.

Ich muß wissenschaftlich vorgehen. Mit Hilfe logischer Analyse alle Möglichkeiten erschöpfen. Systematisch, nach der klassischen aristotelischen Labormethode.

Er steckte den Finger ins rechte Ohr, um den Verkehrslärm und die anderen Geräusche, die ihn ablenkten, auszuschließen. Und dann hielt er das silberne Dreieck wie eine Muschel an sein linkes Ohr.

Kein Laut. Nicht das Tosen eines simulierten Meeres, in Wirklichkeit Geräusche, wie der innere Blutkreislauf sie erzeugt. Nicht einmal das.

Was für einen anderen Sinn sollte er dann einsetzen, um das Geheimnis zu ergründen? Das Gehör war offenbar nicht zu gebrauchen. Mr. Tagomi schloß die Augen und begann die Oberfläche des Gegenstandes systematisch abzutasten. Aber da war nichts; seine Finger verrieten ihm nichts. Geruch. Er hielt den Silberklumpen dicht an seine Nase und atmete ein. Ein schwacher metallischer Geruch, aber er vermittelte ihm keine Bedeutung. Geschmack. Er machte den Mund auf und schob das Silberdreieck hinein, schob es hinein wie ein Stück Schokolade, kaute aber natürlich nicht. Keine Bedeutung, nur bitteres hartes kaltes Ding.

Wieder hielt er es in der Hand.

Jetzt war der Gesichtssinn wieder dran. Der höchste aller Sinne: nach griechischer Prioritätenfolge. Er drehte und wendete das silberne Dreieck nach allen Seiten; er betrachtete es von jedem außenliegenden Standpunkt.

Was sehe ich? fragte er sich. Welcher Hinweis auf die Wahrheit spricht mich aus diesem Gegenstand an?

Gib nach, sagte er zu dem silbernen Dreieck. Gib dein verstecktes Geheimnis preis.

Wie ein Frosch, den man aus der Tiefe geholt hat, dachte er. Ein Frosch, den man in der Faust hält, dem man befiehlt zu offenbaren, was in den Tiefen des Wassers liegt. Aber hier verspottet einen der Frosch nicht einmal. Er erstickt stumm, wird zu Stein oder zu Ton. Träge, reglos. Wird zu einer starren Substanz.

Metall stammt aus der Erde, dachte er, ohne den Blick von dem Silberstück zu wenden, aus der Tiefe: aus jenem Bereich, der der niedrigste ist, der dichteste. Dem Land der Trolle und der Höhlen, dumpf und stets dunkel. Eine Yin-Welt voller Melancholie. Eine Welt der Leichen, des Verfalls und des Zusammenbruchs. All das, was gestorben ist, sich auflöst und Schicht um Schicht in die Tiefe sinkt. Die dämonische Welt des Unveränderlichen. Die Zeit, die war.

Und doch glänzte das silberne Dreieck in der Sonne. Es reflektierte das Licht. Feuer, dachte Mr. Tagomi. Kein dumpfer oder finsterer Gegenstand. Nicht schwer, müde, sondern voll pulsenden Lebens. Der höchste Bereich, ein Aspekt des Yang: ätherisch, mit Feuer erfüllt. Wie es sich für ein Kunstwerk geziemt. Ja, das ist die Aufgabe des Künstlers: ein Mineral aus der dunklen, stummen Erde zu holen und es in eine schimmernde, das Licht reflektierende Form des Himmels zu verwandeln.

Er hat das Tote zum Leben erweckt. Aus einer Leiche etwas feurig Scheinendes gemacht; die Vergangenheit hat sich der Zukunft ergeben.

Was bist du? fragte er das silberne Ding. Dunkles totes Yin oder strahlendes lebendes Yang? In seiner Hand tanzte das silberne Etwas, blendete ihn; er kniff die Augen zusammen und sah jetzt nur noch das Spiel des Feuers.

Körper des Yin, Seele des Yang. Metall und Feuer vereint. Das Äußere und das Innere. Der Mikrokosmos in meiner Hand.

Was ist der Raum, von dem das hier spricht? Senkrechter Aufstieg. In den Himmel? Zeit? In die Lichtwelt des Veränderlichen. Ja, dieses Ding hat seinen Geist von sich gegeben: Licht. Und meine Aufmerksamkeit ist gebannt; ich kann nicht wegsehen. Fasziniert von einer geradezu hypnotisch schimmernden Fläche, die sich meiner Kontrolle entzogen hat. Ich kann mich nicht mehr von ihr lösen.

Jetzt sprich zu mir, sagte er. Jetzt, da du mich in deinen Bann gezogen hast. Ich will deine Stimme hören, wie sie aus dem blendend klaren weißen Licht drängt, einem Licht, wie wir es nur in jenem fernen Leben nach dem Tode im *Bardo Thödol* zu sehen erwarten. Aber ich brauche nicht auf den Tod zu warten, auf die Auflösung meines Geistes, der die Wanderschaft auf der Suche nach einem neuen Leid angetreten hat. All die schrecklichen und all die wohlgesinnten Gottheiten; wir werden an ihnen vorbeiziehen, an ihnen und auch den rauchigen Lichtern. Und die Paare im Koitus. Alles außer diesem Licht.

Ich bin bereit, all dem ohne Schrecken ins Antlitz zu sehen. Merkst du, daß ich keine Angst habe?

Ich spüre, wie die heißen Winde des Karma mich treiben. Dennoch bleibe ich hier. Meine Ausbildung war richtig: ich darf nicht vor dem klaren weißen Licht zurückschrecken, denn wenn ich das tue, werde ich erneut in den Krreislauf der Geburt und des Todes eintreten, nie die Freizeit kennen, nie Erlösung finden. Der Schleier wird erneut über mich fallen, wenn ich –

Das Licht verblaßte.

Jetzt hielt er wieder nur ein stumpf glänzendes silbernes Dreieck in der Hand. Ein Schatten hatte die Sonne verdeckt; Mr. Tagomi blickte auf.

Ein hochgewachsener, blau uniformierter Polizist. Er stand neben seiner Bank, lächelte.

»Hm?« sagte Mr. Tagomi erschreckt.

»Ich habe Ihnen zugesehen, wie Sie dieses Geduldspiel spielten.« Der Polizist wollte weitergehen.

»Geduldsspiel?« wiederholte Mr. Tagomi. »Das ist kein Geduldsspiel.«

»Ist das nicht eines dieser kleinen Dinger, die man zerlegen muß? Mein Junge hat 'ne ganze Menge davon. Manche sind recht schwierig.«

Der Polizist schlenderte weiter.

Zunichte gemacht, dachte Mr. Tagomi. Meine Chance, Nirwana zu erreichen. Dahin. Von diesem weißen barbarischen Neandertaler unterbrochen. Dieser Unmensch, der sich einbildete, ich würde hier ein Kinderspiel betreiben.

Er erhob sich von der Bank und tat ein paar unsichere Schritte. Ich muß mich beruhigen. Für mich und meinesgleichen geziemen sich solche rassischen Ausbrüche nicht.

Er ging durch den Park. Nur weiter, sagte er sich. Die Bewegung reinigt. Jetzt hatte er das Ende des Parks erreicht. Den Bürgersteig, die Kearneystreet. Dichter, lärmender Verkehr. Mr. Tagomi blieb am Straßenrand stehen. Keine Pedotaxis. Also benutzte er den Bürgersteig, schloß sich der Menschenmenge an. Man findet nie eines, wenn man es braucht.

Gott, was ist das? Er blieb stehen, starrte ein häßliches, mißgestaltetes Ding am Horizont an. Wie der Alptraum einer Achterbahn versperrte es ihm die Sicht. Ein enormes Gebilde aus Metall und Zement, hoch in den Lüften.

Mr. Tagomi blieb stehen, sprach einen Fußgänger, einen dünnen Mann in einem zerknitterten Anzug, an. »Was ist das?« fragte er und deutete.

Der Mann grinste. »Schrecklich, nicht wahr? Das ist der Embarcadero Freeway. Eine Menge Leute finden, daß es scheußlich aussieht.«

»Ich hab' das noch nie gesehen«, sagte mr. Tagomi.

»Da haben Sie Glück gehabt«, meinte der Mann und ging weiter.

Der Alptraum eines Wahnsinnigen, dachte Mr. Tagomi. Ich muß aufwachen. Wo heute nur die Pedotaxis bleiben? Er begann schneller auszuschreiten. Wohin er auch blickte, stumpfgraue, rauchgeschwärzte Gebäude, eine Welt von Grabsteinen. Der Geruch von Rauch lag in der Luft. Düstere graue Gebäude, ein düsterer grauer Bürgersteig, und ein eigenartig hastiges Tempo, das ihm an allen Leuten auffiel. Und *immer* noch keine Pedotaxis.

»Taxi!« rief er und eilte weiter.

Hoffnungslos. Nur Autos und Busse. Autos wie brutale bösartige Wesen, fremdartig wirkend. Er versuchte sie nicht wahrzunehmen; blickte gerade vor sich hin. Eine Verzerrung meines Gesichtssinns. Eine Störung in meinem Orientierungsvermögen. Ein verzerrter Horizont. Wie der Astigmatismus des Todes, der plötzlich und ohne Warnung zuschlug.

Ich muß mich aus diesen Gedanken reißen. Vorne ein schmieriger Schnellimbiß. Drinnen nur Weiße, alle essend. Mr. Tagomi schob die hölzernen Pendeltüren auf. Der Geruch von Kaffee. Ein grotesker Musikautomat in der Ecke, der seinen Lärm hinausplärrte; er zuckte unwillkürlich zusammen und arbeitete sich zur Theke durch. Alle Hocker von Weißen besetzt. Mr. Tagomi stieß unwillkürlich einen Ruf aus. Ein paar Weiße blickten auf. *Aber keiner machte seinen Platz frei. Keiner bot ihm seinen Hocker an. Sie aßen einfach weiter.*

»Ich bestehe darauf«, sagte Mr. Tagomi laut zu dem ersten Weißen. Er schrie es dem Mann förmlich ins Ohr.

Der Mann stellte seine Kaffeetasse weg und sagte: »Nur ruhig Blut, Tojo.«

Mr. Tagomi sah die anderen Weißen an; alle musterten ihn feindselig. Und keiner rührte sich von der Stelle.

Eine *Bardo Thödol* Existenz, dachte Mr. Tagomi. Ein heißer Wind, der mich Gottweißwohin geblasen hat. Ist das hier eine Vision – ja von was eigentlich? Kann der Geist das ertragen? Ja, das *Buch der Toten* bereitet uns darauf vor: nach dem Tode scheinen wir andere zu sehen, aber alle scheinen uns feindlich. Man steht isoliert da. Niemand unterstützt einen, gleichgültig wohin man sich auch wendet. Die schreckliche Reise – und immer die Bereiche des Leidens, der Wiedergeburt, die nur darauf warten, den fliehenden demoralisierten Geist aufzunehmen. Die Illusion.

Er rannte zur Tür zurück, ließ sie hinter sich zuschlagen; und dann stand er wieder auf dem Bürgersteig.

Wo bin ich? Aus meiner Welt herausgerissen, meinem Raum, meiner Zeit?

Das silberne Dreieck hat mir die Orientierung geraubt. Ich habe den Boden unter den Füßen verloren, stehe auf nichts. Das habe ich jetzt für meine Mühe. Das wird mir ewig eine Lektion sein. Man versucht, seine eigenen Beobachtungen zu umgehen – warum? Damit man völlig verloren, ohne irgendwelche Landkarten und ohne einen Führer dahinwandern kann? Dieser hypnotische Zustand, der Gesichtssinn eingeschränkt, so daß rings um einen Zwielicht herrscht; so daß man die Welt nur in ihren symbolischen, archetypischen Aspekten sieht, und völlig konfus, verwirrt, Eindrücke, die sich mit Bildern aus dem Unterbewußtsein mischen. Typisch für hypnotisch erzeugtes Schlafwandeln. Ich muß mich jetzt aus diesem Gleiten zwischen den Schatten herausreißen; mich konzentrieren, das Zentrum meines Ego wiederherstellen.

Er griff in die Tasche, suchte das silberne Dreieck. Verschwunden. Ich habe das Ding im Park gelassen. Bei meiner Aktentasche. Katastrophe.

Geduckt rannte er den Bürgersteig zurück. Zum Park.

Dösende Penner sahen ihn überrascht an, als er durch den Park eilte. Dort die Bank. Und da lehnte auch seine Mappe noch. Aber keine Spur des silbernen Dreiecks. Er suchte. Ja.

Da! Ins Gras gefallen; teilweise verborgen lag es da. Dort, wo er es in seiner Wut hingeworfen hatte.

Er setzte sich, schöpfte keuchend Atem.

Ich muß mich auf das silberne Dreieck konzentrieren, sagte er sich, als er wieder atmen konnte. Es angespannt mustern und zählen. Und bei zehn irgend etwas sagen, um mich selbst aufzuschrecken. *Erwache,* zum Beispiel. Ich werde kindisch, sagte er sich, aber ich verdiene es nicht anders. Und alles ist meine eigene Schuld. R. Childan oder seine Künstler haben das nicht beabsichtigt; nur meine eigene Habgier trägt die Schuld. Man kann sich nicht dazu zwingen, etwas zu begreifen.

Er zählte langsam und laut und sprang dann auf. »Verdammte Dummheit!« sagte er scharf.

Lösten sich die Nebel?

Er sah sich um.

Der Nebel senkte sich in aller Wahrscheinlichkeit. Jetzt weiß man die scharfe Wortwahl des heiligen Paulus zu schätzen . . . durch dunkles Glas gesehen. Das ist keine Metapher, sondern ein scharfsichtiger Hinweis auf optische Verzerrung. Wir sehen tatsächlich im fundamentalen Sinne astigmatisch: unser Raum und unsere Zeit sind Schöpfungen unserer eigenen Psyche, und wenn diese Schöpfungen für einen Augenblick schwanken – so ist das wie eine akute Störung des Mittelohrs.

Gelegentlich gehen wir seitwärts geneigt, haben jeden Gleichgewichtssinn verloren.

Er setzte sich wieder, schob das silberne Ding in die Jackentasche und hielt seine Aktentasche im Schoß. Ich muß jetzt nachsehen, ob diese scheußliche Konstruktion – wie hat der Mann es genannt? – dieser Embarcadero Freeway noch da ist. Ob es das immer noch gibt. Ob es greifbar ist.

Aber er hatte Angst, es zu tun.

Und doch, dachte er, kann ich nicht einfach hier sitzenbleiben. Es gibt 'ne Menge Arbeit.

Dilemma.

Zwei kleine Chinesenjungen kamen über den Kiesweg gerannt. Ein Paar Tauben flatterten auf; die Jungen blieben stehen.

Mr. Tagomi rief: »Ihr beiden, kommt mal her.« Er griff in die Tasche. »Kommt.«

Die beiden Jungen näherten sich vorsichtig.

»Hier ist ein Dime.« Mr. Tagomi warf ihnen einen Dime hin; die Jungen erhaschten ihn. »Geht zur Kearney Street und seht nach, ob es irgendwelche Pedotaxis gibt. Und dann kommt zurück und sagt es mir.«

»Geben Sie uns dann noch einen Dime?« fragte einer der Jungen. »Wenn wir zurückkommen?«

»Ja«, sagte Mr. Tagomi. »Aber ihr müßt die Wahrheit sagen.«

Die Jungen rannten davon. Wenn es keine gibt, dachte Mr. Tagomi, so würde es mir wohl anstehen, mich an einen verlassenen Ort zurückzuziehen und mich selbst zu töten. Er hielt seine Aktentasche fest umfaßt. Ich habe die Waffe immer noch; keine Schwierigkeit also.

Die Jungen kamen zurückgerannt. »Sechs!« rief einer von ihnen. »Ich habe sechs gezählt.«

»Und ich fünf«, keuchte der andere.

»Und ihr seid ganz sicher, daß es Pedotaxis waren?« fragte Mr. Tagomi.

»Ihr habt ganz deutlich gesehen, daß die Fahrer die Pedale getreten haben?«

»Ja, Sir«, sagten die beiden Jungen gleichzeitig.

Er gab jedem Jungen einen Dime. Sie dankten ihm und rannten weg. Zurück ins Büro, an die Arbeit, dachte Mr. Tagomi. Er stand auf und griff nach seiner Aktentasche. Die Pflicht ruft. Wieder ein ganz normaler Tag.

Wieder ging er hinunter, zum Bürgersteig. »Taxi!« rief er.

Und ein Pedotaxi löste sich aus dem Verkehrsstrom; der Fahrer hielt am Bürgersteig an. Sein hageres Gesicht glänzte und seine Brust hob und senkte sich. »Ja, Sir.«

»Zum Nippon Times Gebäude«, befahl Mr. Tagomi. Er stieg in den Sitz und machte es sich bequem.

Emsig tretend reihte sich der Taxifahrer wieder zwischen die anderen Taxis und Autos ein.

*

Es war schon beinahe Mittag, als Mr. Tagomi das Nippon Times Gebäude erreichte. Er ließ sich von der Pförtnerloge aus mit Mr. Ramsey verbinden.

»Tagomi hier«, sagte er, als die Verbindung hergestellt war.

»Guten Morgen, Sir. Ich bin erleichtert. Als ich Sie nicht im Büro sah, habe ich um zehn Uhr bei Ihnen zu Hause angerufen. Aber Ihre Frau sagte, Sie seien bereits weggefahren.«

»Ist das alles saubergemacht worden?« fragte Mr. Tagomi.

»Keine Spur mehr zu sehen.«

»Außer Zweifel?«

»Mein Wort darauf, Sir.«

Mr. Tagomi legte befriedigt auf und ging in den Lift.

Als er sein Büro betrat, sah er sich kurz um. Keine Spur, wie man es ihm versprochen hatte. Er war erleichtert. Niemand würde es wissen, der es nicht selbst gesehen hatte.

Mr. Ramsey trat ihm entgegen. »Ihr Mut ist das erste Gesprächsthema drunten in der *Times«,* begann er. »Ein Artikel –« Als er Mr. Tagomis Gesichtsausdruck sah, hielt er inne.

»Antwort bezüglich wichtiger Dinge«, sagte Mr. Tagomi. »General Tedeki? Das heißt alias Mr. Yatabe?«

»Auf sorgfältig getarntem Flug zurück nach Tokio. Wir haben nach allen Seiten Fehlinformationen ausgestreut.« Mr. Ramsey legte die Finger übereinander, um seine Hoffnung zu symbolisieren.

»Bitte berichten Sie mir über Mr. Baynes.«

»Ich weiß nicht. Während Ihrer Abwesenheit erschien er kurz, beinahe verstohlen, sagte aber nichts.« Mr. Ramsey zögerte. »Vielleicht ist er nach Deutschland zurückgekehrt.«

»Für ihn wäre es weit besser, zu den Heimatinseln zu fahren«, sagte Mr. Tagomi hauptsächlich zu sich selbst. Außerdem galt ihre besondere Sorge auch mehr dem alten General. Das Ganze geht über meinen Horizont, dachte Mr. Tagomi. Man hat mich und mein Büro benützt. Und das war auch richtig und gut. Ich war ihr – wie nannte man das? Ihre Fassade, ihre Deckung. Ich bin eine Maske. Ich verberge die Wirklichkeit. Hinter mir, verborgen, vollzieht sich die Wirklichkeit, sicher vor unbefugten Augen.

Eigenartig, dachte er. Manchmal ist es wichtig, eine Kulisse zu sein, wie aus Karton. Das Gesetz der Wirtschaft: nichts darf verschwendet werden. Selbst das Unwirkliche nicht.

Miss Ephireikian erschien, erregt. »Mr. Tagomi. Die Telefonzentrale schickt mich.«

»Beruhigen Sie sich, Miss«, sagte Mr. Tagomi. Der Strom der Zeit treibt uns an, dachte er.

»Sir, der deutsche Konsul ist hier. Er möchte Sie sprechen.« Ihr Blick wanderte zwischen ihm und Mr. Ramsey hin und her. Ihr Gesicht war unnatürlich bleich. »Es heißt, er sei schon früher hier im Gebäude gewesen, aber man wußte, daß Sie –«

Mr. Tagomi brachte sie mit einer Handbewegung zum Schweigen. »Mr. Ramsey. Bitte nennen Sie mir den Namen des Konsuls.«

»Freiherr Hugo Reiss, Sir.«

»Jetzt erinnere ich mich.« Nun, dachte er, Mr. Childan hat mir also doch einen Gefallen getan. Indem er es ablehnte, die Waffe anzunehmen.

Er nahm seine Mappe, verließ sein Büro und ging in den Korridor hinaus. Dort stand ein schmächtig gebauter, gut gekleideter Weißer. Kurzgeschnittenes orangefarbenes Haar, glänzende schwarze Halbschuhe aus europäischem Leder, aufrechte Haltung. Eine weibische Zigarettenspitze aus Elfenbein. Kein Zweifel, daß er es war.

»Herr H. Reiss?« sagte Mr. Tagomi.

»Bisher haben wir unsere Geschäfte per Post, Telefon etcetera erledigt.« sagte Mr. Tagomi. »Aber uns nie von Angesicht zu Angesicht gesehen.«

»Eine Ehre«, sagte Herr Reiss und kam auf ihn zu. »Selbst angesichts der höchst unangenehmen Umstände.«

»Das ist die Frage«, sagte Mr. Tagomi.

Der Deutsche hob die Brauen.

»Entschuldigen Sie mich«, sagte Mr. Tagomi. »Angesichts dieser Umstände sind meine Sinne etwas benommen.«

»Schrecklich«, sagte Herr Reiss. Er schüttelte den Kopf. »Als ich –«

»Ehe Sie Ihre Litanei beginnen«, sagte Mr. Tagomi, »lassen Sie mich sprechen.«

»Aber selbstverständlich«

»Ich habe persönlich Ihre beiden SD-Männer erschossen«, sagte Mr. Tagomi.

»Die Polizei hat mich vorgeladen«, sagte Herr Reiss und blies widerlichen Zigarettenrauch aus. »Ich war stundenlang auf dem Revier in der Kearneystreet und in der Leichenhalle, und dann habe ich die Aussage gelesen, die Ihre Mitarbeiter den Polizeibeamten übergeben haben. Absolut schrecklich diese Geschichte, von Anfang bis Ende.«

Mr. Tagomi schwieg.

»Jedoch«, fuhr Herr Reiss fort, »die Behauptung, daß die Verbrecher mit dem Reich in Verbindung stehen, ist nicht bestätigt. Soweit es mich betrifft, handelt es sich um die Tat von Wahnsinnigen. Ich bin überzeugt, daß Sie völlig korrekt gehandelt haben, Mr. Tagori.«

»Tagomi.«

»Meine Hand«, sagte der Konsul und streckte die Hand aus. »Wir wollen ein Gentlemanagreement abschließen und uns die Hand darauf geben, um das alles fallen zu lassen. Es ist unwürdig, insbesondere in diesen kritischen Zeiten, wo ein dummer Zeitungsbericht den Mob aufrütteln könnte zum Schaden der Interessen unserer beiden Nationen.«

»Trotzdem lastet Schuld auf meiner Seele«, sagte Mr. Tagomi. »Blut, Herr Reiss, kann nie wie Tinte ausradiert werden.«

Der Konsul schien verblüfft.

»Ich bitte um Vergebung«, sagte Mr. Tagomi. »Aber Sie können sie mir nicht gewähren. Wahrscheinlich kann das niemand.«

Der Konsul sog an seiner Zigarette und musterte Mr. Tagomi scharf.

»Gestatten Sie mir, Sie zu informieren«, sagte Mr. Tagomi, »daß Ihre Nation im Begriffe ist, etwas Schrecklicheres denn je zu tun. Sie kennen das Hexagramm ›der Abgrund‹? Als Privatmann gesprochen, nicht als Vertreter der japanischen Behörden, erkläre ich: mein Herz ist von Schrecken erfüllt. Ein Blutbad von unvergleichlichem Ausmaß zieht herauf. Und selbst jetzt suchen Sie nach egoistischem Nutzen. Sie wollen dem SD eins auswischen? Und während Sie Kreuz vom Meere ins Feuer werfen –«, er konnte nicht weiter. Eine unerträgliche Last drückte auf seine Brust. Wie in meiner Kindheit, dachte er. Asthmas. »Ich leide«, sagte er zu Reiss, der jetzt seine Zigarette ausgedrückt hatte. »An einer Krankheit, die in diesen langen Jahren gewachsen ist und die an dem Tage eine virulente Form annahm, als ich hilflos von den Eskapaden Ihrer Führer hörte.

Es gibt keine Heilung. Für Sie auch nicht, Sir. Und so kann ich nur sagen: Bereuet!«

Der deutsche Konsul nickte. »Sie sagen es.« Mit zitternder Hand zündete er sich eine neue Zigarette an.

Ramsey erschien aus seinem Büro. Er trug ein Bündel Papiere. Und zu Tagomi, der stumm Atem zu holen versuchte, sagte er: »Eine Routineangelegenheit, weil er schon hier ist. Sie hat mit seiner Funktion zu tun.« Mr. Tagomi griff nachdenklich nach dem Papier. Er warf einen Blick darauf. Formblatt 20_50. Die Aufforderung des Reiches durch ihren Vertreter in den PSA, Konsul Freiherr Hugo Reiss, zur Auslieferung eines Verbrechers, der sich im Gewahrsam der Polizei von San Francisco befand. Ein Jude namens Frank Fink, ein Bürger – nach dem Reichsgesetz – Deutschlands rückwirkend auf den Juni 1960. Schutzhaft nach dem Reichsgesetz und so weiter. Er überflog das Blatt.

»Die Feder, Sir«, sagte Mr. Ramsey. Er musterte den Konsul angeekelt und hielt Mr. Tagomi die Feder hin.

»Nein«, sagte Mr. Tagomi. Er gab das Formblatt Mr. Ramsey zurück. Dann nahm er es ihm wieder weg und kritzelte darunter: *in Freiheit setzen. Handelsmission. Siehe Militärprotokoll 1947. Tagomi.* Er reichte dem Deutschen Konsul einen Durchschlag, die restlichen Papiere und das Original Mr. Ramsey. »Guten Tag, Herr Reiss.«

Er verbeugte sich.

Der deutsche Konsul verbeugte sich ebenfalls. Er blickte gar nicht auf das Papier.

»Bitte erledigen Sie die weiteren Geschäfte per Post, Telefon oder Telegramm«, sagte Mr. Tagomi. »Und nicht persönlich.«

Der Konsul sagte: »Sie machen mich persönlich für Umstände, auf die ich keinen Einfluß habe, verantwortlich.«

»Scheiße«, sagte Mr. Tagomi. »Mehr habe ich dazu nicht zu sagen.«

»Das ist nicht die richtige Art, um zwischen zivilisierten Menschen Geschäfte abzuwickeln«, sagte der Konsul. »Sie bringen zu viel Bitterkeit hinein. Und das sollte alles eine reine Formalität ohne persönliche Gefühle sein.«

Er warf seine Zigarette auf den Boden, drehte sich um und ging weg.

»Nehmen Sie Ihre dreckige, stinkende Zigarette mit«, sagte Mr. Tagomi mit schwacher Stimme, aber der Konsul war bereits um die Ecke verschwunden. »Dieses kindische Verhalten«, sagte Mr. Tagomi zu Mr. Ramsey. »Sie haben sein kindisches Verhalten miterlebt.« Er schwankte in sein Büro zurück. Kein Atem. Ein Schmerz schoß durch seinen linken Arm, und gleichzeitig preßte eine mächtige Hand auf seine Rippen. Vor sich sah er einen Regen aufsteigender roter Funken.

»Hilfe, Mr. Ramsey«, sagte er. Aber kein Laut kam heraus. »Bitte.« Er streckte die Hand aus. Stolperte. Nichts, um sich daran festzuhalten.

Und als er fiel, umklammerte er das silberne Dreieck, das Mr. Childan ihm aufgedrängt hatte. Es hat mich auch nicht gerettet, dachte er. Überhaupt nicht geholfen. All die Mühe.

Sein Körper krachte zu Boden. Hände und Knie. Stöhnen. Der Teppich an seiner Nase. Mr. Ramsey. Ruhe bewahren, dachte Mr. Tagomi.

»Ich habe einen Herzanfall«, stieß Mr. Tagomi schließlich hervor.

Einige Personen schleppten ihn jetzt zur Couch. »Seien Sie ruhig, Sir«, sagte jemand.

»Frau verständigen, bitte«, sagte Mr. Tagomi.

Und dann hörte er die Ambulanz. Das Heulen der Sirene. Leute, die kamen und gingen. Eine Decke wurde über ihn gelegt. Bis zu den Achselhöhlen. Die Krawatte abgenommen, der Kragen gelockert.

»Jetzt besser«, sagte Mr. Tagomi. Er lag bequem, versuchte, sich nicht zu bewegen. Die Karriere jetzt vorbei, entschied er. Der deutsche Konsul wird sich irgendwo oben beschweren, über meine Unhöflichkeit beklagen. Vielleicht hat er sogar das Recht dazu. Aber meine Arbeit ist getan. Der Rest liegt bei Tokio und den Parteien in Deutschland. Ich habe keinen Platz in diesem Streit.

Und dabei dachte ich, es sei nur Plastik, dachte er. Ein wichtiger Geschäftsmann. Das Orakel hat es geahnt und einen Hinweis gegeben, aber –

»Ziehen Sie sein Hemd aus«, sagte eine Stimme. Der Arzt des Gebäudes, ganz bestimmt. Eine höchst wichtige Stimme; Mr. Tagomi lächelte.

Tun ist alles. War das vielleicht die Antwort? fragte sich Mr. Tagomi.

Was hatte das Orakel gesagt? Auf seine Frage in dem Büro, als diese zwei im Sterben lagen oder schon tot waren. Einundsechzig. Innere Wahrheit. Schweine und Fische sind die am wenigsten intelligenten von allen; schwer zu überzeugen. Ich bin es. Das Buch meint mich. Ich werde nie völlig begreifen; das ist das Wesen solcher Geschöpfe. Oder ist das jetzt die innere Wahrheit, das, was mir geschieht? Ich werde warten. Ich werde sehen.

Vielleicht beides.

*

An diesem Abend, unmittelbar nach dem Essen, kam ein Polizeibeamter zu Frank Frinks Zelle, schloß die Tür auf und sagte ihm, er solle sich seine Habseligkeiten in der Aufnahme abholen.

Und kurz darauf stand er vor dem Revier Kearneystreet auf der Straße zwischen den Passanten, den Bussen, den hupenden Autos und den schreienden Pedotaxifahrern. Es war kühl. Lange Schatten lagen vor den Gebäuden. Frank Frink stand einen Augenblick da und schloß sich dann automatisch einer Gruppe von Leuten an, die die Straße überquerten.

Ohne Grund verhaftet, dachte er. Und dann haben sie mich genauso grundlos wieder gehen lassen. Sie hatten ihm gar nichts gesagt, ihm einfach seinen Sack mit Kleidern, der Brieftasche, der Uhr, der Brille, zurückgegeben und sich ihrem nächsten Fall zugewandt, einem alten heruntergekommenen Trunkenbold.

Ein Wunder, dachte er, daß sie mich gehen ließen. Irgendein Versehen. Rechtens sollte ich jetzt in einem Flugzeug auf dem Weg nach Deutschland sitzen. Zur Liquidierung.

Er konnte es immer noch nicht glauben. Weder die Verhaftung, noch das hier. Unwirklich. Er schlenderte an den geschlossenen Läden vorbei.

Ein neues Leben, dachte er. Wie eine Wiedergeburt.

Wem soll ich danken? Vielleicht beten?

Aber zu was beten? Ich wünschte, ich verstünde das, sagte er zu sich, während er an den Neonreklamen, den Schaufenstern der Grand Avenue entlangschlenderte. Ich will begreifen. Ich muß.

Aber er wußte, daß er nie begreifen würde.

Sei froh, dachte er, und geh weiter.

Und sein Geist befahl ihm: zurück zu Ed. Ich muß in die Werkstätte zurück. In den Keller. Muß weiterarbeiten, da weitermachen, wo ich aufgehört habe. Arbeiten und nicht denken, nicht aufblicken oder zu begreifen suchen. Ich muß beschäftigt bleiben.

Block für Block eilte er durch die finster werdende Stadt.

Und als er die Werkstätte erreichte, fand er Ed McCarthy an der Werkbank sitzend. Er aß. Zwei Butterbrote, eine Thermosflasche Tee, eine Banane und ein paar Kekse. Frank Frink stand unter der Tür und keuchte.

Endlich hörte ihn Ed und drehte sich um.

»Ich dachte schon, du wärst tot«, sagte er. Er kaute, schluckte rhythmisch und nahm wieder einen Bissen.

Ed hatte den kleinen Elektroofen eingeschaltet. Frank kauerte daneben nieder und wärmte seine Hände.

»Bin froh, daß du wieder da bist«, sagte Ed und schlug Frank auf den Rücken. Dann machte er sich wieder über sein Sandwich her. Er sagte nichts mehr; nur das Summen des Heizofens war zu hören und Eds Kauen.

Frank legte seine Jacke über einen Stuhl, nahm sich eine Handvoll halbfertiger Silberstücke und trug sie an die Poliermaschine.

XV

Hauptmann Rudolf Wegener, im Augenblick unter dem Decknamen Conrad Goltz reisend, Großhandelsvertreter für medizinische Geräte, spähte durch das Fenster der Lufthansa Me 9-e Rakete. Europa voraus. Wie schnell, dachte er. Wir landen in etwa sieben Minuten in Tempelhof.

Ich möchte wissen, was ich erreicht habe, dachte er. Jetzt ist

General Tedeki am Zuge. Aber immerhin haben wir die Information an sie weitergeleitet. Wir haben getan, was uns möglich war.

Aber es besteht kein Grund zum Optimismus, dachte er. Wahrscheinlich können die Japaner nichts tun, um den Kurs der deutschen Innenpolitik zu verändern. Die Goebbelsregierung hat die Macht und wird sie wahrscheinlich auch behalten. Nachdem sie sich innerlich gefestigt hat, wird sie erneut den Plan der Operation Löwenzahn aufgreifen. Und ein weiterer Teil des Planeten wird vernichtet werden und seine Bevölkerung mit ihm und das Ganze für ein krankes, fanatisches Ideal.

Und wenn ihn am Ende die Nazis ganz zerstören? Eine sterile Aschekugel daraus machen? Das könnten sie; sie haben die Wasserstoffbombe. Und kein Zweifel, daß sie es auch tun würden; ihr Denken neigt zu der Vorstellung jener Götterdämmerung. Vielleicht ersehnen sie sogar, suchen sie aktiv, eine letzte, alles verzehrende Katastrophe für alle.

Und was wird dann überbleiben nach jenem dritten Weltwahnsinn? Wird damit alles Leben enden, Leben jeder Art und überall? Werden wir mit eigenen Händen aus unserem Planeten einen toten Planeten machen?

Er konnte es nicht glauben. Selbst wenn alles Leben auf unserem Planeten zerstört würde, muß es woanders noch Leben geben, Leben, von dem wir nichts wissen. Es ist unmöglich, daß die unsere die einzige Welt ist; es muß unzählige Welten geben, Welten, die wir nicht sehen, in irgendeiner Region oder Dimension, die wir nicht wahrzunehmen vermögen. Obwohl ich das nicht beweisen kann, obwohl es nicht logisch ist – ich glaube es, sagte er zu sich.

Ein Lautsprecher sagte: »Meine Damen und Herren. Achtung bitte.«

Der Augenblick der Landung naht, sagte sich Hauptmann Wegener. Zweifellos wird der Sicherheitsdienst mich erwarten, dachte er. Die Frage ist: welche Partei wird es sein? Die Goebbelsgruppe? Oder die von Heydrich? Immer in der Annahme, daß General Heydrich noch lebt. Vielleicht hat man ihn, während ich an Bord dieser Rakete flog, verhaftet und erschossen. In einer totalitären Gesellschaft geschehen die Dinge in einer Übergangsperiode schnell. In Nazideutschland hat es immer schon Namenslisten gegeben, über die gar mancher gebrütet hat. . .

Wenige Minuten später war die Rakete gelandet, und er ging mit dem Mantel auf dem Arm auf den Ausgang zu. Hinter ihm und vor ihm verängstigte Passagiere. Kein junger Nazikünstler dieses Mal, überlegte er. Kein Lotze mit seinen verschrobenen Ideen.

Ein uniformierter Beamter der Fluggesellschaft – wie der Reichsmarschall selbst gekleidet, überlegte Wegener – half ihnen, einem nach dem anderen, die Rampe hinunter auf das Flugfeld. Und dort an der Rampe stand eine kleine Gruppe von Schwarzhemden. Für mich? Wegener ging langsam von der Rakete weg. An einer anderen Stelle standen Männer und Frauen, warteten, winkten, riefen. . . sogar einige Kinder.

Einer der Schwarzuniformierten, ein blonder Bursche mit ausdruckslosem Gesicht und den Insignien der Waffen-SS trat auf Wegener zu, knallte die Hacken seiner Schaftstiefel zusammen und salutierte.

»Entschuldigen Sie. Sind Sie Hauptmann Rudolf Wegener von der Abwehr?«

»Nein«, antwortete er. »Ich bin Conrad Goltz von der IG-Farben. « Er schickte sich an, weiterzugehen.

Zwei weitere Schwarzhemden, ebenfalls Waffen-SS kamen auf ihn zu. Die drei gingen neben ihm her, so daß er, obwohl er weder die Richtung noch das Tempo änderte, praktisch jetzt unter Bewachung stand. Zwei der Waffen-SS-Männer hatten Maschinenpistolen unter den Mänteln.

»Sie sind Wegener«, sagte einer von ihnen, als sie das Gebäude betraten.

»Wir haben einen Wagen hier«, fuhr der Waffen-SS-Mann fort. »Wir haben Anweisung, Sie hier zu empfangen und Sie sofort zu SS-General Heydrich zu bringen, der sich mit Dietrich im OKW der Division Leibstandarte befindet. Wir dürfen nicht zulassen, daß Angehörige der Wehrmacht oder der Partei mit Ihnen Verbindung aufnehmen.«

Also wird man mich nicht erschießen, sagte sich Wegener. Heydrich lebt und befindet sich an einem sicheren Ort und versucht, seine Position gegen die Goebbelsregierung zu verstärken.

Vielleicht wird die Regierung Goebbels doch noch stürzen, dachte er, als man ihn in den wartenden SS-Mercedes drängte. Eine Abteilung Waffen-SS, die man in der Nacht plötzlich verlegte; Wachablösung in der Reichskanzlei, die Berliner Polizeistation speien plötzlich nach allen Richtungen bewaffnete SD-Leute aus – Radiostationen besetzt, Kraftwerke abgeschnitten, Tempelhof geschlossen. Das Poltern schwerer Kanonen in der Finsternis auf den Hauptstraßen.

Aber was hat es zu bedeuten? Selbst wenn Dr Goebbels abgesetzt und die Operation Löwenzahn gestrichen wird? Es wird sie immer noch geben, die Schwarzhemden, die Partei, die Pläne, wenn nicht im Orient, dann irgendwo sonst auf dem Mars und der Venus. Kein Wunder, daß Mr. Tagomi nicht weiterwußte, dachte er. Das schreckliche Dilemma unseres Lebens. Was auch immer geschicht. Es ist unvergleichlich böse. Warum sich also wehren? Warum eine Wahl treffen? Wenn alle Alternativen die gleichen sind. . .

Offenbar geht es so wie immer weiter. Von Tag zu Tag. In diesem Augenblick arbeiten wir gegen Operation Löwenzahn. Später, in einem anderen Augenblick, mühen wir uns, die Polizei zu besiegen. Aber wir können nicht alles gleichzeitig tun; es ist eine Folge von Ereignissen. Ein Prozeß, der sich langsam entfaltet. Wir können nur das Ende kontrollieren, indem wir bei jeder Stufe unsere Wahl treffen.

Wir können nur hoffen, dachte er. Und das Beste versuchen.

Auf irgendeiner anderen Welt ist es vielleicht anders. Besser. Dort mag es klare Alternativen zwischen Gut und Böse geben. Nicht diese obskuren Mischungen, dieses Durcheinander.

Wir haben nicht die ideale Welt, so, wie wir sie gerne hätten, eine Welt, in der die Moral einfach durchzusetzen ist, weil man sie leicht erkennt. Eine Welt, in der man ohne Mühe richtig handeln kann, weil man das Offensichtliche sieht.

Der Mercedes setzte sich in Bewegung. Auf dem Rücksitz saß Hauptmann Wegener zwischen zwei Schwarzhemden, die die Maschinenpistolen im Schoß hielten. Und hinter dem Steuer ebenfalls ein Schwarzhemd.

Und wenn das Ganze jetzt ein Täuschungsmanöver wäre, dachte Wegener, während die Limousine mit hoher Geschwindigkeit durch Berlin raste. Sie bringen mich gar nicht zu SS-

General Heydrich im Oberkommando der Division Leibstandarte. Sie bringen mich zu einem Parteigefängnis, um mich dort zu foltern und am Ende zu töten. Aber ich habe meine Wahl getroffen; ich habe mich dafür entschieden, nach Deutschland zurückzukehren, die Festnahme zu riskieren, ehe ich die Abwehr und den Schutz meiner eigenen Leute erreichen konnte.

Zu den drei SS-Männern gewandt, sagte er: »Wie stehen die Dinge? Irgendwelche neuen Entwicklungen in der politischen Lage? Ich war einige Wochen weg. Schon vor Bormanns Tod.«

Der Mann zu seiner Rechten antwortete: »Der kleine Doktor hat natürlich die Unterstützung der hysterischen Massen. Der Mob hat ihn ins Amt getragen. Aber es ist unwahrscheinlich, daß die etwas nüchterner denkenden Elemente am Ende einen Krüppel und Demagogen unterstützen wollen, der nichts anderes kann, als die Massen mit Lügen zu begeistern.«

»Ich verstehe«, sagte Wegener. Es geht weiter, dachte er. Der endlose Haß. Vielleicht ist die Saat schon ausgelegt. Am Ende werden sie einander auffressen und den Rest von uns an verschiedenen Punkten in der Welt übriglassen. Immer noch genug von uns, um erneut aufzubauen und zu hoffen und unsere eigenen einfachen Pläne zu verwirklichen.

*

Um ein Uhr mittags erreichte Juliana Frink Cheyenne, Wyoming. Im Geschäftsviertel in der Innenstadt vor dem riesigen alten Bahnhof hielt sie vor einem Zigarrenladen und kaufte zwei Abendzeitungen. Am Straßenrand im Wagen sitzend blätterte sie in den Zeitungen, bis sie die Notiz schließlich fand.

> URLAUBSREISE ENDET MIT MORD
> Eine Luxussuite im President Garner Hotel in Denver dürfte der Schauplatz eines Ehestreits mit tragischem Ende gewesen sein. Mrs. Joe Cinnadella aus Canyon City wird von der Polizei gesucht, die ihr im Zusammenhang mit dem schrecklichen Tod ihres Mannes einige Fragen stellen muß. Wie es scheint, wurden Rasierklingen, wie sie das Hotel ironischerweise als besondere Aufmerksamkeit seinen Gästen

gegenüber zur Verfügung stellt, von Mrs. Cinnadella zu der Tat benutzt. Die mutmaßliche Täterin wird als dunkelhaarig, attraktiv und gut gekleidet geschildert. Es heißt, daß sie ihrem Gatten die Kehle durchgeschnitten hat. Die Leiche wurde von Theodore Ferris, einem Hotelangestellten, gefunden, der etwa eine halbe Stunde früher Hemden von Cinnadella in Empfang genommen hatte und sie gebügelt zurückbrachte. Nach Angaben der Polizei wies die Hotelsuite Spuren eines Kampfes auf, was darauf hindeutet. . .

Er ist also tot, dachte Juliana und faltete die Zeitung zusammen. Und nicht nur das, meinen Namen haben sie auch nicht richtig; sie wissen nicht, wer ich bin.

Ihre Angst ließ jetzt nach, und sie fuhr noch eine Weile, bis sie ein geeignetes Motel fand, in dem sie ein Zimmer mietete. Von jetzt an habe ich keine Eile mehr, sagte sie sich. Ich kann sogar bis zum Abend warten, um die Abendsens zu besuchen; auf diese Weise kann ich mein neues Kleid tragen. Am Tage konnte sie sich so nicht sehen lassen – schließlich handelte es sich um ein Abendkleid.

Und ich kann das Buch zu Ende lesen.

Sie machte es sich in dem Hotelzimmer bequem, schaltete das Radio ein und holte sich Kaffee aus der Schnellküche des Motels. Dann setzte sie sich auf dem frischgemachten Bett mit der neuen, noch unberührten Kopie von *Die Heuschrecke* zurecht.

Um sechs Uhr fünfzehn abends beendete sie das Buch. Ob Joe es wohl bis zum Ende gelesen hat, fragte sie sich. Es steht so viel mehr drin, als er verstand. Was wollte Abendsen wirklich sagen? Nichts über seine Scheinwelt. Bin ich der einzige, der es weiß? Ich möchte wetten, daß es so ist; niemand außer mir versteht *Die Heuschrecke* richtig. Sie bilden es sich bloß ein.

Immer noch etwas benommen, verstaute sie das Buch in ihrem Koffer und zog dann den Mantel an und suchte ein Lokal, um dort zu Abend zu essen. Die Luft roch gut und die Lichter und Leuchtreklamen von Cheyenne schienen besonders erregend. Vor einer Bar stritten zwei hübsche, schwarzäugige, indianische Prostituierte. Sie fuhr etwas langsamer, um zuzusehen. Viele Wagen, hauptsächlich solche neueren Baujahrs, fuhren die Straßen auf und ab.

In einem teuren französischen Restaurant – wo ein Mann in einer weißen Jacke die Wagen der Kunden parkte – stand auf jedem Tisch eine Kerze in einem großen Weinglas, und die Butter wurde nicht in kleinen Würfeln, sondern in Form schaumiger Kugeln serviert – aß sie zu abend.

Dann fuhr sie langsam zum Hotel zurück. Ihre Reichsbanknoten waren bereits dahin. Aber das machte ja nichts aus – das war nicht wichtig. Er hat uns von unserer eigenen Welt erzählt, dachte sie, als sie die Tür zu ihrem Motelzimmer aufschloß. Das ist es, was jetzt um uns ist.

Im Zimmer schaltete sie wieder das Radio ein. Er möchte, daß wir sie so sehen, wie sie ist. Und ich kann das jetzt, jeden Augenblick mehr.

Sie holte das blaue italienische Kleid aus dem Karton und legte es sorgfältig auf dem Bett aus. Es hatte keinen Schaden gelitten; man mußte es nur etwas bürsten. Aber als sie die anderen Pakete öffnete, stellte sie fest, daß sie keinen der neuen Halb-BH'S aus Denver mitgebracht hatte. »Verdammt nochmal«, sagte sie und ließ sich in einen Stuhl sinken. Sie zündete sich eine Zigarette an und rauchte eine Weile.

Vielleicht sollte sie einen gewöhnlichen BH dazu tragen. Sie zog die Bluse und den Rock aus und probierte das Kleid. Aber die Träger waren sichtbar und auch die obere Hälfte der Körbchen. Das ging also nicht. Vielleicht kann ich auch ganz ohne BH gehen. . . seit sie das zuletzt versucht hatte, waren Jahre verstrichen. . . das erinnerte sie an die alte Zeit auf der Oberschule; sie hatte damals einen sehr kleinen Busen gehabt und sich sogar deshalb Sorgen gemacht. Aber die Jahre und der Judosport hatten ihr geholfen. Sie stieg auf den Stuhl im Bad, um sich im Spiegel des Medizinschränkchens zu betrachten.

Das Kleid saß phänomenal. Aber, großer Gott, es war etwas riskant. Sie brauchte sich bloß nach vorne zu beugen, um eine Zigarette auszudrücken oder sich ein Glas zu nehmen – und die Katastrophe war da.

Eine Nadel! Sie konnte das Kleid ohne BH tragen und es vorne zusammenstecken. Sie kippte den Inhalt ihrer Schmuckschatulle auf das Bett und breitete die Nadeln aus, Andenken, die sei seit Jahren besessen hatte, die Frank ihr gegeben hatte oder andere Männer vor ihrer Ehe und die neue, die Joe ihr in Denver gekauft hatte. Ja, eine kleine Silbernadel aus Mexico in Form eines Pferdes würde passen. Sie fand die richtige Stelle. So konnte sie das Kleid also doch tragen.

Als sie mit der Toilette fertig war und ihr Haar so gebürstet hatte, daß es knisterte, schlüpfte sie in ihren neuen Mantel und ließ sich – sattt mit ihrem alten Studebaker zu fahren – vom Motel ein Taxi bestellen. Während sie in der Halle auf den Wagen wartete, hatte sie plötzlich das Gefühl, Frank anrufen zu müssen. Wahrum eigentlich?

Sie kam nicht dahinter, aber die Idee war da.

Und warum nicht, fragte sie sich. Sie konnte ihn ja für das Gespräch bezahlen lassen, ein R-Gespräch; er würde sich freuen, ihre Stimme zu hören, und mit Vergnügen bezahlen.

Hinter dem Schreibtisch in der Reception des kleinen Motels stehend, hielt sie sich den Hörer ans Ohr und hörte der Vermittlung zu, wie sie versuchte, die Verbindung für sie herzustellen. Sie konnte das Fräulein vom Amt in San Francisco hören, konnte hören, wie die sich bei der Auskunft nach der Nummer erkundigte, dann ein Knacken und Tuten und schließlich das Klingeln. Während sie wartete, daß Frank sich meldete, schaute sie zum Fenster hinaus, ob das Taxi käme; es sollte eigentlich jeden Augenblick da sein, dachte sie. Aber es wird dem Fahrer auch nichts ausmachen zu warten; die rechnen ja damit.

»Ihr Teilnehmer meldet sich nicht«, erklärte ihr die Vermittlung aus Cheyenne schließlich. »Wir versuchen es später noch einmal und –«

»Nein«, sagte Juliana und schüttelte den Kopf. Es war ohnehin nur eine flüchtige Idee gewesen. »Dann bin ich nicht mehr hier. Vielen Dank.« Sie legte auf – der Motelbesitzer hatte den Raum nicht verlassen, um sicherzustellen, daß das Gespräch nicht irrtümlich ihm belastet wurde – und verließ dann das Büro schnell und trat ins Freie hinaus, wo es kühl war, um dort zu warten.

Soeben löste sich ein glitzerndes, neues Taxi aus dem Verkehr und rollte auf sie zu. Es hielt an, die Tür öffnete sich, und der Fahrer sprang heraus und lief um den Wagen.

Im nächsten Augenblick saß Juliana im Fond und ließ sich quer durch Cheyenne zu den Abendsens fahren.

*

Das Haus der Abendsens war hell erleuchtet, und sie konnte Musik und Stimmen hören. Es war ein einstöckiges Stuckgebäude mit vielen Sträuchern und einem großzügig angelegten Garten mit einer Menge Kletterrosen. Als sie den Steinweg hinaufging, dachte sie, bin ich wirklich hier? Ist das die Trutzburg? Was war mit all den Gerüchten und Märchen? Das Haus war ganz normal, gepflegt und großzügig. In der Einfahrt stand sogar ein Kinderdreirad.

War das vielleicht der falsche Abendsen? Sie hatte die Adresse aus dem Telefonbuch von Cheyenne, und sie entsprach der Nummer, die sie am Vorabend aus Greeley angerufen hatte.

Sie trat auf die Veranda mit den schmiedeeisernen Gittern und drückte den Klingelknopf. Durch die halboffene Tür konnte sie das Wohnzimmer erkennen. Eine Anzahl Leute standen herum, ein Klavier, ein offener Kamin, Bücherschränke. . . nett eingerichtet, dachte sie. Eine Party? Aber keiner trug Abendkleidung. Ein Junge mit wirrem Haar, um die dreizehn, mit Blue-jeans und einem T-Shirt riß die Tür weit vor ihr auf. »Ja?«

»Ist Mr. Abendsen zu Hause?« fragte sie. »Ist er beschäftigt?«

Eine Frau tauchte hinter dem Jungen auf. Sie hatte rotbraunes Haar, war vielleicht fünfunddreißig und hatte starke, klare graue Augen und ein so sicheres Lächeln, daß Juliana sofort wußte, daß ihr Caroline Abendsen gegenüberstand.

»Ich habe gestern abend angerufen«, sagte Juliana.

»Oh ja, natürlich.« Ihr Lächeln wurde noch wärmer. Sie hatte perfekte weiße, regelmäßige Zähne. »Lassen Sie sich doch den Mantel abnehmen. Sie kommen gerade richtig; wir haben ein paar Freunde im Haus. Oh. . . das ist aber schön. . . Cherubini oder?«

Sie führte Juliana durchs Wohnzimmer in ein Schlafzimmer, wo sie Julianas Sachen zu anderer Garderobe aufs Bett legte. »Mein Mann ist irgendwo. Sehen Sie sich nach einem großen

Mann mit Brille um. Er trinkt bestimmt einen Manhatten.« Die Intelligenz, die aus ihren Augen leuchtete, fiel Juliana auf; ihre Lippen zitterten – zwischen uns ist so viel Verstehen, erkannte Juliana. Ist das nicht erstaunlich?

»Ich bin weit gefahren«, sagte Juliana.

»Ja, das kann ich mir denken. Jetzt sehe ich ihn.« Caroline Abendsen führte sie ins Wohnzimmer auf eine Gruppe von Männern zu. »Liebster«, rief sie, »komm herüber. Hier ist eine deiner Leserinnen. Sie ist ganz erpicht darauf, mit dir zu sprechen.«

Ein Mann löste sich aus der Gruppe und kam mit seinem Glas in der Hand auf sie zu. Juliana sah einen ungewöhnlich großen Mann mit schwarzem lockigem Haar. Seine Haut war dunkel, und seine Augen schienen purpurn oder braun hinter seiner Brille. Er trug einen maßgeschneiderten teuren Naturfaseranzug. Wahrscheinlich englische Wolle; sie hatte ihr ganzes Leben keinen solchen Anzug gesehen und ertappte sich dabei, wie sie ihn fasziniert anstarrte.

»Mrs. Frink ist von Canyon City, Colorado, bis hierhergefahren«, sagte Caroline. »Und bloß, um mit dir über *Die Heuschrecke* zu sprechen.«

»Ich dachte, Sie wohnen in einer Festung«, sagte Juliana.

Hawthorne Abendsen beugte sich vor und lächelte nachdenklich. »Ja, das haben wir einmal getan, aber wir mußten immer den Lift nehmen, um überhaupt hineinzukommen, und da habe ich eine Phobie entwickelt. Ich war damals ziemlich betrunken, soweit ich mich erinnere und alle sagen, ich hätte mich geweigert, in dem Lift zu stehen, weil ich sagte, das Liftkabel würde von Jesus Christus in die Höhe gekurbelt und wir würden den ganzen Weg hochgezogen. Und ich war fest entschlossen, nicht aufrecht zu stehen.«

Sie begriff nicht.

Caroline erklärte: »Hawth sagt, solange ich ihn kenne, wenn er einmal Christus sieht, würde er sich hinsetzen und nicht aufrecht stehen.« Die Hymne, erinnerte sich Juliana. »Sie haben also Ihr Schloß auf den Bergen aufgegeben und sind in die Stadt zurückgezogen«, sagte sie.

»Ich möchte Ihnen gerne einen Drink anbieten.« sagte Hawthorne.

»Gerne«, sagte sie und ging mit ihm zur Bar hinüber. »Einen I.W. Harper mit Eis«, sagte sie. »Den mag ich am liebsten. Kennen Sie das Orakel?«

»Nein«, antwortete Hawthorne und füllte ihr Glas.

»Das Buch der Wandlungen?« sagte sie erstaunt.

»Nein«, wiederholte er. Er reichte ihr das Glas.

»Mach dich nicht über sie lustig«, sagte Caroline.

»Ich habe Ihr Buch gelesen«, sagte Juliana. »Heute abend bin ich fertig geworden. Wie haben Sie das alles gewußt über diese andere Welt, von der Sie geschrieben haben?«

Hawthorne sagte nichts; er rieb sich mit dem Finger über die Oberlippe, starrte an ihr vorbei ins Leere und runzelte die Stirn.

»Haben Sie das Orakel benutzt?« sagte Juliana.

Hawthorne sah sie an. »Ich möchte nicht, daß Sie einen Witz machen«, sagte Juliana. »Sagen Sie es mir ganz ernst und machen Sie nichts Witziges daraus.«

Hawthorne kaute auf seiner Unterlippe und starrte zu Boden. Dann wippte er langsam vor und zurück. Die anderen Leute im Raum waren verstummt. Und sie war zu weit gekommen und hatte zu viel getan, als jetzt etwas anderes als die Wahrheit von ihm hinzunehmen.

»Das ist – das ist sehr schwer zu beantworten«, sagte Abendsen schließlich.

»Nein, das ist es nicht«, sagte Juliana.

Jetzt waren alle im Raum verstummt; alle sahen sie Juliana an, die bei Caroline und Hawthorne Abendsen stand.

»Es tut mir leid«, sagte Abendsen. »Ich kann darauf jetzt keine Antwort geben. Das müssen Sie einfach so hinnehmen.«

»Warum haben Sie dann das Buch geschrieben?« sagte Juliana.

Abendsen deutete mit seinem Glas auf sie. »Was ist das für eine Nadel, die Sie da am Kleid haben? Wollen Sie damit die gefährlichen Geister der unveränderlichen Welt abwehren? Oder brauchen Sie sie bloß, um alles zusammenzuhalten?«

»Warum wechseln Sie das Thema?« fragte Juliana. »Sie weichen meiner Frage aus und machen eine nichtssagende Bemerkung. Das ist kindisch.«

Hawthorne Abendsen meinte: »Jeder hat – technische Geheimnisse. Sie haben die Ihren; ich die meinen. Sie sollten mein Buch lesen und es einfach so hinnehmen, wie es ist, ebenso wie ich hinnehme, was ich sehe –«, wieder deutete er mit seinem Glas auf sie. »Ich frage Sie ja auch nicht, ob das da echt ist oder mit Drähten und Stäbchen und Schaumgummipolstern gemacht ist.« Er schien jetzt irgendwie gereizt, nur noch mit Mühe höflich. Und Caroline, das sah sie aus dem Augenwinkel, wirkte auch gespannt; sie hatte die Lippen zusammengepreßt und völlig zu lächeln aufgehört.

»In Ihrem Buch haben Sie gezeigt, daß es einen Ausweg gibt«, sagt Juliana. »Ist es das nicht, was Sie gemeint haben?«

»Ausweg«, wiederholte er ironisch.

»Sie haben eine Menge für mich getan«, sagte Juliana. »Jetzt begreife ich, daß es nichts gibt, vor dem man Angst haben muß, nichts, das man wollen oder hassen muß oder vermeiden, und nichts, vor dem man fliehen muß oder das man verfolgen müßte.«

Er sah sie an und drehte sein Glas zwischen den Fingern, studierte sie.

»Es gibt in dieser Welt eine ganze Menge Wertvolles, wenigstens meiner Meinung nach.«

»Ich verstehe, was in Ihrem Geist jetzt vor sich geht«, sagte Juliana. Für sie zeichnete sich in seinem Gesicht der vertraute Gesichtsausdruck aller Männer ab, aber das störte sie nicht. Sie empfand jetzt ganz anders. »In den Gestapoakten stand, daß Sie sich zu Frauen wie mir besonders hingezogen fühlten.«

»Es gibt seit 1947 keine Gestapo mehr«, meinte Abendsen, und sein Gesichtsausdruck veränderte sich dabei kaum.

»Der SD dann eben oder was sonst es sein mag.«

»Werden Sie das erklären?« fragte Caroline.

»Gerne«, nickte Juliana. »Ich bin mit einem von denen nach Denver gefahren. Die werden hier auch auftauchen. Sie sollten an einen Ort gehen, wo man Sie nicht finden kann, statt hier ein gastliches Haus zu führen, in das jeder 'reinkann. Der nächste, der hier erscheint – den wird keiner aufhalten, so, wie ich das bei dem ersten getan habe.«

»Sie sagen ›der nächste‹«, meinte Abendsen nach einer Weile. »Was ist denn aus dem geworden, mit dem Sie nach Denver gekommen sind? Warum erscheint er hier nicht?«

»Ich hab' ihm den Hals durchgeschnitten.«

»Das ist einmal etwas Besonderes«, meinte Hawthorne. »Wenn einem ein Mädchen, das man noch nie zuvor im Leben gesehen hat, so etwas sagt.«

»Glauben Sie mir nicht?«

Er nickte. »Doch, sicher.« Er lächelte irgendwie scheu. Offenbar kam er überhaupt nicht auf die Idee, ihr nicht zu glauben. »Danke«, sagte er.

»Bitte, verbergen Sie sich vor ihnen«, sagte sie.

»Nun«, sagte er, »Sie wissen ja, daß wir das versucht haben. Sie haben das auch auf dem Schutzumschlag des Buches gelesen. . . das mit den Waffen und dem Stacheldraht. Und wir ließen es so schreiben, damit es so aussehen sollte, als seien wir immer noch sehr vorsichtig.«

Seine Stimme klang müde.

»Du könntest wenigstens eine Waffe tragen«, sagte seine Frau. »Ich weiß, daß du eines Tages jemanden hier einladen wirst, der dich niederschießen wird, irgendein Naziexperte, der sich an dir rächt; und du wirst genauso philosophisch daherreden wie jetzt. Ich sehe es kommen.«

»Wenn die einen wollen, erwischen sie ihn immer«, sagte Hawthorne. »Ob nun Stacheldraht ums Haus ist oder nicht.«

So fatalistisch, dachte Juliana. In deine eigene Vernichtung ergeben. Weißt du das auch, ebenso wie du die Welt in deinem Buch gekannt hast?

»Das Orakel hat Ihr Buch geschrieben. Oder nicht?« fragte Julian.

»Wollen Sie die Wahrheit hören?«

»Natürlich will ich das, und ich habe ein Recht darauf«, antwortete sie. »Für das, was ich getan habe. Stimmt das nicht? Sie wissen doch, daß es so ist.«

»Das Orakel hat die ganze Zeit tief geschlafen, während ich das Buch schrieb«, sagte Abendsen. »In der Ecke meines Büros.« Seine Augen zeigten keine Spur von Heiterkeit; sein Gesicht schien eher länger geworden zu sein, ernster.

»Sag es ihr«, sagte Caroline. »Sie hat recht. Für das, was sie deinetwegen getan hat, hat sie ein Recht, es zu wissen.« Und zu Juliana gewandt: »Dann werde ich es Ihnen sagen, Mrs. Frink. Hawth hat eine Wahl nach der anderen getroffen. Tausende. Mit Hilfe der Linien. Historische Periode. Gegenstand.

Personen. Es hat Jahre gedauert. Hawth hat sogar das Orakel gefragt, ob es erfolgreich sein würde. Und das Orakel sagte ihm, daß es ein riesiger Erfolg sein würde, der erste wahre Erfolg seiner Laufbahn. Sie haben recht gehabt. Sie müssen selbst das Orakel oft befragen, um es bemerkt zu haben.«

»Ich frage mich, warum das Orakel einen Roman schreiben sollte«, sagte Juliana. »Haben Sie je daran gedacht, es zu fragen? Und warum gerade eines, in dem die Deutschen und die Japaner den Krieg verlieren? Warum gerade dieses Thema und nicht ein anderes? Was gibt es dort, das es sonst nicht direkt sagen kann, wie sonst immer? Hier muß es doch um etwas anderes gehen, glauben Sie nicht?«

Weder Hawthorne noch Caroline gaben Antwort.

»Das Orakel und ich«, sagte Hawthorne nach einer Weile, »wir haben vor langer Zeit ein Abkommen über die Lizenzeinnahmen geschlossen. Wenn ich ihm die Frage stelle, warum es *Die Heuschrecke* schrieb, muß ich ihm meinen Anteil abliefern. Mit Ihrer Frage implizieren Sie, daß ich nichts anderes getan habe als auf der Maschine getippt. Und das ist weder richtig, noch anständig.«

»Ich kann es ja fragen«, sagte Caroline, »wenn du nicht willst.«

»Dir steht diese Frage nicht zu«, meinte Hawthorne. »Laß sie doch fragen.« Und zu Juliana gewandt: »Sie haben einen unnatürlichen Geist. Wissen Sie das?«

»Wo ist Ihre Kopie?« fragte Juliana. »Meine ist in meinem Wagen im Hotel. Ich hole sie, wenn Sie mir nicht die Ihre leihen.«

Hawthorne wandte sich um und ging weg. Sie und Caroline folgten ihm durch das Zimmer voller Leute zu einer verschlossenen Türe. An der Tür ließ er sie stehen. Als er wieder herauskam, sahen alle die beiden schwarzen Bände.

»Ich mag die Halme nicht,« sagte er zu Juliana. »Ich kann mich nicht daran gewöhnen. Sie fallen mir immer herunter.«

Juliana nahm an einem Kaffeetisch in der Ecke Platz. »Ich brauche Papier zum Schreiben und einen Bleistift.«

Einer der Gäste brachte es ihr. Die Leute im Zimmer bildeten einen Ring um sie und die Abendsens, hörten zu, beobachteten sie.

»Sie können die Frage laut aussprechen«, sagte Hawthorne. »Wir haben hier keine Geheimnisse.«

Und Juliana sagte: »Orakel, warum hast du *Schwer liegt die Heuschrecke* geschrieben? Was sollen wir lernen?«

»Sie haben Ihre Frage ganz besonders abergläubisch formuliert«, sagte Hawthorne. Aber er kauerte doch neben ihr, um ihr beim Werfen der Münzen zuzusehen. »Nur zu«, sagte er und reichte ihr drei chinesische Bronzemünzen mit Löchern. »Ich nehme gewöhnlich die.«

Sie begann, die Münzen zu werfen. Sie war ganz ruhig. Hawthorne schrieb die Zeilen für sie nieder. Als sie die Münzen sechsmal geworfen hatte, blickte sie hinunter und sagte:

«Sonne oben. *Tui* unten. In der Mitte leer.«

»Wissen Sie, was für ein Hexagramm das ist?« fragte sie. »Ohne nachzusehen?«

»Ja«, sagte Hawthorne.

»*Chung Fu*«, erklärte Juliana. »Innere Wahrheit, ich weiß das auch, ohne nachzusehen. Und ich weiß auch, was das bedeutet.«

Hawthorne hob den Kopf und sah sie prüfend an. Sein Ausdruck wirkte jetzt beinahe wild. »Das bedeutet doch, daß mein Buch wahr ist, oder?«

»Ja«, sagte sie.

»Deutschland und Japan haben den Krieg verloren?« sagte er verärgert.

»Ja.« Jetzt klappte Hawthorne die beiden Bände zu und richtete sich auf. Er sagte kein Wort.

»Selbst Sie sehen den Tatsachen nicht ins Auge«, sagte Juliana.

Er überlegte eine Weile. Sein Blick war leer geworden, erkannte Juliana. Nach innen gewandt, das spürte sie. Mit sich selbst beschäftigt. . . und dann wurden seine Augen wieder klar. Er knurrte, zuckte zusammen.

»Jetzt weiß ich überhaupt nichts mehr«, sagte er.

»Sie müssen glauben«, sagte Juliana.

Er schüttelte den Kopf.

»Können Sie das nicht?« sagte sie. »Ganz bestimmt nicht?«

Und Hawthorne Abendsen sagte: »Wollen Sie ein Autogramm von mir?«

Jetzt stand auch sie auf. »Ich glaube, ich gehe jetzt«, sagte sie. »Vielen Dank. Tut mir leid, daß ich Sie gestört habe. Es war wirklich nett, daß Sie mich hereingelassen haben.« Sie ging an ihm und Caroline vorbei, durch die Leute, die sie umringten, aus dem Wohnzimmer, hinaus ins Schlafzimmer, wo ihre Handtasche und ihr Mantel lagen. Als sie den Mantel umlegte, tauchte Hawthorne hinter ihr auf. »Wissen Sie, was Sie sind?«

Er wandte sich zu Caroline, die neben ihm stand. »Dieses Mädchen ist ein Dämon. Ein kleiner Erdgeist, der, der –« er hob die Hand und rieb sich über die Brauen, wobei sich seine Brille etwas verschob. »Ein Erdgeist, der ohne zu ermüden über das Antlitz der Erde streift.« Er schob sich die Brille wieder zurecht. »Sie tut das, was ihr Instinkt sie zu tun treibt, und drückt sich damit aus. Sie wollte hier nicht auftauchen und Schaden anrichten; es widerfuhr ihr einfach, ebenso wie uns Wetter widerfährt. Ich bin froh, daß sie kam. Es tut mir nicht leid, das zu erfahren, diese Entdeckung zu machen. Sie wußte nicht, was sie hier tun würde oder erfahren würde. Ich glaube, wir haben alle Glück. Wir wollen also nicht ärgerlich darüber sein; okay?«

Caroline meinte: »Sie ist schrecklich. Sie hat alles zerrissen.«

»Das ist die Wirklichkeit auch«, sagte Hawthorne. Er hielt Juliana die Hand hin. »Ich danke Ihnen für das, was Sie in Denver getan haben«, sagte er.

Sie schüttelte ihm die Hand. »Gute Nacht«, sagte sie. »Tun Sie, was Ihre Frau sagt. Tragen Sie wenigstens eine Handwaffe.«

»Nein«, erklärte er. »Das habe ich vor langer Zeit entschieden. Ich werde mich nicht davon stören lassen. Ich kann mich gelegentlich auf das Orakel stützen, wenn ich unruhig werde, insbesondere spät nachts. In einer solchen Lage ist das nicht schlimm.« Er lächelte schwach. »Das einzige, was mich wirklich stört, ist, daß alle diese Nassauer hier herumstehen und zuhören und alles mitkriegen und unterdessen den ganzen Schnaps im Hause saufen.« Er wandte sich um und schlenderte davon, um sich frisches Eis ins Glas zu tun.

»Was werden Sie jetzt tun? Jetzt, da Sie hier fertig sind?« fragte Caroline.

»Ich weiß nicht.« Das Problem störte sie nicht. Ich muß ein

klein wenig wie er sein; von bestimmten Dingen lasse ich mich nicht stören, gleichgültig, wie wichtig sie sind. »Vielleicht gehe ich zu meinem Mann, zu Frank, zurück. Ich hab' heute schon versucht, ihn anzurufen. Vielleicht versuche ich es noch einmal. Ich werde ja sehen, wie mir später zumute ist.«

»Trotzdem, was Sie für uns getan haben–«

»Sie wünschten wohl, ich hätte dieses Haus nie betreten«, sagte Juliana.

»Wenn Sie Hawthornes Leben gerettet haben, ist das schrecklich von mir. Aber ich bin so aufgeregt; ich kann das nicht einfach so hinnehmen, das, was Sie gesagt haben, und das, was Hawthorne gesagt hat.«

»Wie eigenartig«, meinte Juliana. »Ich hätte nie gedacht, daß die Wahrheit Sie ärgerlich machen würde.« Die Wahrheit, dachte sie. Etwas ebenso Schreckliches wie der Tod. Aber schwerer zu finden. Ich habe Glück. »Ich dachte, Sie würden genauso erregt und glücklich wie ich sein. Das ist ein Mißverständnis, nicht wahr?« Sie lächelte. Und nach einer Weile lächelte Mrs. Abendsen zurück. »Nun, jedenfalls gute Nacht.«

Kurz darauf ging Juliana den Plattenweg zurück in die Lichtflecken, die aus dem Wohnzimmer fielen und dann in die Schatten hinter dem Haus, auf den schwarzen Gehsteig. Sie ging weiter, ohne sich noch einmal umzusehen, ging die Straße hinunter, suchte nach einem Taxi oder einem Wagen, etwas, das sich bewegte, hell war, lebte, um sie zurück in ihr Motel zu bringen.

ENDE

SCIENCE FICTION
BESTSELLER

Die sorgfältig ausgewählten Bände dieser Reihe sind besondere Leckerbissen für Feinschmecker der Science Fiction-Literatur.

Band 22 016
Brian W. Aldiss
Die Achtzig-Minuten-Stunde

Band 22 017
Barry N. Malzberg
Mein Freund Lucas

Band 22 021
Philip K. Dick
Das Orakel vom Berge

Band 22 019
Maxim Jakubowski
Quasar 2

BASTEI LÜBBE

Band 22 020

Memoiren einer Raumfahrerin

von Naomi Mitchison

Mary, eine terranische Spezialistin für Fremdrassen-Kommunikation, berichtet von ihren Reisen zu fernen Sternen und ihren unglaublichen Erlebnissen mit außerirdischen Intelligenzen. Sie sieht dabei ihre außerirdischen Partner nicht nur mit dem kalten Blick der Wissenschaftlerin. Für Mary wird jede Reise zu einem Ausflug in fremde Gefühlswelten und eine fremde Sexualität.

Naiomi Mitchison stammt aus einer schottischen Adelsfamilie und ist mit einem Labour-Abgeordneten verheiratet. Ihr Buch ist einer der wenigen geglückten Versuche der Science Fiction, in die Spekulation über ferne Welten auch die Erotik mit einzubeziehen.

Deutsche Erstveröffentlichung

Sie erhalten diesen Band im Buchhandel, bei Ihrem Zeitschriftenhändler sowie im Bahnhofsbuchhandel.

SCIENCE FICTION **FANTASY**

Eine außergewöhnliche Reihe für die Freunde heroischer Epen. Fantasy-Romane entführen Sie in mythische Welten. Niveauvolle, pralle Erzählungen aus dem Reich phantastischer Sagengestalten.

Band 20 014
Piers Anthony
Die Kinder der Titanen

Band 20 015
Karl Edward Wagner
Herrin der Schatten
Die Saga von Kane

Band 20 016
Robert Asprin
Ein Dämon zuviel

Band 20 017
Philipp José Farmer
Die Krone von Opar

BASTEI LÜBBE

Band 20 018

Der Sturz der Titanen

von Piers Anthony

Dunkelheit senkt sich über Sols Reich. Bald wird das alte Gesetz vergessen sein, und das Volk im Bruderkrieg zerbrechen. Da macht sich Neq, der mächtigste Krieger des Reiches auf, das Erbe der Titanen zu retten. Er erkennt, daß es die Titanen selbst sind, die dem Imperium die Vernichtung bringen.

Deutsche Erstveröffentlichung

Sie erhalten diesen Band im Buchhandel, bei Ihrem Zeitschriftenhändler sowie im Bahnhofsbuchhandel. DM 5,80

SCIENCE FICTION ACTION

Die Taschenbuchreihe, in der die Zukunft zur Gegenwart wird. Erregende Abenteuer in der Unendlichkeit des Weltraums.

Band 21 121
Kenneth Bulmer
Die Hypno-Falle

Band 21 122
Ron Goulart
Nemo

Band 21 123
Brian M. Stableford
Das Götterdämmerungs-Programm

Band 21 124
Jerry Pournelle
Mars, ich hasse dich!

BASTEI LÜBBE

Band 21 125

Flash Gordon und die Hexe von Mongo

von Alex Raymond/Carson Bingham

Bei seinem ersten Besuch auf dem Planeten Mongo hat Flash Gordon den grausamen Tyrannen Ming vom Thron gestoßen und ist damit zu einem legendären Helden geworden. Jetzt greift Mings Sohn nach der Macht. Er verbündet sich mit der Hexenkönigin Azura. Den Völkern von Mongo bleibt nur noch eine Hoffnung – Flash Gordon! Seit seinem ersten Erscheinen als Comic-Held ist Flash Gordon zu einer klassischen Figur der Science Fiction geworden. Seine Abenteuer inspirierten George Lucas zu einem grandiosen KRIEG DER STERNE.

Deutsche Erstveröffentlichung

Sie erhalten diesen Band im Buchhandel, bei Ihrem Zeitschriftenhändler sowie im Bahnhofsbuchhandel. DM 4,80

SCIENCE FICTION
SPECIAL

Die Titel dieser Sonderreihe sprengen den Rahmen der „normalen“ Unterhaltungs-SF. Vom revolutionären Denkmodell bis zur historischen Betrachtung der Literaturgattung Science fiction findet der interessierte Leser Werke von Autoren, die zum Teil heute schon zu den Klassikern dieses Genre gezählt werden.

Band 24 001
Robert A. Heinlein
Der Sternenkrieger

Band 24 002
Brian W. Aldiss
Der Millionen-Jahre-Traum
Die Geschichte der SF

BASTEI
LÜBBE

Band 24 003

Ringwelt

von Larry Niven

Expedition zur Ringwelt, dem größten Wunder der Milchstraße. Ein gigantischer Ringplanet, erbaut von einer längst vergessenen Rasse kosmischer Ingenieure. Sechshundert Billionen Quadratmeilen Oberfläche – die dreimillionenfache Oberfläche der Erde. Drei Millionen Planeten flach ausgewalzt und wie eine endlose Landkarte aneinandergefügt. Drei Millionen Welten in Reichweite eines Flugzeuges. Die Lösung für das Bevölkerungsproblem einer ganzen Galaxis.

Sie erhalten diesen Band im Buchhandel, bei Ihrem Zeitschriftenhändler sowie im Bahnhofsbuchhandel. DM 5,80

Söhne der Erde

Charru von Monarg, der Held dieser Serie, führt seine Brüder und Schwestern aus der Hölle einer Tyrannei auf dem Mars in ein neues Utopia. Sie haben aus den Fehlern ihrer Vorfahren gelernt und bauen eine freie Welt, die sie gegen innere und äußere Einflüsse entschlossen verteidigen. Eine Reihe nicht nur zum Lesen, sondern auch zum Diskutieren.

Band 26 001
S. U. Wiemer
Unter dem Mondstein

BASTEI LÜBBE

Band 26 002

Der rote Kerker

von S. U. Wiemer

Nach ihrem Ausbruch aus dem Menschenzoo stehen die letzten Überlebenden der terranischen Rasse einer fremden Welt gegenüber. Die Herrscher des Mars machen Jagd auf sie und treiben sie in das Labyrinth des Todes, eine Tabu-Zone, aus der es nach marsianischen Begriffen kein Entkommen mehr gibt. Das Schicksal der Söhne der Erde scheint besiegelt . . .

Deutsche Erstveröffentlichung

Sie erhalten diesen Band im Buchhandel, bei Ihrem Zeitschriftenhändler sowie im Bahnhofsbuchhandel. DM 3,80